Dörte Schipper
Das Dorf der Frauen

DÖRTE SCHIPPER

Das Dorf der Frauen

In Loheland suchten sie die Freiheit
und fanden ihr Glück

ROMAN

PIPER

Mehr über unsere Autorinnen, Autoren und Bücher:
www.piper.de

Wenn Ihnen dieser Roman gefallen hat,
schreiben Sie uns unter Nennung des Titels
»Das Dorf der Frauen« an *empfehlungen@piper.de*,
und wir empfehlen Ihnen gerne vergleichbare Bücher.

Unser Versprechen für mehr Nachhaltigkeit
• Klimaneutrales Produkt
• FSC®-zertifiziertes Papier
• Hergestellt in Deutschland

FSC www.fsc.org MIX Papier aus verantwortungsvollen Quellen FSC® C083411

ISBN 978-3-492-06351-7

Redaktion: Uta Rupprecht
Satz: Eberl & Koesel Studio, Altusried-Krugzell
Gesetzt aus der Sabon
Druck und Bindung: CPI Books GmbH, Leck
Printed in the EU

I

Loheland, im April 1920

Empört sah Hanna dem davonratternden Fuhrwerk hinterher. Er hatte sie einfach stehen lassen und auch noch wegen ihrer schicken Stadtschuhe verspottet, dieser ... dieser ungehobelte, gemeine Bauer! »Ich habe Ihnen doch nichts getan. Warum nehmen Sie mich nicht ein Stück mit? Es ist schon Abend!«, rief sie in die Staubwolke hinein, die Pferde und Wagen aufgewirbelt hatten. Stöhnend griff Hanna zu ihrem Koffer und dem Geigenkasten und lief weiter, immer weiter die steinige Landstraße entlang.

Erst bei Einbruch der Dunkelheit merkte sie, dass hier nirgendwo Laternen standen. Lediglich das Licht einer Petroleumlampe, das durch das Fenster eines entfernt gelegenen Hauses schien, half ihr, die Abzweigung zu finden. Sie bog von der Straße in einen schmalen Weg, der direkt an einem Wald entlangführte. Mit Schrecken stellte sie bei jedem Schritt fest, wie das Licht schwächer wurde und bald erlosch. Sie hielt die Hände vor die Augen und sah sie kaum noch. Sie schaute nach oben zum Himmel und suchte vergebens nach dem Mond oder ein paar Sternen. Da war nur ein wolkenverhangenes, graudüsteres Firmament.

Loheland konnte nicht mehr weit entfernt sein. »Hallo! Hört mich jemand?«, rief sie mehrmals hintereinander und drehte sich in alle Richtungen. Sie irrte umher, lachte aus purer Verzweiflung über ihre Orientierungslosigkeit kurz auf.

Bald wurde ihr unheimlich zumute. Wohin sie auch ungeschickt tastete, um sie herum waren plötzlich nur noch Baumstämme und Büsche. Sie war vom Weg abgekommen, stand irgendwo in der Wildnis und wusste nicht weiter.

Jedes kleine Rascheln ließ sie zusammenzucken. War das ein Reh, ein Hase, ein Igel oder gar ein Wildschwein? In einer Großstadt wie Hamburg hatte sie nie gelernt, die unterschiedlichen Geräusche der Natur zu deuten. Verängstigt hockte Hanna sich vor einen Baum und wartete darauf, dass es irgendwann wieder hell wurde. Sie kam sich vor wie ein kleines verloren gegangenes Mädchen, dabei war sie mit ihren achtzehn Jahren schon eine fast erwachsene junge Frau.

»Da bist du ja endlich. Wir warten seit gestern auf dich. Ich war besorgt und habe mich in aller Frühe auf die Suche gemacht.«

Die sanfte Stimme, die ihr bekannt vorkam, riss Hanna aus dem Schlaf. Sie fror an Armen und Beinen. Irgendwann in der Nacht war sie wohl auf dem weichen, aber kühlen Waldboden eingenickt. Vorsichtig blinzelte sie in die Sonne, die gerade aufgegangen war, und sah im Gegenlicht Hilde, die vor ihr stand und sich ein Lachen kaum verkneifen konnte.

»Das sieht komisch aus, wie du mit deinem feinen Kleid und den eleganten Schuhen mitten im Gehölz liegst«, stellte sie belustigt fest.

Hanna hatte den Kopf an den Stamm einer Birke gelehnt und die Beine von sich gestreckt. Als hätten irgendwelche zotteligen Waldgeister sie in die Luft gewirbelt, waren ihr in Grüntönen gehaltenes Korsettkleid, ihre Jacke und die langen geflochtenen Zöpfe mit kleinen Erdkrümeln besprenkelt.

So sah also der Start in ihr neues Leben aus. Hanna hatte ihn sich etwas schillernder vorgestellt, erhobenen Hauptes mit einem kessen: »Hallo, hier bin ich.«

»Nachdem ich von der Landstraße abgebogen war, wurde es auf einmal stockfinster. Ich habe mich im Wald verlaufen und konnte die Siedlung nicht finden«, erklärte sie und rieb sich die Augen.

»Du warst so nah dran. Hast du das Plätschern nicht gehört? Direkt neben dir ist unser Wasserreservoir.« Hilde zeigte auf einen kleinen Hügel und half Hanna auf die Beine. »Du bist nicht die Erste, die hier an der Dunkelheit gescheitert ist«, tröstete sie die Neue. »Das ist ein typischer Anfängerfehler. Ich habe mal die ganze Nacht verzweifelt in einer kleinen Sandkuhle verbracht und am nächsten Morgen festgestellt, dass ich in der Nähe unserer Scheune lag.« Sie lachte. »Du musst dir eins merken: Wenn du dich verläufst, geh immer bergauf. Unsere Siedlung liegt oben. Oben auf dem Herzberg.«

»Ich werde daran denken, bestimmt. So etwas Peinliches soll mir nicht noch mal passieren.« Hanna strich ihr Kleid glatt und schaute verlegen zu Boden.

Obwohl Hilde mit einer beneidenswerten Leichtigkeit ihren Koffer trug, kam Hanna nur mit Mühe hinterher. Ihre vornehmen Schnallenschuhe mit diesen besonderen Absätzen, die ihr schon genug Unannehmlichkeiten bereitet hatten, drückten furchtbar, besonders an den großen Zehen, und versanken bei jedem Schritt im lehmigen Boden.

Sosehr Hanna modische Extravaganzen liebte – es war wohl an der Zeit, sich von diesen Stadtschuhen zu trennen. So bald würde sie nicht wieder mit gemächlichen Schritten über den Hamburger Jungfernstieg flanieren.

Hanna gab sich einen Ruck und bat Hilde, zu warten. Sie suchte im Koffer nach den kaum getragenen derben Wanderschuhen, die sie auf Anweisung ihrer Mutter widerwillig mitgenommen hatte, und zog sie an. Der Anblick ihrer zierlichen Füße in dem klobigen Schuhwerk war weder schön noch stilvoll, aber endlich taten die Blasen an den Zehen nicht mehr so weh.

»Jetzt können wir weiter«, rief sie erleichtert, »ich bin bereit für das Leben auf dem Land.«

Mit ihren feinen Sonntagsschühchen in der Hand lief sie an Hildes Seite einen Pfad entlang, der von Bäumen umsäumt in die Siedlung führte. Durch die Birkenknospen, die sich im Wind langsam hin und her wiegten, konnte sie bald die Umrisse eines großen zweigeschossigen Gebäudes erkennen.

»Da wohne ich«, sagte Hilde stolz. »Das war das erste Haus, das wir vor gut einem Jahr gebaut haben. Mit Holz aus unserem eigenen Wald. Es hat siebzehn Zimmer.«

Hanna betrachtete den Bau eine Weile und kniff dabei konzentriert die Augen zusammen. »Komisch, aus der Entfernung sieht das Haus aus, als wären noch keine Fenster drin«, bemerkte sie erstaunt.

Hilde lachte. »Stimmt. Dafür fehlte anfangs das Geld, und später waren andere Dinge wichtiger. Ich hoffe, das ändert sich vor dem nächsten Winter, sonst müssen wir wieder mit Mantel und Mütze ins Bett gehen.«

Kaum waren sie vom Holzhaus aus zu sehen, kam Louise Langgaard, eine der beiden Chefinnen, mit schnellen

Schritten auf sie zu. Hanna fand, dass sie mit ihren kurzen Haaren, den robusten Lederstiefeln und ihrem wallenden weißen Kleid aussah wie eine tollkühne Draufgängerin. Ihre Bewegungen wirkten geschmeidig und jugendlich, dabei war sie bestimmt schon Ende dreißig.

»Kindchen, wo auch immer du die Nacht verbracht hast – manchmal braucht es Umwege, um ans Ziel zu kommen«, rief sie Hanna aufmunternd zu und reichte ihr beide Hände. »Willkommen in der Rhön. Willkommen in Loheland, der einzigen Frauensiedlung weit und breit!«

Die Frau konnte zupacken. Ihr Händedruck war nicht so weich und schlaff, wie Hanna es in der Hauswirtschaftsschule für höhere Töchter gelernt hatte. Er war kraftvoll und resolut – wie ihre gesamte Erscheinung.

Noch bevor sie das Holzhaus erreicht hatten, blieb Langgaard auf dem großen, weitläufigen Gelände stehen. »Als wir hergekommen sind, gab es hier nichts außer brachliegendem Land und ein bisschen Heidekraut. Nicht einmal den Trampelpfad, den du eben entlanggelaufen bist.«

Hanna schaute sich neugierig um. Verstreut wie in einer riesigen, unvollendeten Märchenkulisse entdeckte sie auf dem Grundstück hier und da vereinzelt Häuser, einen Stall, eine Scheune. Sie war durchaus beeindruckt, was die Frauen schon alles geleistet hatten, dachte aber auch an die viele Arbeit, die bestimmt noch auf sie zukommen würde. »Woher hatten Sie den Mut, in dieser abgeschiedenen Gegend zu siedeln?«, fragte sie.

»Wir haben einfach losgelegt. Ohne Wasser. Ohne Strom. Am Ende der Welt«, antwortete Langgaard. »Dass unsere Idee an irgendwelchen Unwägbarkeiten scheitern könnte, kam uns überhaupt nicht in den Sinn.«

Langgaard ließ den Blick über die Felder, den Wald und

die Rhönberge im Osten schweifen. »Wenn du ...«, sie zögerte kurz und schaute Hanna direkt in die Augen, »wenn du an dich glaubst, kannst du viele Hürden überwinden.«

»Die erste kleine Hürde habe ich heute früh schon hinter mich gebracht.« Hanna hielt ihre feinen Schuhe hoch, die sie noch immer in der Hand trug. »Ihre Zeit ist wohl vorbei«, meinte sie und seufzte leise.

Langgaard lächelte ihr zu. »Und was hast du nun mit den schönen Hochhackigen vor?«

»Ich weiß nicht.« Hanna zuckte mit den Schultern. »Vielleicht sollte ich sie in den Baum hängen, unter dem ich aufgewacht bin.«

»Das wäre zu schade. Gib sie mir«, schlug Langgaard vor. »Ich bewahre sie für dich auf. Vielleicht wirst du sie eines Tages noch brauchen.«

Hilde war vorausgegangen und wartete am Eingang des Holzhauses auf Hanna. »Ich zeige dir jetzt mein Zimmer«, sagte sie. »Die ersten Tage kannst du bei mir unterkommen. Danach musst du wie alle neuen Schülerinnen ein Quartier im Dorf beziehen. Aber nur vorübergehend«, betonte sie. »Die Chefinnen lassen gerade neue Häuser bauen. Sobald die fertig sind, gibt es in der Siedlung genug Platz für alle.«

Hanna folgte ihr über eine schmale Holztreppe in den zweiten Stock. Die kleine Stube, die sie betraten, erschien ihr auf den ersten Blick sehr bescheiden eingerichtet. Dann stach ihr ein farbenprächtiger Teppich ins Auge, der auf dem Holzboden lag.

»Der ist wunderschön«, stellte sie fest. »Woher hast du ihn?«

»Den hat mir Hermine kurz nach ihrer Ankunft gemacht. Sie hat das Weben am Bauhaus in Weimar gelernt und ist sehr begabt. Du wirst sie kennenlernen, sie fängt wie du die Gymnastikausbildung an.«

»Und der kleine an der Wand, hat sie den auch gemacht?«

»Ja«, sagte Hilde, »mir gefallen die erdigen Töne. Sie passen gut hier rein.«

Erst jetzt fiel Hanna auf, dass das Zimmer in einem zarten Ockergelb gestrichen war. Auf der einen Seite stand eine rustikale Pritsche, daneben gab es noch einen Stuhl und einen kleinen Tisch, auf dem eine verbeulte Dose frischen Birkenzweigen als Vase diente.

Unter der Fensteröffnung war der Waschtisch mit Schüssel und Wasserkanne, daneben lagen Schaufel und Besen.

Als Kleiderschrankersatz reichten Hilde offensichtlich ein paar Holzhaken an der Wand und ein geflochtener Korb mit Deckel. Ihr Bücherbord bestand aus einer ausrangierten bemalten Kiste.

»Außer dem kleinen Kanonenofen ist übrigens alles, was du in meinem Zimmer siehst, von Frauen aus der Siedlung selbst gemacht worden«, sagte sie.

»Auch die Möbel? Ihr baut Tische und Stühle?«

»Ja. Ein netter junger Schreinermeister aus Fulda hat uns mit viel Geduld das Nötigste beigebracht. Wann immer wir ihn brauchen, steht er uns zur Seite, obwohl er über unsere Entwürfe oft die Nase rümpft.«

Hanna betrachtete daraufhin Hildes Stuhl sehr genau von allen Seiten und fand ihn ungewöhnlich schlicht, fast so, als wäre er noch nicht ganz fertig. Außer der Tatsache, dass er vier Beine hatte, erinnerte nichts an die Stühle, die sie von zu Hause her kannte. Die waren verspielter, hatten gepolsterte Sitzflächen und mit geschnitzten Blumenmustern verzierte Lehnen. Der von Hilde war schnörkellos, ohne jeden Schnickschnack.

»Du findest ihn wahrscheinlich zu einfach«, meinte Hilde, als würde sie Hannas Gedanken erraten. »Ich finde ihn gerade deshalb schön. Er erfüllt seinen Zweck, das reicht. Wir reduzieren um uns herum möglichst alles auf das Wesentliche, das kommt gerade schwer in Mode.«

»Verstehe …«, erwiderte Hanna. In Wirklichkeit hatte sie keine blasse Ahnung, was es mit diesem neuen, kargen Modestil auf sich hatte. Aber sie glaubte Hilde, schließlich war sie drei Jahre älter und hatte all das schon erreicht, wovon sie selbst noch träumte.

»Wie gerne lebst du hier?«, fragte Hanna sie.

»So gerne, dass ich nirgendwo anders sein möchte.« Fürsorglich wie eine große Schwester sah Hilde sie an. »Du bist nach deiner Odyssee im Wald bestimmt hungrig und durstig. Wie wäre es, wenn wir jetzt erst mal runtergehen und frühstücken? Die anderen sind bestimmt schon fast fertig.«

Hanna staunte, als sie die Veranda des Holzhauses betraten. An großen Tischen saßen dort mindestens zwanzig junge Frauen und mittendrin die Chefinnen.

Langgaard stand auf. »Das ist Hanna Schröder«, rief sie in die Runde. »Sie wird, wie ihr alle, bei uns eine Gymnastikausbildung machen. Aber sie hat noch einen anderen großen Plan …«, sagte sie leichthin und schwieg.

»Ja, den habe ich«, bestätigte Hanna und merkte, wie einige ihrer neuen Mitschülerinnen sie neugierig beäugten. »Ich möchte Tänzerin werden, Loheland-Tänzerin, und alles dafür tun, dass mein Wunsch Wirklichkeit wird.«

Langgaard nickte ihr ermunternd zu und setzte sich

wieder neben ihre jüngere Kollegin. Diese hatte Hanna zu ihrer Überraschung sofort wiedererkannt.

»Willkommen, Hanna!«, sagte sie. »Wir haben uns nach der Vorstellung im Theater in Hamburg nur kurz gesehen. Ich bin Hedwig von Rohden.«

Hanna fiel auf, dass die beiden Gründerinnen der Siedlung völlig unterschiedlich aussahen, obwohl sie ähnlich gekleidet waren. Langgaard war kräftig und so akkurat gescheitelt wie ein Mann, Rohden zart und eigenwillig mit kurzem welligem Haar, das ihrem Gesicht schmeichelte.

»Das war gescheit von dir, frühzeitig anzureisen«, bemerkte Rohden mit einnehmender Stimme. »So bleiben dir ein paar Tage Zeit zum Einleben, bevor das Semester beginnt.«

Hanna lächelte zurückhaltend und schaute sich nach einem freien Platz um.

»Komm zu mir!« Hilde winkte sie zu sich und rutschte auf ihrem mit gelbem Jutestoff überzogenen Strohballen zur Seite, damit sie zu zweit dort sitzen konnten. »Wir essen morgens meistens Brei aus Getreide, das wir selbst anbauen«, sagte sie, nahm eine Tonschale und füllte sie für Hanna. »Heute gibt es gekochte Weizenkörner. Die sind gesund und machen satt. An den Geschmack muss man sich allerdings erst gewöhnen.« Alle am Tisch kicherten, bis auf die Chefinnen.

Hanna überging die Situation, was ihr bei dem Heißhunger, den sie hatte, nicht schwerfiel. Fast gierig löffelte sie gleich zwei Schüsseln des schleimigen Körnerbreis. »Schmeckt viel besser, als er aussieht«, stellte sie danach zum Erstaunen der anderen fest.

Hilde reichte ihr einen Becher Tee. »Probier den mal, der ist wirklich gut. Wir mischen ihn aus getrockneten

Brennnessel- und Brombeerblättern, Rosen- und Hagebuttenblüten.«

Der erste Schluck, den Hanna nahm, war leicht bitter wie Medizin, beim zweiten entfalteten sich die Aromen. »Da ist auch ein Hauch Pfefferminze drin«, stellte sie fest und landete einen Volltreffer.

»Du hast einen feinen Geschmackssinn«, bemerkte Rohden, »vielleicht hast du ja Lust, irgendwann eine neue Mischung zu kreieren?«

»Das will ich gerne versuchen«, erwiderte Hanna.

Inzwischen waren alle Augen neugierig und vor allem erwartungsvoll auf sie gerichtet. Sie spürte, dass die künftigen Mitschülerinnen mehr über sie wissen wollten. »Ich werde in diesem Jahr neunzehn Jahre alt«, begann sie, »und stamme aus einer Hamburger Kaufmannsfamilie. Meine Eltern waren von meinen Plänen, in die Rhön zu reisen, alles andere als begeistert. Um es vorsichtig auszudrücken …«

»Mir erging es ähnlich«, schaltete sich ein Mädchen ein, das die typisch melodische Stimme einer rheinischen Frohnatur hatte. »Ich heiße Isolde und komme aus Köln«, stellte sie sich vor. »Meine Eltern wollten mich auch mit aller Macht zurückhalten und von meinen Plänen abbringen. Das habe ich mir aber nicht gefallen lassen und so lange gestänkert und genervt, bis sie am Ende froh waren, als ich abgefahren bin.« Die Kölnerin stach durch ihre rötlich leuchtenden Haare und ihre modische Frisur aus der Gruppe heraus. »Wie schön. Wir beide haben dasselbe Ziel. Ich träume auch von einer Karriere als Tänzerin«, sagte Isolde nun voller Begeisterung und bot sofort ihre Hilfe an, egal bei welchem Problem. »Wir lösen jedes. Solange wir wie gute Kumpel zusammenhalten und der Rhein genug Wasser hat. Das sagt man in meiner Heimat als Zeichen der Freundschaft.«

Hanna fühlte sich geschmeichelt. Das ungewohnt große Interesse an ihrer Person empfand sie als Wohltat – und als Bestätigung. Sie war nicht mehr allein mit ihrer Sehnsucht nach Veränderung. Um sie herum saßen Mädchen, kaum älter als sie, die auch ihr Zuhause verlassen hatten, um der erdrückenden Bürgerlichkeit zu entkommen.

Nach dem Frühstück ging Rohden von Tisch zu Tisch. »Ihr seid hierhergekommen, um etwas Neues zu wagen, stimmt's?«, fragte sie, und alle nickten.

»Möchtet ihr beherzter sein und freigeistiger leben als eure Mütter?« Erneut stimmten alle zu.

»Dann seid ihr hier richtig«, rief sie erfreut und sah die neuen Schülerinnen an, eine nach der anderen. »Wir wollen, dass in Loheland eine neue, starke Generation Frauen ihren Ursprung nimmt. Wir bieten euch die Möglichkeiten und unsere Unterstützung. Was ihr daraus macht, liegt an euch.«

Erst am frühen Nachmittag kam Hanna dazu, ihren Koffer auszupacken. Hilde hockte gemütlich neben ihr und amüsierte sich über die Schätze, die ihre neue Mitbewohnerin angeschleppt hatte. Je ein Weckglas mit Kirschmarmelade und Pflaumenmus, eine Tafel Schokolade mit feinstem Kakao aus der Karibik und eine Papiertüte mit einem bräunlichen Pulver.

»Was ist das?«, fragte sie.

»Das sind gemahlene Kümmelsamen.« Hanna kicherte. »Ottilie, unsere Köchin in Hamburg, sagt immer: ›Wenn ein Essen nicht schmeckt, streu Kümmel drauf. Das hilft.‹«

»Meinst du, das könnte auch bei unserem Frühstücksbrei helfen?«

»Ich denke schon. Es kommt nur auf die richtige Dosierung an.«

»Warte ab! Du kennst den aus Roggen noch nicht«, meinte Hilde nur, dann stand sie auf und räumte einen ihrer Wandhaken leer. Hanna fiel auf, wie verträumt sie dabei wirkte. Hilde betrachtete ihr Zimmer mit einer Neugier, als wäre sie diejenige, die gerade frisch einzog und ihre Kleidung aufhängen wollte.

»Bedürfnisse verändern sich«, sagte sie unerwartet und strich sich mit beiden Händen durch die kurzen, lockigen Haare. »Früher im Haus meiner Eltern in Bremen hatte ich eine halbe Etage für mich alleine. Meine Kleiderkammer dort war größer als das ganze Zimmer hier. Ich hatte ein breites komfortables Bett mit einer richtigen Rosshaarmatratze. Heute schlafe ich freiwillig auf einem Strohsack, den ich selbst gestopft habe, und finde das sogar gemütlich.« Sie ließ sich schwungvoll auf ihre Pritsche fallen, ohne bei dem dumpfen Aufprall eine Miene zu verziehen.

»Ich habe auch schon mal auf einer Pritsche mit Strohsack geschlafen«, erwiderte Hanna. »Da war ich zu Besuch bei meiner Tante. Sie ist Nonne und lebt in einem Kloster.«

Hilde stutzte einen Augenblick und richtete sich auf. »Das ist durchaus vergleichbar«, meinte sie dann. »In dieser Abgeschiedenheit hier leben wir in gewisser Weise auch klösterlich. Natürlich nicht im religiösen Sinne. Wir besinnen uns auf andere Werte, die uns wichtig sind und ein modernes Leben ausmachen. Wie du siehst, gehört Luxus nicht dazu.«

Und ob Hanna das sah. »An eure Genügsamkeit werde

ich mich schnell gewöhnen. Hauptsache, ich gehe mit der Zeit«, antwortete sie mit einer unbefangenen Leichtigkeit, die sie selbst verblüffte. Wenn Hilde, die ebenfalls aus einer gutbürgerlichen Kaufmannsfamilie stammte, freiwillig auf viele lieb gewonnene Annehmlichkeiten verzichtete, sollte ihr das wohl auch gelingen. Bestimmt hatte dieses Loheland Außergewöhnliches zu bieten, was jede Entbehrung wettmachen würde …

Als Hanna einige Zeit später das Zimmer verließ, war sie wie verwandelt. Sie trug ein bequemes kurzärmeliges Kleid, das Hilde ihr geliehen hatte.

Doch kaum war sie über die Schwelle getreten, fragte sie: »Ist es wirklich nicht zu kurz?« Sie schaute verlegen an sich herunter. Vor der Treppe blieb sie schließlich stehen. »Nein, so traue ich mich nicht nach draußen. Das Kleid ist zu gewagt.«

»Aber man kann nicht einmal deine Waden richtig sehen!«, beteuerte Hilde. »Außerdem hast du schöne Beine. Die sind ein Hingucker. Du solltest dich mehr trauen.«

»Noch mehr?«

Hanna fasste sich unter ihren Brüsten an den Bauch. Da war kein Korsett mehr, das sie einengte. Sie hatte es ausgezogen – nachdem Hilde mit Engelszungen auf sie eingeredet hatte.

Es war ein feierlicher Moment gewesen, als sie das Mieder mit Schwung über den Wandhaken warf, wo es wie ein ausgemusterter Putzlappen nutzlos vor sich hin baumelte. Seitdem sie erwachsen war, hatte Hanna darauf gewartet. Und doch tat sie sich nun schwer mit dieser neuen Zwanglosigkeit. Als hätte sie ein Verbot missachtet und müsste Bammel haben, ertappt zu werden.

»Bin ich jetzt eine moderne Frau?«, fragte sie befangen.

Hilde überlegte. »Nicht ganz, dir fehlt noch ein bisschen die innere Überzeugung. Aber Rom wurde auch nicht an einem Tag erbaut.« Sie zeigte auf Hannas geflochtene Zöpfe. »Die Frau von heute trägt übrigens Bubikopf. Soll ich eine Schere holen?«

Hanna schrie auf. »Nein, auf keinen Fall! Die Haare bleiben. Sonst fühle ich mich noch nackiger.«

Mühsam rang sie sich ein Lächeln ab, während Hilde laut losprustete und sich beim Reden beinahe verschluckt hätte. »Keiner zwingt dich, sie abzuschneiden. Aber ich wette mit dir um ein halbes Glas deiner geliebten Kirschkonfitüre, dass du deine Meinung bald ändern wirst.«

Hanna ging auf die Wette ein. So gierig, wie Hilde beim Auspacken des Koffers auf die Marmelade gestiert hatte, würde sie ihr sowieso davon abgeben.

»Können wir jetzt runtergehen?«, quengelte Hilde leicht genervt. »Oder willst du den Rest des Tages hier oben im Flur verbringen?«

Hanna stand noch immer an der Treppe und haderte mit sich. »Meinst du wirklich, ich falle nicht zu sehr auf?«, fragte sie zum dritten Mal. »Ich finde, ohne Mieder sieht mein Bauch viel zu dick aus.«

»Das bildest du dir bloß ein. Von welchem Bauch redest du überhaupt? Du hast doch gar keinen.«

»Ich möchte nicht, dass die anderen über mich lachen.« Zögerlich und verkrampft stieg Hanna nun die ersten Stufen hinunter.

»Jetzt entspann dich mal«, drängte Hilde, die ihr dicht auf den Fersen folgte. »Wer soll denn über dich lachen? Wir sind unter uns, du musst dich nicht schämen. Außerdem bin ich mir sicher, dass es dir gefallen wird.«

Immer noch zaghaft wagte Hanna sich nach draußen. Fast erschrak sie vor dem Wind, der sich unter ihrem Kleid verfing, es leicht anhob und ihr um die nackten Beine wehte. Die unerwartet angenehme Brise kitzelte an den Oberschenkeln und ließ sie unwillkürlich aufjauchzen. Wie von Zauberhand spürte sie nun auch die Sonnenstrahlen auf der Haut und strich sich erstaunt über die Arme.

»Dieses Gefühl ist herrlich. Dein Kleid bewirkt Wunder«, jubelte sie und winkte Hilde, die an der Hauswand lehnte, zu sich. »Komm, lass uns tanzen.«

Beschwingt drehte Hanna im Dreivierteltakt einen Kreis nach dem anderen und streckte dabei die Hände hoch, als wollte sie den Himmel berühren.

»Was soll das werden? Ein Walzer?«, fragte Hilde belustigt.

»Ja, so ähnlich. Ich erfinde ihn gerade neu. Ich möchte die Romantik eines Walzers mit der Leidenschaft des Tangos vereinigen. Romantik und Leidenschaft gehören zusammen.«

»Woher willst du das in deinem zarten Alter wissen?«

»Ich weiß es nicht. Ich stelle es mir aber vor. Warum sonst sollte eine Frau mit einem Mann tanzen wollen?« Hanna kicherte verschämt über ihre verwegene Behauptung und forderte Hilde erneut auf. »Nun komm endlich. Bitte, dieses eine Mal. Spiel du den Mann, der versucht, mich zu betören.«

Hilde schien von der Idee keineswegs begeistert. »Muss das sein? Ich mag Gesellschaftstänze nicht besonders. Du weißt doch, dass wir hier ganz anders tanzen.«

Hanna sah sie daraufhin so lange mit großen Augen bittend an, bis Hilde nicht mehr standhielt und nachsichtig lächelte. »Na gut, ausnahmsweise, weil du es bist und ich dich schon wie eine kleine Schwester ins Herz geschlossen habe.«

Hanna schmiegte sich leicht an Hildes Schulter und folgte den Bewegungen, die sie vorgab. Sanft und ruhig glitten die beiden eine Weile lang über den Vorplatz des Holzhauses.

»Für meinen Geschmack sollte jetzt langsam diese Leidenschaft hinzukommen«, rief Hanna, nachdem sie gerade eine schwungvolle Rechtsdrehung gemacht hatte.

»Kannst du haben«, erwiderte Hilde und zog sie so dicht an sich, dass sich ihre Körper fast berührten. Dann änderte sie auf einmal den Rhythmus und stieß Hanna mit arroganter Pose von sich weg. »So einfach ist das nicht mit der Leidenschaft und der Begierde. Sie braucht die knisternde Spannung von Nähe und Distanz«, rief sie ihr zu.

Hanna begriff schnell, was gemeint war, riss ihren Kopf beleidigt zur Seite und entfernte sich mit majestätisch anmutenden Schritten, bevor sie im romantischen Walzertakt wieder unbeschwert durch die Gegend hüpfte.

Nur gut, dass ihre Mutter sie jetzt nicht sehen konnte, schoss es ihr plötzlich durch den Kopf. Ihr Elternhaus in Hamburg-Othmarschen war vierhundert Kilometer weit weg, dennoch glaubte sie in einem Anfall von Beklommenheit, die empörte Stimme ihrer Mutter beinahe bis in die hessische Rhön zu hören: »Schluss mit dieser ordinären Hopserei. Benimm dich wie ein anständiges junges Fräulein!«

Die Worte dröhnten genauso in ihren Ohren wie an jenem schicksalhaften Mittwoch Anfang April.

2

Hamburg, vier Wochen zuvor

Wie jeden Mittwoch war Hanna gegen vier Uhr nachmittags vom Geigenunterricht nach Hause gekommen. Ihre Mutter Margarete saß bei geöffneter Tür auf der Chaiselongue im Wohnzimmer und stickte gerade eine mit Gold umrandete rote Rose auf einen Tischläufer. Schon wieder einer und schon wieder das gleiche Blumenmuster in denselben Farben. Hanna mochte sie partout nicht leiden, diese kitschigen, länglichen Deckchen, die in allen Zimmern verteilt auf Kommoden, Anrichten und sogar auf den Fensterbänken lagen.

Margarete schaute nur kurz von ihrem Stickrahmen hoch. »Was hast du heute im Geigenunterricht gelernt?«, fragte sie.

»Dass ich keine barocken Meister mehr spielen will. Bach und Händel sind mir zu alt. Ich möchte mich mit neuerer Musik beschäftigen«, erwiderte Hanna mit fester Stimme, verschränkte die Arme und lehnte sich bewusst lässig an den Türrahmen. In dieser Position konnte sie die fast tägliche Auseinandersetzung mit ihrer Mutter, mit der jeden Moment zu rechnen war, am besten ertragen. Abwartend starrte sie auf die Stickarbeit – auf den goldenen Faden und die Nadel, wie sie immer wieder und wieder von unten nach oben und von oben nach unten den Stoff des Läufers durchdrangen.

»Was ich gerade mache, ist ein Gobelinstich«, erläuterte Margarete, ohne den Blick von ihrer Rose abzuwenden. »Er ist nur einer von vielen verschiedenen Stichen, die es gibt. Sticken ist sehr abwechslungsreich, das wäre auch für dich eine gute Beschäftigung. Es zerreißt mir nach wie vor das Herz, dass du in der Hauswirtschaftsschule nicht bereit warst, diese wundervolle Handarbeit zu erlernen.«

Den Vorwurf hatte Hanna schon zigmal gehört. Sie schwieg und verdrehte bloß die Augen.

Ein paar Stiche noch, dann legte Margarete den Stickrahmen zur Seite. Sie stieß einen tiefen Seufzer aus und sah ihre Tochter verbittert an. »Was soll aus dir nur werden?«, klagte sie leise. »Wie wenig damenhaft du dastehst, breitbeinig wie eine Bäuerin bei der Feldarbeit. In einem Mieder, das kaum seinen Zweck erfüllt. Mit einem Gesichtsausdruck, der jede Anstandsregel missachtet. Ich weiß nicht, von wem du dieses schlechte Benehmen hast. Von mir bestimmt nicht.«

Das sah Hanna genauso. Ihre Mutter benahm sich immer akkurat, geradezu pedantisch, sie war stets standesgemäß gekleidet und vorbildlich frisiert. Sie hätte jederzeit das Haus verlassen können, um dem Kaiser vom Straßenrand aus zuzujubeln. Wie damals kurz vor Kriegsbeginn, als sie das einzige Mal in diesen Genuss gekommen war. Seitdem verpasste sie keine Gelegenheit, von diesem außergewöhnlichen Ereignis zu schwärmen. Wilhelm II. und sie, die Kaufmannsgattin, Auge in Auge und lediglich wenige Meter voneinander entfernt. Seine prunkvolle Uniform und der Glanz seiner Pickelhaube – und diese herrliche Kutsche! Aus Respekt vor seiner Hoheit hatte Margarete sich mit einem Hofknicks verneigt. Dass der Kaiser längst abgedankt hatte und entmachtet im holländischen Exil lebte, bedauerte sie zutiefst.

Auch an diesem Mittwoch.

»Hanna, eins kannst du mir glauben. Mit dem Ende der Monarchie sind auch die guten Sitten verschwunden. Niemand zeigt mehr den gebotenen Respekt«, begann sie und hielt kurz inne, bevor sie mit vorwurfsvoller Stimme weitersprach: »Dieses flegelhafte Benehmen hättest du dir unter unserem Kaiser nicht erlauben dürfen.«

Hanna kannte den strengen durchdringenden Blick, mit dem ihre Mutter sie nun strafte, nur zu gut. Oft geriet sie darüber in einen Zustand besorgniserregender Kurzatmigkeit, aus dem Hanna sie durch das Lockern ihres zu engen Korsetts befreien musste. Sie suchte nach einem passenderen Gesprächsthema.

»Hast du neulich im *Hamburger Anzeiger* die Fotos der neuen Chanel-Kleider gesehen?«, fragte sie säuselnd und wusste ganz genau, dass ihre Mutter in keine Zeitung schaute. Allenfalls ließ sie sich abends beim Sticken vor dem Kamin einige Artikel vorlesen, die ihr Mann Johann in seinem Sinne auswählte. Politik und Mode gehörten äußerst selten zu seinem Repertoire.

»Die Kleider sind mindestens zwei Saumlängen kürzer als zu Kaisers Zeiten und von der Schulter ab leger geschnitten«, sagte Hanna und zupfte dabei an ihrem Leibchen herum. Es saß zwar bequemer als das ihrer Mutter, engte sie aber dennoch ein wie der Brustpanzer einer Ritterrüstung. »Die neuen Stoffe fallen geschmeidig über Taille und Hüfte.« Sie gab sich alle Mühe, ihre Mutter zu begeistern. »Du wirst nie wieder nach Luft schnappen müssen, Mama, das wird dir gefallen.«

Margarete winkte verärgert ab. »Johanna, du sollst mich nicht ›Mama‹ nennen. Du weißt, dass dein Vater und ich das missbilligen. Ich bin deine Mutter, so gehört es sich. Wie oft muss ich dir das noch sagen?«

Hanna zuckte zusammen. Sie mochte es ebenso wenig, wenn ihre Mutter sie Johanna nannte. Ein Name, der nach Mittelalter und Hexenverbrennung klang – und keinesfalls nach Fortschritt.

»Die Zeiten sind lockerer geworden. Wir leben nicht mehr im Kaiserreich. Wir leben in einer modernen Republik«, protestierte sie und wiederholte, indem sie jeden Buchstaben ausgiebig in die Länge zog: »M a m a! Hör mir doch bitte mal zu. Du und ich, wir könnten gemeinsam viel Neues entdecken.«

»Nicht alles Neue ist gut«, erwiderte Margarete mit gepresster Stimme. »Nur die Tradition kann die Werte einer Gesellschaft dauerhaft bewahren.«

»Hast du dich denn kein bisschen gefreut, als Frauen im letzten Jahr das erste Mal wählen durften? Dass Mädchen wie ich neuerdings an Universitäten studieren können?«, fragte Hanna und verstummte kurz. Nach einer Weile fügte sie resigniert hinzu: »Natürlich nur, wenn ihre Eltern es erlauben.«

Ohne auf Hanna einzugehen, wechselte Margarete das Thema. »Bitte, deck jetzt den Tisch. Wir erwarten heute Abend einen Gast.« Sie stand auf und verließ wortlos den Raum. »Bevor ich eindecke, muss ich wissen, was es zu essen gibt!«, rief Hanna ihr naserümpfend hinterher.

Margarete drehte sich nicht um, sondern blieb lediglich im Flur vor dem großen, ovalen Spiegel stehen, durch den sie zu Hanna im Wohnzimmer spähte.

»Dein Vater konnte einen Helgoländer Hummer besorgen. Ich hoffe, du weißt das zu schätzen«, sagte sie. »Danach gibt es wie üblich Steckrübensuppe und ein Hauptgericht. Hoffentlich. Mal sehen, was Ottilie organisieren konnte. Bei der katastrophalen Versorgungslage ist jeder Tag eine neue Herausforderung.« Sie seufzte und begab sich in die Küche, wo Ottilie sie unbeschwert empfing. Die Köchin redete so laut, dass Hanna jedes Wort verstand.

»Sie können unbesorgt sein«, beruhigte sie die Hausherrin. »Ich habe alles unter Kontrolle. Es gibt Saure Nieren.«

Hanna kannte Ottilie von klein auf und mochte ihre lebhafte Art. Sie war auch nicht irgendeine Wald- und Wiesenköchin, sondern eine wahre Zauberin am Herd. Selbst aus den wenigen Lebensmitteln, die derzeit in den Läden zu bekommen waren, bereitete sie Köstlichkeiten zu. Außerdem hatte Ottilie beste Beziehungen. Mit halbseidenen Tauschgeschäften oder zu entsprechendem Aufpreis konnte sie fast alles ergattern, was die Not der Nachkriegszeit linderte, sogar Fleisch, Eier und Milch.

Hanna wurde zu jeder Mahlzeit gut versorgt und wusste das zu schätzen. Sie musste noch nie an einem leeren Esstisch sitzen und hungrig zu Bett gehen wie unzählige andere Menschen in Hamburg, denen es an allem mangelte.

Dass ihr Vater Johann seine Geschäftspartner zu Hause zum Essen empfing, war sie gewohnt, auch daran, wie peinlich genau er Anlässe dieser Art plante. Johann legte besonderen Wert auf einen reibungslosen Ablauf der Menüfolge. Die Pausen zwischen den einzelnen Gängen durften weder zu kurz noch zu lang sein. Und wehe, es klappte nicht in seinem Sinne. Dann lächelte er süffisant und tadelte seine Frau vor den Gästen als nachlässige Gastgeberin.

Nach dem Essen zog er sich in aller Regel mit seinem

jeweiligen Besucher und einer Zigarrenschachtel ins Arbeitszimmer zurück – zum »Vieraugengespräch unter Kaufmännern«, wie er diese Unterredungen nannte. Was bei diesen Gelegenheiten besprochen wurde, blieb sein Berufsgeheimnis.

Hanna wusste nur, dass ihr Vater mit Tee handelte und seine kostbare Ware von den besten Plantagen aus Indien, Ceylon und China bezog. Hin und wieder hatte sie ihn in seinem Kontor in der Speicherstadt besuchen dürfen und beim intensiven Schnuppern an den Teesäcken ein gutes Gespür für die unterschiedlichen Aromen und Qualitäten entwickelt. Von dieser Fähigkeit, die ihr wohl als Geschenk in die Wiege gelegt worden war, hätte ihr Vater durchaus profitieren können, fand sie.

Viel zu lange hatte Hanna darauf gehofft, dass er sie wenigstens einmal zu einer Fachsimpelei zwischen Vater und Tochter in sein Büro bitten würde. Sie hatte sich immer vorgestellt, wie er auf seinem breiten ledernen Bürostuhl am Schreibtisch saß und sie davor auf dem schwarzen Samtstuhl mit gelbem Schlangenmuster, den er von einer Reise aus Indien mitgebracht hatte.

Wie konnte sie so blauäugig gewesen sein zu glauben, ihre Meinung wäre ihm wichtig?, dachte sie und ging ins Esszimmer, um ihren Pflichten nachzukommen.

Hanna öffnete den schweren Vitrinenschrank aus Eiche, dessen bleiverglaste Türen erbarmungslos quietschten, solange sie denken konnte. Vorsichtig holte sie die am Rand mit Gold verzierten böhmischen Kristallgläser heraus, die ihre Mutter als Mitgift in die Ehe eingebracht hatte.

Eine festliche Tafel vorbereiten, das konnte sie. Im vergangenen Jahr hatte sie in der Hauswirtschaftsschule für Töchter aus gutem Hause kaum etwas anderes gelernt.

Hanna empfand diese Schule, die ihr Vater als dringend notwendige Erziehungsmaßnahme betrachtete, als verlorene Zeit. Sie war noch so jung und hatte schon ein Jahr ihres Lebens vergeudet!

Viel lieber hätte sie weiterhin das Lyzeum besucht, einen richtigen Schulabschluss gemacht und danach Architektur studiert, so wie ihr Bruder Otto. Sie stellte sich lebhaft vor, wie sie eines Tages schöne Häuser entwerfen und eigenes Geld verdienen würde.

Ihr Vater hatte ihren farbenprächtigen Zukunftstraum mit einer einzigen abfälligen Handbewegung zerstört. Dabei war sein Gesichtsausdruck geradezu diabolisch gewesen, wie auf einem Bild des Teufels in ihrem Märchenbuch, vor dem sie sich als Kind immer gefürchtet hatte.

»Hör auf mit deinen Hirngespinsten«, hatte Johann ihr deutlich zu verstehen gegeben. »Eine Frau braucht keinen Abschluss, schon gar keinen Universitätsabschluss. Sie hat nicht der Wissenschaft zu dienen, sondern ihrem Mann. Aus, Ende.«

Sprachlos und den Tränen nahe war Hanna nach seiner Standpauke in ihr Zimmer gegangen und hatte ihr in rotes Leder gebundenes Tagebuch aus der Schublade geholt, um ihren Seelenschmerz niederzuschreiben.

Vater führt sich auf wie ein Oberbefehlshaber. Wenn ich für mich nicht bald einen Ausweg finde, gehe ich unter wie die Titanic. *Ohne Hoffnung auf Rettung. Wäre es nach ihm gegangen, könnte ich nicht einmal schwimmen. Selbst das hat er mir verboten zu lernen, weil ich ein Mädchen bin.*

Zentimetergenau begann Hanna, den Tisch einzudecken.

Mithilfe eines Dreiecklineals platzierte sie die Weißweingläser im Fünfundvierzig-Grad-Winkel rechts unterhalb der Rotweingläser – rechts oberhalb im selben Winkel mussten die Aperitifgläser stehen. Frau Wedemeyer, die strenge Hauswirtschaftslehrerin mit den vorsintflutlichen Ansichten, wäre von dieser tadellosen Arbeit begeistert gewesen. Als Lob hätte sie vermutlich einen ihrer scheußlichen Lieblingskommentare von sich gegeben: »Fräulein Schröder, mit der nötigen Disziplin kann selbst aus Ihnen noch eine gute Ehefrau und Gastgeberin werden.«

Hanna übertrumpfte sich selbst. Detailbesessen faltete sie aus gestärkten Stoffservietten kunstvolle Fächer, die, von silbernen Ringen gehalten, genau in der Mitte oberhalb der Teller ihren Platz fanden. Sorgfältig polierte sie die silbernen Hummerzangen und Gabeln, bevor sie um den rechteckigen Tisch lief und sie verteilte. Die absurde Akribie ihrer Vorgehensweise amüsierte sie, obwohl es wahrlich Besseres zu tun gegeben hätte. Sehnsüchtig dachte sie an die froh gelaunten Paare, denen sie im Pavillon an der Alster beim Tanzen zugeschaut hatte. Mit den Dessertschalen in der Hand versuchte sie, den Rhythmus ihrer Bewegungen nachzuahmen, und schaukelte mit ihrem Körper vor und zurück.

»Eins, zwei, Wie-ge-schritt. Eins, zwei, Wie-ge-schritt«, murmelte sie dabei vor sich hin und stellte die erste Schale taktgenau an die richtige Stelle. Bei der zweiten steckte ihre Mutter den Kopf durch die halb geöffnete Tür, und der Spaß war vorbei.

»Schluss mit dem Unsinn. Beeil dich«, rief sie Hanna zur Ordnung und kontrollierte mit kritischem Blick jedes Glas und jedes Besteckteil, das ihre Tochter eingedeckt hatte. »Und vergiss nicht, eines deiner guten Kleider anzuziehen. Ich möchte, dass du bei Tisch adrett und ordentlich erscheinst.«

So viel Aufhebens um einen Essensgast hatte ihre Mutter lange nicht gemacht. Hanna überkam ein ungutes Gefühl.

»Wen hat Vater eigentlich heute eingeladen? Kenne ich ihn?«

»Nein, aber du wirst dich freuen, seine Bekanntschaft zu machen. Er heißt Franz Westphal, studiert Rechtswissenschaft und kommt aus angesehenem Hause.«

Margaretes verheißungsvolles Lächeln versetzte Hanna in Panik. Sie war in einen Hinterhalt geraten, aus dem sie sich schleunigst befreien musste. Mit Wucht stellte sie die Schalen, die sie noch immer in der Hand hielt, auf den Tisch, dass sie schepperten, und bäumte sich vor ihrer Mutter auf.

»Ihr könnt diesen Franz einladen, sooft ihr wollt. Ich werde ihn nicht heiraten. Niemals!«, rief sie aufgebracht. »Und wenn ihr glaubt, ich würde wie Elisabeth irgendwann doch klein beigeben, dann täuscht ihr euch gewaltig.«

»Johanna, nicht in diesem Ton!«, erwiderte Margarete streng. »Deine Schwester hat sich gern vermählen lassen. Im Gegensatz zu dir wusste sie in deinem Alter bereits, dass der makellose Lebenswandel einer jungen Frau auch für ihre Familie von Bedeutung ist. Mein Kind, du musst endlich vernünftig werden«, fügte sie nun mit weicherer Stimme hinzu. »Franz wäre eine gute Partie. Oder willst du so enden wie Tante Wilma?«

»Ich kann Tante Wilma gut verstehen«, legte Hanna zwar gedämpfter, aber nicht weniger energisch nach. »Ihr blieb damals doch gar nichts anderes übrig, als in ein Kloster zu gehen. Ihr habt sie …«

»Du hast keine Ahnung, wovon du redest«, unterbrach Margarete sie schroff. »Die Geschichte ist fünfzehn Jahre her, da warst du gerade mal drei. Wir wollten für die Schwester deines Vaters damals nur das Beste! Sie war schon fünfundzwanzig, da stehen die Männer nicht mehr Schlange. Tante Wilma hätte in eine akzeptable Familie einheiraten können, wo es ihr gut gegangen wäre. Es hätte ihr an nichts gefehlt. Aber nein, sie hat sich stattdessen für ein Leben in Armut entschieden.«

»Ich würde auch lieber Nonne werden, als einen Mann zu heiraten, den ich nicht liebe«, gab Hanna voller Trotz zurück.

Eigentlich wusste sie kaum etwas von der Liebe oder vom Klosterleben. In ihrer Fantasie stellte sie sich das eine prickelnd und aufregend vor, das andere langweilig, düster und trist. Beten von morgens bis abends, lange dunkle Flure, deren Holzdielen knarrten, auch wenn man schweigend und demütig darüber hinwegschlich.

Dabei hatte sich Tante Wilma die paar Male, die sie in Hamburg zu Besuch gewesen war, trotz ihrer steifen schwarzen Ordenstracht recht bodenständig und weltoffen gezeigt. Sie erzählte viel von ihrer Arbeit als Krankenschwester und besaß die Gabe, jedes menschliche Gebrechen spannend darzustellen. Hanna hatte den Geschichten über gebrochene Beine, Blinddarmentzündungen, Blutvergiftungen und Herzschwäche interessiert zugehört und um jeden Patienten gebangt, dass er hoffentlich bald genesen würde.

Über Tante Wilmas Klosterleben und ihren Glauben wurde damals kaum gesprochen. Hanna wusste, warum. Ihr Vater duldete in seinem Haus keine Diskussionen über Religion und schon gar nicht mit Tante Wilma. Ohne seine Erlaubnis und gegen die Tradition der gesamten Familie war sie, die Protestantin, zum katholischen Glauben konvertiert und auf diese Weise seinem autoritären Gehabe still und heimlich entkommen. Für Johann eine unverzeihliche Blamage, die, wie er bei passenden und unpassenden Gelegenheiten betonte, in gewissen Kreisen seinem Ansehen geschadet hatte.

Jedes Mal, ehe Wilma ihre Rückreise nach Hildesheim antrat, zeigte Margarete sich von ihrer wohltätigen Seite, und Hanna musste ihr dabei helfen. Mit zwei großen Leinentaschen gingen sie in die Speisekammer und packten sie voll mit Lebensmitteln und Tee.

»Bitte, nimm das an. Es sind nur ein paar Kleinigkeiten für dich und die Ordensgemeinschaft. Du weißt, wir können uns das leisten«, betonte Margarete gerne en passant bei der Verabschiedung.

Hanna hatte kein anderes Kleid angezogen und auch ihre Zöpfe nicht neu geflochten. Im Gegenteil, sie war sogar absichtlich durch den Garten gerannt, damit der Wind ihre Haare noch mehr zerzauste und ihr ein paar Strähnen ins Gesicht fielen.

Als es pünktlich um sieben Uhr abends klingelte, saß sie mürrisch im Esszimmer, hatte die Ellenbogen auf den Tisch gestützt und die Hände unter dem Kinn verschränkt. Margarete, die aus der Küche eilte, um die Tür zu öffnen, entgleisten beim Anblick ihrer Tochter die Gesichtszüge. »Ich dachte, du hättest hinreichend gelernt, dich in Gesellschaft zu benehmen. In diesem Moment zweifle ich daran«, wetterte sie. »Du brauchst dringend eine starke Hand. Franz wird dir schon beibringen, wo es langgeht. Er ist ein anständiger junger Mann.«

»Tu doch nicht so, als ob du ihn kennen würdest«, fauchte Hanna ihre Mutter an.

»Dein Vater kennt ihn, das genügt. Wehe dir, wenn du dich nicht von der besten Seite zeigst!«

Während Hanna überlegte, ob sie vor lauter Anstand erstarren oder eher in förmlichen Floskeln versinken sollte, hatte ihr Vater bereits eine Flasche Schaumwein bereitgestellt, und die Mutter begrüßte Franz mit überschwänglichen Worten. Er revanchierte sich mit einem dezent angedeuteten Handkuss und bedankte sich bei der Hausherrin mit einem Strauß Forsythienzweige für die Einladung. Als er seinen Hut, den er ungeschickt festhielt, ablegen wollte, entdeckte er auf der Kommode neben der Garderobe eines der Rosendeckchen.

»Wie schön, dass auch in Ihrem Haus gestickt wird«, stellte er entzückt fest. »Meine Frau Mutter liebt das Sticken ebenfalls. Sie hat sich auf Margeriten spezialisiert.« Dabei lächelte er übertrieben geziert, was Hanna, die ihn vom Esszimmer aus beobachtete, sofort unangenehm auffiel. Ansonsten sah er in seinen modischen Knickerbockern, dem weißen Hemd, Krawatte und Jackett recht anständig aus – was nichts an ihrem Entschluss änderte, sich diesen fremden Mann vom Hals zu halten.

Schlimm genug, dass er auch ihr einen Kuss auf den Handrücken hauchte und sie nach alter Sitte mit ihm anstoßen musste. Worauf? Auf ihre Unfreiheit?

Als Kind war es Hanna streng verboten gewesen, beim Essen ein Wort zu sagen, als Jugendliche durfte sie immerhin auf Fragen antworten. Seit ihrem achtzehnten Geburtstag hatte sie die Erlaubnis, bei Tisch mitzureden, wenn auch unter dem Gebot strikter Zurückhaltung.

Hanna wusste, was an diesem Abend von ihr erwartet wurde. Sie sollte ihre gute Erziehung und Bildung präsentieren. Zumindest das, was ihre Eltern darunter verstanden.

»Ja, ich halte mich an deine Vorgaben«, hatte sie ihrer

Mutter widerwillig versprechen müssen. »Ich werde mich zieren, und du wirst mich mehrmals bitten, bevor ich die Geige hole und zwischen Hummer und Suppe den ersten Satz aus Mozarts *Kleiner Nachtmusik* spiele. Und nach dem Hauptgericht werde ich mit einem Gedicht auftrumpfen.«

Sollte sie Goethe nehmen, den Klassiker? Oder besser Hölderlin? Nein, zu schwierig. Vielleicht etwas Moderneres? Hanna entschied sich für Rilke.

»Ich kreise um Gott, um den uralten Turm,
und ich kreise jahrtausendelang;
und ich weiß noch nicht: bin ich ein Falke,
ein Sturm
oder ein großer Gesang.«

Franz war beeindruckt von ihren Darbietungen, zumindest tat er so. »Hanna, Sie faszinieren mich. Wie gut Sie Geige spielen, und wie belesen Sie sind!«

»Vielen Dank für das Kompliment. Ich kann es leider nicht annehmen, weil ich es nicht verdiene«, sagte sie mit gekonntem Augenaufschlag. »Ich täusche Sie. Meine Fähigkeiten sind in Wahrheit nur oberflächlich, lediglich ein äußerer Anschein. Mir fehlt die persönliche Note. Ich spiele Geige, ohne die Musik zu spüren. Ich rezitiere Rilke, ohne seine Worte zu verstehen. Bedauerlicherweise bin ich nicht lange genug zur Schule gegangen, deshalb mangelt es mir an Bildung.«

Bevor ihr Vater sie mit seinem scharfen Blick aus dem Konzept bringen konnte, überrumpelte sie Franz mit der Frage: »Wovon träumen Sie im Leben?« Dabei schaute sie ihm frech ins Gesicht, was ihn offensichtlich irritierte.

»Ich habe keine Träume, ich habe Pläne«, antwortete

er verhalten. »Nach meinem Studium werde ich in der Kanzlei meines Vaters arbeiten und sie später übernehmen.«

»Sie Glücklicher!«, erwiderte Hanna mit einem kurzen, überheblichen Lächeln, bevor sie in aller Bescheidenheit weiterredete. »Ich habe leider keine Pläne, ich habe nur Träume. Bevor ich im Leben Pläne schmieden kann, muss ich erst einmal meinen eigenen Weg gefunden haben.«

Margarete und Johann schauten ihre Tochter fassungslos an, und Franz stammelte, um irgendetwas von sich zu geben: »Interessant. Darf ich fragen, wie dieser Weg in Ihrer Vorstellung aussieht?«

»Auf diesem Weg sehe ich vorerst nur mich. Ganz alleine. Was ich tue oder lasse, liegt in meiner Hand.«

Franz räusperte sich und starrte auf die Zeiger der Standuhr, Margarete blickte auf ihre Serviette, die sie in den Händen zerknüllte. Johann stierte stumm und regungslos ins Leere. So, wie Hanna ihren Vater kannte, würde er sich schnell wieder erholen, überlegte sie und nutzte die kurze Zeit, die ihr blieb.

»Ach, Franz, was ich Sie fragen wollte …«, sagte sie und klimperte aufreizend mit den Wimpern. »Gehen Sie gerne tanzen?«

Franz zögerte seine Antwort einen Moment hinaus. »Nein, ich tanze nicht. Diese Art des Zeitvertreibs weckt kein Interesse in mir.«

»Schade. Ich würde zu gerne tanzen lernen und mich in einem Ballhaus amüsieren. Dafür könnte ich einen Mann gut gebrauchen.«

»Hanna, zähme dein loses Mundwerk«, fuhr nun Johann verärgert dazwischen. »Dein ungezogenes Verhalten wird ein Nachspiel haben!« Dann schaute er über

Hanna hinweg und verwickelte Franz in ein angestrengtes Gespräch über internationales Handelsrecht.

Obwohl die Teller längst abgeräumt waren, hing der säuerliche Duft des Nierenragouts wie eine bleierne Wolke über dem Tisch. Hanna störte weder der Geruch von abgestandenem Essen noch die mit eisiger Stimme verkündete Drohung ihres Vaters. Nur zu gut erinnerte sie sich, wie es Elisabeth, ihrer älteren Schwester, Jahre zuvor in einer ähnlichen Situation zu Hause ergangen war. Ohne vorherige Ankündigung hatte sie neben sich am Tisch plötzlich einen wildfremden Offizier der kaiserlichen Marine sitzen, der beim Essen über die deutsche Hochseeflotte und seine schnelle Beförderung im Falle eines Krieges schwadronierte. Elisabeth hatte damals den Abend, der kein Ende nehmen wollte, höflich lächelnd über sich ergehen lassen.

Hanna war erleichtert über all das, was ihr erspart blieb. Angefangen mit der vermutlich aufdringlich vorgebrachten Bitte ihrer Mutter, Franz den Garten zu zeigen. Die von den Großeltern gepflanzten Rhododendronbüsche. Die Buchsbaumhecke. Den Jugendstilpavillon, in dem zum gemütlichen Beisammensitzen und näheren Kennenlernen bereits ein Krug mit Limonade und zwei Becher bereitstanden.

Die nächsten Verabredungen wären bestimmt Spaziergänge am Elbufer gewesen, rauf und runter, dabei Schiffe gucken und Bruttoregistertonnen raten. Von Mal zu Mal hätte Franz sie fester umschlungen und die erstbeste Gelegenheit genutzt, hinter ihrem Rücken mit Johann einen Verlobungstermin einzufädeln. Als ob sie ein Sack Tee wäre, den es galt, an den Mann zu bringen.

Schon den zweiten Tag hockte Hanna nun eingesperrt in ihrem Zimmer. Nachdem Franz an dem Abend früh und ohne um ein Wiedersehen zu bitten gegangen war, hatte ihr Vater sie in einem Wutanfall die Treppe hochgejagt, unter unflätigen Beschimpfungen durch die Tür geschubst und das Schloss von außen verriegelt.

Hanna war seitdem standhaft geblieben. Um nichts auf der Welt würde sie jammern und betteln oder gar einknicken. Wenn ihr Vater glaubte, mit Stubenarrest ihren Gehorsam erzwingen zu können, täuschte er sich.

Sie konnte gut mal auf den Geigenunterricht verzichten – und auf den alten eingebildeten Englischlehrer auch, der lediglich zum eigenen Zeitvertreib kam und in Wirklichkeit gar kein Lehrer war, sondern ein Geschäftsmann im Ruhestand. Ihr Vater hatte ihn nur ins Haus geschleppt, um von seinen Kontakten zu profitieren.

Hanna überlegte, wozu sie sich überhaupt noch länger mit einer fremden Sprache herumplagen sollte. Sie würde sowieso keine fremden Länder kennenlernen, sondern wohl ihr gesamtes Leben damit zubringen, aus dem Fenster ihres Zimmers zu starren.

Konrad, der Gärtner, hatte gerade mit der Arbeit begonnen und winkte ihr zu. Auf allen vieren krabbelte er mit seinen sechzig Jahren wie ein junger Mann von einem Rhododendronbusch zum nächsten. Sorgfältig schnitt er die abgestorbenen unteren Zweige ab, zupfte Unkraut und sammelte die vertrockneten Blätter ein, die sich im Winter auf dem Boden angesammelt hatten. Danach holte er aus dem Schuppen eine lange Eisenharke, mit der er den verfilzten Rasen von wucherndem Moos befreite.

»Jedes Jahr das Gleiche«, hörte ihn Hanna vor sich hin murmeln. Bei der Größe des Gartens würde er Tage damit beschäftigt sein. Hanna war das nur recht. Sie hatte viel Zeit, ihm dabei zuzuschauen.

Die Einzige, die Hannas Zimmertür von außen aufschließen und kurz eintreten durfte, war Ottilie mit dem Essen. Schweigend, denn der Hausherr hatte ihr Redeverbot erteilt. Wenigstens lächelte sie beim Servieren des Frühstücks verschmitzt und zog konspirativ die klein gefaltete Zeitung vom Vortag aus ihrer Schürzentasche, die sie von dem Stapel neben dem Wohnzimmerkamin hatte mitgehen lassen. In einer eindringlichen Bitte um Verschwiegenheit legte sie mit großer Geste den Zeigefinger auf die Lippen, stupste sich dabei mit der Fingerspitze an die Nase und rollte bedeutungsvoll mit den Augen, erst in die eine, dann in die andere Richtung. Ottilie war seit Jahren Mitglied einer Laientheatergruppe und zeigte gerne ihr schauspielerisches Talent, auch wenn sie nicht auf einer Bühne stand. Bevor sie, immer noch schweigend, wieder aus dem Zimmer verschwand, schlug sie die Seite drei der Zeitung auf.

Hanna versuchte, sich das, was sie da las, bildlich vorzustellen. Berlin würde bald eine der größten Städte der Welt sein. Jede Woche eröffneten neue Bars und Ballhäuser. Junge Frauen, kaum älter als sie, gingen dort sogar ohne männliche Begleitung hin und tanzten Shimmy, mit wem sie wollten. Ungeniert hopsten sie vor allen anderen auf dem Parkett umher und wackelten mit dem ganzen Körper, schüttelten im Rhythmus der Musik ihre Arme und Beine, kreisten gewagt mit den Hüften. Hanna hatte von diesem neuen freizügigen Tanz aus Amerika noch nie gehört. Sie war auch noch nie allein ausgegangen. Schon gar nicht zum Fünfuhrtee nach der Arbeit, wie es unter fortschrittlichen Berlinerinnen Mode war.

Als ob jemand die Republik geteilt hätte in modern und

ewig gestrig. Hanna fühlte sich am falschen Ort, umgeben von den falschen Menschen. Schon seit geraumer Zeit galt sie in ihrer ehemaligen Mädchenclique als Nörglerin, die mit ihren diffusen Freiheitsfantasien zu viel Staub aufwirbelte.

Mein Wunsch nach Anderssein zwingt mich in die Einsamkeit. Solange ich nicht weiß, was ich wirklich will, mache ich mich lächerlich. Ich muss raus und das echte Leben kennenlernen!, schrieb sie als dringende Ermahnung an sich selbst in ihre rote Lederkladde und hatte dabei vor Augen, was sie vor über einem Jahr auf dem Hamburger Rathausmarkt erlebt hatte und was ihr seitdem nicht mehr aus dem Kopf ging.

Hanna war an diesem 24. März 1919 zufällig in der Innenstadt gewesen. Ihr Geigenunterricht war ausgefallen, die Lehrerin hatte sie versetzt. Ihr blieben mehr als zwei Stunden, bis sie zu Hause zurückerwartet wurde.

Von der Langen Reihe schlenderte sie am Hauptbahnhof vorbei in die Innenstadt. Vor dem Warenhaus Karstadt auf der Mönckebergstraße klebte an einer Litfaßsäule noch ein Wahlkampfplakat, auf dem alle Frauen ab zwanzig ermutigt wurden, von ihrem neuen Recht Gebrauch zu machen.

Eure Kinder brauchen Frieden und Brot. Darum Frauen: Wählt!, stand dort in großen, fetten Buchstaben.

Hanna lief um die Säule herum und entdeckte einen weiteren Aufruf. Dieser war an rückständige Männer wie ihren Vater gerichtet, die ein Wahlrecht für Frauen strikt ablehnten.

Wir wenden uns an den Teil der deutschen Familienväter, die nicht einverstanden sind mit dieser Neuerung. Wollt Ihr Eure Frauen und Töchter zurückhalten mit der

Begründung: Die Frau gehört ins Haus? Bedenkt, was Ihr tut! Holt Eure Frauen und Töchter heran, so ungewohnt es für Euch auch ist.

In Gedanken versunken wandte Hanna sich von der Litfaßsäule ab und bummelte weiter zum Rathausmarkt. Dort geriet sie in eine Versammlung mit vielen Menschen, darunter junge Männer mit ernsten, ausgemergelten Gesichtern und vom Krieg geschundenen Körpern. Sie hockten da, zitterten vor Kälte und blickten starr vor sich hin. Gespenstisch still demonstrierten sie gegen ihre verzweifelte Lage und bettelten um ein bisschen Brot, das ihren Hunger für ein paar Stunden mildern würde.

Etwas abseits stand eine kleine Gruppe Frauen mittleren Alters. »Helene Lange! Helene Lange!«, riefen sie im Chor.

Eine von ihnen kam mit glühend roten Wangen auf Hanna zu und zog sie zu ihren Mitstreiterinnen.

»Mädchen, heute wird im Rathaus Geschichte geschrieben«, verkündete sie enthusiastisch. »Wir feiern hier in Hamburg die Demokratie, die neue deutsche Republik. Und wir feiern die Gleichberechtigung. In wenigen Minuten wird Helene Lange als erste Frau in Deutschland eine Parlamentssitzung eröffnen, die erste Sitzung der demokratisch gewählten Hamburger Bürgerschaft.«

»Wer ist diese Helene Lange? Müsste ich von ihr gehört haben?«, fragte Hanna arglos.

»Helene Lange ist eine Anführerin der deutschen Frauenbewegung. Ab heute wird sie sich als rechtmäßige Abgeordnete für unsere Interessen starkmachen.«

Entsetzt über ihre Unwissenheit, blieb Hanna noch lange auf dem Rathausmarkt stehen.

»Dieser Tag hat keine Bedeutung. Dieser Tag ist ein Irrtum«, erklärte ihr Vater am Abend und rutschte in seinem schweren braunen Ledersessel übellaunig hin und her. »Frauen fehlt das Potenzial, politische Zusammenhänge zu begreifen«, belehrte er Hanna und prophezeite ein großes Chaos, verursacht von ein paar wenigen Mannweibern, die Altbewährtes zunichtemachen wollten.

Schließlich hielt es Johann in seinem Sessel nicht mehr aus. Er schritt gewichtig im Wohnzimmer auf und ab, bis er an einem der Fenster zum Garten innehielt und an der Gardine herumzupfte, die akkurater nicht hätte hängen können.

»Die wahre Bestimmung einer Frau ist die einer fürsorglichen Ehegattin und Mutter«, verkündete er.

»Und als die Männer im Krieg waren? Hätten die Frauen nicht gearbeitet, wäre halb Hamburg zusammengebrochen«, widersprach Hanna ihm. Sie erinnerte sich an die kaputten Gleise in Othmarschen. Wochenlang konnte keine Straßenbahn fahren, bis eine Gruppe Frauen angeheuert wurde, um die defekten Schienenstücke zu ersetzen. In den Stellwerken der Hochbahn hatten ebenfalls Frauen dafür gesorgt, dass der öffentliche Verkehr nicht völlig zum Erliegen kam. Eine von ihnen war die Schwester von Ottilie, der Köchin, gewesen.

Mit einem herablassenden Lächeln hatte Johann geantwortet: »Der Krieg war eine Ausnahmesituation. Bald werden wir wieder geordnete Verhältnisse haben.«

Vater war damals schon immun gegen alles Neue und ist es heute noch mehr, dachte Hanna nun in ihrem Stubenarrest. Wäre er doch endlich auf Geschäftsreise in Indien. Weit weg auf den Teeplantagen in Assam, die er schon seit Kriegsende besuchen wollte. Zu gerne hätte sie ein paar Monate auf ihn verzichtet.

Vier Tage lang sah sie immer wieder sein erbarmungsloses Gesicht vor sich, mit dem er sie in ihrem Zimmer eingeschlossen hatte. Am fünften Tag wurde sie frühmorgens von harten Schritten, die Stufe für Stufe näher kamen, unsanft geweckt.

Auch wenn sie ihn nicht sehen konnte, wusste Hanna genau, dass ihr Vater vor ihrem Zimmer stand. Sie konnte seinen schweren Atem hören. Dann vernahm sie ein leises Rascheln und entdeckte am Boden einen Zettel mit seiner Handschrift, den er vermutlich mit der Spitze seines Schuhs unter ihrer Tür hindurch ins Zimmer geschoben hatte.

Pack ein paar Sachen. In einer halben Stunde bringe ich dich zum Bahnhof. Du wirst für einige Tage verreisen.

Lass mich in Ruhe. Ich will allein über mich bestimmen, hätte Hanna am liebsten laut geschrien und mit der Faust auf ihren kleinen Sekretär gehauen. Besser noch mit beiden Fäusten, wie ihr Vater es gerne tat, wenn er in einem Anfall von Jähzorn seinen Platz als Herr des Hauses behauptete.

Sie besann sich anders. Ein Mann wie er war nicht mit seinen eigenen Waffen zu schlagen.

Hanna dachte schnell nach, welche neue Gemeinheit er sich ausgedacht haben könnte und was er mit »einige Tage« meinte. Drei, vier, fünf? Die würde sie spielend über sich ergehen lassen. Egal wo, selbst in einer Besserungsanstalt für schwer erziehbare Mädchen würde sie sich weder erniedrigen noch verbiegen lassen.

3

Schon in aller Frühe war Hanna an ihrem zweiten Tag in Loheland losgezogen, um die Siedlung zu erkunden. Ihre nächtliche Orientierungslosigkeit, die sie bei der Ankunft in die Irre geführt hatte, wurmte sie noch immer. Sie lief am Wald entlang und meinte plötzlich, die Stelle wiederzuerkennen, wo sie im Dunkeln vom Weg abgekommen war. Das konnte aber nicht sein. Die Baumstämme, an denen sie sich entlanggetastet hatte, waren in ihrer Erinnerung viel dicker gewesen als die, vor denen sie nun stand. Auch das Unterholz war kein undurchdringliches Dickicht mehr, sondern eine lichte Ansammlung verschiedener Büsche. Hanna zweifelte zunehmend an ihrer Wahrnehmung.

Selbst das gespenstische Rascheln wie von Rehen oder Wildschweinen, das sie in der Nacht geängstigt hatte, war nicht mehr zu vernehmen. Sie hörte bloß entfernte Schritte. Hanna drehte sich zur Seite und schaute zur Landstraße, wo sich ein blonder junger Mann in Hemd und Knickerbockerhosen näherte. Er war ganz offensichtlich auf dem Weg in die Siedlung.

Dass ihr ausgerechnet eine männliche Person begegnen würde, darauf war Hanna nicht vorbereitet.

»Was wollen Sie hier? Das ist eine Frauensiedlung, wo Männer nichts zu suchen haben!«, wetterte sie von Weitem und fuchtelte mit den Händen, als wollte sie einen Hund verscheuchen.

Zu ihrem Entsetzen machte der Bursche keine Anstalten, umzukehren. Als wären ihre Worte an ihm vorbeigerauscht, pfiff er unerschrocken vor sich hin und kam schnellen Schrittes geradewegs auf sie zu. Irritiert warf Hanna einen Blick auf die blühenden Zweige, die sie auf ihrem Spaziergang gepflückt hatte und in der Hand hielt.

»Sind die für mich?«, fragte der Fremde vorlaut und stand nun fast vor ihr. Wenigstens besaß er so viel Anstand, den schmalen Weg, der zwischen ihnen verlief, nicht zu überschreiten.

Hanna mochte sich gar nicht vorstellen, wie sie mit ihren zerzausten langen Haaren aussah, die sie in einem Anfall von Übermut am Morgen nicht geflochten hatte.

Der junge Mann verzog keine Miene. Dennoch meinte sie, ein leicht spöttisches Lächeln um seine Mundwinkel zu erkennen. Es passte zu den frechen Sommersprossen in seinem Gesicht und den rehbraunen Augen, die undurchschaubar funkelten. So, wie dieser Mann dreinblickte, konnte er ihr gestohlen bleiben, entschied Hanna rigoros.

Seine Kleidung erinnerte sie an die von Franz bei dem unsäglichen Abendessen, was ihre Abneigung dem Fremden gegenüber noch verstärkte.

»Haben Sie nicht gehört, was ich eben gesagt habe?«, rief sie angriffslustig. »Ich möchte, dass Sie verschwinden!«

»Und wenn nicht? Was willst du dann machen? Überleg dir das gut. Ich bin viel stärker als du und würde jeden Zweikampf gegen dich gewinnen«, erwiderte der Störenfried belustigt und deutete auf seine kräftigen Oberarme, die sich unter dem Hemd abzeichneten. »Ich könnte natürlich auch freiwillig gehen … Dann werden eure neuen Häuser aber nie fertig. Ich bin nämlich einer der Architekten. Mein Name ist Willi Bergmann. Hallo, ungestümes Fräulein.«

Hanna schluckte und spürte, dass sie einen hochroten Kopf bekam. Krampfhaft überlegte sie, wie sie aus dieser verkorksten Situation halbwegs unbeschadet wieder herauskam. »Entschuldigung … ich … ich konnte ja nicht wissen, dass Sie … dass Sie hier arbeiten«, stammelte sie und ärgerte sich fürchterlich über ihre Unbeholfenheit. Einen wie Franz hätte sie jetzt sprachgewandt und mit links zurechtgewiesen. Da hätten ihr die passenden Worte nicht gefehlt.

»Bist wohl neu in der Siedlung? Ich habe dich noch nie hier gesehen.« Willi musterte sie von Kopf bis Fuß. »Gerade frisch angekommen, und schon im Loheland-Stil gekleidet. Steht dir übrigens gut, das Kleid.«

Hanna stand immer noch da wie angewurzelt. Der Unverfrorenheit dieses Mannes war sie nicht gewachsen. In Zukunft würde sie einen Riesenbogen um ihn machen und ihm ausweichen, wenn sie ihn auch nur aus der Ferne sah, das schwor sie sich.

Noch trennte sie allerdings bloß der schmale Weg. Und Willi frotzelte weiter: »Mit deinen wilden Haaren siehst du aus wie eine männermordende Amazonenkämpferin, die gleich ihre Waffen zücken wird, um den Feind zu besiegen.«

Wütend zog Hanna die Augenbrauen zusammen und hätte zu gern mehr über diese kühnen Kämpferinnen gewusst. Schon zu ihrer eigenen Verteidigung. »Welche Waffen hatten denn diese Frauen, diese …«

»Amazonen«, half Willi ihr auf die Sprünge. »Sie sollen im antiken Griechenland gelebt haben. Es heißt, sie hätten mit Äxten und Schwertern gekämpft. Nicht mit bösen Blicken wie du.«

Erneut verschlug es Hanna die Sprache. Dieser Architekt machte sie mit seinem unverschämten Benehmen auf eine seltsame Weise nervös.

Wenig später ertönte Hufgeklapper. Langgaard kam auf Bogdan, einem ihrer beiden mittelgroßen Pferde, so rasant angaloppiert, dass ihr die kurzen Haare wie die Stacheln eines Igels zu Berge standen. »Normalerweise ist ihm Traben schon zu schnell«, rief sie und kraulte dem Hengst zur Belohnung die Mähne, bevor sie abstieg und Willi begrüßte. »Entschuldige, ich habe mich verspätet. Aber wie ich sehe, bist du in netter Gesellschaft«, sagte die Chefin und nickte Hanna freundlich zu.

»Das hat alles viel länger gedauert als vermutet«, entschuldigte sie sich nochmals und berichtete von dem schwierigen Unterfangen, das sie gerade hinter sich gebracht hatte. Seit Sonnenaufgang war sie durch die umliegenden Dörfer geritten und hatte an fast jedem Haus und Hof nach leer stehenden Zimmern und Kammern gefragt, die sie für die neuen Schülerinnen anmieten wollte.

»Das war komplizierter, als ihr euch vorstellen könnt«, sagte sie, mehr an Hanna gerichtet als an Willi. »Die Einheimischen kennen mich schon seit einem Jahr, und noch immer beäugen mich einige wie eine Außerirdische. Wenn ich der Bäckersfrau in Dirlos in meinem hellen Flatterkleid begegne, glaubt sie jedes Mal an die Erscheinung eines himmlischen Wesens und kreischt halb entzückt und halb entsetzt: ›Jesses mei, schon wieder der heilige Michael!‹«

Hanna lachte.

»Ja, und das war noch nicht alles«, fuhr Langgaard

fort. »Ein paar Häuser weiter kam mir ein alter Bauer wütend entgegen und hielt einen Rechen hoch, mit dem er vor meiner Nase herumwedelte. ›Wer hat Ihnen und Ihren Stadtleuten eigentlich erlaubt, sich in unserer Heimat breitzumachen? Ich jedenfalls nicht‹, hat er mir zugerufen und mich vom Hof gejagt, ohne mein Anliegen zu erhören.«

»Das klingt, als wären Sie nicht gerade erfolgreich gewesen«, erwiderte Hanna.

»Doch, doch. Trotz der Zwischenfälle konnte ich zwanzig Zimmer organisieren.« Langgaard lachte kurz auf. »Du hättest die streng katholischen Dörfler mal sehen sollen, wie sie selbst für die kleinsten, schäbigsten Kammern die Preise in die Höhe getrieben haben. In meiner Not musste ich mit ihnen um die Mietkosten feilschen wie mit knallharten, erfahrenen Geschäftsleuten.«

Hanna sah sie verwundert an. »Ich dachte, dass die Menschen hier in der Gegend eher arm sind und sehr einfach leben.«

»Die meisten schon. Wir Loheländerinnen sind eine zusätzliche Einnahmequelle für sie, aber zugleich auch komische Geschöpfe, die ihre Welt durcheinanderbringen.«

Obwohl Willi etwas abseits stand, war Hanna keineswegs entgangen, dass er gespannt zuhörte und über Langgaards Bemerkungen schmunzelte. Er ist nicht nur frech, er ist auch viel zu neugierig, ergänzte Hanna im Stillen die Liste seiner schlechten Eigenschaften und beschloss, die Begegnung mit ihm schnellstens zu beenden. Zumal er sich inzwischen von hinten angeschlichen hatte und direkt neben ihr stehen geblieben war. Mit lässig verschränkten Armen blickte er sie von der Seite her an.

Ihr reichte es. »Ich gehe jetzt zurück. Wir sehen uns sicherlich später beim Mittagessen«, sagte Hanna zu ihrer

Chefin und wollte gerade kehrtmachen, da fasste Langgaard sie am Arm. »Kindchen, du solltest bleiben und uns begleiten. Bei der Gelegenheit kannst du einiges über die Siedlung erfahren.«

Mit ihrem kläglichen Versuch, einen Müdigkeitsanfall vorzutäuschen, kam Hanna nicht weit. Willi grinste, und Langgaard schüttelte verständnislos den Kopf. »Was? Du willst dich am helllichten Tage ausruhen? Dafür hast du noch die ganze Nacht Zeit.«

Ehe Hanna sichs versah, stand sie auf einer der Baustellen und beobachtete nur mäßig interessiert einen Arbeiter, der vom Wald kommend mühsam eine Schubkarre mit großen Steinbrocken heranschob.

Weitaus aufmerksamer verfolgte sie, was Langgaard und Willi besprachen, vor allem, wie der schnöselige Architekt sich dabei benahm.

»Bislang hat alles reibungslos geklappt«, berichtete er. »Das Fundament ist fertig, und die Arbeiter konnten bereits mit den Maurerarbeiten an den Außenwänden beginnen.«

Was er von sich gab, klang fachkundig und höflich, nicht wie das Geschwätz eines unerzogenen Burschen, der sich eben noch auf ihre Kosten amüsiert hatte. Hanna schluckte. Ein Heuchler war er also auch.

»Sind Sie mit der Qualität des Sandsteins zufrieden?«, hörte sie ihre Chefin fragen.

»Die Qualität ist ausgezeichnet«, bestätigte Willi.

Langgaard schien erleichtert und berichtete Hanna von dem Steinbruch, den sie einige Kilometer entfernt, fast an der Grenze zu den benachbarten Ländereien, entdeckt hatten. »Dass der Bruch noch zu unserem Grundstück gehört, ist ein Segen«, sagte sie. »So können wir beim Bau der Häuser viel Geld sparen, weil wir unser eigenes Gestein verwenden und so hauen lassen, wie wir es brauchen.«

»Die Verarbeitung ist in diesem Fall allerdings recht aufwendig und wird dadurch kostenintensiv«, gab Willi zu bedenken. »Wir müssen jeden einzelnen Stein mit dem Hammer bearbeiten und anpassen. Die Handwerker tun sich schwer mit Ihrem anspruchsvollen Entwurf. Sie sind es nicht gewohnt, runde Häuser zu bauen.«

Außer einem kaum wahrnehmbaren Schulterzucken ließ Langgaard seine Äußerung unkommentiert. Sie holte aus ihrer Ledertasche, die sie quer über der Schulter trug, eine Zeichnung hervor und zeigte sie Hanna.

»So soll es aussehen, wenn es fertig ist. Eigenwillig und unerschrocken wie die Natur. Jeder, der sich von der Straße aus unserer Siedlung nähert, wird in Zukunft als Erstes dieses allen Wettern strotzende Steinhaus sehen.«

Hanna schaute sich den Entwurf genau an und fand ihn mit den geschwungenen Flächen und ovalen Rundungen von den Wänden bis zur Dachspitze reichlich gewagt.

»Nun rück schon raus mit der Sprache«, drängelte Langgaard, »der erste Eindruck zählt.«

»Ein Haus ohne Ecken, ist das nicht unpraktisch?«, fragte sie zögerlich.

»Das Haus hat sehr wohl Ecken, nur eben runde«, insistierte Langgaard und schaute in die Landschaft. »Siehst du hier irgendwo in Wald und Flur oder im Gebirge einen rechten Winkel?«

»Nein, natürlich nicht.«

»Genau. Die Landschaften gehen fließend ineinander über. Unsere Bauten sollen die Natur nachempfinden und sich den ursprünglichen Gegebenheiten anpassen.«

Langgaard hatte ihren Zeigefinger nachdenklich ans

Kinn gelegt und betrachtete die Baustelle wie ein soeben geschaffenes Kunstwerk. »Wir brauchen dringend mehr Häuser, und zwar schnell«, klagte sie besorgt.

»An mir sollen Ihre Vorhaben nicht scheitern. Ich muss nur wissen, wo und wie«, erwiderte Willi. »Je einfacher Ihr nächster Entwurf gestaltet ist, desto zügiger kann er in die Tat umgesetzt werden.« Mit diesen Worten verabschiedete er sich zuerst von Langgaard, danach von Hanna. »Wir begegnen uns bestimmt bald wieder«, sagte er mit einem Lächeln und ging davon.

Anstatt froh zu sein, dass er endlich aus ihren Augen verschwand, schaute Hanna ihm hinterher und fragte sich, warum sie das tat.

Von der Baustelle bis zum Holzhaus, dem Herz der Siedlung, war es querfeldein gut ein Kilometer. Langgaard schlug einen Umweg vor. Mit Bogdan im Schlepptau marschierten die beiden Frauen quer durch ein kleines Waldstück, in dem neben stattlichen Lärchen junge Buchen und Eichen heranwuchsen. Hanna überlegte, wie lange es wohl dauern würde, bis sie hoch aufgeschossen dastanden wie jene Bäume, an denen sie zu Hause in Hamburg immer vorbeigekommen war. Wahrscheinlich Jahrzehnte.

Hinter dem Wäldchen folgte dicht bewachsenes Heideland, hier und da aufgelockert von ein paar Weidenröschen. Mittendrin blieb Langgaard stehen. »Nimm du ihn mal, ich möchte dir etwas zeigen.« Sie übergab Hanna die Zügel, Bogdan trottete ein paar Schritte nach vorn und beschnupperte sie.

»Das prächtige Gebäude, da oben auf dem Kugelberg, das ist Schloss Bieberstein.« Wie eine Erdkundelehrerin vor einer großen Landkarte zeigte Langgaard mit ausgestrecktem Arm auf die Gebirgskette der Rhön. »Da haben wir früher gelebt und unterrichtet. Damals nannten wir uns noch ›Seminar für Klassische Gymnastik‹«, sagte sie und hielt für einen Moment inne. »Über dreißig Schülerinnen sind Hedwig und mir ins Schloss gefolgt. Martha, ein Mädchen aus Worpswede, war die jüngste und erst dreizehn, als sie kam«, erinnerte sie sich. »Ihr Vater ist Künstler. Er hatte von uns gehört und seine Tochter zu uns gebracht, damit sie selbstständiger wird.«

Hanna lächelte verkrampft. »So einen Vater hätte ich mir auch gewünscht. Meiner hat alles unternommen, damit ich bloß nie selbstständig werde.«

»Wie die meisten Väter, leider. Aber ... du solltest nicht nur das Schlechte dabei sehen, auch das Gute. Alles braucht seine Zeit, um zu reifen. Du bist hier, weil du dich aus eigener Kraft dafür entschieden hast.«

»Und Martha?«

»Martha konnte eine solche Entscheidung nicht selbst treffen. Sie war noch ein halbes Kind und ihr Vater zu modern, zu fortschrittlich. Er hatte sie in ihrem zarten Alter überfordert. Körperlich wäre sie der Ausbildung gewachsen gewesen, aber seelisch noch nicht. Heinrich hat das nach ein paar Wochen eingesehen und seine von Heimweh geplagte Tochter wieder mit nach Hause genommen.«

»Heinrich aus Worpswede?« Hanna stutzte kurz. »Reden Sie von Heinrich Vogeler?«

»Ja, dem Schriftsteller und Maler.«

»Seine Bilder kenne ich nicht, aber seine Liebesgedichte.« Hanna kicherte verstohlen. »Ich habe sie heimlich gelesen.«

Dass ihr Herz dabei einige Purzelbäume geschlagen hatte, verschwieg sie. Dass sie ein Foto von Vogeler gesehen hatte und seinen melancholischen Gesichtsausdruck geradezu reizend fand, erwähnte sie auch nicht.

»Die Gedichte sind über zwanzig Jahre alt«, bemerkte Langgaard. »Damals war er noch ein Romantiker, mittlerweile ist er eher Sozialist.«

Hanna nahm ihren Jugendschwarm in Schutz. »Das ist mir egal, die Gedichte gefallen mir. War er wirklich bei Ihnen im Schloss?«

»Ja, das sage ich doch. Er hat seine Tochter zu uns gebracht und wieder abgeholt.«

Mit dieser Vorgeschichte in Hinterkopf erschien Hanna das burgähnliche, mehrgeschossige Barockschloss, das vor ihr aufragte, noch imposanter als zuvor. Zu gerne wäre sie dort einmal wie eine Prinzessin in den Innenhof geschritten, um die prunkvolle Atmosphäre zu genießen.

Langgaard erzählte weiter. »Der einzige Haken an unserem herrlichen Schlossleben mit Speisesaal, einer Bibliothek und sogar einer Köchin bestand darin, dass es am Ende des Kriegs vorbei war. Wir mussten raus.«

Während Bogdan mit ihr schmuste und seine Nüstern zwischen ihren Arm und ihre Brust steckte, was ein wenig kitzelte, hakte Hanna neugierig nach: »Und wie ging es dann für Sie und die Schülerinnen weiter? Ohne Bleibe, ohne Dach über dem Kopf?«

»Das erfährst du ein andermal. Schau, Bogdan wird schon ungeduldig.«

Nachdem sein Stupsen keine Wirkung gezeigt hatte, scharrte der Hengst nun, um Aufmerksamkeit buhlend, ungeduldig mit den Hufen. Hanna kraulte ihn zwischen den Ohren und streichelte seinen Hals, was ihm offensichtlich gefiel. »Ich möchte noch etwas zu Ihrem Entwurf anmerken. Das wollte ich nicht tun, solange Willi danebenstand«, sagte sie zu ihrer Chefin. »Ich glaube, Sie haben die Dachgauben zu hoch eingezeichnet. Wenn sie so gebaut werden, kann man selbst im Stehen nicht mehr aus dem Fenster schauen. Und das wäre schade bei dieser schönen Landschaft.«

Langgaard zeigte sich beeindruckt. »Woher weißt du solche Details?«

»Mein Bruder hat Architektur studiert. Er hat mir manchmal seine Baupläne gezeigt und erklärt, worauf man achten muss«, erwiderte Hanna mit gedämpfter Stimme. »Bis zur Abschlussprüfung hätte er nur noch zwei Semester vor sich gehabt.«

»Was ist mit deinem Bruder?«, fragte ihre Chefin so vorsichtig, als ahnte sie die Antwort.

»Otto? Otto war Soldat. Er ist tot. Er fiel in Frankreich, in der Champagne.«

»Dieser verdammte Krieg!«

Langgaard schwieg einen Moment, dann richtete sie den Blick auf Bogdan. »Auf dem Rücken eines Pferdes kommen mir oft schöne, befreiende Gedanken«, sagte sie. »Kannst du reiten?«

»Ja, ich habe es als Kind gelernt und geliebt.«

»Umso besser. Ein kleiner Ritt wird dir guttun. Ich gehe zu Fuß zurück.«

»Wirklich?«

Langgaard nickte. »Soll ich dir beim Aufsteigen helfen?«

»Nein, nicht nötig. Ich bin schon auf größere Pferde hochgekommen.«

»So, wie du dich bewegst, kann ich mir das gut vorstellen«, meinte die Chefin nur, während Hanna ihren Fuß in den Steigbügel stellte, mit Geschick ein bisschen Schwung holte und sanft im Sattel landete.

»Reiten ist für mich eine Mischung aus Sport und

Gefühl«, sagte sie und klopfte dem Pferd voller Vorfreude den Hals.

Bogdans dumpfer Hufschlag klang wie Musik, zu der sie sich treiben ließ. Sie folgte dem Rhythmus seines ruhigen Trabs, bewegte sich mit ihm auf und ab. Auf und ab. Jedes Mal, wenn sie mit wehenden Haaren in den Sattel zurücksank, jauchzte sie wie ein Kind.

Die kurzen Momente der Schwerelosigkeit erinnerten sie an ihre erste Karussellfahrt auf dem Hamburger Dom. Damals hatte sie sich einen hölzernen Schimmel ausgesucht, der ihr riesengroß erschien. Ihr Bruder war neben ihr hergelaufen, er hielt ihre Hand, als sie auf dem Kirmespferd ihre Runden drehte und dabei übermütig wippte. Mit ihren gerade mal sieben Jahren hatte sie damals geglaubt, die Welt im Galopp erobern zu können.

»Eines Tages, wenn du größer bist, wirst du auf einem echten Pferd sitzen und richtig reiten lernen«, hatte Otto seine kleine Schwester getröstet, als das Karussell zu ihrem Kummer viel zu früh anhielt.

Hanna lächelte, während sie beim ruhigen Traben an seine Worte dachte. Ihr Bruder hatte sein Versprechen gehalten und den Vater so lange bekniet, bis er nachgab. An ihrem zehnten Geburtstag durfte sie mit Otto zu ihrer ersten Reitstunde auf ein Gestüt in der Nähe von Blankenese fahren.

Dort verärgerte Hanna sofort ihre Reitlehrerin, denn sie wollte nicht auf dem kleinsten Pony lernen, sondern auf dem größten, das zumindest fast so aussah wie ein richtiges Pferd. Otto amüsierte sich über ihren kindlichen Wagemut. Dennoch ermahnte er sie später ein ums andere Mal: »Erzähl bloß niemals Vater, wie wenig mädchenhaft du hier über die Koppel jagst!«

Inzwischen konnte Hanna ihr Ziel, das Holzhaus, schon in der Ferne erkennen und ließ den Zügel locker. »Komm, das letzte Stück galoppieren wir«, raunte sie dem Hengst zu und versetzte ihm einen leichten Stoß mit den Fersen, woraufhin er ihrem Wunsch nach Schnelligkeit mit sichtlichem Vergnügen nachkam.

»Dein Jauchzen hört man kilometerweit gegen den Wind«, rief Hilde, die aus der Tür geeilt kam. »Pass auf, Bogdan wird gleich von alleine ruckartig stehen bleiben.«

Hanna lachte bloß, zügelte ihr Pferd souverän und näherte sich im Schritttempo. »Das war herrlich, nach über zwei Jahren mal wieder auf einem Pferd zu sitzen«, sagte sie, brachte Bogdan zum Stehen und stieg ab.

»Sportlich, sportlich, da käme ich nicht so vornehm runter«, bemerkte Hilde und sah sie fragend an. »Was hat dich so lange Zeit vom Reiten abgehalten?«

»Mein Vater hat's verboten, nachdem er mir mal zugesehen hatte. Er meinte, es sei unschicklich, mich als heranwachsende Frau wie eine Wilde aufzuführen.«

»Unsere Väter ...« Hilde seufzte. »Meiner hat mir als Kind verboten, schwimmen zu lernen.«

»Meiner auch. Das fand mein großer Bruder dermaßen gemein, dass er es mir im Sommer darauf am Elbufer heimlich beigebracht hat.«

»Ich kann's bis heute nicht.«

»Das werden wir bald ändern. Wir gehen an den Fluss, und ich zeige dir, wie es geht.«

4

»Die Pflicht ruft. Wir sind mit Kochen dran«, sagte Hilde und steckte ihren Kopf zur Tür herein.

»Jetzt schon?« Hanna sah von ihrem Tagebuch hoch und dehnte ihre angespannten Schultern. »Ich habe gerade damit begonnen, meine Eindrücke der ersten Tage aufzuschreiben. Das soll man machen, solange sie noch frisch sind. Ich würde gerne …«

»Komm bitte«, fiel Hilde ihr ins Wort. »Für fast vierzig Frauen Essen vorzubereiten dauert seine Zeit. Außerdem muss ich dich mit den wichtigsten Dingen vertraut machen. Bei uns funktioniert einiges anders als gewohnt.« Hildes Tonfall erstickte jede weitere Widerrede im Keim.

Hanna klappte ihre rote Lederkladde zu, legte sie zurück in den Koffer und folgte Hilde gehorsam in die Küche des Holzhauses. Der Raum hatte nur einen Lehmboden und war extrem klein. Mittendrin stand der Herd, dazu gab es noch zwei Tische an der Wand und einen Schrank mit Töpfen und mehreren Türmen übereinandergestapelter Tonschalen. In einer angrenzenden Kammer war gerade genug Platz für zwei Holzbottiche, einer zum Gemüsewaschen, der andere zum Geschirrspülen.

»Wasser machen wir draußen heiß«, sagte Hilde und zeigte durchs Fenster auf die Gulaschkanone, wo Isolde, die Rheinländerin, gerade Holz nachlegte, um sie anzufeuern. Hanna überlegte, an welchen Kriegsfronten diese alte Feldküche wohl schon im Einsatz war, ehe sie vom Militär ausrangiert wurde und an diesem friedlichen Ort landete. Russland? Frankreich?

»Das Holz ist viel zu feucht und qualmt furchtbar«, hörte sie Isolde schimpfen. »Ich stinke von oben bis unten. Morgen kann das jemand anderes übernehmen. Ich nicht!«

»Unsere Vorräte lagern wir dahinten im Anbau vom Kavalierflügel«, fuhr Hilde fort und deutete auf ein Haus, das etwa vierzig Meter entfernt war. »Dank des dicken Steinbodens ist es dort im Sommer am kühlsten und im Winter am wenigsten feucht.«

»Kavalierflügel?«, wiederholte Hanna. »Soll das heißen, dass dort Männer wohnen oder einziehen werden?«

»Nein, keine Sorge«, versicherte Hilde. »Der Name stammt aus einem Roman von Selma Lagerlöf. Sie beschreibt darin den Gutshof einer wohlhabenden Frau, auf dem sonderbare Herren stranden und im sogenannten Kavalierflügel Unterschlupf finden.«

»Erzähl weiter«, bat Hanna. »Ich kenne die Geschichte nicht.«

»Es geht um einen in Ungnade gefallenen Pastor und Saufbold, der mit seinen Kumpanen in den Tag hinein lebt.« Hilde lachte. »Wir Frauen in der Siedlung haben das herzergreifende Buch reihum verschlungen und mitgezittert, ob die Männer sich am Ende läutern und bessere Menschen werden.« Dann verschwand sie kurz in der Kammer neben der Küche und kam mit zwei leeren Eimern zurück. »Das musst du dir mal vorstellen ...«, fügte sie noch hinzu. »Diese Selma Lagerlöf hat als erste Frau den Literaturnobelpreis gewonnen – mit einem Roman über Männer.«

Hilde ging nach draußen und drückte Isolde einen der beiden Eimer in die Hand. »Wir beide gehen jetzt Wasser holen, und du«, rief sie Hanna zu, »wartest auf Hermine, die jeden Moment hier sein wird. Du erkennst sie an ihrem Berliner Dialekt. Sie ist schon ein paar Wochen länger hier als du und weiß Bescheid. Nehmt die Schubkarre und holt achtzig Kartoffeln, drei bis vier Kohlköpfe und ein paar Lorbeerblätter. Und nicht trödeln, wir müssen das alles noch zubereiten.«

Hermine, die Hildes schöne Teppiche gewebt hatte, schien ein ruhiger, besonnener Typ zu sein. Ohne viel Aufhebens nahm sie die Karre, schob sie über den weitläufigen Vorplatz und zeigte Hanna die Speisekammer. Neben Milch, Eiern, Mehl, einem Fass Sauerkraut und vielen Gläsern mit Eingemachtem lagerte dort Weißkohl in übereinandergestapelten Holzkisten, die Kartoffeln befanden sich in großen Weidenkörben.

»Die haben schon zu sehr gekeimt, die können wir nicht mit der Schale kochen«, erkannte Hermine auf den ersten Blick. »Die müssen wir alle schälen.«

»Ist das schwierig?«, erkundigte Hanna sich. »Ich habe so etwas noch nie gemacht. Zu Hause haben wir eine Köchin, und in meiner schrecklichen Hauswirtschaftsschule habe ich nur gelernt, wie ich mich Gästen gegenüber zu benehmen habe und wie ich mit viel unnützem Kram einen Tisch decke.«

»Das kann jetzt nicht dein Ernst sein!« Hermine sah sie verwundert an. »Wer modern sein will, muss Kartoffeln schälen können. Oder willst du verhungern, wenn dir mal keine Hausangestellte zur Seite steht?«

»Nein, natürlich nicht.« Hanna biss sich verlegen auf die Unterlippe und zögerte. »Ich möchte mich aber ungern blamieren«, sagte sie schließlich. »Die anderen müssen ja nicht mitbekommen, wie unbeholfen ich mich anstelle.« Aus ihrer Strickjackentasche zog sie zwei Messer, die sie in weiser Voraussicht aus der Küche des Holzhauses mitgenommen hatte. Eines davon drückte sie Hermine in die Hand. »Bitte zeig mir doch hier unter vier Augen, wie das mit dem Schälen geht.«

»Deine direkte Art gefällt mir«, erwiderte Hermine. Sie nahm zwei Kartoffeln aus dem Korb, stellte sich Schulter an Schulter neben Hanna und zeigte ihr, worauf es ankam.

»Du darfst nicht zu dick schälen, sonst bleibt zu wenig übrig und die guten Nährstoffe gehen verloren. Und du musst die Augen rausschneiden.« Demonstrativ stach Hermine wie mit einem Dolch in eine der Einkerbungen und entfernte sie. Hanna machte es ihr nach und zählte mit. Im Nu hatten sie acht Kartoffeln geschafft und warfen sie in einen leeren Eimer, der vor ihnen stand.

»Wir hatten zu Hause nie eine Köchin«, erzählte Hermine und griff erneut in den Kartoffelkorb. »Eine Zeit lang kam eine Reinemachefrau. Aber das war irgendwann auch vorbei, und seitdem macht meine Mutter den gesamten Haushalt alleine.«

»Damit wäre meine überfordert. Das würde sie niemals schaffen«, sagte Hanna, ohne vom Schälen aufzusehen.

»Meine Mutter musste schon viel mehr schaffen ...«, entgegnete Hermine ausweichend.

»Wie meinst du das?«, fragte Hanna. »Ist euch etwas Schlimmes widerfahren?«

»Ja, sehr viel.« Hermine holte tief Luft, als würde ihr die Erinnerung sonst den Atem rauben. »Mein Papa war Schreinermeister. Bei einem Unfall an der Säge verlor er seinen rechten Daumen und Zeigefinger. Danach ging's nicht nur mit seinem Betrieb bergab, sondern auch mit ihm. Er wurde schwermütig und verlor all seinen Lebensmut.«

Hanna lief ein Schauder über den Rücken. »Was du erzählst, klingt furchtbar. Sag bloß nicht …«

»Doch, genau so kam es«, unterbrach Hermine sie. »Er hat uns im Stich gelassen und sich in seiner Werkstatt erhängt. Und dann stand meine Mutter alleine da.« Sie schwieg einen Moment, dann lächelte sie zaghaft. »Mutti hat ihr schweres Los mit Bravour gemeistert. Als Erstes hat sie unseren großen Blumengarten hinterm Haus umgegraben und Gemüsebeete angelegt, damit wir genug zu essen hatten. Und dann hat sie angefangen zu nähen. Inzwischen schneidert sie Abendkleider für die feine Berliner Gesellschaft. Das hat sie sich selbst beigebracht.«

Hanna bemerkte voller Neid, wie liebevoll und selbstverständlich Hermine den Kosenamen ihrer Mutter in den Mund nahm und wie unendlich stolz sie auf sie war.

Wieder landeten fast zeitgleich zwei Kartoffeln mit einem dumpfen metallischen »Plomm« im Eimer.

»Du schälst fast schon so schnell wie ich«, stellte Hermine fest und zählte nach. »Wir haben schon sechsunddreißig. Lass uns den Rest auch noch hier machen.«

»Und Hilde? Sie wird sauer sein, wenn wir uns verspäten.«

»Vielleicht im ersten Moment. Danach wird sie sich freuen, dass wir die Arbeit bereits erledigt haben.«

Zweiundvierzig, vierundvierzig, sechsundvierzig – der Eimer füllte sich in einem Tempo, das die beiden Frauen für rekordverdächtig hielten. Das stachelte sie zu einem Wettkampf an, sie versuchten, sich gegenseitig zu übertrumpfen.

»Mit ein bisschen Spaß kann man selbst die eintönigsten Tätigkeiten viel besser ertragen und die eigenen Sorgen auch. Das habe ich daheim gelernt«, sagte Hermine und verriet frei heraus, wie es um sie stand. »Meine Mutter kann mich finanziell nicht unterstützen. Um mein Schulgeld zu bezahlen, muss ich hier in der Weberei arbeiten und jeden Tag meine Meter schaffen.«

Hanna ging über die Bemerkung hinweg. Sie scheute das Gespräch über ihre eigenen Geldsorgen. »Der Teppich, den du für Hilde gemacht hast, ist bewundernswert«, sagte sie stattdessen. »Ich hörte, dass du das Weben in Weimar gelernt hast. An dieser neuen Kunstschule, wo du warst.«

»Ja. Meine Mutter hat ihre letzten Ersparnisse geopfert und mir den Aufenthalt dort ermöglicht. Es war rausgeschmissenes Geld.«

»Wieso? Ich dachte, die Schule wäre so fortschrittlich in Bezug auf Frauen.«

»Wenn du wie ich das Bauhaus meinst, bist du eine Träumerin.« Hermine verdrehte die Augen. »Von wegen Gleichberechtigung ... Nur den Männern standen alle Türen offen. Sie durften sich verwirklichen und nach Herzenslust in den Werkstätten experimentieren, mit Holz, Metall, Stein. Wir Frauen wurden in die Weberei abgeschoben. Ich habe den ganzen Tag vor Bergen von Wollfäden gehockt.« Hermine stutzte, von draußen waren Geräusche zu hören, die wie verärgerte Rufe klangen.

»Euch beide schicke ich nie wieder alleine los«, schimpfte Hilde tatsächlich quer übers Gelände. »Was habt ihr die ganze Zeit gemacht? Ihr solltet euch beeilen!«

»Wir können dir alles erklären«, rief Hanna, die gerade mit der Schubkarre die Vorratskammer verließ.

»Erklären? Wie wäre es mit entschuldigen?«

»Sie behandelt uns gerade wie zwei ungezogene Kinder«, flüsterte Hermine amüsiert. »Wollen wir sie noch ein bisschen zappeln lassen?«

Hanna nickte. »Wir müssen aber schuldbewusst gucken, sonst durchschaut sie uns zu schnell.«

Während sie wie zwei Büßerinnen mit betretenen Gesichtern auf das Holzhaus zuliefen, ließ Hilde sie nicht aus den Augen. »Was ist los mit euch? Was führt ihr im Schilde?«, fragte sie misstrauisch.

Einen Moment noch kosteten die beiden ihre Überlegenheit aus, bevor sie gnädig lächelnd den Eimer mit den geschälten Kartoffeln präsentierten.

»Ich habe mich getäuscht. Eins zu null für euch«, gestand Hilde ein. »Zum Glück merkt man schnell, wer sich vor der Arbeit drücken will und wer nicht.« Dabei warf sie einen unmissverständlichen Blick auf Isolde.

Die rothaarige Rheinländerin ignorierte den Seitenhieb und griff missmutig zu einem der Kohlköpfe, den sie klein schneiden sollte. »Ihr seid Streberinnen, das finde ich nicht in Ordnung«, warf sie Hanna und Hermine vor und legte das Messer zur Seite. »Bitte schön! Ihr beide könnt gerne weiterschnippeln und noch mehr angeben. Ich habe ohnehin keine Lust, den dritten Tag in Folge Kappes zu essen. Zur Abwechslung könnten wir wenigstens mal ein kleines Stück Eisbein oder ein paar Rippchen mitkochen. So würden wir das in Köln machen.«

»Wir in Loheland sehen das anders. Wir kochen nicht mit Fleisch. Wir kochen vegetarisch«, mischte Hilde sich ein, was ihr einen beleidigten Blick von Isolde eintrug. »Das machen wir nicht nur, um Geld zu sparen. Wir wollen auch die Tiere schützen«, fügte sie hinzu. »Außerdem soll fleischloses Essen viel gesünder sein. Das ist übrigens keine neue Erkenntnis. Goethe zum Beispiel, der war schon vor über hundert Jahren Vegetarier, und es hat ihm offensichtlich nicht geschadet.«

»Was habe ich mit Goethe zu tun?«, reagierte die Rheinländerin schnippisch. »Ich möchte jetzt gerne wissen, ob es noch mehr gibt, auf das ich verzichten soll.«

»Ja«, erwiderte Hilde, »bis auf wenige Ausnahmen essen wir nur, was wir selbst anbauen und ernten. Das reicht zum Glück aus, um satt zu werden.« Sie sah nicht nur Isolde, auch Hanna und Hermine eindringlich an. »Wenn wir überleben wollen, dürfen wir uns keine Fehler erlauben. Es gibt zu viele Siedlungsprojekte, die binnen kurzer Zeit gescheitert sind«, sagte sie. »Erst heute Morgen hat mich eine traurige Nachricht über eine kleine Landkommune in Südhessen erreicht. Die Bewohner waren mittellos, haben schrecklich unter Hunger gelitten und vor sich hin vegetiert, bis die Schwindsucht über sie hereinbrach. Und nun sind sie alle tot.«

»Hatten sie keine Möglichkeit, irgendwohin zurückzukehren, bevor es zu spät war?«, fragte Hanna.

»Anscheinend nicht. Sie sind an ihrem Lebenstraum zugrunde gegangen«, antwortete Hilde in pathetischem Tonfall. »Das will von euch wohl keine …«

Hanna konnte die angespannte Stille, die eingetreten war, schwer ertragen. Nervös wippte sie von einem Fuß auf den anderen. »Bin gleich wieder da«, sagte sie und verließ die Küche. Sie lief die Treppe hoch ins Zimmer, holte die Tüte mit dem gemahlenen Kümmel und hielt sie Hilde kurz darauf unter die Nase.

Das sorgenvolle Gesicht ihrer Zimmergenossin hellte sich etwas auf. »Dein braunes Wunderpulver!«

»Genau. Wir werden damit heute eine geschmackliche Variante zaubern, die jede Meckerei übers Essen in den Kochtöpfen ertränkt.«

»Wie viele Löffel brauchen wir dafür?«

»Mindestens zwei, vielleicht drei. Müssen wir ausprobieren.«

Hanna gefiel die aufkommende Vertrautheit, mit der Hilde und sie Hand in Hand am Herd hantierten. Sie reichten einander Gewürze und Salz, wechselten sich beim Rühren ab und verkosteten zwischendurch. Isolde, die fast nichts mehr zu tun fand, stellte sich neben die beiden und beobachtete jede ihrer Regungen.

»Ich denke gerade darüber nach, wie lange ihr euch schon kennt«, sagte sie unvermittelt.

»Wir lernen uns gerade erst kennen«, erwiderte Hilde.

»Das glaube ich nicht. Hanna trägt eines deiner Kleider. Ein solches Geschenk macht man nur einer Freundin.«

»Ich habe es ihr nicht geschenkt, sondern geliehen.« Hildes Stimme klang säuerlich. »Worauf willst du hinaus?«

»Ich habe festgestellt, dass hier einige bevorzugt behandelt werden, und möchte wissen, warum«, antwortete Isolde. »Du«, sagte sie nun lächelnd zu Hanna, »kannst mir sicherlich erklären, warum die Chefin dich auf einem ihrer Pferde reiten lässt, sich ausgiebig mit dir unterhält und mit mir außer einem belanglosen Guten Tag bislang kaum ein Wort gewechselt hat. Obwohl ich schon drei Tage länger hier bin als du.«

»Keine Ahnung. Bei mir hat sich das zufällig ergeben«, erwiderte Hanna. »Du solltest sie selbst fragen. Ich weiß noch nicht genug über sie.«

»Hm, du weißt noch nicht genug …« Isolde hielt kurz inne. »Wo seid ihr euch denn das erste Mal begegnet?«

»Was soll das werden? Ein Verhör?« Hilde schaute verärgert vom Herd hoch, nahm den Löffel aus der Suppe und schlug ihn auf den Rand des Topfes. »Damit du Ruhe gibst – Hanna hat vor einigen Wochen in Hamburg eine Tanzaufführung von uns gesehen. Dabei hat sie Langgaard und mich kennengelernt.«

»Das Ganze fing an mit einer zufälligen Begegnung im Zug. Sie hat mein Leben verändert«, ergänzte Hanna und bereute im selben Augenblick ihr offenes Geplauder.

»Wie spannend, du hast dich also relativ spontan entschieden, hierherzukommen.« Je mehr sie erfuhr, desto neugieriger schien Isolde zu werden. »Das muss ja ein starker Impuls gewesen sein. Erzähl mal!«

»Es gab mehrere Impulse, die mich hierhergeführt haben«, antwortete Hanna und beließ es dabei.

Auf der Veranda saßen bereits etliche Frauen, die ungeduldig in die Küche schauten. »Wir sollten die anderen nicht länger warten lassen. Sie sind alle hungrig, und du sicherlich auch.« Hanna nahm einen der Töpfe, um ihn hinauszutragen.

»Löffelt euren Kohleintopf mal schön alleine«, erwiderte Isolde gönnerhaft. »Ich gehe in der Zwischenzeit spazieren und tanke frische Luft.«

»Was ist denn los mit dir?«, rief Hanna ihr nach, bevor sie den Topf draußen auf den Tisch stellte, aber Isolde drehte sich nicht mehr um.

»Dass heute neue Köchinnen am Herd standen, rieche ich sofort«, meinte Langgaard und füllte Rohdens Teller und ihren eigenen.

Nach dem Essen sagte sie: »Ist es nicht herrlich hier?« Sie schmunzelte. »Stellt euch vor, wir säßen jetzt in Sibirien …«

»Sibirien?« Hanna sah sie ebenso verdattert an wie alle anderen.

»Ja, nachdem unsere Zeit im Biebersteiner Schloss abgelaufen war, wollte uns tatsächlich ein Freund überreden, nach Russland überzusiedeln. Eine Gymnastikausbildung am Baikalsee. Meint ihr, eure Väter hätten euch die jemals erlaubt? So weit weg?«

Unter den Schülerinnen machte sich ein Raunen breit, begleitet von heftigem Kopfschütteln.

»Genau aus dem Grund haben wir die zwar schillernde, aber doch absurde Idee sofort verworfen«, erzählte Langgaard und erinnerte sich an das einfache Pensionszimmer in der Nähe von Fulda, wo sie und Rohden untergekommen waren. »Wie zwei Vagabundinnen haben wir dort gehockt und überlegt, wo wir mit der Schule hinziehen könnten. Weißt du noch, Hedwig?«

»Und ob«, antwortete Rohden. »Wir stellten uns ein anderes Schloss, eine Burg oder einen stattlichen Gutshof vor. Und dann hörten wir, dass einige dieser hochherrschaftlichen Domizile nach der Novemberrevolution enteignet worden waren und zum Kauf oder zur Pacht angeboten wurden. Also sind wir auf der Suche nach einem passenden Schnäppchen kreuz und quer durchs Land gereist. Sogar nach Süden bis auf die Insel Herrenchiemsee, wo man uns einen Teil des feudalen Anwesens in Aussicht gestellt hatte. Aber daraus wurde nichts.«

»Im Nachhinein war es gut so«, fügte Langgaard hinzu. »Unsere Zeit für ein Leben in Schlössern und Burgen war vorbei. Vergangenheit.«

»Ja, für das, was wir schaffen wollten, brauchten wir keine historischen Mauern um uns herum, sondern vor allem festen Boden unter den Füßen«, pflichtete Rohden ihr bei. Sie beugte sich nach unten, sah auf ihre verschmutzten Schuhe und stampfte mehrmals auf den Boden, ohne dass sich die erdigen Brocken lösten. »Alles zur rechten Zeit. Wenn der Dreck getrocknet ist, kann man ihn leicht abbürsten.« Sie hob den Kopf. »Habt ein wenig Geduld mit euch«, sagte sie zu den Schülerinnen. »Ihr werdet diesen Ort bald lieben lernen. Eure Reise in etwas Neues hat gerade erst begonnen.«

Hanna schubste Hilde, die neben ihr saß, leicht an. »Das trifft auf mich nicht zu«, flüsterte sie ihr ins Ohr. »Ich habe die wichtigste Reise meines Lebens schon hinter mir. Sie fand nach tagelangem Stubenarrest zwar gegen meinen Willen statt. Aber das habe ich meinen Vater nicht merken lassen.«

5

Hildesheim, Anfang April 1920

»Oh, wie schön! Ich darf alleine wegfahren«, hatte Hanna säuselnd durch die verriegelte Zimmertür gerufen, hinter der ihr Vater stand. »Lass mich raten, wohin. Bestimmt hast du mir eine Zugfahrkarte nach Berlin gekauft. Da dürfen Frauen nämlich machen, was sie wollen.«

»Von wegen!« Johanns laute Stimme bebte vor Wut. »Du fährst zu Tante Wilma ins Kloster. Und wenn du zurückkommst, wirst du die Annehmlichkeiten deines sorgenfreien Lebens wohl wertschätzen können und ein bisschen mehr Gehorsam zeigen.«

Als kleines Kind hatte Hanna gelernt, Ungehorsam mache hässlich, und daran geglaubt. Nun streckte sie genüsslich die Zunge heraus und verzog ihr Gesicht zu einer fiesen Grimasse. »Ein Besuch bei Tante Wilma im Kloster! Das ist auch eine gute Idee. Da wollte ich immer mal hin«, versicherte sie mit freudiger Stimme und holte aus, als wollte sie ihrem Vater durch die verschlossene Tür einen Tritt vors Schienbein versetzen.

»Die Reise wird sich für mich bestimmt lohnen«, sagte sie noch und dachte mit Beklommenheit an die tristen Tage, die ihr in der klösterlichen Strenge bevorstanden. Dann zog sie ihr Lieblingskleid an, das grün gemusterte, dazu die schicken schwarz-weißen Schnallenschuhe mit

Absatz. Die langen geflochtenen Zöpfe steckte sie sich akkurat zu einem Haarkranz um den Kopf.

Ihr Vater hatte eine Motordroschke kommen lassen und scheuchte sie mit ihrem kleinen Koffer auf die gepolsterte Rückbank, als wäre er besorgt, sie könnte ihm entkommen.

»Hauptbahnhof. Kürzester Weg. Beeilen Sie sich«, wies er den Fahrer an, stieg ebenfalls ein und würdigte Hanna keines Blickes. Auch sie starrte demonstrativ ins Leere und lauschte konzentriert dem monotonen Knattern des Motors, das sich mit zunehmender Geschwindigkeit zu einem unangenehmen Dröhnen entwickelte. Hanna war diese Geräuschkulisse gerade recht. Sie übertönte das peinliche Schweigen.

Am Bahnhof begleitete ihr Vater sie bis zum Gleis, wo der Zug bereitstand. »Ich habe einen Platz in der zweiten Klasse reserviert. Diesen Komfort hast du zwar eigentlich nicht verdient …« Er drückte ihr die Fahrkarte in die Hand. »Steig ein!«

Hannas höfliches »Guten Morgen« wurde von ihren Mitreisenden lediglich mit einem ernsten Kopfnicken erwidert. Sie setzte sich ans Fenster neben eine im Wilhelminischen Stil ganz in Schwarz gekleidete ältere Dame. Ihr gegenüber saßen zwei Herren in klassischen Gehröcken und anthrazitgrau gestreiften Hosen, wie Hanna sie von ihrem Vater kannte. Beide Männer trugen schwarze Querbinder um ihre Hemdkragen. Die drei waren offensichtlich auf dem Weg zu einer Beerdigung. Eine nette Plauderei während der Fahrt war unter diesen Umständen wohl kaum zu erwarten.

Hanna öffnete das Fenster und lehnte sich weit nach draußen. Mit Neid beobachtete sie, dass sich das wahre Leben zwei Waggons hinter ihrem abspielte, in der vierten Klasse. Dort stiegen die meisten Fahrgäste ein. Hanna hörte Gelächter und Stimmen, die wild durcheinanderredeten. Der kräftige Tonfall ihres Vaters, der noch immer auf dem Bahnsteig stand, übertönte die diffusen Gesprächsfetzen.

»Johanna!«, rief er. »Komm nicht auf dumme Gedanken. Ich werde informiert, ob du rechtzeitig angekommen bist.«

Wie bestellt und nicht abgeholt wartete Hanna eine Stunde lang am Hildesheimer Bahnhof. Dann gab sie die Hoffnung auf, dass ihre Tante sie abholen würde.

»Orientieren Sie sich an der Turmspitze des Doms, dann können Sie das Kloster nicht verfehlen«, erklärte ihr der Bahnhofsvorsteher und sah sie mitleidig an. »Verehrtes Fräulein, mich geht es ja nichts an. Aber die Vorstellung, dass ein junges Ding wie Sie das Leben hinter dicken Mauern verbringen will, zerreißt mir das Herz.«

»Keine Sorge. In ein paar Tagen bin ich da wieder weg«, beruhigte ihn Hanna, machte sich in Richtung der Domspitze auf den Weg und fand das Kloster auf Anhieb. Die Pforte war verschlossen, durch das Gittertor war kein Mensch zu sehen. Hanna befiel ein mulmiges Gefühl. Womöglich erlebte sie doch gerade die letzten Minuten in Freiheit und würde – einmal drin – für lange Zeit nicht mehr herauskommen. Dennoch klopfte sie tapfer mit dem schweren, am Tor befestigten Eisenring, um sich bemerkbar zu machen.

Bald darauf kam eine in Ordenstracht gekleidete Frau über den Innenhof auf sie zu. »Na endlich«, rief sie schon von Weitem, »wo hast du dich herumgetrieben?«

Mit einem großen Schlüssel öffnete sie das Tor, musterte Hanna abschätzend und ließ sie herein.

»Ich bin Schwester Oberin Felicitas«, stellte sie sich schmallippig vor. »Dein Vater hat dich wohl aus gutem Grund hierhergeschickt. Ich wollte gerade ein Telegramm an ihn aufgeben, dass du nicht erschienen bist.«

»Entschuldigen Sie, das ist ein Missverständnis«, verteidigte Hanna sich. »Ich habe über eine Stunde am Bahnhof gestanden und umsonst gewartet.«

Oberin Felicitas winkte verärgert ab. »Gehörst wohl zu denen, die um keine Ausrede verlegen sind.«

»Was ich sage, ist die Wahrheit«, hielt Hanna dagegen. »Vielleicht wissen Sie ja, warum meine Tante mich nicht abgeholt hat?«

»Wir hatten einen Notfall. Sie muss im Operationssaal assistieren.«

»Und warum sagen Sie das nicht gleich?«, fragte Hanna noch zaghaft, ohne eine Antwort zu erwarten.

Beim Betreten des Klosters fühlte sie sich schnell bestätigt. Wie in ihrer Fantasie knarrten die Holzdielen tatsächlich bei fast jedem Schritt. Der Flur, den sie mit der Schwester Oberin entlanglief, war schummrig und lang. Am Ende schlängelte er sich wie in einem Labyrinth um mehrere Ecken, bis sie eine winzige Kammer erreichten, in der sie übernachten und jetzt auf ihre Tante warten sollte. Ihr fiel das Kreuz auf, das über der Tür hing, die Gebetsbank und das schmale Holzgestell, auf dem ein dünner Strohsack und eine abgewetzte Decke zum Schlafen lagen.

»Du kannst dir die Zeit sinnvoll vertreiben«, meinte Oberin Felicitas und wies auf eine Bibel und einen Rosenkranz hin. Danach verschwand sie.

Mit dem Rosenkranz konnte Hanna nichts anfangen, sie war Protestantin und hatte nie gelernt, ihn zu beten. Also schlug sie wahllos die Bibel auf, blätterte mal vorne, mal hinten und landete irgendwann in der Apostelgeschichte. Sie las gerade über den Wert einer Gemeinschaft, in der alles geteilt wird und keiner nach privatem Besitz strebt, als ihre Tante zur Tür hereinkam.

»Herzlich willkommen«, rief sie und umarmte Hanna. »Als wir uns das letzte Mal gesehen haben, warst du noch ein halbes Kind, und jetzt …«

»Jetzt bin ich eine Frau«, erwiderte Hanna und lächelte.

»Eine hübsche zudem.« Wilma sah sie bewundernd an. »Sosehr ich mich freue, dich zu sehen«, sagte sie nach einer Weile. »Ich verstehe überhaupt nicht, was dein Vater mit dieser Maßnahme bezwecken will.«

»Eine Strafe. Er bestraft mich, weil ich anders leben möchte, als er sich das vorstellt.«

»Den Gefallen werden wir beide ihm nicht tun. Ein Kloster ist kein Straflager, sondern ein Haus Gottes«, erklärte Wilma. »Dein Vater glaubt, er könnte mit Geld alles kaufen. Aber er irrt sich, auch wenn er für deinen Aufenthalt durchaus in die Tasche gegriffen hat.«

»Was? Er hat dafür bezahlt?«, fragte Hanna.

»Ja, mit einer großzügigen Spende konnte er die Oberin überzeugen, dich ein paar Tage bei uns aufzunehmen«, meinte sie augenzwinkernd. »Obwohl du nicht katholisch bist.«

»Die Bibel ist für alle Menschen da, nicht wahr?«, sagte Hanna und legte das Buch andächtig auf die Gebetsbank. »Ich hab gerade etwas gelesen, was mich beschäftigt. Gibst du von allem, was du hast, den anderen ab?«, fragte sie ihre Tante.

»Ja, wir im Kloster teilen alles, nicht nur die Liebe zu Gott.« Wilma ließ ihre Worte wirken, bevor sie weitersprach. »Materielle Wünsche sind mir fremd, sie haben schon lange keinen Platz mehr in meinem Leben. So spartanisch wie deine Kammer hier ist auch meine.«

Hanna dachte an ihr Zimmer in Hamburg. Die schönen Möbel, der volle Kleiderschrank, die Hutschachteln, Schuhe und Handtaschen. »Tante Wilma, hast du denn gar nichts, was dir allein gehört?«

»Ich habe eine zweite Ordenstracht zum Wechseln, ein Ersatzpaar Schuhe und eine Brille.«

Hanna bezweifelte, dass sie jemals so selbstlos leben könnte. »Ich bewundere dich«, sagte sie und stand auf, um ihre Tante zur Arbeit zu begleiten.

»Unser Krankenhaus ist Anfang des Jahrhunderts von Ordensschwestern gegründet worden. Wir sind zwar nicht die Berliner Charité, aber wir erfüllen die modernsten medizinischen und hygienischen Anforderungen«, berichtete Wilma, während sie ihrer Nichte die Station zeigte, die sie als Oberschwester leitete.

Beim Betreten des Krankensaals schlug Hanna der Geruch von Äther und offenen Wunden auf den Magen. So viele kranke Menschen auf einmal hatte sie noch nie gesehen.

Wilma, die über ihrer schwarzen Ordenstracht einen langen weißen Kittel trug, steuerte geradewegs auf ein Bett zu, in dem eine Frau lag – regungslos und mit geschlossenen Augen.

»Die Ärmste ist vom Blitz direkt getroffen worden, ihr Herz ist schwer geschädigt. Sie hat auf dem Feld gearbeitet, als es passierte«, flüsterte sie und streichelte der Bäuerin sanft über die Wangen. »Ihr Mann hat sie zu spät gefunden. Er hätte sonst mit kühlender Erde versuchen können, sie vielleicht noch zu retten.«

Hanna erschrak. »Heißt das, sie muss sterben? Dazu ist sie doch viel zu jung«, sagte sie hinter vorgehaltener Hand.

»Ihr Schicksal liegt in Gottes Hand. Wir können nichts mehr für sie tun, außer ...« Wilma faltete die Hände und betete still. Dann rückte sie ihre Haube, die zu weit ins Gesicht gerutscht war, wieder nach hinten. Dezent, höchstens zwei Zentimeter breit, kamen dabei ihre glänzenden braunen Haare zum Vorschein.

»Das ist meine Nichte. Sie hilft mir ein paar Tage«, stellte sie Hanna der nächsten Patientin vor, die vor Schmerzen stöhnte. Sie hatte sich beim Holzhacken die Axt ins Bein gerammt. Die tiefe Wunde war entzündet, musste gereinigt und neu verbunden werden.

»Sie haben Glück im Unglück gehabt«, munterte Wilma die Frau auf. »Wir haben große Hoffnung, das Bein retten zu können.«

»Wirklich, Schwester Maria Wilhelma?« Vor Freude über diese Nachricht schossen der Verletzten Tränen in die Augen.

»Warum sagt sie Maria Wilhelma zu dir?«, fragte Hanna ihre Tante leise.

»Weil ich seit meinem Gelübde so genannt werde. Aber bitte nicht von dir. Ein bisschen Nostalgie tut gut«, antwortete sie und machte sich daran, das Bein der Patientin neu zu verbinden.

Hanna kümmerte sich unterdessen um eine junge Frau, die etwa so alt war wie sie selbst. Sie hatte sich mit Typhus infiziert und litt unter hohem Fieber. Ihr Körper brauchte dringend Flüssigkeit. Hanna setzte sich auf die Bettkante und flößte ihr mühsam Wasser ein. Löffel für Löffel.

»Wenn du damit fertig bist«, rief Wilma zwei Betten weiter aus der Ecke des Krankensaals, »wasch dir draußen gründlich mit Kernseife die Hände. Typhus ist ansteckend.«

Als die junge Frau vor Erschöpfung eingeschlafen war, legte Hanna ihr ein feuchtes Tuch auf die Stirn und stand auf. Bedächtig ging sie ein paar Schritte auf ihre Tante zu. »Sind im Krieg viele Soldaten an Typhus gestorben?«, wollte sie wissen.

»Jeder Tote war einer zu viel. Ob er an Typhus starb oder auf dem Schlachtfeld«, sagte Wilma resigniert. »Tag und Nacht waren wir Schwestern im Einsatz. Die Krankensäle waren überfüllt. Wir wussten nicht mehr, wohin mit den verwundeten Soldaten. Sie lagen überall, auf den Gängen, in jeder Nische.«

»Ich ... ich geh mal eben raus, mir die Hände waschen«, unterbrach Hanna die Kriegsschilderungen und erschrak vor ihrer eigenen Stimme.

»Du lallst ja«, bemerkte Wilma sofort. »Was ist los mit dir?«

»Nichts. Nur mein Kopf ...« Als könnte sie den aufkommenden Schmerz lindern, drückte Hanna sich die Finger auf die Schläfen. Die Krankenbetten, ihre Tante – alles verschwamm plötzlich und drehte sich vor ihren Augen. Mit weichen Knien taumelte sie zur Tür. Ihr einziger Halt waren die Hände ihrer Tante, die sie stützten und zu einem Holzschemel neben dem Waschbecken im Flur führten, wo sie sich wie ein Häuflein Elend fallen ließ.

»Trink das. Es wird dir gleich besser gehen.« Wilma reichte ihr ein Glas Wasser. »Entschuldige, ich habe dir wohl mehr Krankheit und Elend zugemutet, als du vertragen kannst.«

»Nein, mein Problem ist die Erinnerung an meinen Bruder, an Otto«, hauchte Hanna kraftlos. Sie stützte sich mit den Ellenbogen auf ihren Knien ab und dachte zurück an den letzten gemeinsamen Nachmittag vor

Ottos Abreise. Er hatte ihr einen Skizzenblock, ein Lineal, Bleistifte und einen Zirkel geschenkt. »Bis ich zurückkomme, musst du mir ein Haus entworfen haben. Mit zwei Stockwerken. Eins für dich, eins für mich«, sagte er lachend.

Tags drauf musste er an die Front. Der Zug war voller Soldaten mit ernsten Gesichtern. Otto stand am Fenster, winkte ihr zu und lächelte sogar dabei. Sie winkte mit einem Taschentuch in der Hand zurück, so lange, bis sie ihn nicht mehr sehen konnte und der Zug in der Ferne verschwand.

Wenige Monate später, an einem Dienstagnachmittag, klopfte dann ein Mann in Uniform an der Haustür und überbrachte die Schreckensnachricht. Obwohl es fast fünf Jahre her war, sah Hanna seine maskenhaften Gesichtszüge gestochen scharf vor sich. Der Mann bezeichnete ihren Bruder als Helden und sprach von ruhmreichem Sterben fürs Vaterland.

»Meinst du, Otto musste viel leiden?«, fragte sie ihre Tante.

»Vielleicht war der Tod für ihn eine Erlösung, weil er bereits schwer verwundet und hilflos war. Womöglich traf ihn aber auch aus nächster Nähe ein tödlicher Schuss, in einem kurzen Moment der Unaufmerksamkeit.«

Ohne Hanna nach ihrem Schwächeanfall aus den Augen zu lassen, ging Wilma im Flur ein paar Schritte auf und ab und rieb nervös die Hände aneinander. »Ich habe damals im Lazarett jeden Soldaten, der in der Champagne verwundet worden war, nach Otto befragt«, erinnerte sie sich. »Nichts, gar nichts konnte ich in Erfahrung bringen. Dein Vater weiß davon, auch wenn er auf meine Briefe nie geantwortet hat.«

Hanna sah ihre Tante bedrückt an. »Mit mir redet er

kein Wort mehr über Otto. Seit dem Tag, als er von seinem Tod erfahren hat.«

»Tja ... So ist das wohl bei den Menschen, die den Krieg herbeigejubelt haben. Sie können nicht trauern. Es wäre ein Verrat an sich selbst.«

Die halbe Nacht lag Hanna wach. Nicht nur die Gedanken an ihren Bruder hinderten sie am Schlafen. Die harte Pritsche war unbequem, und der Strohsack, auf dem sie lag, pikste. Sie wälzte sich hin und her und fand keine Position, die auch nur annähernd behaglich war und sie zur Ruhe kommen ließ. Zudem fror sie in der kühlen Kammer und war hungrig, weil sie am Abend nur einen Teller wässrige Steckrübensuppe mit ein paar Graupen drin bekommen hatte. Mehr nicht. Als Wilma wie verabredet um kurz vor fünf an ihrer Kammertür klopfte, um sie zu wecken, war Hanna bereits aufgestanden und hockte fertig angezogen auf der Pritsche. Ihr stand die Morgenandacht bevor, um die sie sich gerne gedrückt hätte.

»Blamier mich nicht und denk an unsere Abmachung«, sagte ihre Tante, bevor sie die Klosterkapelle betraten und ihre Wege sich trennten. Wilma ging mit gefalteten Händen zu ihren Mitschwestern, die im Licht der brennenden Kerzen bereits links und rechts vom Altar versammelt waren. Hanna blieb im kleinen Kapellenschiff und wählte mit Bedacht eine Gebetsbank, von der aus sie ihre Tante gut im Blick hatte und ihre dezenten Hinweise befolgen konnte. Krümmte Wilma beim Beten ihren Zeigefinger leicht nach unten, wusste Hanna, dass sie sich sehr bald hinknien und den Kopf senken sollte. Spreizte sie den Finger etwas ab, hieß das: »Du musst dich gleich erheben.« Obwohl sich die Bewegungen in ihrer Eintönigkeit sehr oft wiederholten, blieb Hanna achtsam, um keinen Fehler zu begehen.

Für die laut gesprochenen Gebete und Lobgesänge bewegte sie, wie mit ihrer Tante vereinbart, wenigstens die Lippen. Da ihr auf die Schnelle nichts Besseres einfiel, sagte sie mit Mundbewegungen einfach nur das Alphabet auf, fühlte sich allerdings sofort ertappt. Schwester Oberin Felicitas, die als Vorbeterin den Ton angab, schaute mehrmals betont zu ihr herüber.

Hanna überlegte, wie sie den fragenden Blicken am besten standhalten konnte, und ergab sich demütig der sakralen Stimmung. Sie fand sogar Gefallen daran. Die Psalmengesänge und Choräle klangen bei genauerem Hinhören festlich und würdevoll. Schon bald summte sie leise und selbstvergessen mit.

Nach der Andacht folgte Hanna den Nonnen in den Speisesaal und nahm schweigend wie die anderen ein einfaches Frühstück zu sich. Sie trank den Becher Malzkaffee, den Tante Wilma ihr hinstellte, und aß ein Stück Brot, das sie in eine kleine Schüssel mit warmer Milch stippte. Nachdem sie den letzten Bissen hinuntergeschluckt hatte, winkte die Oberin sie zu sich auf den Flur. Hanna schwante nichts Gutes.

»Meine Menschenkenntnis lässt mich selten im Stich«, kam Schwester Felicitas gleich zur Sache. »Bei dir habe ich mich jedoch zugegebenermaßen getäuscht, heftig getäuscht. Du bist nicht das undankbare Geschöpf, als das dein Vater dich dargestellt hat. Du kannst dich anpassen und bescheiden sein. Das gefällt mir.«

»Ich muss also nicht bei Ihnen Abbitte leisten?«, fragte Hanna erleichtert.

»Wofür? Dass du dich mit deiner Tante während der Betstunde gut verstanden hast?«, sagte Oberin Felicitas und lächelte hintergründig. »Du brauchst jemanden, der dir den Rücken stärkt. Vertrau dich ihr an. Sie wird dir eine gute Ratgeberin sein.«

Erst am späten Vormittag gönnte Wilma ihrer Nichte eine Auszeit von der Krankenstation und zog auch ihren weißen Kittel aus. Stattdessen schlüpfte sie in die selbst gestrickte schwarze Wolljacke, die sie schon vor Jahren bei ihrem letzten Besuch in Hamburg getragen hatte.

»Die Oberin hat mir ein paar Münzen zugesteckt«, sagte sie. »Bei unserem Bäcker gibt es köstliche weiche Brötchen, mit einem Klecks Pflaumenmus gefüllt und grobem Zucker bestreut. Die kaufen wir uns jetzt und essen sie draußen. Wir können beide frische Luft gebrauchen.«

Trotz des nasskühlen Aprilwetters spazierte Hanna ohne Mantel an den kahlen Obstbäumen im Klostergarten entlang und ließ sich die noch warme Teigmasse genussvoll auf der Zunge zergehen. »Das war nett von der Bäckersfrau, dass sie uns zwei Brötchen mehr eingepackt hat, obwohl das Geld nicht ganz reichte«, redete sie mit vollem Mund und blieb an einem großen Beet stehen. »Was pflanzt ihr hier an?«

»Heilkräuter wie Baldrian, Schafgarbe, Kamille. Wir verarbeiten sie nach alten Rezepten zu Tinkturen und Salben, die wir zur Behandlung unserer Patienten anwenden.«

»Interessant«, meinte Hanna und wollte unbedingt Genaueres über die Wirkung der Pflanzen wissen. Wilma tat ihr den Gefallen und erzählte von feuchten Umschlägen gegen Entzündungen und Tropfen gegen Bauchkrämpfe. Dabei zeigte sie auf die ersten zarten Blätter, die an den Stängeln sprossen. »Endlich kehrt das Leben in die Natur zurück«, sagte sie und ließ sich neben den Beeten auf einem gefällten Baumstamm nieder, der als Bank diente. »Ich gehe davon aus, dass du nicht hier bist, um über die heilende Wirkung von Kräutern zu philosophieren. Komm zu mir und erzähl, was genau passiert ist.«

»Ich bin gerade in einer Situation, in der du vor vielen Jahren auch warst«, sagte Hanna in aller Offenheit und setzte sich neben ihre Tante.

»Das kann ich mir denken. Wen hat er denn für dich ausgesucht?«

»Einen furchtbar spießigen und langweiligen Jurastudenten im letzten Semester.«

»Bei mir war es ein kaisertreuer Kolonialwarenhändler, der selbstverständlich den Tee deines Vaters im Sortiment hatte. Er selbst trank lieber Rum und davon zu viel.« Wilma schüttelte sich. »Ich erinnere mich ungern an diesen Menschen und die Umstände, die mich in die Enge getrieben haben.«

»Ich glaube, das nennt man höhere Gewalt, dass deine Eltern so früh gestorben sind und ausgerechnet mein Vater die Verantwortung für dich übernommen hat«, erwiderte Hanna und bemerkte Wilmas sarkastisches Lächeln.

»Johann ist leider mein einziger Bruder und hat mich spüren lassen, wie egal ich ihm war. Mit allen Mitteln wollte er mich loswerden und mit einem Mann vermählen, der mehr als doppelt so alt war wie ich und nur an sich dachte. Dieser Mensch hätte mich sein Leben lang wie ein Kind bevormundet, und daran wäre ich tragisch zugrunde gegangen.«

»Was du berichtest, klingt ja ähnlich traurig wie die Geschichte von Effi Briest«, platzte es aus Hanna heraus.

»Interessant, dass du den Roman kennst. Weiß dein Vater davon?«

»Nein. Ottilie, unsere Köchin, hat ihn mir ins Zimmer geschmuggelt, als ich Stubenarrest hatte.«

Wilma schmunzelte. »Ich habe die Geschichte seinerzeit verschlungen und sie als düstere Prophezeiung meines eigenen Schicksals gesehen. Als ich auf den letzten Seiten war, hat Johann mir das Buch aus den Händen gerissen und in den Kamin geworfen.«

Hanna sprang entsetzt auf. »Das hat er wirklich getan?«

»Ja, das hat dein Vater getan. Gottlob konnte er meine Gedanken nicht verbrennen und mich nicht daran hindern, mir auf einem anderen Weg mein Glück zu suchen.« Wilma schaute hoch in den Himmel und zog dabei die Ärmel ihrer Wolljacke bis zu den Fingerspitzen, die vor Kälte gerötet waren. »Ich habe dann meine Aussteuer, die für die Ehe vorgesehen war, in große Koffer gepackt und bin hierhergekommen in die Ordensgemeinschaft. Eine Entscheidung, die ich nie bereut habe. Im Gegenteil. Ich danke dem Allmächtigen, dass er mir meine Selbstständigkeit bewahrt hat.«

Die Worte ihrer Tante klangen überzeugend. Hanna beneidete sie um ihr Gottvertrauen, das ihr jeden Zweifel nahm, ob sie das Richtige tat. »Ich hätte auch gerne ein so klares Ziel vor Augen, wie du es hattest«, gab sie unumwunden zu und blickte nachdenklich über die Beete auf die schwere gusseiserne Gartenpforte. Einen Moment lang stellte sie sich vor, wie es wohl wäre, als Nonne hier zu leben und mit ihrer Tante Kräuter zu ernten …

»Dein Blick gefällt mir nicht«, riss Wilma sie aus ihren Träumereien und stand energisch auf. »Für mich gab es damals keine Alternative. Dir bietet die neue Zeit ganz andere Möglichkeiten! Versprich mir, dass du dich von niemandem kleinhalten lässt. Kämpfe weiterhin für deine eigenen Wünsche und Interessen. Nur so kannst du eines

Tages unabhängig sein«, redete sie ihrer Nichte ins Gewissen. »Selbst wenn es mal nicht so läuft, wie du dir das vorstellst, darfst du niemals aufgeben. Zuversicht setzt Stärke voraus, und Beharrlichkeit ein ernsthaftes Interesse.«

Hanna überlegte einen Moment lang, was genau sie damit meinte. Dann fiel sie ihrer Tante dankbar um den Hals. »Deine Ratschläge sind meine Rettung. Bei dir zu sein, ist wirklich keine Strafe, sondern ein Geschenk. Vater wird sich noch wundern, wenn ich zurück in Hamburg bin.«

6

Der Schaffner am Hildesheimer Bahnhof war der Erste, an dem Hanna die guten Ratschläge ihrer Tante ausprobierte. Als er sie daran hindern wollte, in den Wagen der vierten Klasse einzusteigen, baute sie sich wie eine siegessichere Gladiatorin vor ihm auf und stemmte die Hände in die Hüften.

»Sie haben eine Karte für die zweite Klasse«, erklärte er, als ob sie das nicht selbst wüsste, und versperrte ihr den Weg. »Warum wollen Sie freiwillig auf den Komfort verzichten und die Fahrt nach Hamburg eingeengt auf einer harten Bretterbank verbringen?«

»Weil ich neugierig bin auf das Leben«, zischte Hanna ihn an. »Die zweite Klasse langweilt mich. Vergeben Sie meinen Platz gerne an jemand anderen.«

Überraschenderweise zeigte ihre entschiedene Antwort tatsächlich Wirkung. Der Schaffner wich zur Seite, wenn auch mürrisch. »Leihen Sie sich wenigstens ein Sitzkissen aus«, knurrte er. »Die gibt's dahinten am Schalter. Können Sie in Hamburg wieder abgeben.«

Während Hanna noch darüber nachdachte, ob sie seinen Vorschlag befolgen sollte, beobachtete sie eine junge Frau, die mit einer Wärmflasche in der Hand aus genau dem Waggon kam, in den sie einsteigen wollte. Hanna konnte den Blick nicht von ihr lassen. Die Fremde trug einen roten Wollmantel und lief so anmutig wie ein Märchenwesen den Bahnsteig entlang bis nach vorne zur Lok. Hanna hörte, wie sie den Lokomotivführer freundlich bat, ihr die Wärmflasche mit heißem Wasser zu füllen. »Es ist kalt im Wagen. Meine Finger sind schon ganz steif. Ich bin Klavierspielerin und habe nachher einen Auftritt«, erklärte sie ihr Anliegen.

Sie bekam das wärmende Wasser und tänzelte zurück in den Zug. Hanna traute sich nicht, ihre faszinierenden Bewegungen nachzuahmen. Sie hätte bestimmt plump dabei ausgesehen. Als sie den Waggon betrat, sah sie die Fremde nicht mehr, zu viele Mitreisende versperrten ihr den Blick. Mit Mühe fand sie noch eine schmale Lücke auf einer der Holzbänke an den Längsseiten des Wagens. Sie quetschte sich neben eine Bäuerin, die auf ihrem Schoß einen großen Vogelkäfig hielt. Darin waren zwei Hühner, die in ihrem Drang nach Freiheit so stark flatterten, dass sie feine Federn verloren, die vor Hannas Nase umherschwebten. Sie musste niesen.

»Entschuldigen Sie die Unannehmlichkeit«, sagte die Bäuerin. »Ich fahre nach Hannover zur Hochzeit meines Bruders und möchte die Tiere zum Festessen beisteuern.«

»Ich fahre auch nach Hannover«, mischte sich ein schlaksiger junger Mann ein, der mangels Sitzmöglichkeiten vor ihnen stand. »Ich habe dort eine Arbeit als Dachdecker gefunden, endlich.«

»Das freut mich für Sie«, erwiderte die Bäuerin. »Und wohin fahren Sie?«, fragte sie Hanna im selben Atemzug.

»Zurück nach Hamburg zu meinen Eltern.«

»Nach Hamburg? Da wollen wir auch hin«, hörte Hanna eine Stimme und hielt in alle Richtungen Ausschau. Auf dem Boden neben der gegenüberliegenden Bank entdeckte sie auf einmal die Klavierspielerin. Sie hockte auf einer Decke inmitten einer Gruppe von fünf Frauen, die abwechselnd ihre kalten Hände an die Wärmflasche hielten.

»Ich heiße Hilde«, rief sie Hanna zu und stellte auch ihre Begleiterinnen vor. »Wir haben heute Nachmittag eine Vorstellung. Ob wir das wohl schaffen?«

Skeptisch spähte sie aus dem Fenster, dann auf ihre Uhr, die sie an einer Kette um den Hals trug. »Wir hatten in Hildesheim schon über eine Stunde Verspätung. Wenn wir in diesem Schneckentempo weiterfahren, wird das Publikum im Conventgarten auf uns warten müssen.«

Hanna horchte auf. Sie kannte den Hamburger Conventgarten von einem philharmonischen Konzert, das sie kürzlich mit ihrer Mutter besuchen durfte, da ihr Vater geschäftlich verhindert war. Sie hatten Logenplätze und einen ausgezeichneten Blick auf die Bühne und den großen Saal, in dem Hunderte, vielleicht sogar an die tausend Besucher saßen. Wer vor so vielen Menschen auftritt, ist berühmt oder zumindest sehr bekannt – oder Hilde war eine Hochstaplerin.

»Wir tanzen, und ich spiele Klavier dazu. In größeren Theatern werden wir meistens auch von einem Orchester musikalisch begleitet«, sagte sie mit einer Selbstverständlichkeit, die ein wenig arrogant klang.

Hanna gab sich mit der Aussage nicht zufrieden. »Ihr macht mich neugierig. Ich möchte mir eure Tänze vorstellen können«, rief sie, reckte den Hals und wandte sich an Eva – die Frau, die ihrer Einschätzung nach die Älteste der Gruppe war. »Ich weiß, wie Paare Walzer oder Tango tanzen. Der Mann führt, und die Frau lässt sich führen.« Hanna sah sich suchend um. »Sind eure Männer nicht hier im Zug?«

»Für unsere Auftritte brauchen wir keine Männer. Wir

tanzen anders, als man das von Festen oder aus Ballhäusern kennt«, erklärte Eva laut und deutlich. »Unsere Tänze sind nicht nur ein Ausdruck von Fröhlichkeit und guter Laune. Mit unseren Bewegungen und Kostümen stellen wir moderne Frauen dar, die wissen, was sie wollen und was nicht.«

Hanna spürte die knisternde Spannung, die plötzlich aufkam. Reisende, die eben noch miteinander geplaudert hatten, verstummten und starrten aus dem Fenster oder an die Decke. Nur wenige trauten sich, Eva offen ins Gesicht zu blicken.

»Nicht alle Zuschauer begreifen, was wir mit unseren Tänzen auf der Bühne ausdrücken wollen, dabei ist die Botschaft ganz einfach«, sprach Eva konzentriert weiter. »Wir Frauen müssen uns aus alten Zwängen lösen, ehe wir aus eigener Initiative Neues entdecken können. Kaum eine Kunst kann diesen Prozess der Veränderung besser darstellen als der Ausdruckstanz.«

»So geschwollen redet nur eine verschrobene Städterin«, murmelte die Bäuerin vor sich hin und strich mit den Fingern nachdenklich über die Gitterstäbe des Hühnerkäfigs. »Verstehen Sie, was die Frau mit ›Veränderung‹ meint?«, fragte sie Hanna.

»Noch nicht ganz. Aber ich ahne, dass heute ein besonderer Tag werden könnte.« Was sie gerade in einem kalten Vierter-Klasse-Wagen der Eisenbahn erlebte, ließ ihr das Herz bis zum Hals schlagen. »Ich geh mal dahin«, sagte sie zu der Bäuerin, stand auf und drängelte sich an einigen Fahrgästen vorbei. Unwillkürlich musste sie schmunzeln. Im Gegensatz zu den anderen Frauen mit ihren Hochsteckfrisuren und Zöpfen wirkten die Tänzerinnen mit ihren kurzen Haaren und zu kurzen Kleidern wie futuristische Gestalten – weiblich und ein bisschen männlich zugleich. Außer ihrem bizarren Aussehen beeindruckte Hanna am meisten ihre Haltung. Sie saßen kerzengerade auf dem Boden und wirkten dabei vollkommen entspannt, nicht so, als hätten sie einen Stock verschluckt.

»Was macht ihr damit?«, wunderte sie sich über eine große Kugel aus Pappmaschee, die neben der kleinen Gruppe lag.

»Die stellt unseren Planeten dar, muss aber noch mit Goldfarbe angemalt werden«, sagte Hilde. »Wir brauchen sie für unseren neuen Tanz, den wir einstudiert haben. Darin spielt eine von uns eine Art Erzengel, der die Botschaft von der Erschaffung der Erde verkündet, die wir anderen dann fantasievoll gestalten.«

»Mal schauen, wie das Publikum auf uns reagieren wird. Die Hamburger sollen ja besonders steif und konservativ sein«, fügte Eva mit einem schelmischen Augenzwinkern hinzu. »Auf jeden Fall werden wir sie mit unseren Tänzen provozieren. Das ist uns bislang immer gelungen, ob in den Münchner Kammerspielen, im Bremer Schauspielhaus, in Stuttgart, Hannover, Köln, Wien, Graz ...« Evas Aufzählung nahm kein Ende, und Hanna traute ihren Ohren kaum. »Da wart ihr schon überall?«

»Ja, wir sind seit Wochen auf Tournee und fast jeden Tag an einem anderen Ort«, antwortete Eva. »Dabei lernen wir viele tolle Menschen kennen, die uns unterstützen. Manchmal dürfen wir in einer herrschaftlichen Villa übernachten. Ein anderes Mal sind wir bei einem Wandervogel mit Frau und sechs Kindern untergebracht, wo wir die Nacht auf dem Dachboden zwischen vollen Wäscheleinen verbringen.«

»Und was tun Leute wie Sie den lieben langen Tag, wenn sie nicht irgendwo herumtanzen?«, fragte die Bäuerin auf einmal dazwischen. Erst jetzt bemerkte Hanna, dass viele der Mitreisenden die Tänzerinnen mittlerweile ungehemmt anstarrten, was sie offensichtlich nicht störte.

»Wir leben und arbeiten in einer abgeschiedenen Siedlung«, gab Hilde bereitwillig Auskunft. »Bei uns können Frauen Gymnastik studieren, handwerkliche Berufe erlernen und vieles mehr.«

Das wenige, was sie inzwischen erfahren hatte, reichte schon – Hanna begann, mit den Augen zu blinzeln, was ihr manchmal passierte, wenn sie besonders aufgeregt war. Kurz bevor der Zug Hamburg erreichte, gab sie sich einen Ruck. »Ich würde euch gerne begleiten und mir die Vorstellung ansehen. Wäre das möglich?«, fragte sie zurückhaltend.

Hilde lachte. »Alles ist möglich. Aber wie deine Eltern reagieren werden, wenn du zu spät nach Hause kommst, kannst nur du beurteilen.«

»An den Ärger möchte ich jetzt noch nicht denken«, beschloss Hanna und tat es dennoch. Sie nahm sich vor, ihren Vater notfalls mit seinem kaufmännischen Lieblingsspruch zu konfrontieren: Wer nicht wagt, der nicht gewinnt.

Wenig später saß sie in einem der beiden blitzblank polierten schwarzen Autos, die am Bahnhof für die Tänzerinnen bereitstanden, und Hilde lehnte sich neben ihr und Eva gemütlich zurück. »Diesen Komfort hätte ich gerne öfter«, rief sie dem Chauffeur zu.

»Komfort?«, erwiderte er. »Dieses Gefährt ist eine einzige Blechkiste mit einer Karosserie, die ständig klappert. Kein Wunder bei einem Wagen, der in Amerika am Fließband gebaut wurde. Am Fließband! Stellen Sie sich das mal vor.«

Hilde lächelte gnädig. »Ich stelle mir gerade vor, wir

hätten ein solches Auto in der Rhön, wo wir wohnen. Dafür würde ich jedes Scheppern in Kauf nehmen.«

»Ich würde kilometerweit zu Fuß laufen, so gespannt bin ich auf eure Darbietungen«, rief Hanna euphorisch dazwischen. »Wir sind übrigens gleich da. Ich kann das Plakat mit der Ankündigung schon erkennen: *CONVENTGARTEN, HEUTE 16:00 UHR, TÄNZE DER LOHELÄNDERINNEN*«, las sie laut vor und wunderte sich über Evas nüchterne Gelassenheit.

»Halten Sie bitte vor dem Bühneneingang«, wies sie den Chauffeur an. Während er das Gepäck auslud und im Vorraum abstellte, verschwand sie mit einem der Koffer wortlos in der Künstlergarderobe.

»Eva braucht immer länger als wir anderen. Bei ihrem Kostüm und der Schminkerei kein Wunder«, meinte Hilde und warf einen Blick auf die große Erdkugel aus Pappmaschee, die neben den Umkleiden auf ausgebreitetem Zeitungspapier lag. »Magst du dich darum kümmern?«

Kaum hatte sie zugestimmt, hielt Hanna bereits einen Topf mit goldener Farbe in den Händen und befolgte Hildes Instruktionen – dünn auftragen und ordentlich pusten, damit die Farbe rasch trocknet. Was sie da gerade tat, war keine große Kunst, dennoch fühlte sie sich geehrt, dass sie mithelfen durfte. Als würde sie für ein paar Stunden zur Tanzgruppe dazugehören.

Nachdem die Welt golden glänzte und Hanna die Puste ausging, las sie den Programmzettel durch, auf dem die Namen der Tänze standen. *Seltsam. Blind. Strömung. Ballade* … Sie rätselte noch über die Bedeutung der geheimnisvoll klingenden Überschriften, als die Tür der Garderobe aufging und eine Frau auf bloßen Füßen heraustrat. Sie sah aus wie eine halb nackte Göttin – um ein

Haar hätte Hanna Eva nicht erkannt. Auf dem Kopf verdeckte eine gehäkelte Kappe mit Fransen ihre kurzen Haare, ihre Augen waren diabolisch dunkel geschminkt, der Mund tiefrot. Ihr feingliedriger, durchtrainierter Körper steckte in einem Hauch von rosa Kleid – ärmellos und kaum länger als ein Oberteil, das gerade mal die Hüften umhüllte. Lediglich die Papierkordeln, die rundherum daran befestigt waren und bis zur Wade reichten, verdeckten ihre nackten Beine, solange sie still stand. Bei jedem Schritt, den sie machte, bewegten sich die feinen Schnüre und zeigten ihre Oberschenkel.

»Willst du in diesem skandalösen Kleid auf die Bühne gehen und tanzen?«, fragte Hanna entgeistert.

»Ja klar, selbstverständlich.« Eva betrachtete sich von allen Seiten in dem großen Spiegel, der neben der Künstlergarderobe im Flur hing. Wie souverän sie dabei wirkte.

»Ich habe das Kostüm selbst entworfen und gehäkelt«, sagte sie. »Gefällt es dir nicht?«

»Doch, es ist ... sinnlich und ... verführerisch. Wie ... wie ein Liebesgedicht von Rilke«, stotterte Hanna und starrte Eva so unverschämt lange an, bis es der Loheland-Tänzerin zu bunt wurde. »Hör auf damit! Du durchbohrst mich ja mit deinen Blicken. Komm mit, lass uns auf die Bühne gehen. Ich möchte wissen, wie voll der Saal ist.«

Eva öffnete den Vorhang einen Spaltbreit, und Hanna reckte sich, um ihr über die Schulter zu schauen. »Unglaublich! Da sind kaum noch freie Plätze, nur einige wenige in den Logen«, flüsterte sie.

»Genau so hab ich's erwartet.« Eva lächelte rundum zufrieden. »Siehst du da links in der vierten Reihe den Mann mit den hellen Haaren und der hohen Stirn?«, tuschelte sie Hanna ins Ohr.

»Ja«, hauchte sie zurück.

»Das ist Walther, ein bekannter Hamburger Architekt. Er hilft uns in der Siedlung beim Hausbau. Zwei Reihen hinter ihm in der Mitte, der Dickliche mit dem halben Vollbart, der heißt Eugen und ist Verleger. Vor ein paar Monaten hat er uns in Loheland besucht und anschließend über uns geschrieben. Ich zeige dir nachher mal seinen Artikel. Ich glaube, er himmelt uns an. Und da vorne in der zweiten Reihe die beiden Frauen am Rand, das sind unsere Chefinnen Hedwig von Rohden und Louise Langgaard. Die beiden haben Loheland, unsere Siedlung, gegründet. Wir nennen sie einfach nur Rohden und Langgaard. Sie sind die besten und leider auch strengsten Gymnastiklehrerinnen, die du dir vorstellen kannst. Weil sie in Hamburg viele Freunde haben, sind sie heute eigens angereist.«

»Eva, lass uns endlich anfangen«, sagte Hilde, die bereits am Klavier saß. »Wegen der Zugverspätung musste das Publikum schon viel zu lange auf uns warten.«

Begleitet von Hildes Anfangsmelodie schlich Hanna heimlich nach oben in eine der freien Logen. Kaum saß sie, ging ein Raunen durch den Saal. Eva betrat mit erhobenen Armen die Bühne und spielte vom ersten Moment an mit ihrer Weiblichkeit. Wie verzaubert folgte ihr geschmeidiger Körper dem Rhythmus der Musik. Ihre graziösen Bewegungen waren fordernd, aber nicht exzessiv. Ohne anrüchig oder gar obszön zu wirken, zeigte sie sich als begehrende Frau.

Während Hanna gebannt auf die Bühne schaute, liefen ihr vor Wehmut die Tränen übers Gesicht. Was war sie doch im Vergleich zu Eva für ein armes Geschöpf … Noch nie hatte sie in der Öffentlichkeit mit ihrem Körper kokettiert, ihn als einen Schatz gepriesen, als ein Geschenk der Natur wertgeschätzt. Ihre Muskeln durften nur im Verborgenen mit ihrer Kraft spielen und zeigen, was alles in ihnen steckte – Stärke, Sanftheit, Verlangen. Da hatte Eva es besser getroffen. Gegen Ende ihres Tanzes zeigte sie sich wild und akrobatisch, als Glücksjägerin auf der Suche nach einem Abenteuer. Dann verschwand sie geheimnisvoll hinter dem Vorhang und überließ im fliegenden Wechsel ihrer Kollegin Berta die Bühne. Deren Kostüm war noch skandalöser. Der gehäkelte Rock reichte nicht einmal bis zu den Knien, und das Oberteil war derart kurz, dass alle ihren Bauch sehen konnten. Auch ihre Brüste waren mehr als nur zu erahnen.

Hanna stockte der Atem. Berta, die auf sie bislang einen zurückhaltenden Eindruck gemacht hatte, stellte eine Kriegerin dar und kämpfte gegen die Konventionen, als müsste sie Degenstöße abwehren. Hilde begleitete sie in ihrem Kampf mit bombastischer Musik. Manchmal sprang sie vom Klavierhocker auf und zeigte in aller Kürze eine Kostprobe ihres tänzerischen Talents, bevor sie weiterspielte.

Was auf der Bühne geschah, elektrisierte die Zuschauer bei jeder einzelnen Darbietung – die Frauen gleichermaßen wie die Männer. Hier sind keine Typen wie Vater, stellte Hanna fest. Fast alle Zuschauer waren viel lockerer und mondäner gekleidet.

Beim letzten Tanz, dem mit dem goldenen Erdball, traten die Tänzerinnen gemeinsam auf. Obwohl Berta mit der Weltkugel in den Händen über den großen Zeh des Erzengels stolperte und beinahe hingefallen wäre, traf auch diese Nummer den Nerv der Besucher.

Mit allen anderen im Saal applaudierte Hanna eine gefühlte Ewigkeit und erwischte sich prompt wieder beim

Träumen. Einen Moment lang sah sie sich selbst dort vorne auf der Bühne stehen. Sie verneigte sich vor dem Publikum, das vor Begeisterung von den Stühlen aufstand und ihr zujubelte.

Die Wirklichkeit zeigte sich anders. Sie verließ die Loge, ging die Treppe hinunter zur Bühne, und kein Mensch nahm sie zur Kenntnis, warum auch ... Die »Stars«, wie die Presse sie neuerdings nannte, waren andere. Mehr und mehr Besucher versammelten sich um die Tänzerinnen und gratulierten ihnen zu der formidablen Leistung.

Walther, der Architekt, überreichte Hilde mit einem kühnen Augenzwinkern eine rote Rose. Dann schüttelte er ihr sehr lange die Hand, bis sie errötete. Der Verleger ging beherzt auf Eva zu, sprach ihr überschwänglich sein Lob aus und umarmte sie ungefragt – wenn auch mit dezentem Abstand.

Die beiden Zeitungsreporter, die danebenstanden und ihre vollgekritzelten Schreibblöcke in der Hand hielten, wirkten ratlos. »Ich hatte eher eine klassische Ballettvorführung erwartet«, hörte Hanna den einen zum anderen sagen. Während sie sich an ihm vorbeidrängelte, konnte sie aus den Augenwinkeln ein paar Zeilen seiner Notizen entziffern: *Ihr Spiel und Tanz sprach in vollen Tönen. Man wird die Loheländerinnen nie wieder vergessen, so einzigartig zwingend war der Eindruck, so losgelöst von allem Bekannten.*

»Oh, du bist noch hier. Wie schön!«, rief Hilde plötzlich aus dem Gewühl und winkte mit ihrer roten Rose. Hanna war froh, sie zu sehen. »Bevor ich gehe, interessiert mich eines noch sehr«, sagte sie. »Wie wird man bei euch Tänzerin?«

»Erst einmal haben wir alle mit einer Gymnastikausbildung angefangen«, antwortete Hilde, schwieg einen Moment und sah Hanna verwundert an. »Du bist ja schnell auf den Geschmack gekommen. Überleg es dir gut. Die Tanzerei setzt ein hohes Maß an Beweglichkeit und hartes Körpertraining voraus. Außerdem braucht man künstlerische Begabung, Ausstrahlung und Mut.«

»Das ist eine lange Liste an Unwägbarkeiten«, stellte Hanna fest und seufzte leise. Dennoch verabschiedete sie sich von Hilde wie von einer Freundin, die sie vielleicht nicht am nächsten Tag, aber doch bald wiedersehen würde.

Obwohl Eva nach der Vorstellung die größte Aufmerksamkeit erregte und in Feierlaune war, erinnerte sie sich an den Zeitungsartikel, den sie Hanna zeigen wollte. Sie lief schnell los und holte ihn aus ihrer Handtasche.

»Nimm ihn mit«, sagte sie. »Irgendwann gibst du ihn mir zurück. Aber nicht vergessen!«

Hanna hatte sich bereits abgewendet, als eine forsche Frauenstimme hinter ihr herrief: »Halt, stopp! Bevor du gehst, möchte ich wissen, wie dir unsere Tänze gefallen haben.«

Hanna drehte sich um und erkannte Louise Langgaard wieder. Ihr erster Eindruck war zwiespältig: Was für eine dominante Persönlichkeit! Hanna fühlte sich der Frau mit den herben, maskulin wirkenden Gesichtszügen sofort unterlegen, doch da waren die freundlich leuchtenden Augen, die sie ermunterten. »Ich bin begeistert«, sprudelte es aus ihr heraus, »etwas so Aufregendes habe ich noch nie gesehen.«

»Der Tanz ist ein Ausdruck der eigenen Persönlichkeit«, bemerkte Langgaard und wirkte auf einmal weicher und sympathischer, als ihre äußere Erscheinung vermuten ließ. »Der ganze Mensch bewegt sich und nicht allein der Körper.«

Hanna konnte ihren Worten nicht ganz folgen und sah sie zögernd an.

»Wer sich körperlich gut und stark fühlt, traut sich in allem mehr zu«, erklärte Langgaard ihr. »Natürlich nicht von jetzt auf gleich. Der Prozess der Veränderung nimmt Zeit in Anspruch.«

Langgaards Worte klangen in Hannas Ohren wie eine Zauberformel, deren Geheimnis es zu lüften galt. Nervös trat sie von einem Bein aufs andere. »Wer ist denn für einen solchen Prozess geeignet und wer nicht?«, fragte sie schließlich.

»Jeder, der an sich glaubt und mit Willenskraft an sich arbeitet, kann diese Wandlung erfolgreich meistern.«

Hanna verstand immer noch nicht alles, aber sie ging davon aus, dass Langgaard wusste, wovon sie sprach, und hörte weiter aufmerksam zu.

»Wenn du dich als Frau behaupten willst, brauchst du kräftige Muskeln, aber auch eine innere Kraft, die dich anspornt. Das ist die Grundidee, auf der wir unseren Gymnastikunterricht aufbauen«, sagte Langgaard und betrachtete Hanna eingehend. »Wie heißt du eigentlich?«

»Hanna. Hanna Schröder.«

»Hanna, wenn du jetzt nach Hause gehst, versteck dich nicht in deinem langen, schweren Kleid und den zu engen Schuhen. Geh aufrecht und zeig dir selbst, wie unvergleichlich du bist. Hör beim Atmen in dich hinein, dann wirst du bald merken, dass etwas mit dir geschieht.«

Was da geschehen sollte, hatte Langgaard zwar nicht gesagt, aber einen Versuch war es allemal wert. Hanna stieg an der Haltestelle in Othmarschen aus der Straßenbahn und holte tief Luft. Ja, sie genoss die vorfrühlingshafte Frische. Das konnte Langgaard aber nicht gemeint haben.

Sie nahm den vertrauten Weg, vorbei an einem kleinen Park und den herrschaftlichen, weiß getünchten Patrizierhäusern. Seit Jahren hatte sich an den Fassaden nichts verändert, alles blieb, wie es war – schön anzuschauen, aber öde. Hanna kannte die Gegend in- und auswendig. Erneut atmete sie tief ein und aus und spürte tatsächlich Schritt für Schritt ein bisschen mehr Leichtigkeit in ihren Beinen. Sie ließ die Arme schwingen, was ihr trotz des Koffers, den sie trug, gelang.

Mit jedem befreienden Atemzug rückte ihre Entscheidung näher.

»Wenn du Lust hast, dann komm uns doch mal in Loheland besuchen«, hatte ihr Langgaard nach der Verabschiedung noch zugerufen. Ja, sie hatte Lust und war bereit, sich auf das größte Abenteuer ihres Lebens einzulassen.

»Vater, ich gelobe dir«, flüsterte sie couragiert vor sich hin, blieb kurz stehen und legte zum Schwur die rechte Hand aufs Herz. »Komme, was wolle, du wirst mich nicht davon abhalten. Ich werde Tänzerin.«

7

Den Rücken gemütlich an die Wand gelehnt, lag Hilde auf ihrer Pritsche und ließ die Beine baumeln. Hanna hockte im Schneidersitz auf einem Strohkissen vor ihr. Unter dem Siegel der Verschwiegenheit war sie ins Plaudern geraten und fand kein Ende, weil ihre Zimmernachbarin sie mit Fragen löcherte. »Du hast dir nach unserer Tanzaufführung wirklich Schuhe und Strümpfe ausgezogen und bist barfuß nach Hause gelaufen?«

»Ja, aber nur das allerletzte Stück.« Hanna kicherte verlegen. »Ich wollte das Kopfsteinpflaster unter meinen Füßen spüren, die Kieselsteine bei uns im Garten und auch den Rasen.«

»Hat dein Vater das mitbekommen?«

»Natürlich. Er hatte sich mal wieder hinter der Gardine in seinem Arbeitszimmer verschanzt und mich beobachtet. ›Wie du dich in der Öffentlichkeit aufführst, ist eine Schande‹, hat er mich ausgeschimpft, als ich die Treppe in mein Zimmer hochgegangen bin.«

»Und du? Wie hast du reagiert?« Hilde sah sie neugierig an. »Nein, warte einen Moment mit deiner Antwort«, sagte sie dann schnell. »Du wolltest doch deine Kirschmarmelade spendieren, die du mitgebracht hast.«

Gedankenverloren stand Hanna auf und holte das Glas. »Früher bin ich beim wütenden Tonfall meines Vaters zusammengezuckt wie ein aufgeschrecktes Kaninchen«, erinnerte sie sich. »Das war an dem Abend anders. Mein Gleichmut hat mich bass erstaunt, obwohl ich geschwankt habe, ob ich mich fröhlich oder bedrückt fühlte. Für den Schritt, den ich wagen wollte, brauchte ich letztendlich seine Einwilligung.«

»Einen Mann vom Kaliber deines Vaters weichzuklopfen, war bestimmt nicht einfach. Aber eins nach dem anderen ... Erzähl mir zunächst, wie der Abend für dich weiterging«, sagte Hilde mit vollem Mund. Sie hatte sich über das Glas Konfitüre hergemacht und aß einen Löffel nach dem anderen.

Da es draußen langsam dunkel wurde, zündete Hanna die Petroleumlampe an, die auf dem Waschtisch stand. Der leichte Wind, der ins Zimmer wehte, ließ die Flamme flackern, sodass sich die Kammer in wechselnden Lichtstimmungen zeigte. Mal hell und klar, mal gemütlich und dezent.

»Also, du hattest die Tür deines Zimmers hinter dir verriegelt«, fasste Hilde noch mal kurz zusammen. »Und wie hast du in der Nacht geschlafen?«

»Überhaupt nicht. Ich war dermaßen aufgewühlt nach eurer Aufführung, dass ich kein Auge zutat. In meinen Gedanken seid ihr immerzu um mich herumgetanzt, ich bin schließlich aufgestanden und habe angefangen, eure faszinierenden Bewegungen und Schritte zu üben.«

»Das hätte ich gerne gesehen ...«

»Bloß nicht.« Hanna unterdrückte ein Lachen. »Es war ein ziemlich kläglicher Versuch. Ich habe dann recht bald den Zeitungsausschnitt gelesen, den Eva mir mitgegeben hatte, und zwar so oft, bis ich ihn auswendig konnte. *Man trifft am Bahnhof Fulda ein junges Mädchen in einem einfachen Dirndlkleid aus hübschem Stoff*«, begann sie und trug Hilde den Text wie ein lyrisches Meisterwerk vor. »*Das Haar ist glatt gescheitelt, die Füße stecken in weiten, weichen Schuhen, und auf dem Rücken trägt das sehr gesund, aber auffallend verfeinert aussehende junge Ding einen Rucksack, der einem Kohlenmann Beschwerde machen würde.*«

»Ich kenne Eugen und seine blumigen Worte«, kommentierte Hilde die Darbietung. »Er ist ein angesehener Verleger und Autor, ohne Frage. Aber ich finde, er hat einen leichten Hang zum Kitsch.«

»Finde ich nicht. Seine Zeilen sind wundervoll. Mich überkam der unbändige Wunsch, sie zu kommentieren. Ich habe sofort zu meinem Tagebuch gegriffen.«

»Und was hast du reingeschrieben?«, fragte Hilde und schob sich einen weiteren Löffel Marmelade in den Mund.

»*Dieses starke junge Mädchen möchte ich sein.* Das habe ich geschrieben und mir gewünscht.« Zum Beweis nahm Hanna das Buch aus ihrem Koffer und schlug die Seite auf. »Hier, schau selbst. Wenn du mich jetzt auslachst, erzähle ich dir nie wieder was über mich.«

»Versteh mich nicht falsch«, lenkte Hilde ein, »aber ich spreche aus Erfahrung. Spätestens wenn du zum x-ten Mal von Fulda aus in die Siedlung gelaufen bist, werden Eugens Worte auch für dich an Zauberkraft verlieren. Es ist und bleibt ein verdammt langer, anstrengender Weg.«

Hanna schwieg enttäuscht. Vor ihr saß nicht die schillernde Person, die sie bei der ersten Begegnung angehimmelt hatte, sondern eher eine notorische Nörglerin.

»Du wirst dir kaum vorstellen können, wie ich in dieser Kammer ohne Fensterscheibe im letzten Winter nachts gefroren habe«, jammerte Hilde prompt. »Das hat keinen Spaß gemacht. Um die eisige Kälte und den scharfen Wind ein wenig abzuhalten, musste ich dicke Decken vor die Öffnung hängen.«

Hanna beeindruckte die Schilderung frostiger Winternächte wenig, sie interessierten andere Dinge.

»Wo bist du lieber, auf Tanztournee oder hier?«, fragte sie und bemerkte an Hildes allzu langer Denkpause, dass sie anscheinend hin- und hergerissen war zwischen dem betörenden Flair ihrer Bühnenauftritte und dem weitaus weniger glanzvollen Alltagstrott in der Siedlung.

»Ich sehne mich oft nach dem Ort, an dem ich gerade nicht bin«, erwiderte Hilde schließlich. »Als unsere Zeit im Schloss vorbei war und ich in Loheland auf dem Acker stand, dachte ich wehmütig an die schönen Torbögen der Schlossmauer, durch die ich so oft gegangen war, und an den großen Innenhof, wo wir unsere Gäste begrüßten. Sogar die Großherzogin von Sachsen hat uns einmal besucht, mitsamt ihrer Entourage.«

»Du hast eine richtige Herzogin kennengelernt?«

»Großherzogin«, korrigierte Hilde. »Wir haben sie hoheitlich empfangen, mit Hofknicks und allem, was dazugehört. Das ist keine zwei Jahre her. Damals war ich noch in der Ausbildung.«

»Warum ist sie zu euch gekommen?«, fragte Hanna.

»Sie wollte am Gymnastikunterricht teilnehmen. Zu Beginn der Stunde legte sie sich ohne Hemmungen auf den Rücken, sah uns Schülerinnen an und bat dann ausgerechnet mich, ihr Übungen zur Stärkung der Bauchmuskulatur beizubringen.« Hilde lächelte nachsichtig. »Das konnte nur schiefgehen. Hoheit waren zu korpulent und ziemlich unbeweglich. Sogar beim Aufstehen musste ich ihr helfen und sie mit aller Kraft hochziehen.«

»Ich beneide dich um deine früheren Erfahrungen, die

ich nicht mehr machen kann«, gab Hanna offen zu. »Hast du in Loheland auch schon viel Spannendes erlebt?«

»Kommt drauf an, was du damit meinst«, gab Hilde trocken zurück. »Hier in der Siedlung durfte ich einige außerordentliche Fähigkeiten erlernen. Ich weiß inzwischen, wie man einen Dachstuhl baut und ein Windrad aufstellt.« Dann rief sie unerwartet laut: »Welche Frau kann das schon von sich behaupten?«

Hanna wunderte sich über ihre Reaktion. »Was ist los mit dir?«, fragte sie vorsichtig.

»Das kann ich dir gerne erklären«, sagte Hilde unwirsch. »Ich habe mein Gymnastikstudium als Beste des Jahrgangs abgeschlossen. Ich bin Künstlerin und habe meinen festen Platz im Ensemble der Tänzerinnen. Ich möchte mir mehr Extravaganzen erlauben und stattdessen weniger schuften. Geht aber nicht, sagen die Chefinnen, denn sonst gäbe es Neid und Missgunst.«

Hilde war heute nicht gut drauf, so viel stand fest. Warum hätte sie sonst von jetzt auf gleich über einen Ort gemeckert, den sie noch am Morgen in großen Tönen als ihre zweite Heimat gepriesen hatte.

Da war anderes im Spiel, ahnte Hanna, und ihre gute Hamburger Kirschmarmelade musste dafür herhalten. »Kann ich auch einen Löffel haben? Bevor sie alle ist ...«

Hilde schaute überrascht auf das fast leere Glas und zuckte mit den Schultern. »Hab ich das etwa alles alleine gefuttert?«

»Ja, hast du«, erwiderte Hanna und kratzte das letzte bisschen vom Boden zusammen, wobei sie ihre Finger tief ins Glas eintauchte, da der Löffel zu kurz war. Während sie ihre mit Marmeladenresten verschmierte Hand genussvoll ableckte, beschlich sie ein leiser Verdacht, woher Hildes schlechte Laune rühren mochte.

»Süßes soll übrigens gegen Liebeskummer helfen«, bemerkte sie wie nebenbei, wartete aber vergeblich auf eine erhellende Antwort. Lediglich ein verhaltenes »Ach ja?« war Hilde zu entlocken.

»Ich persönlich habe keine Ahnung, wie sich Liebeskummer anfühlt«, fuhr Hanna fort. »Ich hatte bislang keinen, was nicht verwundert, da ich noch nie verliebt war.«

Wenigstens wich Hilde ihrem Blick nicht mehr aus, was Hanna dahingehend deutete, dass sie auf der richtigen Fährte war. »Bist du schon mal verliebt gewesen?«, fragte sie in unverfänglichem Tonfall.

Endlich zeigte Hilde wieder Regung. Sie kniff ihre Augenbrauen zusammen, als würde sie angestrengt nachdenken und ihre Antwort abwägen. »Ich war nicht verliebt, ich bin verliebt«, offenbarte sie nach einigem Zögern und hob sofort mahnend den Zeigefinger. »Kein Wort zu niemandem, hörst du! Erinnerst du dich an Walther?«

Und ob Hanna sich erinnerte. »Der Hamburger Architekt mit der roten Rose ...«

Hilde nickte. »Er ist sehr beschäftigt und baut auf der Elbchaussee eine Villa nach der anderen. Aber wann immer er Zeit hat, kommt er zu unseren Auftritten«, berichtete sie mit glänzenden Augen. »Kennengelernt haben wir uns in Jena. Dort habe ich das erste Mal vor größerem Publikum getanzt und Klavier gespielt. Langgaard hat uns miteinander bekannt gemacht.«

»Und wie ging eure Liebesgeschichte weiter?«

»Ich traf ihn wenig später hier in der Siedlung zufällig wieder. Walther hatte die Chefinnen besucht und ihnen nobel angeboten, sie beim Bau der Häuser unentgeltlich zu unterstützen ...«

»Das scheint ein ganz besonderer Mann zu sein«, rief Hanna staunend dazwischen.

»Ja, das ist er. Vor einem halben Jahr hat es dann zwischen uns gefunkt. Seitdem kommt er häufiger, als es die Bauarbeiten erfordern würden, und dann treffen wir uns heimlich.«

»Heimlich?«, fragte Hanna nach. »Warum darf keiner wissen, dass ihr euch lieb habt?«

»Was wir tun, ist verboten.« Hilde seufzte. »Ich hätte mich gar nicht darauf einlassen dürfen. Er ist verheiratet, das wusste ich von Anfang an.«

»Oje.« Nun seufzte auch Hanna, denn sie empfand gemischte Gefühle und überlegte, wer ihr mehr leidtat, Hilde oder Walthers Ehefrau. Unentschlossen rutschte sie auf ihrem Sitzkissen hin und her und versuchte, sich den ausschweifenden Lebenswandel eines solchen Bonvivants vorzustellen. »Meinst du, er würde seine Frau jemals ...«

»Nein, würde er nicht«, fiel Hilde ihr ins Wort. »Ich muss mich damit abfinden, für immer an zweiter Stelle zu stehen«, sagte sie und kramte unter ihrem Strohsack ein Telegramm hervor, mit dem sie Hanna vor der Nase herumwedelte. »Das habe ich am Mittag von ihm erhalten. Da glaubte ich noch, er sei auf dem Weg hierher. Wir hatten fest vereinbart, uns heute zu treffen. Aber von wegen, er ist nach Sylt gefahren. Angeblich muss er dort für den Bau eines Landhauses das passende Grundstück begutachten. Das hätte er ja wohl verschieben können, oder? Wahrscheinlich steht er mit seiner Frau gerade Arm in Arm irgendwo in den Dünen und schaut verträumt aufs Meer.«

Hildes Stimme klang nach schwerer Trübsal. In ihrer Mimik meinte Hanna, die Sehnsucht und Wut einer Geliebten zu erkennen, die unter einem üblen Eifersuchtsanfall litt. Sie konnte den kläglichen Anblick kaum ertragen. Eigentlich hätte sie Hilde als die Ältere von ihnen beiden für besonnener gehalten. Was sie gerade durchmachte, konnte kein Architekt auf der Welt wert sein.

»Ich habe noch ein Glas Pflaumenmus. Möchtest du?«, sagte sie – selbst auf die Gefahr hin, wieder nichts abzubekommen.

Nach ein paar Löffeln Mus hatten sich Hildes Gesichtszüge etwas entspannt, erkannte Hanna im Licht der Petroleumlampe.

»Eigentlich ist Walther viel zu alt für mich«, stellte Hilde nun entschlossen fest. »Er ist schon vierzig. Uns trennen neunzehn Jahre.« Sie machte sich daran, sein Telegramm zu entsorgen wie eine ausrangierte Liebe. Erst zerriss sie das Papier energisch in Fetzen, danach genüsslich in kleinste Teilchen. Sie ging zum Fenster, warf die winzigen Schnipsel nach draußen und schaute ihnen nach, wie sie in der Dunkelheit davonschwebten und mit Kurs auf den Komposthaufen spurlos verschwanden.

Hanna beobachtete sie dabei und zweifelte an ihrem Sinneswandel. Er war allzu schnell gewesen, und Hilde ließ sich viel zu viel Zeit, bevor sie der Finsternis den Rücken kehrte. »Walther ist übrigens Willis Chef«, sagte sie dann.

»Na und? Was geht mich das an?«, erwiderte Hanna unwirsch. »Dieser freche, aufdringliche Jungarchitekt interessiert mich nicht die Bohne.«

»Ich habe zufällig mitgehört, wie du versucht hast, ihn zu vergraulen«, berichtete Hilde. »Wenn es drauf ankommt, kannst du ganz schön bissig sein.«

»Das war Notwehr. Er hat mich auflaufen lassen und mich auch noch beleidigt«, hielt Hanna dagegen. »Ich konnte nicht wissen, dass er in der Siedlung zu tun hatte.«

Hilde lächelte verschmitzt. »War das so? Ich habe das anders wahrgenommen. Ich glaube, er hat ein Auge auf dich geworfen und will mit dir anbandeln. Heutzutage nennt man das ›flirten‹. Bist du wirklich noch so kindlich unverdorben, dass dir sein Interesse verborgen geblieben ist?«

Hanna fand Hildes Frage anmaßend. »Du solltest dich schämen, mich zu belauschen!«

»Das war keine Absicht«, erwiderte Hilde ruhig. »Je nach Windrichtung hörst du hier jedes Wort, auch aus der Entfernung. Also pass in Zukunft besser auf und rede leiser. Und was Willi betrifft ...«

»Da irrst du dich gewaltig«, unterbrach Hanna sie.

»Nein, ich irre mich keineswegs. Ich kenne die begehrlichen Blicke eines Mannes, wenn er eine Frau erobern will.«

Hanna sprang auf. »Schluss damit. Ich mag das nicht länger hören.«

»Warum denn?«, bohrte Hilde weiter. »Er ist jung, ledig, charmant und sieht gut aus. Was hast du gegen ihn?«

»Er passt nicht in meine Pläne. Ich kann hier keinen Mann gebrauchen. Außerdem hat er zwei Gesichter.«

»Das ist normal. Die hat jeder Mann.« Hilde lehnte sich entspannt zurück. »Wenn es bei den zwei Gesichtern bleibt und er sonst keine schlechten Eigenschaften hat, wäre ich nicht abgeneigt. Willi ist ein interessanter Mann. Und jeder ist ersetzbar, auch ein Walther.« Als würde sie die Vor- und Nachteile ihrer Idee abwägen, wiegte Hilde ihren Kopf sanft hin und her. »Ja, das ist die Lösung«, stellte sie schließlich erfreut fest. »Wenn du Willi wirklich nicht willst, nehme ich ihn. Wie viel Bedenkzeit brauchst du?«

Hanna überhörte die impertinente Frage geflissentlich. Plötzlich erschien ihr Hildes Lächeln aufgesetzt, der

Augenaufschlag übermäßig kokett. »Kann es sein, dass du mich auf den Arm nehmen willst?«, fragte sie unschlüssig und konnte gar nicht so schnell ausweichen, wie Hilde sie am Rücken und an den Beinen packte und wie einen Sack Mehl vor ihrem Bauch durchs Zimmer trug. »Ja klar nehme ich dich auf den Arm!« Sie ächzte vor Anstrengung. »Hast du ernsthaft geglaubt, die Liebe zu einem Mann sei planbar? Liebe kommt, wann sie will, plötzlich und unerwartet. Und meistens dann, wenn man sie am wenigsten gebrauchen kann.«

Als Hanna wieder festen Boden unter den Füßen hatte, sah sie Hilde böse an. »Wenn du in meinem Beisein noch einmal das Wort ›Liebe‹ oder den Namen ›Willi‹ in den Mund nimmst, schreie ich das ganze Haus zusammen. Alle siebzehn Zimmer.«

»Bin ich zu weit gegangen?«, fragte Hilde versöhnlich.

»Ja, das bist du. Mir ist nicht nach komischen Späßen zumute. Mich beschäftigt Wichtigeres, als mit einem Mann zu poussieren. Ich mache mir ernsthaft Sorgen.«

Eigentlich war Hanna fest entschlossen gewesen, Hilde einzuweihen, jetzt zögerte sie. Würde die Freundin sie überhaupt ernst nehmen?

Dann griff sie doch in ihre rote Samttasche, die an einem der Kleiderhaken hing, und zog das Bündel Geldscheine heraus, das ihre Mutter ihr vor der Abreise zugesteckt hatte. »Das ist alles, was ich besitze. Ich muss dringend Geld verdienen oder doch bald reumütig nach Hause zurückkehren.«

»Das würde deinem Vater gut gefallen. Wenn du ihm diesen Triumph gönnst, bist du vor Dummheit kaum zu retten.«

Der Vorwurf saß. Resigniert schaute Hanna zu Boden. »Ich bin nicht so stark, wie du denkst …«

»Wenn du eines Tages mit uns auf der Bühne stehen willst, musst du stark sein. Tanzen lernen ist harte Arbeit, und die Konkurrenz schläft nicht.«

Hilde ging zu dem kleinen Tisch, auf dem ihre Schreibutensilien lagen, und setzte sich. »Wir werden jetzt einen Finanzierungsplan für dich erstellen«, meinte sie geschäftsmäßig und zählte die Scheine durch. Einmal längs, einmal quer stapelte sie die monatlichen Rationen für Schulgeld, Kost und Logis übereinander, nahm einen Zettel und schrieb die Beträge auf. »Die Inflation ist der größte Unsicherheitsfaktor«, murmelte sie. »Das weiß ich von meinem Vater. Er ist in letzter Zeit sehr besorgt um sein Kapital.«

»Meiner auch. Er befürchtet eine Wirtschaftskrise mit fatalen Folgen. Ich kann mir das allerdings schwer vorstellen«, erwiderte Hanna und sah zu, wie Hilde mit dem Geld jonglierte, die Scheine von einem Stapel auf die anderen verteilte und immer wieder rechnete. »Ich lege verschiedene Teuerungsraten zugrunde«, erklärte sie. »Von rasant steigend bis moderat.«

»Und, zu welchem Ergebnis kommst du?«

»Wenn du sparsam lebst, bleiben dir zwischen drei und fünf Monate Zeit, um deine Probleme in den Griff zu kriegen. Das sollte langen.«

Hanna ließ diese nüchterne Bilanz eine Weile sacken. »Meinst du, ich könnte Hermine bitten, dass sie mir das Weben beibringt?«, fragte sie unschlüssig.

»Unbedingt! Und schäm dich deshalb nicht. Weben ist die beste Arbeit, um Geld zu verdienen. Außerdem werde ich dir zeigen, wie man Topflappen häkelt, Strümpfe strickt und Hausschuhe näht. All das lässt sich in der Gegend gut verkaufen. Habe ich im letzten Winter auch gemacht.«

»Ach ja …«, sagte Hanna nur und spürte das nervöse Augenblinzeln, das sie mal wieder überkam.

»Wenn du ins Dorf ziehst, achte darauf, dass du ein Quartier bei einem Bauern bekommst«, fügte Hilde noch hinzu. »Dort kannst du auf dem Feld oder im Stall helfen und so deine Mietkosten reduzieren.«

»Ich habe keinen blassen Schimmer von Handarbeit und Landwirtschaft. Meine Zukunft wird grauenvoll«, stellte Hanna schicksalsergeben fest und rieb sich fahrig über die Augen. »Wie soll ich das bloß schaffen …«

»Indem du aufhörst, dich selbst zu bemitleiden. Reiß dich zusammen«, blaffte Hilde sie an. »Beweis deinem Vater, dass du ohne ihn klarkommst. Das wird ihn schwarzärgern.« Hilde stand auf und machte eine ausschweifende Geste, als würde sie vor Hanna einen Hut mit breiter Schärpe ziehen. »Chapeau! Sei stolz auf dich, dass du seiner Willkür entkommen bist.«

»Alleine hätte ich das nicht geschafft«, räumte Hanna ein. »Ich hatte Komplizinnen, unsere Köchin und meine Mutter.«

»Deine Mutter? Auf ihre Unterstützung konntest du doch nie bauen.«

»Ja, früher war das immer so.«

8

Von der Leichtigkeit, mit der sie tags zuvor barfuß nach Hause gelaufen war, war am nächsten Morgen nicht mehr viel übrig gewesen. Voller Aufregung ging Hanna in ihrem Zimmer auf und ab, um sich die Worte zurechtzulegen, mit denen sie ihren Entschluss verkünden wollte. »Vater, ich weiß jetzt, was ich will …«, begann sie mit viel Pathos in der Stimme und schaute dabei in den Spiegel auf der Innenseite der Kleiderschranktür. Überzeugend fand sie ihren Auftritt nicht – weder den Tonfall noch ihre geduckte Haltung. Siegertypen sehen anders aus, stellte Hanna selbstkritisch fest, räusperte sich und wiederholte den Satz so oft, bis sie meinte, in ihrem Spiegelbild eine zielstrebige Frau zu erkennen.

Sie verließ das Zimmer und dachte darüber nach, was sie am Frühstückstisch erwarten würde. Bereits im Flur hörte sie, dass ihre Eltern sich hinter der geschlossenen Esszimmertür ein hitziges Wortgefecht lieferten.

»Das hast du jetzt davon. Ich war von Anfang an dagegen, dass du sie zu Wilma schickst«, schimpfte Margarete. »Würdest du nur ein einziges Mal auf meine Meinung hören! Aber nein, alles, was deinen Ansichten widerspricht, erstickst du im Keim.«

»Deine Meinung tut nichts zur Sache. Meine Entscheidung war richtig«, keifte Johann zurück. »Keiner konnte ahnen, dass sie diesen unanständigen Weibern in die Arme laufen würde!«

Hanna stutzte. Ihr Vater in Erklärungsnot, das war neu, aber nicht der eigentliche Grund, dass sie verblüfft stehen blieb. Offensichtlich hatte sie jemand verpetzt. Wie sonst wüssten ihre Eltern bereits von den Tänzerinnen? Sie lauschte weiter.

»Du hättest sie nicht alleine fahren lassen dürfen«, wetterte nun wieder Margarete. »Stell dir vor, sie wäre an einen Kommunisten geraten! Dann säße sie jetzt in einem feuchten Keller, müsste revolutionäre Flugblätter drucken und bei Wind und Wetter verteilen. Oder, noch schlimmer, sie wäre einem Triebtäter zum Opfer gefallen. Du weißt doch, wie schnell so etwas passieren kann in der heutigen Zeit. Fändest du das besser, als im Conventgarten einer Gruppe absonderlicher Frauen zu begegnen?«

Hanna vernahm ein dumpfes, lautes Geräusch und spürte die Vibration bis in den Flur. Mit Sicherheit hatte ihr Vater gerade mit der Faust auf den dicken Eichentisch gehauen. »Margarete, hör auf mit deinem törichten Gerede!«

Aber ihre Mutter schwieg nicht. »Sie ist auch mein Kind. Ich kann deine eigenmächtigen Entscheidungen nicht länger akzeptieren. Du hast dem Ruf unserer Familie schon genug geschadet. Willst du unser Ansehen vollends ruinieren?«

»Sei endlich still!«, tobte Johann.

»Nein, ich habe ein Recht darauf, zu reden. Du bist mein Ehemann und nicht mein Dienstherr«, kreischte Margarete und verlor vollends die Contenance. »Gestehe dir wenigstens ein, dass du als Ehevermittler auf ganzer Linie versagt hast. Erst bei deiner Schwester, dann bei deiner ältesten Tochter und nun bei deiner jüngsten. Wann immer du dich in diese delikaten Angelegenheiten einmischst, hinterlässt du einen Scherbenhaufen. Das muss ein Ende haben!«

Für einige Sekunden war es gespenstisch ruhig hinter der Tür, es wirkte, als würden die Kontrahenten Atem holen.

Dann schrie Johann, aber leiser als zuvor: »Solange ich lebe, habe ich in diesem Haus das Sagen!« Das klang nicht mehr nach Donner und Blitz, eher nach einem abziehenden Gewitter. Von ihrer Mutter war kein Mucks mehr zu hören, offenbar hatte der gewohnte Gehorsam sie wieder ereilt.

Schade, dachte Hanna und nutzte den Moment der Stille. Sie klopfte an die Tür und betrat das Zimmer. »Guten Morgen, Vater, guten Morgen, Mutter. Ich hoffe, ihr habt wohl geruht«, begrüßte sie ihre Eltern wie immer mit denselben Worten in derselben Reihenfolge. Ihr Gruß blieb unerwidert.

Gewöhnlich waren ihre Eltern mit dem Frühstück fast fertig, wenn sie kam. An diesem Morgen nicht. Das Rührei stand noch unangetastet auf dem Tisch, von der Wurstplatte fehlte keine Scheibe. Die Teetassen waren voll, abgesehen von dem Schwall, der wohl durch den Faustschlag übergeschwappt war und kleine Pfützen auf den Untertassen gebildet hatte.

Vermutlich war den beiden wegen des heftigen Streits der Appetit vergangen. Margaretes Augen blickten ins Leere. Als hätte sie sich vor Wut oder Verzweiflung die Haare gerauft, sah ihre Frisur, sonst immer perfekt gesteckt, auffallend zerzaust aus.

Johann trug weder Krawatte noch Weste, ein ungewohnter Anblick. Als wäre er beim Anziehen in Eile gewesen. Wider Erwarten ruhig, kam er gleich zur Sache.

»Hanna, du bist gestern gesehen worden. Damit meine ich nicht dein lächerliches Gehopse auf der Straße, das aussah, als hätten dich alle guten Geister verlassen.« Er schüttelte verächtlich den Kopf. »Du sagst mir jetzt auf der Stelle, was du bei diesen nackenden Weibern im Conventgarten zu suchen hattest.«

»Sie sind keine nackenden Weiber, sie sind erfolgreiche Künstlerinnen«, widersprach Hanna. »Ich habe ihre Tanzaufführung gesehen. Und mit mir etwa tausend andere. Unter den Zuschauern waren bekannte Persönlichkeiten aus Kultur und Wirtschaft«, betonte sie genüsslich. »Darf ich fragen, von wem du weißt, dass ich dort war?«

»Ich habe meine Beziehungen. Schlimm genug, hinter vorgehaltener Hand von deinen Verfehlungen zu erfahren. Du solltest dich in Grund und Boden schämen.«

»Nein, Vater, dazu habe ich keinen Anlass. Wenn du aus deinen erlauchten Kreisen jemanden kennst, der mich beobachtet hat, kann es doch nicht anrüchig sein, dass ich ebenfalls dort war.« Ihre Logik schien Johann zu verblüffen. Er verstummte, zumindest vorübergehend.

Als Hanna zu einer Scheibe Brot greifen wollte, hatte er sich wieder gefasst und stellte den Brotkorb außer ihrer Reichweite.

»Du hast noch kein Frühstück verdient«, sagte er hart und emotionslos wie ein Staatsanwalt bei der Verlesung einer Anklageschrift. »Ich erwarte, dass du Reue zeigst und dich für deinen Ungehorsam entschuldigst.« Dann ergänzte er vorwurfsvoll: »Diese Frauen sind nicht der richtige Umgang für dich.«

»Doch, Vater, das sind sie. Davon bin ich überzeugt«, entgegnete Hanna mit pochendem Herzen.

Atmen! Vergiss das Atmen nicht, schoss es ihr durch

den Kopf. Tief ein und aus, ein und aus. Trotz der abschätzigen Blicke ihrer Eltern zeigte die Beruhigungsübung schnell Wirkung. Nach ein paar tiefen Atemzügen fühlte sie sich entspannter und war bereit für ihren Auftritt.

»Seit gestern weiß ich, was ich will. Und bitte versucht nicht, mich davon abzubringen«, sagte sie und sah ihre Eltern fest entschlossen an. »Ich möchte in eine Frauensiedlung ziehen und dort Gymnastik und Tanz studieren. Das neue Semester fängt in zwei Wochen an.« Hanna wandte sich nun ihrem Vater zu. »Verschone mich jetzt mit deiner üblichen Bemerkung, dass ich nur ein paar neue Flausen im Kopf habe. Ich meine es ernst, sehr ernst. Wenn du mir die Ausbildung in Loheland verbietest, flüchte ich zu Tante Wilma ins Kloster.«

Johann winkte ab. »Johanna, nun hör mir mal gut zu«, begann er auf die sanfte Tour. »Ich habe dich nicht auf ein Lyzeum und eine renommierte Hauswirtschaftsschule für höhere Töchter geschickt, damit du irgendwo in der Rhön einer anthroposophischen Sekte beitrittst und nachts nackig durch den Wald tanzt ...«

»Was redest du für einen Unfug!«, unterbrach Margarete ihn.

»Würdest du dich besser informieren, dann wüsstest du, wovon ich spreche«, wies Johann seine Frau zurecht. »Über dieses Loheland wurde schon genug Zweifelhaftes geschrieben.«

»Du sagst immer, man soll nicht alles glauben, was man liest. Ich habe mir bereits meine eigene Meinung gebildet«, mischte Hanna sich ein.

»Johann, du weißt nicht immer alles besser, du tust nur so«, setzte Margarete, für ihre Verhältnisse mutig, noch eins obendrauf. »Wenn andere gut situierte Leute ihre Tochter sogar dort hinschicken, wird wohl keine Gefahr für Leib und Leben bestehen. Bevor dieser Mann heute früh bei uns geklingelt hat, hattest du doch nicht die geringste Ahnung, dass diese Siedlung überhaupt existiert.«

»Wer war dieser Mann?«, wollte Hanna von ihrer Mutter wissen.

»Das geht dich nichts an. Du bist zu neugierig«, fuhr Johann dazwischen.

Hanna beließ es dabei. »Darf ich nun frühstücken?«, erkundigte sie sich höflich.

Johann nickte und gab den Brotkorb frei.

Teekanne, Margarine, Aufschnitt – wie jeden Morgen stand eigentlich alles unverändert auf derselben Stelle. Bis auf die Marmelade ... Hanna fragte sich, warum ausgerechnet an diesem Morgen ihre Lieblingsmarmelade fehlte. »Ich frühstücke heute in der Küche«, teilte sie ihren Eltern mit, griff nach ihrem Teller und ging.

»Endlich, ich dachte schon, du würdest gar nicht mehr kommen«, empfing Ottilie sie und reichte ihr das Weckglas mit der Kirschkonfitüre.

Dann flüsterte sie: »Du weißt, wenn es drauf ankommt, habe ich meine Ohren überall. Der Mann heute früh war ein Herr Oberstudienrat. Er heißt Ludwig Carstens und unterrichtet Geisteswissenschaften. Ein sehr gebildeter Mensch. Seine Gattin ist, soweit ich verstanden habe, Landschaftsmalerin. Die beiden haben dich gestern im Theater erkannt. Du hast mit einer Frau geredet, sie standen in der Nähe.«

»Woher kennen sie mich?«

»Ihre Tochter war mit dir zusammen in der Schule, aber nicht lange, dann sind sie weggezogen in einen anderen Stadtteil. Das Mädchen heißt Ruth. Erinnerst du dich an sie?«

Hanna überlegte. »Wir hatten mal vorübergehend ein Mädchen mit einer auffällig piepsigen Stimme in der Klasse. Ob sie Ruth hieß, fällt mir gerade nicht ein. Egal«, sagte sie und sah Ottilie ungeduldig an. »Erzähl weiter, was hast du mit deinen scharfen Ohren noch gehört? Mach es bitte nicht zu spannend …«

Hanna kannte die Prozedur zur Genüge, mit der Ottilie ihre Genialität auskostete. Neben schauspielerischem Talent besaß sie die außergewöhnliche Fähigkeit, Gespräche bei Bedarf wortwörtlich wiederzugeben. Hanna hatte des Öfteren schon von ihrem phänomenalen Gedächtnis profitiert. »Wie lange willst du mich heute auf die Folter spannen?«, fragte sie. »Raus mit der Sprache! Worüber hat dieser Carstens mit Vater geredet?«

Ottilie tat, als wäre sie mit einem Mal taub geworden. In aller Ruhe wusch sie ihren Teebecher und den Frühstücksteller ab. »Als Nächstes werde ich die Speisekammer aufräumen und putzen«, sagte sie und lächelte.

»Hättest du vielleicht die Zeit, mir vorher meine Frage zu beantworten?«, bekniete Hanna sie.

»Da du mich freundlich bittest, ja. Wie immer gilt: Du musst mucksmäuschenstill sein, sonst verliere ich den Faden.« Ottilie stellte sich vor dem Kohleherd auf die gusseiserne Funkenschutzplatte, konzentrierte sich einen Moment und begann, das morgendliche Gespräch zwischen Tür und Angel vorzutragen.

»Guten Morgen, verehrter Herr Schröder. Entschuldigen Sie, dass ich in aller Frühe bei Ihnen klingle. Ich bin auf dem Weg zur Schule und wollte kurz die Euphorie des gestrigen Abends mit Ihnen teilen. War es nicht ein berauschendes Erlebnis?«

»Was meinen Sie damit, Herr … Wie war noch gleich Ihr Name?«

»Carstens, Ludwig.«

Als würde sie einhändig ein Tablett tragen, winkelte Ottilie mal den einen, mal den anderen Arm an – je nachdem, welchen Part sie gerade rezitierte. War Johann dran, senkte sie zudem dramatisch die Stimme. Dem Oberstudienrat gönnte sie bei seiner Schwärmerei ein paar mehr Höhen.

»Die Performance. Einzigartig in dieser bewegten Zeit. Zukunftsweisend. Seit dem Versailler Vertrag redet das ganze Land nur noch über Reparationen. Zweifellos muss Deutschland für diesen grausamen Krieg zahlen. Umso mehr brauchen wir Lichtblicke in Kunst und Kultur. Fanden Sie die expressiven Tänze nicht auch eine mutige Weiterentwicklung der Darbietungen von Isadora Duncan? Oder dachten Sie eher an die faszinierende Ausstrahlung einer Mary Wigman?«

»Entschuldigen Sie, Herr Carstens, ich weiß nicht, wovon Sie sprechen.«

»Waren Sie gar nicht im Theater?«

»So ist es.«

»Wie bedauerlich. Sie haben Großes verpasst. Aber Ihr Fräulein Tochter berichtet Ihnen sicherlich ausführlich. Sie wird ihr großes Interesse an Loheland nicht bereuen. Dessen können Sie gewiss sein.«

»Meinen Sie?«

»Ja. Ich beneide Sie um eine Tochter, die bemüht ist, ihren eigenen Weg zu finden. Bei der unsrigen müssen wir nachhelfen und sie zu einem Aufenthalt in der Siedlung überreden. Ruth neigt leider zum Phlegma. Hoffentlich kommt sie in Loheland auf erhellende Ideen und macht mehr aus sich. Das wäre ganz im Sinne meiner Frau und mir …«

Hanna nutzte eine von Ottilies gedehnten Atempausen.

»Welchen Eindruck hattest du während des Gesprächs von Vater?«, fragte sie.

»Dieser Carstens hat ihn völlig aus dem Konzept gebracht. Bei dem wenigen, was er von sich gegeben hat, wirkte seine Stimme schwach und zittrig. Kannst du dir das bei deinem Vater vorstellen?«

»Nein, ganz und gar nicht«, antwortete Hanna misstrauisch. »Kann es sein, dass du übertreibst?«

»Nein. Ich schwöre bei Gott, dem Allmächtigen. Dem Oberstudienrat ist dieses verstörte Verhalten anscheinend auch aufgefallen. Er hat sich dann relativ schnell verabschiedet. Seitdem ist die Stimmung im Keller.« Ottilie zeigte mit ihrem vom Schälen der Roten Bete rötlich verfärbten Daumen tief nach unten. »Not macht erfinderisch«, meinte sie dann. »Ich konnte in der Nachbarschaft Kartoffeln, von denen ihr noch reichlich im Keller habt, gegen sauer eingelegte Heringe tauschen. Ein bisschen Pökelfleisch ist mir bei der Gelegenheit auch in die Hände gefallen. Es gibt also heute Mittag Labskaus. Das magst du doch. Ich dachte, bevor du mit dieser Tanzausbildung anfängst …«

»Woher weißt du davon?«, stichelte Hanna. »Die Esszimmertür war zu, als ich darüber gesprochen habe.«

Ottilie gab das Unschuldslamm und zog erstaunt die Augenbrauen hoch, wie so oft nach einem ihrer Lauschangriffe. »Deine Drohung, ins Kloster zu gehen, war übrigens ein kluger Schachzug«, sagte sie. »Bleibt zu hoffen, dass du am Ende siegst.«

Hanna verstand ihre Anspielung sofort. »Was hast du noch in Erfahrung gebracht? Ich muss wissen, woran ich bin. Mein zukünftiges Leben steht auf dem Spiel!«

»Es gibt eine gute und eine schlechte Nachricht. Welche möchtest du zuerst hören?«

»Die gute!«, platzte Hanna heraus.

»Dein Vater hat in einem Nebensatz verlauten lassen, dass er dich freigeben wird.«

Hanna riss vor Erleichterung die Arme hoch und jubelte.

»Pssst, nicht so laut. Du willst doch nicht, dass er uns hört«, raunte Ottilie und gönnte ihr noch einen gedämpften Luftsprung. »Er hat dabei allerdings einen gemeinen Hintergedanken«, verkündete sie nun die schlechte Nachricht. »Er will dich finanziell nicht unterstützen und am langen Arm verhungern lassen. Du sollst wie eine Büßerin zur Familie zurückkehren und dich fügen. Das passt zu ihm. Da kann man nichts machen.«

Hanna spürte, wie die Wut in ihr hochkochte. Nur mit Mühe konnte sie die Tränen, die ihr in die Augen schossen, unterdrücken.

Ottilie machte eine beschwichtigende Geste. »Ich habe mir da etwas überlegt. Zumindest für die Anfangszeit«, sagte sie. »Für meinen Plan brauche ich allerdings deine Mutter als Verbündete.«

»Das kannst du vergessen«, schniefte Hanna und wischte sich mit dem Küchenhandtuch, das Ottilie ihr reichte, über die feuchten Augen. »Mutter würde nie mit dir kooperieren und meinen Drang nach Freiheit unterstützen.«

»Du bist zu pessimistisch. Ich kann mir einen Sinneswandel durchaus vorstellen. Mutter bleibt Mutter«, erwiderte Ottilie. »Lass mich mal machen. Ich weiß, womit ich sie packen kann. Ich habe sie durchschaut.«

»Was hast du vor?« Hanna sah sie skeptisch von der Seite an.

»Warte ab und gib mir ein paar Tage. So lange musst du mit deiner Abreise warten.«

Zwei Tage lang passierte nichts. Am dritten in aller Frühe klopfte Margarete an Hannas Tür und betrat mit einem großen Koffer in der Hand das Zimmer. »Da passt mehr rein als in deinen«, sagte sie. »Ich habe ihn für dich vom Dachboden geholt.«

»Seit wann steigst du auf den Dachboden?«, fragte Hanna verschlafen.

Margarete überging die Bemerkung. Sie setzte sich zu ihrer Tochter auf die Bettkante, strich ihr sanft über die langen Haare, seufzte und begann wie früher, ihr die Zöpfe zu flechten. Hanna hielt still. Sie konnte sich das fürsorgliche Gebaren nicht erklären und überlegte, worauf die Mutter hinauswollte.

»Dein Vater wird gleich das Haus verlassen und frühestens am Nachmittag zurückkehren«, sagte Margarete nach einer Weile. »Bis dahin solltest du weg sein, um weiteren Ärger zu vermeiden.« Sie öffnete den Koffer und legte ihn aufs Bett. »Damit wir uns nicht unnötig bücken müssen«, meinte sie und sah sich im Zimmer um. »Wo sind deine derben Schnürschuhe? Die wirst du brauchen. Und vergiss die dicke Strickjacke und den Regenmantel nicht. Auf dem Land ist es oft kalt und schmutzig. Die Wege sind matschig, und das Erdreich ist voller Morast.« Margarete ließ ihre Mundwinkel hängen, als stellte sie sich gerade in den schlimmsten Facetten ihre Tochter als verlotterte Landpomeranze vor.

Hanna ignorierte den fürchterlichen Gesichtsausdruck. »Mach dir keine Sorgen. Ich werde selbst im Schlamm immer meine gute Kinderstube im Kopf behalten«, sagte sie leichthin.

»Ich habe mich entschieden, dir zu helfen. Aber das muss unter uns bleiben. Dein Vater weiß nichts davon«, sagte ihre Mutter und zog ein Bündel Geldscheine aus ihrem Kleiderärmel. »Du weißt, dass ich außer meiner knapp gehaltenen Haushaltskasse über keinerlei finanzielle Mittel verfüge.«

Hanna starrte sie an. »Woher hast du das Geld?«

»Ottilie hat mir bei der Beschaffung geholfen. Ihre Idee war ausgezeichnet«, antwortete Margarete redselig wie selten. »Sie fragte mich, wozu ich eine halbe Kommode voll Tafelsilber brauche, darunter drei fünfteilige Bestecke für sechzehn Personen, von denen zwei seit Jahren nicht benutzt wurden. Wir haben uns für das von deiner Großmutter entschieden, Gott hab sie selig. 925er Sterling Silber. Wie du siehst, hat Ottilie ihre Aufgabe bestens erfüllt. Sie hat nicht gehandelt, sie hat bis aufs Messer gefeilscht.«

»Und wenn Vater dahinterkommt?«

»Das Risiko ist äußerst gering. Er hat sich nie dafür interessiert, welche Schätze wir in den Schränken haben.«

»Mutter, warum tust du das für mich?«, fragte Hanna. »Du willst doch gar nicht, dass ich meinen eigenen Weg einschlage. Du hast bisher alles getan, damit ich werde wie du.«

»Das ist wahr. Ich habe stets versucht, dir ein gutes Vorbild zu sein. Ich hoffe auch nach wie vor, dass du eines Tages zur Besinnung kommst und dein renitentes Verhalten bedauerst.« Margaretes Stimme klang bitter und passte nicht zu der mütterlichen Sorgfalt, mit der sie anfing, das Nötigste in den Koffer zu legen. »Denk daran, dein Tagebuch mitzunehmen«, mahnte sie. »Du möchtest wohl kaum, dass dein Vater darin stöbert ...«

»Warum fällst du ihm plötzlich in den Rücken? Das hättest du dich früher nie getraut. Ich kann mich an glühende Vorträge erinnern, die du mir über das Gebot der ehelichen Loyalität gehalten hast.« Hanna musste lange auf eine Antwort warten.

»Mich haben nächtelang üble Gedanken gequält, warum ich meinen Mann nicht mehr bedingungslos respektiere, wie das meine Pflicht als gute Ehefrau wäre«, verriet Margarete ihrer Tochter. »Es ist sein Hochmut, der mich mitunter maßlos enttäuscht.«

»Du hast mir das Geld also nur gegeben, um ihm eins auszuwischen?«

»Ja, ich wollte ihm seine Überheblichkeit heimzahlen und habe meine Entscheidung mit Genugtuung getroffen.«

Hanna schüttelte ratlos den Kopf. »Ich verstehe dich noch weniger als sonst. Was waren deine Beweggründe?«

»Ich möchte mir später keine Vorwürfe machen. Eine unglückliche Tochter reicht …«

Entsetzt sprang Hanna von der Bettkante hoch. »Was ist mit Elisabeth? Hat sie Probleme mit Friedrich, diesem Taugenichts?«

»Da sind dein Vater und ich geteilter Meinung. Ich meine, sie hat große Probleme. Ihr letzter Brief klang für mich nach einem verzweifelten Hilferuf. Friedrich ist kein guter Ehemann.«

Hanna nickte. »Ich konnte ihn von Anfang an nicht leiden, diesen eingebildeten Marineoffizier. Ich war als Kind oft genug dabei, wenn er im Café anderen Frauen schöne Augen machte und Elisabeth traurig danebensaß und in ihrem Kuchen herumstocherte. Wo hat Vater ihn damals überhaupt kennengelernt?«

»Wo schon? Natürlich bei einem Empfang in der Handelskammer. Kurz darauf ging er zweimal mit ihm im *Haerlin* essen …«

»Im *Haerlin*?«, fuhr Hanna dazwischen. »Dem feinen Restaurant an der Binnenalster? Das Essen dort war bestimmt sehr teuer.«

»Ja. Und da dein Vater noch nie sein Geld zum Fenster

herausgeschmissen hat, haben ihm die beiden Male gereicht, und die Angelegenheit war geregelt. Mir gegenüber lobte er Friedrich als überzeugten Traditionalisten, als einen Mann mit exzellenten Manieren und klassischen Idealen.«

»Mutter …«, begann Hanna zaghaft. »In meinen Augen ist Friedrich ein gemeiner Unhold, der seiner Frau sogar verbietet, ihre eigene Familie zu besuchen. Warum sonst war Elisabeth so lange nicht bei uns? Zu keinem Geburtstag, nicht einmal zu Weihnachten.« Hanna überlegte kurz. »Tut er ihr etwa Gewalt an? Zuzutrauen wäre es ihm.«

Margarete wich ihrer Frage aus. »Johann meint, das würde sich wieder einrenken, wenn sie endlich ein Kind bekäme.« Sie stöhnte. »Was soll er auch anderes von sich geben, ohne von seinem hohen Ross zu fallen. Er hat ihr diesen Mann aufgedrängt, und ich hab's geschehen lassen.« Wenig damenhaft wischte sie sich mit den Handrücken die Tränen weg, die ihr links und rechts die Wangen herunterliefen. »Um Elisabeth mache ich mehr Sorgen als um dich«, sagte sie. »Du hast dir deine abenteuerlichen Pläne selbst eingebrockt und bist, egal was passieren wird, dafür verantwortlich.«

Margarete hielt einen Moment inne, als müsste sie einen Wust von Gedanken ordnen. Dann breitete sie die Arme aus, und Hanna ließ sich hineinfallen. Wie damals als Kind wartete sie auf den Moment, dass sich ihre Nasenspitzen kitzelnd berührten.

»Für dieses Spielchen bist du doch viel zu erwachsen geworden«, flüsterte Margarete ihr ins Ohr. »Aber wenn es hart auf hart kommt, bin ich bereit, noch ein zweites Silberbesteck zu veräußern.«

9

Das Gebäude, in dem der Gymnastikunterricht stattfand, war wohl erst vor Kurzem eingeweiht worden. Die Girlande aus frischem Tannengrün hing noch über der Eingangstür. Das sah Hanna schon von Weitem und musste beim Anblick des Hauses unwillkürlich schmunzeln. Es war wieder eins ohne Ecken, kreisrund mit einem Dach, das dem Hut eines Steinpilzes ähnelte. Bestimmt hatte Langgaard auch bei diesem Bau ihren Geschmack durchgesetzt, überlegte sie und ging hinein.

Obwohl sie viel zu früh dran war, warteten drinnen bereits etliche Schülerinnen auf den Beginn der ersten Stunde, auch Isolde. Die Rheinländerin stand mitten im Raum und schaute sich nach allen Seiten um.

»Wir sind fünfundzwanzig Mädchen, die heute mit der Ausbildung anfangen. Hier ist gar nicht genug Platz für uns alle«, sagte sie und schüttelte enttäuscht den Kopf. »Ich hatte mir das Ambiente insgesamt gehobener vorgestellt. Findet ihr die Räumlichkeiten nicht auch etwas bescheiden?«, fragte sie ihre Mitschülerinnen.

Hilde, die am Klavier saß und zur Einstimmung eine Melodie leise anklingen ließ, unterbrach ihr Spiel und schaltete sich ein. »Bescheiden war es hier vor einem Jahr. Da habe ich genau an dieser Stelle in einem behelfsmäßigen Zelt mein Examen gemacht.« Sie lachte. »Kurz darauf durfte ich unter freiem Himmel auf einer nassen Wiese meinen ersten Gymnastikkursus leiten. Ganz zu schweigen von unserem Tanztraining, das monatelang in der Scheune inmitten von Heuballen stattfand. Dagegen ist dieses Gebäude – wir nennen es übrigens den ›Rundbau‹ – ein Palast.«

»Außerdem gibt es auf dem Gelände auch noch eine Übungsbaracke«, rief Langgaard, die gerade zur Tür hereinkam und das Gespräch anscheinend mitgehört hatte. »An den Örtlichkeiten wird eure Ausbildung nicht scheitern. Da könnt ihr beruhigt sein.«

»Aber warum hängen hier keine Spiegel an der Wand? Warum gibt es keine Ballettstange zum Dehnen und Strecken?«, fragte Isolde.

»Wenn du einen vornehmen, verspiegelten Ballettsaal erwartest, in dem du zum Zeitvertreib ein bisschen *Pas de deux* übst und Pirouetten drehst, hast du dir den falschen Ort ausgesucht.« Langgaard sprach ruhig, aber bestimmt und sah dabei nicht nur Isolde an. »Das gilt für euch alle! Ich gehe jetzt und komme in zehn Minuten wieder. Bis dahin könnt ihr noch einmal überlegen, ob ihr euch auf das Abenteuer Loheland einlassen wollt«, sagte sie. »Ich freue mich auf jede, die gleich noch da ist. Und versteht mich nicht falsch. Für Kritik bin ich jederzeit empfänglich, für Vorbehalte, die eure Neugierde bremsen, nicht.«

Isolde biss sich auf die Unterlippe, als müsste sie sich eine Bemerkung verkneifen, und suchte Hannas Nähe. Vertraulich beugte sie sich zu ihr. »Wir beide haben ein großes Ziel, das Tanzen«, flüsterte sie. »Wir müssen aufpassen, dass uns dabei keine Steine in den Weg gelegt werden.«

Nach Langgaards Rückkehr waren alle noch da und hörten ihr nun gespannt zu. »Als ich mit meiner Ausbildung begonnen habe, war ich in eurem Alter. Zu Beginn des Jahrhunderts gehörte der Beruf der Gymnastiklehrerin zu den wenigen, die Frauen überhaupt erlernen konnten«, begann sie die Unterrichtsstunde. »Hedwig von Rohden und ich, wir haben später dann eine eigene Lehrmethode entwickelt. Wir begreifen die Gymnastik als Bildung«, erklärte Langgaard. »Sich bilden heißt, sich selbst eine Form geben, bei der Körper, Geist und Seele miteinander im Einklang sind. Das Ziel ist, dass ihr euch sehend durch die Welt bewegt und empfänglich seid für Veränderungen.«

Was Langgaard gerade gesagt hatte, klang vielversprechend und spannend. Umso weniger verstand Hanna den Sinn der ersten Übung, bei der sie ein Gefühl für ihren Körper finden sollte. Wie ein Zirkuspferd im Kreis zu laufen, fand sie ziemlich kindisch. Zu der Musik, die Hilde dabei am Klavier spielte, hätte sie viel lieber ein paar aufregende Tanzschritte ausprobiert.

»Stampft doch nicht mit den Füßen, als würdet ihr in einem Bottich stehen und Sauerkraut einmachen!«, rief Langgaard nach einer Weile amüsiert. »Versucht, euch mit mehr Leichtigkeit zu bewegen und nur auf den Fußballen und Zehen zu gehen. Das schult das Gleichgewicht. Vergesst dabei aber nicht die richtige Haltung. Ich möchte stolze, aufrechte Oberkörper sehen.«

Was sich einfach, ja fast banal anhörte, entpuppte sich bald als eine Übung, bei der Hanna zunehmend ins Straucheln geriet. Das ärgerte sie. Es konnte doch wohl nicht so schwer sein, auf Zehenspitzen zu laufen und dabei langsam die Arme nach oben zu schwingen und sie genauso langsam und scheinbar mühelos wieder zu senken! Das Gefühl von Leichtigkeit, das Langgaard erwähnt hatte, kam bei ihr nicht auf. Im Gegenteil. Krampfhaft streckte sie die Hände bis zur Schmerzgrenze in die Höhe, als müsste sie zum Himmel greifen. Schon nach wenigen Versuchen verspürte sie eine ungewohnte körperliche Anstrengung, die sie irritierte. Zudem fühlte sie sich die ganze Zeit von Isolde beobachtet, was sie zusätzlich verunsicherte.

Der Chefin fiel das ebenfalls auf, sie sprach Isolde an: »Achte nicht zu viel auf das, was die anderen machen, dazu kommen wir später. Befasse dich mit dir selbst.« Dann schaute sie in die Runde. »Das erwarte ich auch von euch. Sucht in der Bewegung euren eigenen natürlichen Rhythmus.«

Hanna gab sich alle Mühe, konnte ihren Rhythmus aber nicht finden. Selbst die akzentuierten Töne, die Hilde als musikalische Unterstützung spielte, halfen ihr kaum weiter. Als würde sie von einer fremden Kraft gesteuert, hob sie mechanisch die Arme, ließ sie wieder fallen und schnaufte dabei.

»Du vergisst das Luftholen, Hanna«, rief Langgaard und kam auf sie zu. »Wenn du so weitermachst, erstickst du gleich. Versuche, tiefer ein- und auszuatmen. Du solltest die Luft bis hier unten deutlich spüren.« Sie fasste Hanna an den Bauch und einigen anderen anschließend auch. »Noch einmal für alle: Die Atmung bestimmt die Bewegung. Auch wenn ihr euch anstrengt – atmet dabei ruhig ein und gleichmäßig aus. Entspannt euch beim Senken der Arme, lasst sie so lange baumeln, bis ihr vollständig ausgeatmet habt und von vorne beginnen könnt.«

Den Energiestrom, der unterdessen von Kopf bis Fuß fließen sollte, konnte Hanna nirgendwo spüren. Die Beziehung zwischen Atmung und Bewegung erschien ihr wie ein Mysterium.

Kein Wunder. Bislang hatte sie ihrem Körper weitaus weniger Beachtung geschenkt als den Kleidern, die ihn umhüllten. Wenn sie von A nach B ging, funktionierte er tadellos, so gleichmäßig und zuverlässig wie das monotone Rattern einer Nähmaschine. Im Gegensatz zu seiner gewohnten Routine musste er sich nun einer nie da gewesenen Herausforderung stellen.

»Hanna, konzentriere dich auf das, was du tust«, riss Langgaard sie mit barscher Stimme aus den Gedanken. »Wenn du nicht mit so viel Druck nachhelfen würdest, könntest du viel mehr aus den Bewegungen herausholen, das sehe ich dir an. Deine letzte Runde war übrigens schon etwas überzeugender als die davor.«

Was sie groß anders gemacht hatte, erschloss sich Hanna nicht. Einen Moment lang stand sie ratlos mit hängenden Schultern da und bemerkte, dass Isolde sie schon wieder fest im Blick hatte. Das strahlende Lächeln, das die Rheinländerin ihr zuwarf, wirkte irgendwie komisch.

»Bitte denkt daran, das Ziel bei unserer Gymnastik ist nicht die körperliche Höchstleistung, nicht der Wettkampf, nicht die Konkurrenz«, wandte Langgaard sich erneut an alle neuen Schülerinnen. »Es gibt keine Sieger und keine Verlierer. Wer eine Pause braucht, gönnt sie sich.«

Die Erste, die von diesem Angebot Gebrauch machte, war Marianne, die durch ihre pechschwarzen Haare auffiel. Hanna kannte sie bislang nur von den gemeinsamen Mahlzeiten. Nach ein paar Minuten reihte sie sich wieder ein, was die Chefin wohlwollend registrierte. »Lass dir in Zukunft mehr Zeit, Marianne. Bestimme dein eigenes Tempo.«

Ihren Argusaugen entgeht nichts, dachte Hanna gerade noch, während Langgaard schon wieder kerzengerade und mit strenger Miene auf und ab marschierte. Dieses Mal traf ihre Kritik Hermine.

»Du vergeudest mit den Armen noch zu viel Kraft. Heb sie weniger ruckartig. Lass die Bewegung langsam wachsen«, sagte sie und machte die Übung zum wiederholten Male mühelos vor. Dann verschwand sie in der Gerätekammer und kam mit einem Netz voller Bälle zurück, die sie verteilte.

»Ihr sollt sie nicht werfen, bloß sanft mit den Fingern festhalten. Das hilft euch, beide Arme gleichmäßig zu heben, und ist gut für die Balance.« Langgaard lächelte flüchtig. »Und vergesst bei allem das Atmen nicht.«

Hanna taten inzwischen die Zehen und Waden fürchterlich weh. Sie spürte die Spannung bis hinauf in die Oberschenkel. Nun musste sie sich auch noch auf einen Ball konzentrieren, den ihre Fingerkuppen gefühlvoll tragen sollten. Sie drehte sich kurz zu Hermine um, die hinter ihr im Kreis lief. Die beiden zwinkerten sich zu. Den einen Moment abgelenkt, glitten ihnen prompt die Bälle aus den Händen.

Sie waren nicht die Einzigen, denen dieses Malheur passierte. Die Übung mit dem Ball uferte binnen kurzer Zeit in eine Art Völkerballspiel ohne Regeln aus. Die Bälle flogen kreuz und quer. Hanna versuchte, ihnen geschickt auszuweichen, lief und sprang vor ihnen weg. Manchmal schnappte sie einen und warf ihn mit Kraft so hoch sie konnte.

»Jetzt ist Schluss!«, dröhnte plötzlich die voluminöse Stimme der Chefin durch den Raum. Vor lauter Schreck rührte Hanna sich nicht mehr vom Fleck und erwartete ein gehöriges Donnerwetter.

»Schaut euch gegenseitig an«, wies Langgaard die Schülerinnen nach langen Sekunden des Schweigens zurecht. »Ihr steht da wie ungemachte Betten. Entspannt die Schultern. Und zieht sie nicht hoch bis zu den Ohren. Habt ihr alle einen Rundrücken? Wohl kaum. Also steht nicht so schlaff da, als ob jeder Windzug euch wegpusten könnte. Gehören eure Arme wirklich zu euch? Warum hängen sie dann leblos wie die einer Puppe neben eurem Körper? Es wird Zeit, dass ihr eure Muskeln schätzen lernt. Geht in die Umkleide und zieht euch aus!«

»Was sollen wir?«, fragte Hanna entsetzt.

»Ihr sollt neue Erfahrungen machen und begreifen, dass der Körper das größte Geschenk der Natur ist«, erwiderte Langgaard. »Ich möchte, dass ihr eure Scham ablegt und euch von den alten Sitten befreit, die euch eingeengt haben. Also, worauf wartet ihr?«

Allein die Vorstellung, unbekleidet vor den anderen zu stehen oder gar herumzulaufen, brachte Hanna in Verlegenheit. Sie spürte, wie ihr die Röte ins Gesicht stieg und ihre Wangen zum Glühen brachte. Zögerlich verließ sie mit den anderen den Raum.

»Es liegen Decken parat«, rief Langgaard ihnen hinterher. »Bringt sie mit, falls euch kühl wird.«

Kaum in der Umkleide, griff Hanna sofort zu einer der Decken, die sie sich um die Schulter legte und mit einer Hand vor ihrer Brust festhielt. Mit der anderen öffnete sie versteckt die Knöpfe ihres Kleids und streifte es umständlich ab.

»Du bist ja scheuer als ein Reh«, stellte Hermine belustigt fest. Sie selbst stand bereits vollständig nackt da. »Ich dachte, du willst modern sein und mit der Zeit gehen?«

Hanna starrte sie bloß an. »Du bist der erste Mensch, den ich ohne alles sehe«, sagte sie nach einer Weile leise und beneidete Hermine insgeheim um ihr robustes Naturell. Und auch um ihre eigenwillige Schönheit, die sie freimütig von allen Seiten zeigte, als wäre es das Normalste der Welt. »Warum macht dir das Nacktsein so wenig aus und mir so viel?«, fragte sie und hielt ihre Decke noch fester zusammen.

»Das ist eine Sache der Gewohnheit«, antwortete Hermine. »Meine Mutter hat sich auf ihre alten Tage zu einer Anhängerin der Freikörperkultur entwickelt. Als ich das erste Mal mit ihr an einem FKK-Strand war, habe ich mich in Grund und Boden geschämt und fand mich rückständiger als sie. Das wollte ich nicht auf mir sitzen lassen.«

Hanna zwang sich zu einem Lächeln. »Vielleicht sollte ich mir vorstellen, die Nacktheit wäre ein aufregendes Kostüm, in dem ich gleich eine Bühne betrete.«

»Ja, warum nicht? Hauptsache, du gibst dir jetzt endlich einen Ruck und lässt die Hüllen fallen, damit wir loskönnen. Wir sind die Letzten.«

»Geh du voraus«, bat Hanna, bevor sie die Decke wegnahm, sich hinter Hermines Rücken verschanzte und ihr wie ein Schatten folgte. Im Gymnastikraum stellte sie sich genierlich zu den anderen in den Kreis und erkannte schnell, dass viele ähnlich befangen waren wie sie und die Arme wie einen Sichtschutz vor den Busen hielten. Nur langsam wich die Scham der Neugierde, was nun passieren würde.

Wieder sollten sie zu den Bällen greifen, dabei aber stehen bleiben. Es galt, mit der Armschwingung nach oben das Gewicht auf die Zehenspitzen zu verlagern, sich zu strecken und der Bewegung des Balls mit dem Kopf zu folgen. »Stellt euch vor, der Ball ist die Baumkrone, und ihr seid der Stamm«, erklärte Langgaard und teilte die

Gruppe auf, indem sie abzählte: »Eins, zwei. Eins, zwei. Eins, zwei ...« Dann erklärte sie: »Alle mit eins beginnen, alle mit zwei beobachten ihre Partnerin bei der Übung. Seht genau hin, auf die Beine, den Rücken, die Arme, und beschreibt mir, was sich je nach Bewegung verändert.«

»Die Muskeln!«, stellte Hanna bald darauf mit Erstaunen fest, ohne den Blick von Hermine zu lassen, mit der sie ein Paar bildete. »Ich kann deutlich ihre Muskeln sehen. Sie plustern sich unter der Haut auf. Und dann verstecken sie sich wieder.«

»Wann und wo fällt dir diese Veränderung am meisten auf?«, fragte Langgaard.

»An den Waden und den Oberschenkeln. Ein bisschen auch am Po. Wenn sie sich anstrengt und nach oben streckt, werden die Muskeln dicker.«

Hermine ließ die Begutachtung ihres Körpers scheinbar gelassen über sich ergehen. Hanna bemerkte allerdings, dass sie vor lauter Nervosität das Wesentliche vergaß. Statt ruhig und fließend zu atmen, schnappte sie hektisch nach Luft und atmete erst wieder erleichtert auf, als Isolde die Aufmerksamkeit auf sich zog.

»Ich kann keine Muskeln sehen«, rief sie von der anderen Seite des Raums. »Marianne ist zu dünn. Ich glaube, sie hat keine. Wo sollten in ihren zarten Ärmchen und an ihrem winzigen Popo Muskeln sein?«

Marianne kommentierte Isoldes Bemerkung mit einem wütenden Blick, als würden ihre dunklen Augen Feuer spucken. Dann streckte sie ihre Hände, die den Ball hielten, weit und immer weiter in die Höhe und beugte den Rücken gewagt nach hinten.

»Pass auf, Marianne, dein Sinn für Richtung, Raum und Form ist noch nicht ausgeprägt. Übertreibe es nicht«, sagte Langgaard. »Und Isolde, du auch nicht. Bitte bleib in deinen Bemerkungen sachlich. Jeder Mensch hat Muskeln, das solltest du wissen. Ohne sie würden unsere Knochen in sich zusammenfallen. Wir könnten nicht einmal reden, wenn wir keine hätten, geschweige denn gehen. Selbst zum Krümmen deines kleinen Fingers brauchst du sie. Ohne Muskeln gäbe es keine Lebendigkeit und ohne gegenseitigen Respekt kein Leben miteinander.« Langgaard verstummte einen Moment und trat dann mit einer Bestimmtheit auf Isolde zu, die ihre herben Gesichtszüge noch rauer wirken ließen. »Was die Muskeln für den Körper bedeuten, bedeutet der Charakter für die Seele. Und falls ihr es nicht wisst …«, damit richtete sie sich an alle, »der Charakter prägt das Wesen eines Menschen, seine ganze Persönlichkeit. Im guten wie im schlechten Sinn.«

Die Worte der Chefin hallten nach. Nicht das leiseste Räuspern war zu hören. Auch Hanna fühlte sich von der unüberhörbaren Ermahnung angesprochen. Obwohl es viel einfacher war, andere zu beurteilen, überlegte sie kurz, wo sie selbst wohl auf einer Messskala der guten und schlechten Charaktereigenschaften stand. Bevor sie dazu kam, die positiven Merkmale ihres Wesens gegen die schlechten abzuwägen, stupste Hermine sie an. »Worauf wartest du? Du bist dran.«

Unter Hermines aufmerksamem Blick begann sie mit der vorgegebenen Übung. Sie nahm den Ball in die Hände und versuchte, sich über alle Maßen auf ihre Muskulatur zu konzentrieren, auf die Gegenpole von Anspannung und Entspannung, wobei sie noch nicht genau verstanden hatte, was damit gemeint war. Nach den ersten Versuchen schloss sie die Augen und überließ sich ihrem Gefühl. Sie streckte die Arme hoch und sah in ihrer Vorstellung die Spitze der Baumkrone, die sie mit dem Ball berühren wollte, zum Greifen nahe.

»Das war gut, erstaunlich gut. Du hast die Schwingung schön aus dir heraus entwickelt und damit gezeigt, dass nicht die Form einer Übung wichtig ist, sondern die Entstehung der Bewegung. Das Werden und Vergehen. Die Verwandlung. Hanna, du hast wirklich Talent.«

Erst als sie ihren Namen vernahm, fühlte sie sich angesprochen und glaubte zunächst an ein Missverständnis. Hatte Langgaard gerade wirklich von Talent gesprochen? Sie riss die Augen auf, schaute der Chefin geradewegs ins Gesicht und schämte sich kaum noch, ihr nackt gegenüberzustehen.

»Entschuldigung«, sagte sie aufgeregt, »können Sie noch einmal wiederholen, was Sie gerade gesagt haben?«

»Nein. Zu viel Lob tut nicht gut.« Langgaards Stimme klang freundlich, aber kategorisch. »Von nun an liegt es an dir, dein Talent unter Beweis zu stellen.«

Die Herausforderung wollte Hanna gerne annehmen. Sie spürte geradezu den Stein, der ihr vom Herzen fiel. Endlich erfuhr sie den Zuspruch, auf den sie zu Hause so oft vergeblich gewartet hatte.

Richtig freuen konnte sie sich dennoch nicht. Das lag an ihrem Vater, der sich ausgerechnet jetzt ungefragt in ihre Gedanken drängte. Hanna sah ihn im Wohnzimmer in seinem schweren Ledersessel sitzen, sie stand vor ihm, kleinlaut, wie es sich für eine Bittstellerin gehörte. Dieser letzte Versuch, Gehör zu finden, war gerade mal ein paar Monate her.

»Du hast mir verboten, zu studieren. Warum darf ich dann nicht wenigstens einen Beruf erlernen?«, hatte Hanna ihren Vater gefragt.

Johann war tief in seinen Sessel gerutscht und streckte auf dem dazugehörigen Hocker demonstrativ die Beine aus. »Muss ich mich andauernd wiederholen?« Gelangweilt schaute er von seiner Zeitung hoch. »Was für einen Beruf solltest du erlernen? Du hast nur Flausen im Kopf. Dir fehlt es an Begabung.«

»Und wieso durfte Elisabeth nach dem Lyzeum auf die Gewerbeschule gehen, eine Ausbildung als Zeichnerin machen und danach wenigstens eine Zeit lang arbeiten gehen?«, hakte Hanna nach.

»Deine Schwester besitzt im Gegensatz zu dir ein außergewöhnliches Talent.«

Hanna wandte sich resigniert ab und stierte eine Weile in das lodernde Feuer im Kamin. Sie hätte es wissen können. Wann immer ihr Vater sie mit der älteren Schwester verglich, zog sie den Kürzeren. Elisabeth war stets die Bravere und Besonnenere gewesen, die Streitigkeiten aus dem Weg ging. Sie hatte stattdessen zu ihrem Zeichenblock gegriffen und von allen möglichen Dingen, die sie um sich herum sah, kleine, zierliche Bilder angefertigt. Elisabeths Miniaturen waren detail- und maßstabsgetreu bis zur Perfektion.

»Ich weiß noch genau, wie Elisabeth dich damals um Erlaubnis gebeten hat, als Inventarzeichnerin im Völkerkundemuseum arbeiten zu dürfen. Du sagtest: ›Nur bis zur Verlobung und keinen Tag länger.‹« Hanna sah ihren Vater widerwillig an. »Dabei hättest du stolz auf sie sein können, weil ihre Zeichnungen der Exponate bald zu den besten in den Museumskatalogen gehörten und sie von allen Seiten gelobt wurde.«

»Im Nachhinein betrachtet hat ihr der Berufsalltag geschadet und sich negativ auf ihre Entwicklung als Frau ausgewirkt«, erwiderte Johann brüsk. »Außerdem verbitte ich mir jede weitere Diskussion über dieses leidige Thema.«

Hanna konnte den selbstgefälligen Blick ihres Vaters kaum ertragen und war froh, als er sich wieder seiner Lektüre widmete. Sie verließ den Raum, setzte sich ins Esszimmer und dachte wehmütig an ihre Schwester, deren Schicksal kurz vor Kriegsbeginn bei einem sonntäglichen Mittagessen besiegelt worden war. Hanna hatte die Szene vor Augen, als hätte sie sich gestern erst abgespielt.

Friedrich, der Marineoffizier, saß mal wieder mit am Tisch, und das Gespräch war zäh wie Hefeteig. Auf einmal zog er ohne große Vorankündigung einen schmalen goldenen Ring aus der Jackentasche und steckte ihn Elisabeth an den Finger. Damit hatte es sich, das war sein Heiratsantrag. Kein Kuss, keine Umarmung, nichts. Hanna war zum Heulen zumute, als ihr Vater mit feierlicher Geste sein Glas hob, seinem zukünftigen Schwiegersohn zum Verlöbnis zuprostete und sogleich den Termin für die Hochzeit bekannt gab.

Erst danach drehte er sich zu seiner ältesten Tochter um und erklärte ohne ein freundliches Wort: »Friedrich und ich sind übereingekommen, dass du morgen im Museum kündigen wirst. Von nun an warten wichtigere Aufgaben auf dich«, sagte er in einem Tonfall, als spräche er über einen Wetterumschwung.

Hanna hatte sich in dem Moment gewünscht, ihre Schwester würde aufstehen und davonlaufen. Egal wohin, Hauptsache, weit weg. Leider blieb sie wie versteinert auf dem Stuhl sitzen und stimmte mit einem kaum wahrnehmbaren Nicken dem Ende ihrer beruflichen Laufbahn und damit der Heirat zu.

Als der Krieg begann, war Elisabeth frisch vermählt, und Hanna hoffte insgeheim, der Offizier der kaiserlichen Marine würde irgendwann auf See untergehen. Kurz und schmerzlos. Aber es traf nicht ihn, sondern ihren geliebten Bruder Otto. Warum musste er an der Front sterben, und dieser eingebildete Möchtegern Friedrich überlebte den Krieg? Diese schäbige Frage, auf die Hanna nie eine Antwort gefunden hatte, verfolgte sie noch immer.

10

Stell dir vor, heute in aller Frühe wurden wir Neuen, so nennen sie uns in der Siedlung, auf den Acker geschickt. Der Mond war noch nicht untergegangen, er schien der Erde sehr nah. Angeblich war das ein guter Zeitpunkt, um Saatkartoffeln zu setzen, wenn man reich ernten wollte. Hast du von einer solchen Theorie schon mal gehört?

Unschlüssig, ob Tante Wilma an dieser Stelle irritiert den Kopf schütteln würde, setzte Hanna den Brief an sie fort.

Erst mussten wir die Furchen ziehen. Obwohl ich das zuvor nie gemacht hatte, war ich eine der Schnellsten. Nachdem wir damit fertig waren, ging es ans Kartoffelstecken. Eine der älteren Schülerinnen achtete pingelig darauf, dass wir die Knollen in Reih und Glied mit dem richtigen Abstand in die Erde legten. Ich habe mich schon gefragt, wozu ich das können muss, ich will doch keine Bäuerin werden. Durchgehalten habe ich dennoch. In der Siedlung gilt eine eiserne Regel: so lange arbeiten, bis das, was geschafft werden muss, fertig ist.

Am Ende waren wir auf dem Acker allerdings nur noch halb so viele wie am Anfang. Die anderen hatten sich stillschweigend verpieselt.

Hanna horchte auf. Die unverständlichen Wortfetzen,

die von der Landstraße her an ihr Ohr drangen, klangen wie ein aufgeregtes Geschnatter. Anders als die entfernten Stimmen der Handwerker, die auf der Baustelle des Steinhauses laut hämmerten und sich gegenseitig anschreien mussten, um ihren eigenen Lärm zu übertönen. Bruchstücke ihrer Unterhaltung drangen sogar bis zur Veranda des Holzhauses, auf der Hanna ganz allein saß und sich trotz der Geräuschkulisse ungestört fühlte. Mit einem der drei Bleistifte, die ihr der Bruder vor seiner Abreise ins Feld geschenkt hatte und die sie wie Kostbarkeiten hütete und nur zu besonderen Anlässen benutzte, schrieb sie konzentriert weiter.

Das ständige Bücken auf dem Feld war so anstrengend, dass mir alle Muskeln brennen. Ausgerechnet heute, wo wir uns im Gymnastikunterricht frei entfalten sollen, fühle ich mich wie ein ausgemustertes Wrack.

Wie sehr wünsche ich mir, ich könnte jetzt in eine Wanne mit heißem Wasser steigen. Oder wenigstens in einen Holzbottich. Ich träume von einem Bad, dabei reicht das Wasser hier kaum zum Waschen. Eine Schüssel pro Tag, mehr darf keine von uns verbrauchen. Die einzige Quelle in der Nähe, aus der das Wasser mithilfe eines Windrads in unseren Tank gepumpt wird, droht zu versiegen. Diese Schreckensnachricht verkündete uns eine der Chefinnen heute Morgen, als wir unsere Eimer füllen wollten. Als Erstes müsse das Vieh versorgt werden, sagte sie, dann käme das Kochen dran und als Letztes wir und die Wäsche.

Die Anspruchslosigkeit ist die größte Herausforderung für mich. Es gibt ein einziges Plumpsklo für alle, die im Holzhaus leben. Manchmal stehen wir dort Schlange oder gehen gleich in den Wald. Ach, Tante Wilma, ich denke oft an deine Ratschläge. Noch kann ich den guten

Stern des Hierseins nicht klar erkennen und rede mir meine Entscheidung schön. Und dann ist da noch das Problem mit dem Geldverdienen. Ich will Weben lernen und hoffe, dass eine Mitschülerin mir das Handwerk beibringt. Bislang habe ich mich nicht getraut, sie zu fragen.

Wenn ich drei Meter Stoff am Tag schaffe, kann ich mein Schulgeld bezahlen. Aber was ist, wenn mir das nicht gelingt? Ich darf nicht scheitern. Ich muss auf meinen Ehrgeiz vertrauen.

Erneut wurde Hanna durch ein Geräusch abgelenkt, sie meinte, ein schrilles, undeutliches Rufen zu hören. Sie ließ Papier und Stift liegen und lief über den Vorplatz an der Scheune vorbei Richtung Baustelle. Als sie den Feldweg einsehen konnte, entdeckte sie eine junge Frau, die langsam vor sich hin stapfte. Ihre nordisch weißblonden Zöpfe fielen sofort auf.

»Ich kann mein Gepäck nicht alleine tragen. Ich brauche Hilfe!«, rief sie laut aus der Ferne.

Die hohe, durchdringende Stimme, die sich beim Reden überschlug und eine halbe Oktave tiefer bestimmt besser geklungen hätte, weckte in Hanna zwiespältige Erinnerungen, genau wie die hellen Haare … Schwedin hatte man sie deshalb in der Schule genannt, was ihr gar nicht gefiel. Wer da kam, konnte nur Ruth Carstens sein, die Tochter des Mannes, der mit ihrem Vater zwischen Tür und Angel über Loheland gesprochen hatte.

»Meine drei Koffer stehen noch an der Straße, wo der Kutscher mich einfach rausgeschmissen hat«, jammerte sie auf etwa halber Strecke. »Dieser Grobian behauptete allen Ernstes, er könnte auf dem Feldweg mit Pferd und Wagen nicht fahren. So ein Unsinn! Das war eine faule Ausrede.«

»Bleib, wo du bist«, rief Hanna. »Ich komme mit einem Bollerwagen.«

Kaum hatte sie ausgesprochen, bereute sie das voreilige Angebot. Bei jedem Schritt, den sie tat, schmerzten ihre von der ungewohnten Arbeit auf dem Acker lädierten Muskeln. Es wäre gescheiter gewesen, Ruths Rufe zu ignorieren. Sie selbst hatte bei ihrer Ankunft schließlich auch ohne Hilfe klarkommen müssen, und das sogar im Dunkeln. Anders als Ruth wäre sie schon dankbar gewesen, überhaupt auf einen Kutscher zu treffen, der sie wenigstens ein Stück des Weges mitgenommen hätte. Dann wären ihr die schaurigen Fantasien von möglichen Wildschweinangriffen und Schlimmerem in der Finsternis erspart geblieben.

»Wieso kommst du erst jetzt? Das Semester hat längst begonnen«, begrüßte Hanna ihre frühere Mitschülerin forsch, als sie mit dem Bollerwagen bei ihr ankam. Dabei vergaß sie völlig, wie empfindlich die Schwedin schon als Kind gewesen war.

Ruth schaute betreten zu Boden. »Ich war ein paar Tage auf Sylt und habe mich mit der Zeit verkalkuliert«, begründete sie ihre späte Ankunft. »Ob ich nun die ersten Gymnastikstunden verpasst habe oder nicht, ist doch egal.«

»Den Unterricht heute willst du hoffentlich nicht verpassen. Wir haben ›Rhythmisch‹ bei Langgaard und dürfen uns zum ersten Mal eigene Bewegungen überlegen. Das wird bestimmt spannend. Danach haben wir ›Statisch‹ bei Rohden, anschließend Anatomie. Als Abschluss machen wir zur Entspannung meistens Atemübungen«, erklärte Hanna ihr den Ablauf und drängte zur Eile. Inzwischen waren sie an der Landstraße angekommen, und der Weg zurück mit dem schweren Gepäck stand ihnen noch bevor.

»Mit dem da musst du vorsichtig umgehen«, rief Ruth besorgt und zeigte auf einen der drei Koffer. »Da ist ein nagelneuer Fotoapparat drin. Eine Boxkamera mit Rollfilm. Die hat mein Vater mir vor der Abreise geschenkt.«

»Hast du den Koffer alleine aus dem Zug geschleppt? Der ist ja unglaublich schwer.« Hanna ächzte bei dem Versuch, ihn auf den Karren zu hieven, während Ruth danebenstand und zuschaute.

»Du schaffst das. Du bist stark. Ich leider gar nicht. In Fulda am Bahnhof hat mir ein Kofferträger das Gepäck aus dem Abteil geholt. Ich wäre sonst nicht ausgestiegen, sondern mit demselben Zug wieder zurück nach Hamburg gefahren.«

Für einen Augenblick verfluchte Hanna den hilfsbereiten Kofferträger. Dann bemerkte sie Ruths verstörten Blick, der wie festgeklebt an den Bergen haftete. »Ich bin ein Großstadtmensch, kein Eremit. Diese karge, menschenleere Landschaft bereitet mir Unbehagen«, beschrieb sie ihren ersten Eindruck. »Diese Berge türmen sich vor mir auf wie eine Bedrohung. Ich mag da nicht länger hingucken.«

»Konzentrier dich auf die herrliche Sonne und die satten Farben, in denen sie das Gebirge erstrahlen lässt«, versuchte Hanna, ihr unter die Arme zu greifen. »Oder schau wenigstens mal nach unten auf die Wiese, wie schön sie im frischen Frühlingsgrün leuchtet. Schon in dieser Jahreszeit ist sie übersät mit blühenden Blumen.«

Ruth schenkte der Wiese kaum Beachtung. Sie starrte stattdessen auf die Straße und schüttelte den Kopf. »Es gibt nichts, rein gar nichts, was für diesen holprigen, unbefestigten Weg den schmeichelhaften Namen Landstraße rechtfertigen würde.«

Ruths Gejammer wurde Hanna langsam zu bunt. »Du

musst doch vorher gewusst haben, auf was du dich hier in der Einöde einlässt.«

»Ja, irgendwie schon. Ich hab mir die Umgebung durch die Überzeugungskraft meiner Eltern jedoch irisierender vorgestellt und bin wohl einer schön gefärbten Schwärmerei aufgesessen.«

»Sehr vornehm, wie du dich ausdrückst«, entgegnete Hanna und stellte die anderen beiden Koffer mit Wucht auf den Bollerwagen, schnappte sich den abgewetzten Griff der Deichsel, der sie plötzlich an ein verwittertes Holzkreuz erinnerte, und zog los. »Unsere Köchin in Hamburg hat mir von dem Gespräch unserer Väter berichtet«, sagte sie und warf der Schwedin einen Blick über die Schulter zu. »Es war anscheinend nicht deine eigene Idee, hierherzukommen. Also, wer hat dir die Expedition in die Wildnis mehr aufgeschwatzt? Dein Vater oder deine Mutter?«

»Beide ... auf ihre Art. Mein Vater ist ein Schöngeist, meine Mutter eine Feministin. Er redete von Erleuchtungen und vor allem Erkenntnissen für meine zukünftige Lebensgestaltung, sie von Emanzipation.«

Hanna stieß einen leisen Seufzer aus. »Deine aufgeklärten Eltern hätte ich gerne ... Woher wussten sie überhaupt von der Frauensiedlung?«

»Meine Mutter und Louise Langgaard stehen seit Langem in Kontakt. Als junge Frauen haben sie sich über die Malerei kennengelernt und sind dann gemeinsam nach Rumänien in die Karpaten gereist, um Natur und Menschen zu porträtieren.«

»Die beiden waren einfach so mit Staffelei und Malutensilien in einem fremden Land unterwegs?«, fragte Hanna neugierig nach.

Ruth nickte. »Meine Mutter hat mir erzählt, dass sie

wochenlang durch Wälder gewandert sind, von einem Dorf zum nächsten, und manchmal sogar unter freiem Himmel geschlafen haben.«

»Dass sie sich auf ein solches Abenteuer eingelassen haben, finde ich unfassbar mutig«, entgegnete Hanna.

»Mutig? Sie waren waghalsig. In den Karpaten gibt es Braunbären, die hätten sie anfallen und auffressen können. Da wäre ich nie hingefahren.«

»Ich glaube, ein bisschen mehr Risikobereitschaft könnte keiner von uns schaden. Frauen wie deine Mutter und Langgaard waren ihrer Zeit meilenweit voraus. Weiter als wir bei dem Tempo«, bemerkte Hanna trocken. »Den Wagen mit deinem Gepäck alleine berghoch zu ziehen, ist übrigens ziemlich anstrengend. Du weißt selbst, wie schwer deine Koffer sind. Wenn du schon nicht mit anpackst und ich mich für dich abrackere, geh wenigstens ein bisschen schneller, sonst kommen wir nie an.«

Ruth zeigte keine Reaktion, trottete langsam wie zuvor vor sich hin und starrte alle naslang mit bangem Blick auf den Wald. »Was siehst du da außer Bäumen?«, fragte Hanna ungeduldig.

»Ich überlege gerade, welche Tiere in diesem Wald beheimatet sind.«

»Nur Eichhörnchen.« Hanna presste die Lippen aufeinander, um bloß kein Wort über Wildschweine und Füchse zu verlieren. Ruth schnappte nach Luft und sah sie verängstigt an. »Im Dunkeln würde ich hier nicht alleine hergehen.«

»Warum nicht? Fürchtest du dich vor Eichhörnchen?«

»Nein, aber vor Gespenstern.«

»Die gibt es in Loheland nicht. Ich war hier schon mal nachts im Wald und hatte überhaupt keine Angst«, log sie Ruth an und lächelte verlegen. »Komm, hilf mir jetzt.

Du links, ich rechts! Das sollte auch für dich möglich sein.« Hanna bereute die Aufforderung schnell. Entweder hielt die Schwedin sie zum Narren, oder sie war wirklich zu schwach und kurzatmig.

Ungeschickt war sie allemal. Kaum hatte Ruth mit ihrer Hand den Griff umklammert, driftete der Karren prompt zur Seite ab ins Gebüsch und stellte sich quer. Hanna mühte sich gerade ab, die vorderen Räder vom dichten Heidekraut zu befreien, als sie die Stimme eines jungen Mannes hörte, dessen loses Mundwerk ihr unangenehm bekannt vorkam.

»Eine Amazone sollte nicht von ihrem Weg abkommen. Als heldenhafte Kämpferin schaut sie dem Feind stets mutig ins Gesicht«, rief Willi, der sich von der Landstraße aus näherte und übertrieben freundlich winkte.

Hanna verfolgte seinen Auftritt verstohlen aus dem Augenwinkel und ließ sich zu keiner Reaktion hinreißen. Ruth hingegen drehte sich sofort um, strahlte ihn wie einen Retter in der Not an und winkte zurück. »Lass das!«, wies Hanna sie leise, aber entschieden zurecht. »Er meint nicht dich, er meint mich.«

»Wieso? Woher willst du das wissen?«

»Weil es keine blonden und schon gar keine hellblonden Amazonen gibt. Amazonen sind brünett. So wie ich.«

»Du bist gemein«, warf Ruth ihr vor. »Wehe, du nennst mich vor ihm Schwedin. Erinnerst du dich? Manchmal habt ihr mich in der Schule auch Piepse Ruth gerufen. Das war noch gemeiner. Ich war froh, als wir weggezogen sind und die Hänseleien aufhörten. Ich kann doch nichts dafür, dass meine Stimme zu hoch ist.«

»Natürlich nicht. Entschuldige, wir waren damals dumme Kinder«, besänftigte Hanna sie kurz angebunden. Ruths Volksschulerinnerungen waren gerade ihr geringstes Problem. Sie musste sich wappnen. Bald würde Willi vor ihr stehen. Erschreckend, wie schnell er näher kam. »Plappere jetzt gleich nicht dazwischen. Verstanden? Ich rede, und du bist bitte still«, flüsterte sie der Schwedin ins Ohr, wobei die Betonung eher auf »still« lag als auf »bitte«.

Ruth nickte flüchtig. »Sie schickt der Himmel!«, begrüßte sie Willi bald darauf und beließ es nicht dabei. »Die Natur hat es so gewollt, dass Männer stärker sind als Frauen. Können Sie uns freundlicherweise beim Ziehen des Karrens helfen?«

»Das ist nicht nötig«, fuhr Hanna ihr über den Mund. »Das schaffen wir beide alleine.«

Ruth ignorierte Hannas verärgerten Gesichtsausdruck genauso wie den Hieb, den sie mit dem Ellenbogen verpasst bekam. »Du sagst doch die ganze Zeit, dass wir uns beeilen müssen, dass dir die Muskeln wehtun von der Feldarbeit und du dich vor dem kräftezehrenden Gymnastikunterricht noch ein bisschen ausruhen möchtest.«

Hanna überlegte krampfhaft, wie sie diese peinliche Redseligkeit stoppen konnte. Willi hingegen, der Ruth gerade sogar das Du angeboten hatte, schien das alles überhaupt nicht zu kümmern. »Wollen wir los? Wo soll ich anfassen?«, fragte er dann auch noch und hatte überraschenderweise sein freches Grinsen eingestellt.

»Ich schlage vor, ihr zwei zieht, und ich schiebe«, antwortete Hanna unwillig.

»Besser ist, wenn du mit Willi nach vorne gehst und ich nach hinten«, meinte Ruth. »Dann kann ich mit meinen Kräften haushalten.« Bevor sie womöglich noch in allen Einzelheiten über ihre gottgegebene zarte Muskulatur lamentierte, gab Hanna sich geschlagen. »Meinetwegen schieb du, aber lass uns dabei nicht so viel reden.«

Dank Willis Unterstützung kamen sie zügig voran, der Karren schwebte geradezu über die hohen Grasnarben und den steinigen Lehmboden. Der junge Architekt ging jedoch so dicht neben Hanna her, dass sie den Luftzug seines Atems spürte, wann immer er seinen Kopf leicht zu ihr drehte und sie anlächelte. Ab und an glich er mit einem kurzen Hüpfer seinen Schritt dem ihren an. Liefen sie wieder im selben Takt, dann berührten sich ihre Hände, die dicht an dicht den Griff der Zugstange umfassten. Hanna wunderte sich über das Prickeln, das dabei schwungvoll durch ihren Körper fuhr, irgendwo in der Magengegend kitzelnd haltmachte und dort wie eine Fontäne sprudelte.

Es herrschte angenehmes Schweigen. Ruth war offenbar die Puste ausgegangen, ihr war nicht mehr zum Plaudern zumute. Weit abgeschlagen bemühte sie sich, den Rückstand aufzuholen, und Willi fielen wohl gerade auch keine dummen Sprüche ein.

»Ich habe übrigens Langgaards Entwurf für den Bau des Steinhauses korrigiert und die Gauben ein Stück höher eingeplant«, unterbrach er nach einer Weile die Stille. »Vielen Dank für den Tipp. Der Fehler war mir selbst nicht aufgefallen.«

»Nichts zu danken, gern geschehen.« Kaum ausgesprochen, verfluchte Hanna die belanglose Antwort, die ihrer Magengegend nicht guttat.

»Hanna …« Willi sah sie auf einmal sehr bedeutungsvoll an. »Ich muss mit dir reden, in Ruhe. Nur wir beide. Ich habe dir etwas Wichtiges mitzuteilen.«

Wie seriös er plötzlich wirkte. Zum ersten Mal hatte er sie beim Namen genannt und nicht als waghalsige Kriegerin veralbert, die mit antiken Waffen in die Schlacht zog.

Dabei war das eine Vorstellung, die Hanna bei näherer Betrachtung durchaus gefiel. Etwas mehr Courage, am besten ohne Pfeil und Bogen, täte ihr gut – besonders diesem Architekten gegenüber, der sie mit seinen rehbraunen Augen und den Sommersprossen im Gesicht zunehmend verwirrte. Womöglich lag Hilde mit ihrer Vermutung richtig, und Willi hatte tatsächlich Gefallen an ihr gefunden.

Selbst wenn, dann wäre das einzig und allein sein Problem. Sie würde ihn sowieso abblitzen lassen, beschloss Hanna rigoros und fühlte sich gleich wohler.

Wäre da bloß nicht dieses Flattern im Bauch gewesen! Schon wieder berührten sich ihre Hände am Griff der Karre. Dieses Mal hatte er bestimmt heimlich nachgeholfen. So viele Zufälle auf einmal konnte es gar nicht geben.

»Du träumst ja mit offenen Augen«, stellte Willi fest. »Hast du überhaupt gehört, was ich gesagt habe? Ich möchte mich mit dir treffen. Wann hast du Zeit?«

»Eigentlich ... eigentlich habe ich überhaupt keine Zeit. Ich ... ich werde wohl ... wahrscheinlich nie Zeit haben«, stotterte Hanna und fand keinen Ausweg aus ihrer misslichen Lage, in der eine Kalamität die nächste jagte.

Inzwischen hatte Willi seine Hand über die ihre gelegt und das Lenken des Bollerwagens allein übernommen. Auch beim Ziehen war Hanna keine Hilfe mehr. Sie achtete nur noch darauf, dass seine Hand bloß nicht wegrutschte, und starrte dabei ins Leere.

»Wann hast du Zeit?«, wiederholte Willi beharrlich seine Frage. »Du kannst dir auch gerne aussuchen, wo wir uns treffen.«

Hanna versuchte, ihre explodierende Nervosität zu verbergen, und zauderte so lange, bis sie die Baustelle des

Steinhauses hinter sich ließen und die Scheune erreichten, hinter der schon bald der Vorplatz des Holzhauses begann.

»Bis hierher und keinen Schritt weiter«, rief sie, um Härte bemüht. Willi gehorchte sofort, überließ ihr den Karren und grinste bis über beide Ohren. »Keine Sorge, ich werde um eure geheimnisumwobenen Gemächer einen großen Bogen machen.«

Hanna nahm den leicht süffisanten Unterton in seiner Stimme durchaus wahr und merkte, wie das wohlig flatternde Gefühl in ihrem Bauch abflaute. »Mir fehlt wirklich die Zeit für ein Treffen mit dir. Daran wird sich auch in absehbarer Zukunft nichts ändern«, sagte sie dann, lief mit Ruth im Schlepptau weiter und wartete vergebens darauf, dass Willi ihr noch irgendetwas Nettes hinterherrief.

»Es kann doch nicht sein, dass mein Brief weg ist! Hier habe ich gesessen.« Hanna zeigte auf den Tisch, wo sie ihrer Tante geschrieben hatte. »Hast du ihn vielleicht gefunden?«

Isolde, die Verandadienst hatte und den Boden fegte, schüttelte nur mit dem Kopf. »Du bist also die leichtsinnige Person, die ihre private Korrespondenz offen liegen lässt. Kannst froh sein, dass sie mir in die Hände gefallen ist. Ich habe den Brief vor neugierigen Blicken geschützt. Hier ist er.« Sie zog das sorgfältig gefaltete Blatt aus ihrer Schürzentasche und gab es Hanna zurück.

»Mein Stift lag da auch. Wahrscheinlich ist er auf den Boden gefallen«, murmelte Hanna vor sich hin und krabbelte auf allen vieren unter den Tisch, um ihn zu suchen.

»Da liegt nichts, da habe ich gerade sauber gemacht«, sagte Isolde. »Was war das denn für ein Stift?«

»Ein Bleistift, ziemlich kurz vom vielen Anspitzen.«

»Meinst du etwa so einen alten, abgekauten?«

Hanna streckte den Kopf unter dem Tisch hervor, um der Rheinländerin ins Gesicht zu sehen. »Er ist nicht abgekaut, sondern abgenutzt, das ist ein großer Unterschied. Außerdem handelt es sich um ein Erinnerungsstück, das mir viel bedeutet. Wo hast du den Stift hingelegt?«

»Entschuldige, aber das fällt mir gerade leider nicht ein.« Isolde lächelte sie an. »Sind deine finanziellen Nöte so groß, dass du dir keinen Füllfederhalter leisten kannst? Damit könntest du deine Sorgen viel besser aufschreiben. Ich kaufe dir gerne einen.«

Erbost sprang Hanna in die Höhe, stemmte die Hände in die Hüften und trat ihr entgegen. »Gib es sofort zu! Du hast meinen Brief gelesen. Stimmt's?«

»Ich habe ihn nicht gelesen. Ich habe lediglich einen Blick darauf geworfen«, wehrte Isolde ab und legte Hanna beschwichtigend eine Hand auf die Schulter. »Reg dich nicht auf, ich möchte dir bloß helfen. Mein Vater ist ein wohlhabender Fabrikant. Er lässt mir mehr Geld zukommen, als ich ausgeben kann. Ich könnte mit Leichtigkeit die Kosten für deine Ausbildung übernehmen.«

Hanna stand mit offenem Mund da und konnte das verlockende Angebot kaum glauben. »Du willst mein Schulgeld bezahlen? Das würdest du wirklich für mich tun?«

»Ja. Ich habe dir doch gesagt, dass wir zusammenhalten sollten.«

»Dann bräuchte ich ja gar nicht in die Weberei und könnte mir die eintönige und sicher anstrengende Arbeit ersparen.«

»Freu dich darüber! Ich unterstütze dich gerne.« Isolde

lächelte erneut, nahm den Besen und fegte ohne großen Elan weiter.

Irgendetwas stimmte an diesem Auftritt als selbstlose Wohltäterin nicht, überlegte Hanna und musterte Isolde genau. Es war ihr herablassender Gesichtsausdruck, der sie stutzen ließ. »Ich habe als Kind gelernt, dass man sich jedes Geschenk verdienen muss. Welche Gegenleistung erwartest du von mir?«, fragte sie geradeheraus.

»Ich erwarte Loyalität, weiter nichts.« Isolde stellte den Besen in die Ecke und tätschelte nun wie eine innige Vertraute Hannas Arm. »Ich würde mich freuen, wenn du deinen Geltungsdrang etwas bremsen könntest. Ich habe dich am Tag deiner Ankunft beobachtet. Kaum hier, musstest du mit deinen exaltierten Bewegungen sofort im Mittelpunkt stehen und hast wie eine Wilde herumgetanzt.«

»Ich habe doch nur mit Hilde eine Runde Walzer gedreht, mit ein bisschen Tango«, erwiderte Hanna beleidigt.

Isolde hörte nicht auf, Hanna zu tätscheln. »Nein, das war mehr. Du hast dich zur Schau gestellt – wie du es jetzt auch im Gymnastikunterricht in jeder Stunde tust. Du gibst keine Ruhe, bis du endlich ein Lob einheimst. Und wir anderen haben das Nachsehen. Versetz dich in Zukunft bitte ein bisschen mehr in meine Lage.« Isolde sah sie vorwurfsvoll an. »Du bist zu ehrgeizig, das ist kein guter Charakterzug.«

»Ich gebe mir große Mühe, im Unterricht jede Übung gut und richtig zu machen – das stimmt. Mehr aber auch nicht«, verteidigte sich Hanna und versuchte, ihren Arm aus Isoldes Reichweite zu bringen. »Ich möchte Loheland-Tänzerin werden und weiß, dass nur die begabtesten Schülerinnen überhaupt eine Chance erhalten. Also muss ich mich anstrengen, damit ich irgendwann zu den wenigen gehöre, die in die engere Wahl kommen.«

»Ich möchte auch Tänzerin werden. Du verstehst, was ich meine. Oder soll ich mich deutlicher ausdrücken?«

»Hör sofort mit der Tätschelei auf und nimm deine Hand weg!«, fauchte Hanna sie an. »Erst verstößt du gegen das Briefgeheimnis, und nun willst du mich zwingen, dir Vorteile zu verschaffen.«

»So würde ich das nicht nennen. Ich habe dir ein faires Geschäft vorgeschlagen und dich für intelligenter gehalten, als du bist. Denk noch mal in Ruhe darüber nach. Du wirst es sonst bereuen, dass du mein großzügiges Angebot abgelehnt hast«, sagte sie gönnerhaft und stolzierte davon.

Auf dem Vorplatz drehte sich Isolde noch einmal um. »Vergiss nicht, dass in einer halben Stunde der Unterricht beginnt. Ich gehe schon mal vor.«

Geh besser dahin zurück, wo du hergekommen bist, hätte Hanna der Rheinländerin am liebsten hinterhergerufen. Niedergeschlagen von dem Zwist, setzte sie sich auf die Verandamauer und ließ lustlos die Beine baumeln. Mehr als über die Dummheit, den Brief offen liegen zu lassen, ärgerte sie sich über ihre mangelnde Menschenkenntnis.

Beinahe wäre sie auf Isolde hereingefallen. Dabei hätten ihr diese selbstgefällige Art und das widerliche Lächeln viel früher auffallen müssen. Es war doch nichts Falsches daran, strebsam und ehrgeizig zu sein, oder?, überlegte sie dann. Warum hatte Ehrgeiz immer gleich den üblen Beigeschmack von Gier und Habsucht? Ohne Ehrgeiz wäre der Mensch ein Gefangener seiner selbst. Ohne Streben nach Anerkennung gab es keine Veränderung, nur Stillstand, davon war sie bislang fest überzeugt gewesen.

Während sie noch in Gedanken versunken dasaß, fiel ihr Blick auf eine der Hennen, die vor dem Haus nach Futter suchten. Emsig lief das Tier hin und her und wackelte dabei mit dem Kopf, als würde es ihr auffordernd zunicken. Vielleicht tat es das ja tatsächlich?

Hanna stand auf und lief die Treppe hinauf in Hildes Zimmer. Sie griff zu einem der beiden Bleistifte, die ihr geblieben waren, und fügte den Zeilen an ihre Tante eine Frage hinzu.

Ist Ehrgeiz ein Laster oder eine Tugend?

Eilig beschriftete sie den frankierten Umschlag und brachte ihn zu dem roten Postkasten, der ihr bereits am ersten Tag in der Nähe des Kavalierflügels aufgefallen war. Inzwischen wusste sie, dass eine der Chefinnen ihn jeden Morgen leerte und bis an die Landstraße lief, um die Briefe dem Postboten zu übergeben.

Aus Sorge, zu spät zur Gymnastikstunde zu kommen, rannte Hanna dann so schnell sie konnte zum Rundbau, wo sich die anderen Schülerinnen bereits in der Umkleide auszogen.

»Ist das hier immer so, dass wir nackt zum Unterricht erscheinen sollen?«, fragte Ruth sie sofort.

»Nein, nur ab und zu, um das Zusammenspiel der Muskulatur besser zu verstehen. Du wirst dich schnell daran gewöhnen. Das habe ich auch geschafft«, antwortete Hanna knapp. Sie hatte gerade etwas anderes, viel Wichtigeres im Sinn. Nachdem sie sich ausgezogen hatte, schaute sie sich nach Hermine um und ging mit Entschlossenheit auf sie zu. »Ich habe eine Bitte. Kannst du mir das Weben beibringen? Ich muss bald Geld verdienen«, rief sie so laut, dass ihre Widersacherin mithören konnte.

»Natürlich kann ich das.« Hermine griff zu einer der

Decken. »Guck dir an, wie grob die verarbeitet ist. Unter meiner Anleitung bekommst du das spätestens nach einer Woche am Webstuhl besser hin. Warum hast du mich nicht früher gefragt? Dann wärst du jetzt schon viel weiter.«

»Ich habe mich nicht getraut, mit dir über meine finanziellen Probleme zu sprechen«, gab Hanna zu.

»Ich habe aus meinen doch auch keinen Hehl gemacht. Das Beste ist, offen damit umzugehen und sich bloß nicht dafür zu schämen. Hörst du?« Hermine ergriff Hannas Hände und hielt sie fest in ihren. »Wenn wir schon im selben Boot sitzen. Von nun an durch dick und dünn, einverstanden?«

»Einverstanden! Durch dick und dünn.« Hanna lachte. »Du darfst aber nicht so viel mit mir schimpfen, wenn ich mich dumm anstelle. Handarbeit ist nicht gerade meine Stärke.«

»Es gibt nichts, was man nicht lernen kann. Findet ihr nicht auch?«, rief Hermine den anderen Schülerinnen zu. »Ich weiß nichts über eure Wünsche, nur über meine. Aber ich möchte, dass wir uns gegenseitig helfen, und biete hiermit allen meine Unterstützung in der Weberei an.«

»Wenn ich nicht schon in der Töpferwerkstatt arbeiten würde, nähme ich dein Angebot gerne an«, sagte ausgerechnet Leni, die sonst fast immer schwieg und sehr schüchtern wirkte.

»Musst du auch dazuverdienen?«, sprach Hanna sie zum ersten Mal direkt an.

»Ja, zum Glück kann ich seit meiner Jugend gut töpfern, das macht die Angelegenheit leichter.«

»Tja, Hanna, da hast du ja wohl die weitaus schlechteren Karten«, mischte Isolde sich ein, die plötzlich neben

Hanna stand und ihr bis zum Gymnastikraum nicht von der Seite wich. »Bevor du richtig weben kannst, bist du pleite, hast nichts erreicht und musst die Siedlung verlassen, und zwar ohne Gymnastikausbildung. Das kann doch nicht allen Ernstes dein Wunsch sein!« Die Rheinländerin redete ohne Unterlass auf sie ein. Ihre Stimme wurde immer schriller. »Du hast Besseres verdient. Mein Angebot steht!«

»Hör auf«, zischte Hanna sie an. »Ich will dein Geld nicht!«

»Isolde, Hanna, Schluss jetzt!« Hilde, die bereits am Klavier saß, haute kurz, aber heftig auf das hohe C und verschaffte sich Gehör. »Eure persönlichen Streitigkeiten könnt ihr woanders austragen, nicht hier. Außerdem bringen Auseinandersetzungen über Geld Unglück.« Sie stand auf und ging auf die beiden zu. »Merkt euch eins: Über euren Werdegang in der Siedlung entscheiden nicht die Brieftaschen eurer Väter, sondern ihr allein mit euren Fähigkeiten.«

Bevor Hilde wieder auf dem Klavierhocker Platz nahm, zwinkerte sie Hanna heimlich zu.

Kurz darauf ging die Tür zum Gymnastikraum so kraftvoll auf, dass alle zusammenzuckten. Langgaard, die hereinkam, begrüßte als Erstes Ruth. »Schön, dass du auch schon da bist. Du wirst dich anstrengen müssen, du hast einiges aufzuholen.«

»Ich weiß, aber das wird etwas dauern. Ich muss mich zunächst an die Atmosphäre hier gewöhnen.« Ruth zog die Decke, in die sie gehüllt war, enger um die Schultern. »Ich habe mir eben überlegt, dass ich heute am besten nur zuschaue.«

»Du musst wissen, was du tust.« Langgaards Tonfall zeugte nicht gerade von großem Verständnis. »Da wir jetzt vollzählig sind, möchte ich euch über eine Regel informieren, die ab heute gelten wird«, sagte sie, an alle gerichtet. »Wer mehr als dreimal im Semester beim Unterricht unentschuldigt fehlt, wird nicht zur Prüfung zugelassen. So, und nun lasst uns mit dem Unterricht beginnen. Heute könnt ihr eurer Fantasie freien Lauf lassen und mit eurem Körper experimentieren.«

»Wir sollen uns eine Wiese vorstellen, die wir überqueren, ohne einen Grashalm zu krümmen? Wie soll das funktionieren?«, flüsterte Hermine.

»Wir müssen fliegen lernen, ganz einfach.« Hanna kicherte leise. »Ich meine natürlich im übertragenen Sinn.«

»An was denkst du dabei?«

»An einen Schmetterling, der hüpfen kann, oder …«

»Ruhe bitte!«, unterbrach Hilde sie und rückte den Hocker näher ans Klavier. Dann stimmte sie die ersten Töne von Vivaldis *Frühling* an, eines Stücks, das Hanna oft auf der Geige gespielt hatte. Sie summte leise mit und hatte nicht bloß eine große grüne Wiese vor Augen, auf der kein Halm geknickt werden sollte. Zwischen den Gräsern sah sie blühenden Klee und Klatschmohn, wo sich Hummeln tummelten. Sie entdeckte Butterblumen und Margeriten und hier und da sogar die zierlichen Pflänzchen wilder Erdbeeren.

Und sie erkannte Willi, wie er auf der anderen Seite der Wiese einen Moment lang mit offenen Armen auf sie wartete. Weg da, oder ich renn dich gleich mit voller Wucht um!, nahm sie sich vor, ohne dass der Plan sie überzeugte. Ihre Wunschvorstellung war eine andere, gestand sie sich ein und wagte die ersten Schritte. Sie glichen federleichten Sprüngen, bei denen die Füße den zarten Blütenstielen auswichen. Kaum berührten ihre Zehenspitzen den Boden, nutzte sie den Schwung und schwebte tänzelnd weiter. Mit einer betörenden Selbstverständlichkeit flog und hüpfte sie immer weiter über die Wiese hinweg.

Die Schmerzen von der Feldarbeit, die sie bis eben noch geplagt hatten, waren wie weggeblasen. Ihre Bewegungen wurden ungestümer und wagemutiger, die Sprünge weiter, so, als wollte sie nie wieder landen. Zum Schutz der Pflanzen und Gräser flatterte sie wie ein Schmetterling, schlug Haken wie ein Hase, sauste kreuz und quer, bis sie völlig außer Atem die andere Seite der Wiese erreichte, wo sie Willi aber nicht mehr sehen konnte.

Abrupt blieb Hanna stehen und schaute in verdutzte Gesichter. Ihre Mitschülerinnen hatten sie wohl schon eine Weile schweigend beobachtet, erkannte sie mit zunehmender Verlegenheit.

»Es tut mir leid«, keuchte sie vor Anstrengung, »ich wollte mich nicht vor euch aufspielen.« Schnell griff sie zu einer der Decken, was die anderen längst getan hatten, wickelte sich hinein und verharrte mit gesenktem Kopf.

»Nicht so schüchtern, du kannst stolz auf dich sein. Was du uns gerade gezeigt hast, zeugt von eigenwilliger Ausdrucksstärke und vielversprechender Beweglichkeit«, bemerkte Langgaard anerkennend. »Du hast deinem Körper dabei einiges zugemutet. Was hat dich zu dieser Darbietung animiert?«

Bevor Hanna antwortete, konnte sie nicht umhin, schnell zu Isolde hinüberzuschielen, die keinerlei Reaktion zeigte. »Was mich angetrieben hat, ist schwer in Worte zu fassen«, sagte sie noch immer atemlos und legte sich zur Abkühlung die Hände auf ihre glühenden Wangen. »Ich glaube, meine Fantasie ist mit mir durchgegangen. Ich hatte ein unwirkliches Ziel im Sinn, das ich mir vorgestellt habe, sonst nichts. Auf der bunten, farbenprächtigen Wiese kam ich mir wie verzaubert vor. Schwerelos wie eine überirdische Gestalt. Ich fühlte mich unendlich stark und zugleich sehr zart.«

Ihre stockende Beschreibung war wohl nicht besonders gut angekommen. Keine der Mitschülerinnen ließ sich zu einem Kommentar hinreißen, alle schwiegen und rührten sich nicht, als hätten ihre quirligen Lebensgeister sie urplötzlich verlassen.

Hanna überlegte hin und her. Selbst auf die Gefahr hin, im schallenden Lachen der Mitschülerinnen unterzugehen, schien ihr dieser Moment ungeteilter Aufmerksamkeit günstig, um ein Anliegen loszuwerden, das ihr seit der ersten Gymnastikstunde auf der Zunge lag.

»Was ich gerne wissen möchte ...«, begann sie ihre Frage an die Chefin. »Müssen wir irgendwann bei Vollmond auch nackig durch den Wald tanzen? Ich meine richtig, in echt. Mitten in der Nacht um die Bäume herum.«

Wie auf Kommando machte sich genau das Gelächter breit, das sie befürchtet hatte. Langgaard beließ es bei einem Schmunzeln.

»Wie kommst du auf diese absonderliche Idee?«, wollte sie amüsiert wissen. »Wer hat dir den Irrsinn erzählt?«

»Mein Vater«, antwortete Hanna zurückhaltend.

»Dein Vater? Er scheint schlecht informiert zu sein.«

Langgaard stand jetzt vor Hanna und erkundigte sich freundlich: »Hat er sonst noch etwas erwähnt, was dich beschäftigt?«

»Ja. Er hat mich vor Loheland gewarnt. Er meinte, ich müsste hier einer anthroposophischen Sekte beitreten, die umstrittene Theorien über das Wesen der Menschheit verbreitet.«

»Was uns alles in die Schuhe geschoben wird ...« Langgaard schüttelte den Kopf. »Manche Leute verstehen es einfach nicht. Die Gründung einer Sekte ist ein Akt des Protests. Wir Loheländerinnen protestieren aber nicht gegen Bestehendes. Wir verändern! Deshalb mussten wir schon viel Häme über uns ergehen lassen. Anfangs hieß es in der Umgebung, die Siedlung sei ein aus Barmherzigkeit gegründeter Zufluchtsort für gefallene Mädchen. Der Mensch neigt allem Fremden gegenüber leicht zu Spinnereien.« Die Chefin legte so viel Kraft in ihre Worte, dass sie kurz innehalten musste, um Luft zu holen.

»Mit der Anthroposophie verhält es sich ähnlich. Sie ist eine relativ neue Geisteswissenschaft und von daher vielen suspekt. Dabei führt sie durchaus Gedanken aus früheren Zeiten fort. Mich fasziniert seit Langem die Idee der freien Entfaltung, bei der wir lernen, unsere Fähigkeiten, unser Wesen und unsere Sinne weiterzuentwickeln. Dieses Lernen ist ein lebenslanger Prozess.«

Erst in der Umkleide spürte Hanna, wie sehr sie sich verausgabt hatte. Ihr war auf einmal kalt. Schnell streifte sie die Strümpfe über, das Kleid, die Strickjacke. Doch trotz der wärmenden Kleidung fühlte sie sich noch immer unbehaglich. Bei allem, was sie von sich preisgegeben hatte, war es nur eine Frage der Zeit, bis Isolde über sie herziehen würde, überlegte sie und wollte der Attacke wenigstens ein bisschen vorbeugen.

»Ich fand es lustig, dass ihr vorhin über meine komische Frage gelacht habt«, rief sie den anderen Mädchen zu. »Aber mal im Ernst: Hatten eure Väter überhaupt keine Vorbehalte gegen Loheland?«

»Doch, meiner schon«, antwortete Marianne, die damit beschäftigt war, ihre pechschwarzen Zöpfe zu einem Haarkranz zu stecken. »Die letzten Tage vor meiner Abreise waren schlimm. Ständig sprach er von der geistigen Gefahr, in die ich mich leichtfertig begeben würde.«

»Das sind alles Vorurteile, die hatte mein Vater früher auch.« Ruth sprach so leise, dass sich ihre Stimme ausnahmsweise nicht überschlug. »Als er von der Gründung dieser Siedlung erfuhr, hat er viele unschöne Bemerkungen gemacht. In Wirklichkeit hatte er Angst, meine Mutter könnte Hals über Kopf ihren Koffer packen und hierherziehen.«

»Das hätte er ihr als Ehemann verbieten können«, fuhr Marianne dazwischen.

»Du kennst meinen Vater nicht. Er ist ein einfühlsamer und nachgiebiger Mensch.« Ruth lächelte versonnen. »Trotzdem hat er in seinem Kopf viel alten Krempel mit sich herumgeschleppt. Um meine Mutter nicht zu verlieren, musste er einiges dazulernen.«

»Was denn zum Beispiel?« Verblüfft über Ruths Schilderung und vor allem ihre Offenheit, sah Hanna die Schwedin plötzlich mit anderen Augen. Sie hing an ihren Lippen.

»Meine Mutter hat ihm beigebracht, dass eine Frau nicht von Natur aus dümmer ist als ein Mann und dass das Bürgertum nicht gleich zugrunde geht, wenn Männer ihren Ehefrauen Freiheiten gestatten.«

»Da hat sie ihm aber eine ordentliche Lektion erteilt«, stellte Hanna anerkennend fest.

»Ich weiß nicht recht.« Ruth seufzte. »Ich finde, dass mein Vater sich seitdem zu modern gibt. Das ist mit ein Grund, warum ich hier bin. Gegen seine Überredungskünste kam ich nicht an.«

Hanna hatte getrödelt und sich in aller Ruhe die Wanderschuhe zugeschnürt, als Letzte verließ sie den Rundbau.

Draußen vorm Haus hockte sie sich zu den anderen, die bereits auf dem Boden saßen und eifrig in ihre Schulhefte schrieben. Hanna überlegte lange, was sie über diese aufregende Unterrichtsstunde notieren sollte. Dass die Zeit im Nu vergangen war, wäre als Resümee zu banal gewesen. Dass sie trotz der Anstrengung inzwischen eine wohltuende Leichtigkeit in Beinen und Armen verspürte, kam der Sache schon näher. Auch die Freude, die sie bei jeder Bewegung empfunden hatte, ohne an den Streit mit Isolde zu denken. Ihr Kopf hatte sich auf eine angenehme Weise leer angefühlt, frei von lästigem Ballast – wie ungebraucht, bereit für Neues.

Hanna schrieb mit geschwungenen Buchstaben: *»Der ganze Mensch bewegt sich, nicht allein der Körper.« Ich glaube, ich habe heute begriffen, was damit gemeint ist.*

Sie schlug das Heft zu und bemerkte die auffälligen Bewegungen in ihrer Nähe – den Stift in Isoldes Hand, der sich zwischen ihren Fingern wie ein Karussell drehte. Es war nicht irgendein Stift, sondern genau der … »Gib ihn zurück, sofort«, wies Hanna sie ruhig an.

»Ist es der, den du gesucht hast? Ich habe ihn zufällig wiedergefunden.« Isolde lächelte und warf ihr den Stift zu.

11

In der darauffolgenden Woche konnten die ersten der neuen Schülerinnen ins Dorf umziehen. Die Chefinnen hatten Hanna vorgeschlagen, für den Umzug Pferd und Wagen zu nutzen. Am Holzhaus lud sie mit Hermine die Koffer auf, an der Loheland-Schreinerei standen schon ein paar Möbelstücke bereit, kleine Tische, Stühle und zwei Holzpritschen, von denen Hanna eine hochhob und mit viel Anstrengung auf den Wagen hievte. Dabei staunte sie über sich selbst.

»Das hätte ich vor ein paar Wochen noch nicht alleine geschafft. Ich bin also schon ein bisschen stärker geworden durch den vielen Unterricht.«

»Ich auch!« Als Beweis schleppte Hermine zwei Stühle gleichzeitig, lud sie auf und schob die Tische gleich hinterher, während Hanna sich mit der anderen Pritsche abmühte. »Auf dass wir uns in unserem gemeinsamen Zimmer gut verstehen!«, rief sie.

Wenig später holte sie ein Fünfzig-Pfennig-Stück aus ihrer Umhängetasche. »Wollen wir losen, wer lenken darf?«

»Nein, danke.« Hermine schüttelte vehement den Kopf. »Ich habe von Fuhrwerken keine Ahnung. Du hoffentlich umso mehr.«

»Ich kann recht gut reiten. So viel anders wird es mit

Pferd und Wagen auch nicht sein.« Hanna stieg auf, nahm die Zügel und wartete, bis Hermine neben ihr saß.

Kaum hatten sie hinter der Siedlung den Feldweg erreicht, überkam Hanna ein ungutes Gefühl. Bogdan und Burkusch, die beiden Hengste der Chefinnen, waren nicht zu bändigen. Statt im Schritttempo liefen sie im schnellen Trab, ohne Hannas »Brrrr!« und ihr Ziehen an den Zügeln zu beachten. An der Landstraße angekommen, galoppierten sie einfach drauflos, als würden sie von einem Feind verfolgt.

»Was geschieht hier gerade? Warum rennen die Pferde so?«, rief Hermine ängstlich und krallte sich an Hannas Knie fest.

»Ich weiß nicht, ich bin auf Bogdan schon geritten, da hat er mir gehorcht.«

»Halt an! Sofort!«

»Versuch ich doch die ganze Zeit!« Hanna zog die abgewetzten Zügel mit aller Kraft noch weiter nach hinten und spürte erschreckend wenig Widerstand. »Da stimmt was nicht«, keuchte sie vor Entsetzen. »Die Pferde gehen durch. Ich kann sie nicht bremsen!«

Den Mann am Wegesrand bemerkte sie vor lauter Aufregung erst, als sie seine dröhnende Stimme hörte.

»Himmelherrgottsakrament, ihr Weiber seid nicht bloß verrückt, ihr seid lebensmüde! Wollt ihr durch die Luft fliegen?«, schrie er den beiden Frauen zu, als sie sich auf dem rasenden Fuhrwerk näherten.

»Ihr müsst bremsen und …« Der Rest seines Gebrülls ging unter im lauten Klappern der Möbelstücke und Koffer, die auf dem Wagen hin und her rumpelten.

»Bremsen? Wie denn?«, schrie Hanna aus Leibeskräften und befürchtete, dass auch ihre Worte vom Lärm übertönt wurden. Als sie mit wehenden Zöpfen an dem

Mann vorbeisauste, kam er ihr einen kurzen Moment bekannt vor. Wieder und wieder zog sie mit beiden Händen an den ledernen Riemen. Nichts passierte, die Pferde ließen sich weder bremsen noch lenken. Erst als Bogdan heftig schnaubte, sah sie das Malheur. An seiner Seite war das Lederband angerissen und wurde nur noch von einem dünnen Streifen zusammengehalten.

Hermine, die regungslos dasaß und kreidebleich war, verschwieg Hanna die Gefahr, in der sie sich befanden, stattdessen rief sie ermutigend: »Keine Angst, wir schaffen das!« Sie glaubte allerdings selbst nicht an ihre Worte.

Sie hatten das Dorf Dirlos, wo sich ihre Unterkunft befand, längst erreicht. Aber die Pferde galoppierten weiter.

Hermine schrie plötzlich panisch auf. »Ich werde gleich runtergeschleudert und lande im Straßengraben!« Mit einer Hand stützte sie sich auf dem Bock ab, mit der anderen griff sie verzweifelt Hannas Kleidersaum, zog ihn hoch bis zu den Schenkeln und hielt sich an ihm fest wie an einem Bettlaken.

»Halte durch!«, bat Hanna flehentlich. »Sie werden gleich müde, ich spüre das.« Dann verlor sie das Gefühl für Zeit. Vielleicht dauerte es noch zwei oder sogar drei endlos lange Minuten, bis Bogdan und Burkusch hinter dem Dorf neben einer Weide anhielten. Als hätten sie nie woanders hingewollt, wedelten sie mit dem Schweif, reckten die Hälse und fingen in Seelenruhe zu fressen an.

»Hauptsache, sie rühren sich nicht mehr vom Fleck. Ich möchte heil hier runterkommen.« Der Schrecken steckte Hanna noch immer in den Knochen. Vorsichtig drehte sie sich nach hinten um. Die Möbel lagen zwar kreuz und quer durcheinander, hatten die Fahrt aber unbeschadet überstanden. Zum Glück hatten sie den Eimer mit der Farbe, die sie zum Streichen der Kammer brauchten, gut festgebunden. Erleichtert sprang Hanna vom Wagen, streckte sich in alle Richtungen, zog die Schuhe aus und lief zur Entspannung ein paar Schritte mit bloßen Füßen durchs Gras.

Als Hermine wieder festen Boden unter den Füßen hatte, blieb sie wie angewurzelt stehen und starrte auf das Fuhrwerk wie auf ein Monster, das ihr nach dem Leben getrachtet hatte. »Ich wollte ja von Anfang an die Handkarre nehmen …«

»Unsinn«, unterbrach Hanna sie, »in die Karre hätten wir nie im Leben alles hineinbekommen.«

»Dann wären wir eben zweimal gegangen. Besser als einmal fahren und dabei sterben. Ich werde in Zukunft selbst mit schwerstem Gepäck lieber stundenlang durch die Gegend marschieren, als mich dieser unberechenbaren Gefahr erneut auszusetzen.«

»Was uns passiert ist, war höhere Gewalt. Es hätte jeden treffen können.« Hanna zeigte auf den kaputten Zügel und inspizierte ihn genau. »Leder ist eigentlich sehr stabil. Aber manchmal eben nicht. Erstaunlich, wie glatt der Riemen gerissen ist, findest du nicht auch?«

Hermine sah sich die Stelle an. »Ja, komisch, wirklich sehr glatt, fast wie durchgeschnitten. Wann hast du es gemerkt?«, fragte sie.

»Mittendrin. Als es schon zu spät war.«

»Wir hatten ein Riesenglück, dass nichts Schlimmes passiert ist«, stellte Hermine nach einer Weile erleichtert fest. »Nur dem Mann, der uns auf der Straße entgegengekommen ist, haben wir wohl einen ziemlichen Schrecken eingejagt.«

Hanna schwieg und blickte zu Bogdan und Burkusch hinüber. »Ihr seid schuld an allem! Und jetzt müssen wir auch noch auf euch warten, bis ihr satt seid.« Sie nahm eine Decke vom Wagen, breitete sie im Gras aus und ließ sich erschöpft nieder.

Hermine zog nun auch die Schuhe aus und tauchte ihre Zehenspitzen kurz in das kalte Wasser des Straßengrabens. Dann hockte sie sich wie auf eine Schaukel in die Astgabel eines Apfelbaums, der am Wegesrand wuchs und kaum größer war als sie selbst.

»Heute scheint ein Tag zu sein, an dem alles schiefläuft«, sagte Hanna plötzlich wie aus heiterem Himmel. »Mein erster Tag hier war auch so einer. Angefangen damit, dass meine Mutter mir unbedingt beim Kofferpacken helfen wollte. Das hat so lange gedauert, dass ich den Zug in Hamburg verpasst habe und erst viel später als geplant in Fulda angekommen bin. Und dann musste ich die zehn Kilometer zu Fuß in die Dämmerung hineinlaufen.«

»Und kein Mensch begegnet einem, alles ist still. So war es zumindest bei mir.« Hermine schaute vom Baum auf sie herunter und schmunzelte. »Bis auf eine Ausnahme, der *Gasthof Zur Rhön*. Er scheint zwar eine Männerkaschemme zu sein, aber zumindest war Leben in der Bude. Das tat meiner Stimmung gut, obwohl ich kein Wort verstanden habe wegen dieses Rhöner Dialekts.«

»Ich erinnere mich auch an den Gasthof, aber vor allem an die triste, steinige Straße, die dahinter beginnt«, entgegnete Hanna. »Ich kam nur mühsam voran, weil ich meine eleganten Absatzschuhe anhatte.«

»Eine schlechtere Wahl hättest du für einen Streifzug durch die Rhön wohl kaum treffen können.«

»Hör auf zu grinsen!«, fuhr Hanna sie an. »Ich habe mich über meine Eitelkeit schon genug geärgert. Aber anstatt die Wanderschuhe auszupacken, hätte ich eher in Kauf genommen, mir auf dem holprigen Weg die Knöchel zu verstauchen. Ich wollte als vornehmes Fräulein in der Siedlung erscheinen und nicht als Trampeltier. Inzwischen bin ich schlauer geworden.« Hanna sah auf ihre nackten Füße, stand auf und ging zu den Pferden. »Schluss jetzt mit der Fresserei. Wir haben heute noch einiges vor.« Sie griff in Bogdans Mähne und lenkte die Hengste mitsamt dem Wagen zurück auf die Straße. »Wir beide sollten besser zu Fuß nebenhergehen«, sagte sie zu Hermine. »Ich schätze, es sind knapp zwei Kilometer zurück ins Dorf.«

Der verwitterte Holzzaun, die Buche neben dem Brunnen, das von der Straße aus weit nach hinten gelegene zweigeschossige Fachwerkhaus, daneben die Stallungen – alles passte exakt zu der Beschreibung, die Langgaard ihnen mit auf den Weg gegeben hatte. Aber es war wohl niemand zu Hause.

»Und was nun?«, fragte Hermine, nachdem sie mehrmals laut gerufen hatten, ohne dass sich jemand rührte, obwohl die Haustür lediglich angelehnt war.

»Wir können da nicht einfach unaufgefordert reingehen. Das wäre unhöflich.« Hanna versuchte erneut, sich bemerkbar zu machen: »Hallo, ist da jemand? Wir kommen aus Loheland und möchten bei Ihnen einziehen.« Vergeblich wartete sie auf eine Reaktion. Nicht einmal ein Hund kläffte.

»Dieses Dirlos scheint ein verlassenes Kaff zu sein«, flüsterte sie und spähte durch die Fensterscheibe in die gute Stube des Hauses. Sie konnte eine Standuhr erkennen, deren Pendel stillstand, und einen Schrank, der mit aufwendigen Schnitzereien verziert war. Der große Tisch, Stühle, Sofa und Sessel waren mit weißen Laken abgedeckt – als hätte es auf dem Hof schon lange keinen Anlass mehr gegeben, in größerer Gesellschaft zu feiern.

Vom Wohnhaus ging Hanna quer über den Vorplatz zum Stall. Die Tür stand weit genug offen, um von der Schwelle aus einen Blick hineinzuwerfen. Als sich ihre Augen an das schummerige Licht gewöhnt hatten, meinte sie, inmitten der Kühe eine Frau beim Melken zu sehen, und winkte Hermine herbei.

»Wer nicht weiß, wo man eine Bäuerin um diese Uhrzeit antrifft, hat keine Ahnung vom Leben auf dem Land«, sagte die Frau, nachdem die beiden den Stall betreten hatten. In aller Höflichkeit stellten Hanna und Hermine sich vor. Die Bäuerin schenkte den förmlichen Floskeln wenig Beachtung.

»Ich bin Frau Schönburg, die Frau vom Bauern«, erwähnte sie knapp und lief mit dem Eimer und einem einbeinigen Melkschemel, den sie um die Hüften geschnallt hatte, zum nächsten prallen Euter. »Schön ruhig bleiben, Alma«, raunte sie der Kuh zu und streichelte ihr über das glänzende gelbbraune Fell, bevor sie mit dem Melken begann.

»Wieso seid ihr zu zweit?«, fragte sie, ohne aufzublicken.

»Wir sind Freundinnen und möchten uns das Quartier bei Ihnen teilen«, antwortete Hermine. »Louise Langgaard hat uns darum gebeten, weil noch ein paar Unterkünfte für die neuen Schülerinnen fehlen.«

»Meinetwegen«, erwiderte Frau Schönburg, »aber abgesprochen war das mit ihr nicht. Zu zweit wird es 'ne Ecke teurer.«

Hanna dachte sofort an ihre klammen Finanzen und fragte vorsichtig: »Wäre es vielleicht möglich, die Erhöhung abzuarbeiten?«

»Abarbeiten?« Die Bäuerin beäugte ihre neuen Untermieterinnen argwöhnisch. »Seht euch eure Hände an und meine. Ihr feinen Geschöpfe aus der Stadt könnt vielleicht nett turnen und herumhüpfen. Dass ihr zupacken könnt, bezweifle ich.«

Hermine schmunzelte spitzbübisch und zeigte auf einen dreibeinigen Schemel, der gleich neben ihr an einem Holzbalken lehnte. »Darf ich mir den mal eben ausleihen?«

»Der Schemel ist dreckig«, sagte Frau Schönburg kurz angebunden.

»Macht nichts.« Hermine griff ihn sich und den Melkeimer gleich mit. »Wer ist als Nächstes dran?«

»Heidi, steht neben Alma. Pass auf, dass sie dich nicht tritt.«

»Ich werde sie mit ein bisschen Futter ablenken.«

»Eine kleine Handvoll Mais muss reichen.«

Hanna fand es bewundernswert, wie Hermine unter der strengen Beobachtung der Bäuerin die Ruhe behielt. Sie saß direkt neben der Kuh, legte zunächst beide Daumen und Zeigefinger wie zwei Ringe um die Euterzitzen, drückte sie sanft zusammen und begann zu melken. Frau Schönburg schien rasch zu merken, dass jeder Handgriff saß. Sie ließ ihren Blick nach oben zu dem Kreuz schweifen, das hinter den Kühen an der Stallmauer hing. »Also stimmt es wohl doch, was der Pfarrer letzten Sonntag im Gottesdienst von der Kanzel gepredigt hat«, stellte sie fest. »Er meinte, dass ihr Frauen auf dem Herzberg arbeitsame Menschen seid, die auf vieles verzichten und vor keiner Mühe zurückschrecken.«

»Das hat er vor der gesamten Gemeinde verkündet?«, fragte Hanna.

»Ja, er hat uns in der heiligen Messe mächtig die Leviten gelesen und allen Ernstes behauptet, dass ihr in der

Siedlung emsiger und fleißiger seid als manch ein Mädchen bei uns im Dorf. Keiner hat sich getraut, ihm zu widersprechen. Trotzdem könnt ihr bei uns nicht einfach machen, was ihr wollt ...« Die Bäuerin wischte sich die Hände an ihrer fast bodenlangen Schürze ab und zeigte mit dem Finger erst auf Hermines, dann auf Hannas nackte Füße. »So geht das nicht. Mit euren komischen zu kurzen Kleidern müssen wir uns wohl oder übel abfinden. Aber barfuß durchs Dorf laufen, das ist unanständig. Das hat der Pfarrer auch gesagt. Zieht euch in Zukunft Strümpfe und Schuhe an. Wenigstens sonntags. Verstanden?« Frau Schönburg beließ es bei ihrer kurzen Standpauke. »Wo hast du das Melken gelernt?«, fragte sie Hermine.

»Auf dem Bauernhof meiner Großmutter. Ich habe ihr in den Ferien oft im Stall geholfen.«

»Gute Frau! Sie hat Ahnung.« Die Bäuerin goss die noch warme Milch, die Hermine gemolken hatte, vom Eimer in eine große Kanne, wobei sie keinen einzigen Tropfen verschüttete. Dann lief sie mit dem umgeschnallten Schemel und ihren bei jedem Schritt klackernden Holzschuhen vor die Stalltür. »Kommt! Ich zeig euch, wo es langgeht. Zuerst wascht ihr eure Füße am Brunnen, dann geht ihr auf die Rückseite des Hauses, da ist eine grüne Holztür. Na ja, sie war mal grün, vor langer Zeit. Mittlerweile ist sie eher grau und alt wie vieles hier.« Ihre Stimme klang auf einmal verbittert und garstig. »Passt bloß auf. Die Stiege, die ihr hochmüsst, ist steil. Der Ärger fehlte mir gerade noch, wenn eine von euch da runterstürzt. Tastet euch an der Wand entlang und haltet euch am Geländer fest.«

Trotz des düsteren Flurs im Obergeschoss war die Kammer nicht zu verfehlen. Es gab nur eine Tür, durch deren Ritzen ein bisschen Tageslicht schimmerte. Hanna hatte sie gerade erst einen Spalt geöffnet, da strömte ihr der unverkennbare Geruch von luftgetrocknetem Schinken entgegen. Sie schloss die Augen, atmete den Duft tief ein und fuhr sich genussvoll mit der Zunge über die Lippen. »Mmmhhh! Was gäbe ich für ein kleines Stück oder eine dünne Scheibe, meinetwegen nur eine hauchdünne Scheibe.«

»Du bist und bleibst eine Träumerin. Mach die Augen auf und komm rein«, rief Hermine ihr zu. »Hier gibt es weder Schinken noch Würste, hier gibt es nur eine Riesenschweinerei. Schau dir das an …«

Hanna starrte auf die große frische Fettpfütze am Boden, anschließend an die Decke zu dem Haken, an dem die Leckereien wohl gehangen hatten. »Die haben sie abgenommen, weil sie uns misstrauen. Die denken wohl, wir würden sie beklauen und ihnen heimlich etwas wegessen«, sagte sie empört.

»Abgesehen davon, dass wir inzwischen Vegetarierinnen sind, hätte ich ohnehin keine Lust, unter einem Schinken zu schlafen, dessen Fett mir wie aus einer kaputten Regenrinne nachts ins Gesicht tropft«, erwiderte Hermine. »Ich möchte in eine saubere Kammer einziehen.«

»Sauber? Du bist hier die Träumerin.« Missmutig inspizierte Hanna die neue Bleibe – die Spinnweben an der Decke, den dicken Staub, das Fenster, das von Wind und Wetter fast blind war, den Dreck, der sich über Jahre in den Ecken angesammelt hatte.

Hermine sah sie besorgt an. »Wir sind beide Träumerinnen. Ich hoffe bloß, dass unsere Träume uns nicht eines Tages überrollen.«

»Meinst du, wir halten die beiden Jahre bis zum Examen durch?«

»Wir haben keine Wahl. Oder willst du nach Hause zurückgehen und da weitermachen, wo du aufgehört hast?«

»Nein, auf keinen Fall. Aber …« Hanna stieß einen Seufzer aus. »Falls mir eines Tages ein Märchenprinz begegnen sollte, der mich von Herzen lieb gewinnt, könnte es für mich zu spät sein.«

»Wieso das denn?«

»Weil ich bis dahin verlernt haben werde, wie bürgerliches Leben geht.«

»Ich glaube, bürgerliches Leben verlernt man nicht. Saubermachen schon eher. Gehen wir?«

Während sie Besen, Schaufel und die anderen Putzutensilien vom Wagen holten, war außer ihnen niemand auf dem Hof. Dennoch fühlte Hanna sich unangenehm beobachtet. Sie drehte den Kopf in alle Richtungen, bis ihr Blick am Fenster der guten Stube haften blieb. Einer der schweren Vorhänge, die links und rechts an den Fenstern angebracht waren, bewegte sich leicht, so, als stünde jemand dahinter, der nach draußen schielte. Als sie etwas später mit einem Eimer Wasser vom Brunnen zurückkehrte, war sie sich sicher: Hinter dem Vorhang stand ein Mann. Die Silhouette seines Kopfs und Oberkörpers hob sich wie ein Schattenriss vom Hintergrund ab.

Hermine, die bereits mit Bürste und Sodapulver den Kammerboden schrubbte, zeigte sich von Hannas Beobachtung wenig beeindruckt. »Du hast dir das wahrscheinlich nur eingebildet. Und selbst wenn der Bauer da gestanden hat, lass ihn doch. Vielleicht hatte er gerade nichts Besseres zu tun. Sehr viel Abwechslung wird es in diesem Dorf nicht geben.« Sie wrang den Feudel aus, den sie in den Eimer mit Wasser getaucht hatte, und wischte so lange unermüdlich weiter, bis sie mit dem Ergebnis zufrieden war. Sie strahlte über das ganze Gesicht. »Das wäre geschafft! Als Nächstes streichen wir die Wände, denn damit müssen wir vor Einbruch der Dunkelheit fertig werden.«

»Du findest es also normal, dass wir auf einen Bauernhof ziehen und der Bauer sich hinter einem Vorhang verschanzt, anstatt uns zu begrüßen?«, fragte Hanna hartnäckig nach.

»Vielleicht war es sein Bruder, Cousin oder wer auch immer. Denk dran, wir wollen uns hier nicht auf ewig einmieten. In ein paar Monaten sind wir wieder weg.«

Hermine griff zu einem Stock und rührte die rosa Farbe um, die Hanna und sie ausgewählt hatten. Dann nahm sie den Quast, befestigte ihn an einem Besenstiel und wagte die ersten Striche.

»Findest du nicht auch, dass wir zu viel Rot untergemischt haben?«

»Ja. Die Farbe ist gewöhnungsbedürftig wie einiges andere an diesem Ort.« Hanna machte auf dem Absatz kehrt und lief die schmale Holztreppe hinunter, um die ersten Möbelstücke vom Wagen zu holen. Kaum war sie auf dem Hof, fühlte sie sich nicht nur beobachtet, sondern auf Schritt und Tritt verfolgt – von einer unsichtbaren Gestalt, die sie nicht aus den Augen ließ.

Wenn ich etwas sehe, was nicht existiert, bin ich dem Wahnsinn nahe, überlegte sie und zweifelte einen Moment lang sogar an der Echtheit der Schafe, die auf der Weide herumliefen. Es waren ein Muttertier und drei Lämmer – zwei helle, ein schwarzes. Erst als die Jungtiere neugierig auf sie zusprangen, am Zaun stehen blieben und Hanna ihnen das weiche Fell streichelte, fühlte sie sich erleichtert. Bald ging sie weiter, machte einen großen Bogen um das Fenster mit dem Vorhang und schaute zu Boden, bis sie die Buche erreichte, wo sie das Fuhrwerk abgestellt hatte.

Erneut zweifelte Hanna an ihrer Wahrnehmung. Wagen und Pferde waren weg, einfach verschwunden. Ein entferntes Wiehern brachte sie schließlich auf die richtige Spur. Sie lief hinter den Stall und fand Bogdan und Burkusch an einer grob zusammengeschusterten hölzernen Tränke, über der sie mit gesenkten Köpfen laut schlürften. Der Wagen, auf dem ihre Siebensachen gestanden hatten, war leer.

Das war kein Diebstahl, das waren böse Geister. Hanna überlegte, wie sie Hermine ihren Verdacht plausibel machen konnte, ohne Spott zu ernten. Eigentlich glaubte sie ja selbst nicht an Dämonen oder überirdische Kräfte. Was jedoch auf diesem Hof passierte, war beklemmend. Wieso standen vor der grünen Holztür, aus der sie doch vor Kurzem erst herausgekommen war, auf einmal ihre Koffer? Die Strohsäcke lehnten innen an der Stiege, die Pritschen, Stühle und Tischchen standen oben im Flur neben der Kammer.

Hanna stürzte ins Zimmer. »Hast du jemanden poltern hören?«, fragte sie Hermine aufgeregt.

»Ja, dich, als du die Sachen hochgeschleppt hast.«

»Wie lange hat das gedauert? Was meinst du?«

»Weiß nicht. Auf jeden Fall genauso lange wie das Streichen der Wände. Ich habe mich beeilt, und du hast unendlich getrödelt. Egal, Hauptsache, unser grellrosa Mädchenpalast ist bezugsfertig.«

Hanna druckste herum, bis sie endlich mit der Sprache herausrückte. »Entweder spukt es in meinem Kopf oder in diesem Haus. Ich habe die Möbel nicht nach oben getragen. Bei der steilen Treppe hätte ich zumindest für die Pritschen deine Hilfe gebraucht.«

»Unsere Sachen werden wohl kaum hier raufgeflogen sein.« Hermine sah sie skeptisch an. »Was ist los mit dir? Du blinzelst schon wieder so nervös mit den Augen.«

Hanna wich ihrem Blick aus und trug hektisch ein Möbelstück nach dem anderen ins Zimmer. Dann schloss sie von innen die Tür und setzte sich auf eine der Pritschen. »Ich habe Angst, dass jemand hinter mir her ist«, sagte sie schließlich. »Und zwar der Mann, der uns vorhin angeschrien hat. Ich kenne ihn. Er ist mir am Tag meiner Ankunft auf dem Weg nach Loheland schon mal begegnet. Dieser ungehobelte Rüpel! Dieser gemeine Kerl!«, regte sie sich nun furchtbar auf. »Ich habe ihn als Erstes an seiner lauten Stimme und dem Filzhut wiedererkannt. Ganz bestimmt!«

»Was hat er dir denn angetan, dass du dich dermaßen über ihn ereiferst?«

»Damals kam er mit Pferd und Wagen direkt auf mich zu und hat mich als nichtsnutziges Großstadtfräulein beschimpft. Er hätte mich umgefahren, wäre ich nicht schnell zurückgesprungen. Dabei bin ich gestolpert und hingefallen. Aber das hat ihn überhaupt nicht interessiert, er ist einfach weiter …«

Hanna zuckte zusammen, jemand hatte an der Tür geklopft. Angstvoll zog sie ihr Kleid über die Knie und rief kaum vernehmbar: »Herein.«

»Nicht erschrecken!«, hörte sie einen Mann mit tiefer Stimme rufen. Er hatte noch nicht ganz den Kopf zur Tür hereingesteckt, da stieß sie einen durchdringenden Schrei aus, sprang auf und suchte Schutz an Hermines Seite. »Er ist es, ich habe es geahnt! Er hat sich hinter der Gardine vor mir versteckt.« Der ungehobelte Rüpel kam nun auch noch auf sie zu, stand ihr direkt gegenüber und rang nach Worten.

»Bitte … bitte beruhigen Sie sich. Ich bin der Bauer, der Bauer Schönburg. Ich tue Ihnen nichts.«

Diesem Raubein würde sie bestimmt nicht trauen. Vorsichtshalber wich Hanna ein paar Schritte zurück. Das Einzige, was sie in diesem Moment beruhigte, war die Gewissheit, doch nicht verrückt zu sein.

»Die Bäuerin schickt mich. Sie meint, ihr seid bestimmt hungrig. Ich soll euch das hier bringen«, stammelte der Bauer und stellte zwei mit karierten Küchentüchern eingewickelte Proviantpäckchen auf den Tisch.

Hermine bedankte sich freundlich, Hanna nicht. »Schönburg, Hubertus«, wie er sich mit vollem Namen vorgestellt hatte, flößte ihr immer noch Furcht ein. Angesichts seiner kräftigen Muskeln kam sie sich wie ein Schwächling vor. Überdies war er mehr als einen Kopf größer als sie.

Der Bauer räusperte sich, bevor er Hanna erneut ansah. »Die Bäuerin hat mit mir geschimpft. Ich soll mich bei Ihnen entschuldigen«, gab er kleinlaut zu. »Das war nicht gut von mir, neulich auf der Landstraße. Und meine Schimpferei heute, als Ihnen die Pferde durchgegangen sind, wäre auch nicht nötig gewesen.« Der Handschlag, den er Hanna zur Versöhnung anbot, hatte es in sich. Sie bangte um ihre zierlichen Finger in seiner großen Pranke und war froh, als Hubertus Schönburg endlich locker ließ.

»Fehler muss man wiedergutmachen«, meinte er mit ernster Miene. »Ich habe den Pferden Wasser gegeben und den kaputten Zügel ausgetauscht. Er war nicht etwa gerissen, er war zerschnitten. Wer das gemacht hat, gehört übers Knie gelegt, und zwar heftig.«

Hanna grübelte einen Moment, dann wechselte sie das

Thema. »Wieso habe ich Sie nicht gesehen, als Sie unsere Sachen hochgetragen haben?«

»Man kann an beiden Seiten ums Haus laufen.« Zum ersten Mal huschte wie aus Versehen ein Schmunzeln über das Gesicht des Bauern. »Wer am helllichten Tag träumt und Schafe krault, lässt sich leicht überlisten. Das schwarze heißt übrigens Hubert. Die Bäuerin wollte es Hubertus nennen. Das habe ich nicht zugelassen.«

Ungefragt setzte sich Hubertus Schönburg auf einen der freien Stühle, legte die Hände in den Schoß und senkte den Kopf wie ein Junge, der etwas ausgefressen hat.

»Wegen euch komischen Weibern habe ich seit über einem Jahr einen schweren Stand im Dorf. Meine Nachbarn schieben mir die Schuld in die Schuhe, dass ihr dort oben seid«, stöhnte er. »Wäre ich damals an diesem Nachmittag doch bloß nicht im Wirtshaus gewesen. Dabei bin ich dort immer gerne eingekehrt. Mal ein Bier nach getaner Arbeit ist das Einzige, was ich mir gönne.«

Vielleicht auch zwei oder drei, dachte Hanna und lächelte höhnisch. »Meinen Sie diesen *Gasthof Zur Rhön*?«

Hubertus Schönburg nickte. »Kommt bloß nicht auf die Idee, euch dort blicken zu lassen. Das ist kein Ort für Frauen. Da wollen wir Bauern unter uns sein. Schlimm genug, dass eine eurer Chefinnen sich einfach darüber hinweggesetzt hat. Wie ein Kerl kam sie mit strammen Schritten hereinmarschiert und bestellte am Tresen ein Bier.«

»Louise Langgaard?«, fragten Hanna und Hermine gleichzeitig.

»Genau die. Sie wechselte ein paar Worte mit dem Wirt. Dabei hörte ich, dass sie in der Gegend auf der Suche nach einem Stück Land war. Zuerst habe ich geschwiegen wie ein Grab, obwohl ich einen Gutsbesitzer kannte, der in der öden Wüstenei auf dem Herzberg einiges an Land zum Verkauf anbot. Kein normaler Mensch würde da hinziehen wollen, kein Einheimischer, kein Fremder und eine Frau schon gar nicht, dachte ich.« Bauer Schönburg strich sich fahrig die dichten dunklen Haare glatt, vom Seitenscheitel über den Kopf bis zum Ohr. »Nach dem zweiten Glas Bier konnte ich meinen Mund dann doch nicht mehr halten und habe eurer Chefin von dem Grundstück erzählt. Ohne Sinn und Verstand habe ich sie sogar am nächsten Morgen begleitet und es ihr gezeigt.«

Hanna schmunzelte. »Ist sie Ihnen davongelaufen?«

»Und ob. Querfeldein ist sie den Herzberg hinaufgestiefelt, ich kam kaum hinterher. Als wir oben waren, hat sie ewig lange auf die brachliegenden Felder und den Wald geschaut. Auf einmal sagte sie dann, dass es genau der Ort wäre, den sie gesucht hätte. Und ich stand mit meinem losen Mundwerk dumm da.«

Bauer Schönburg sah so betreten aus, dass er Hanna beinahe leidtat. Dieses Raubein von Mann, vor dem sie vor ein paar Stunden noch am liebsten weggelaufen wäre, rührte sie zutiefst.

»Noch am selben Tag habe ich mich dem Pastor anvertraut und ihm alles gebeichtet«, fuhr er fort. »Drei Ave Maria und zwei Vaterunser hat er mir aufgebrummt. Aber nicht, weil ich der Frau das Land gezeigt habe, sondern weil ich zu oft in die Kneipe gegangen bin.«

Hubertus Schönburg hatte die Kammer schon verlassen und war mit schweren Schritten unüberhörbar die ersten Stufen der Treppe hinuntergestiegen, als er es sich noch einmal anders überlegte.

»Ihr könnt mich übrigens Hubertus nennen«, sagte er, als er erneut die Tür öffnete. »Wir werden schon irgendwie miteinander klarkommen.« Dann bat er um einen Gefallen. »Meine Frau, die Walburga, ist in Erwartung. Sie soll sich schonen. Helft ihr im Stall, wann immer ihr könnt. Wir verrechnen das mit der Miete.«

Er deutete auf den Tisch mit dem Proviant. »Und jetzt esst eure Brote, bevor sie trocken werden. Ist Butter und Schinken drauf. Ausnahmsweise. Schinken gibt es normalerweise nur sonntags, wenn überhaupt.«

12

Es gab wirklich Schöneres, als jeden Morgen von krähenden Hähnen geweckt zu werden, überlegte Hanna verschlafen. Der von Bauer Hubertus war auch heute wieder der Erste gewesen, der sich mit seinen lauten Schreien schon vor Tagesanbruch zu Wort gemeldet und seitdem keine Ruhe mehr gegeben hatte. Die anderen Gockel im Dorf hatten sich ihm bald angeschlossen und übertrumpften sich nun gegenseitig mit Kikerikis. Wenigstens dämmerte es inzwischen an diesem Junimorgen gegen fünf.

Hanna stand auf und weckte Hermine, die, im Gegensatz zu ihr, kein Hahn vom Weiterschlafen abhalten konnte. Die beiden zogen sich an und verließen rechtzeitig das Haus, um die anderen Schülerinnen zu treffen.

»Ich habe den Hengst schon aus dem Stall geholt. Er steht neben dem Brunnen«, begrüßte sie Hubertus, der mit seinem Tagewerk längst begonnen hatte. »Erstaunlich, dass deine Chefinnen dir sogar ihr Pferd leihen, damit du ins Dorf reiten kannst«, meinte er zu Hanna.

»Das war gestern eine Ausnahme«, entgegnete sie. »Ich hatte den beiden am Abend auf der Geige einige Stücke vorgespielt, weil sie wissen wollten, was ich kann. Darüber habe ich die Zeit vergessen.«

»Das war unübersehbar, du bist ziemlich spät nach Hause gekommen.«

»Wie hat es geklappt mit dem Vorspielen?«, fragte Hermine, nachdem sie allein waren.

»Langgaard und Rohden machten einen durchaus zufriedenen Eindruck. Nun muss ich abwarten, wie sie entscheiden. Es wäre zu schön, wenn ich schon mal als Musikerin beim Tanztraining dabei sein dürfte. Ich könnte mir vielleicht hier und da von den Stars was abgucken.« Hanna lächelte verträumt, dann band sie Bogdan los, der unter der Buche stand und ungeduldig mit den Hufen scharrte.

Etwa hundert Meter vom Hof der Schönburgs entfernt wartete Ruth, die bei der Witwe des Schmieds wohnte. Ihre weißblonden Zöpfe, die sie zu kleinen Schnecken gerollt hatte, strahlten im frühmorgendlichen Licht wie eine Krone, was so gar nicht zu ihrem unzufriedenen Gesichtsausdruck passte. »Mein Zimmer halte ich auf Dauer nicht mehr aus. Es ist zu klein, kaum größer als eine Abstellkammer«, schimpfte sie los. »Überall liegen meine Sachen herum, sogar auf dem Boden. Ich bräuchte dringend einen Kleiderschrank, weiß aber überhaupt nicht, wo ich ihn hinstellen sollte. Habt ihr in eurer Kammer einen?«

Hermine schüttelte den Kopf. »Nein, wir haben beim Umzug in die Dörfer alle die gleichen Möbel bekommen. Ohne Ausnahme.«

»Apropos Ausnahme.« Ruth schielte zu Bogdan. »Wenn keine von euch auf dem Pferderücken sitzen will, würde ich die Gelegenheit gerne nutzen, weil ich noch ein wenig müde bin und der Weg mich immer so anstrengt.«

»Mach das!« Hanna lächelte ihr gnädig zu. »Aber ich warne dich. Du wirst von der ungewohnten Bewegung Muskelkater bekommen.«

»Um Himmels willen, nein! Nicht schon wieder!«

Offensichtlich hatte sich damit Ruths Wunsch nach Bequemlichkeit erübrigt.

»Schaut mal, was ich dabeihabe«, rief Marianne, die aus einem schmalen Seitenweg kam und mit einem Leinenbündel in der Hand winkte. »Hier sind Semmeln drin, zwar von gestern, aber besser als nichts. Die Bäckersfrau hat sie mir eben geschenkt.«

»Trotz all der Vorbehalte, die sie seit deinem Einzug gegen dich hegt?«, fragte Hermine.

»Ja, hat mich auch gewundert. Gerade gestern fragte sie noch, ob mich auch wirklich nicht der Teufel geschickt hat.«

Ruth kicherte. »Und was hast du geantwortet?«

»Ich habe versucht, sie zu beruhigen, und ihr gesagt, dass ich an Gott glaube und katholisch getauft bin. Das habe ich allerdings schon mehrmals beteuert.«

»Dein südländisches Aussehen wird sie bestimmt noch lange irritieren.« Hanna, die neben ihr lief, sah sie fasziniert von der Seite an. »Schwarze Haare wie deine, dazu die dunklen feurigen Augen.«

»Ja, das kam auch mal wieder zur Sprache. Die Bäckersfrau meinte, ich würde aussehen wie eine Zigeunerin. Dass meine Mutter Portugiesin ist und aus demselben Ort stammt wie der berühmte Entdecker Vasco da Gama, fand sie zwar interessant, wusste aber nicht einmal genau, wo Portugal liegt. Sie hat es mit Spanien verwechselt! Das ist, als könnte man einen Apfel nicht von einer Birne unterscheiden.« Marianne verzog das Gesicht. »Ich höre besser auf, mich am frühen Morgen schon aufzuregen. Etwas anderes als ihre kleine Welt kennen sie hier eben nicht.«

»Genau«, pflichtete ihr Ruth bei, die vom schnellen Gehen etwas kurzatmig klang. »Und alles Fremde ist zudem verwerflich. Meine Zimmerwirtin hat mir eiskalt erzählt, dass die ersten Loheland-Frauen, die sich im Dorf haben blicken lassen, als Hexen bezeichnet wurden. Einige der älteren Bauern haben sogar mit Kieselsteinen nach ihnen geworfen. Das ist noch nicht lange her ... gerade mal ein gutes Jahr. Das kann einem schon Sorgen machen.«

»Ich glaube, sie werden sich an uns gewöhnen. Aber wir müssen uns auch an sie gewöhnen«, lenkte Hanna ein, die inzwischen mit Bogdan vorneweg lief und sich zu den anderen umdrehte. »Wir sind hier die Eindringlinge und haben kein Recht, sie zu bekehren. Was sie partout nicht mögen, sollten wir unterlassen. Zum Beispiel findet unsere Bäuerin es schrecklich, wenn wir sonntags barfuß umherlaufen. Muss ja nicht sein. Das haben wir da, wo wir herkommen, ja auch nie getan.«

»Du redest wie eine Pastorentochter«, rief Leni, die auf den Märschen in die Siedlung bislang nie einen Mucks von sich gegeben hatte. Sie war vom anderen Ende des Dorfs gekommen und hatte den Treck nach Loheland gerade erst eingeholt. »Wo ist denn die Rheinländerin? Habt ihr sie unterwegs verloren?« Leni griff nach einer der Semmeln, die Marianne ihr und den anderen anbot. »Nicht, dass ich sie vermissen würde«, fuhr sie mit vollem Mund fort. »Ich kann auf ihre Sticheleien gut verzichten.«

Hanna wunderte sich über Lenis ungewohnte Redseligkeit und pflichtete ihr bei. »Ich denke, keine von uns vermisst sie in diesem Moment sonderlich, sonst hätten wir längst über ihre Abwesenheit spekuliert.«

Nach etwa zwei Kilometern über die Landstraße in Richtung Süden hatten die Frauen den Feldweg erreicht, der hinauf in die Siedlung führte. An der Abbiegung trafen sie die anderen Schülerinnen, die es schlechter erwischt hatten. Ihre Quartiere lagen teils drei oder sogar vier Kilometer von der Siedlung entfernt.

Gemeinsam liefen sie nun ihrem Ziel entgegen. Hanna kam sich auch heute wieder ein bisschen so vor wie auf einer Wallfahrt zu einer Pilgerstätte, die sich auf wundersame Weise bald hinter einem dichten Waldgebiet offenbaren würde.

»Ist es nicht herrlich romantisch hier?«, brach Hermine nach einer Weile das Schweigen und stieß einen Jauchzer aus, bevor sie sich nach allen Seiten umdrehte. »Schaut euch dieses Farbenspiel an! Das gibt es in keiner Stadt, das könnten wir zu Hause nicht erleben.«

»Zu Hause würde ich um diese Uhrzeit noch schlafen«, entgegnete Ruth wehmütig. »Das war immer herrlich für mich, wenn meine Mutti irgendwann an die Zimmertür klopfte und mir zum Aufwachen eine Tasse heiße Milch, manchmal auch Kakao brachte.«

»Erst jetzt, in diesem Moment, kann man die Wasserkuppe sehen«, schwärmte Hermine, die Ruths Bemerkung überging und ihren Blick vom höchsten Berg der Rhön nicht lösen konnte. »Mit welcher Kraft die Sonne den Nebel vertreibt und das Plateau erstrahlen lässt! Dieser Farbenfluss von zartem Braun über glänzendes Gold bis hin zu strahlendem Gelb ist ein Traum.«

Hanna hielt Bogdan zurück, da alle stehen geblieben waren und fasziniert auf die Berge schauten.

»So etwas Schönes schafft nur die Natur«, begeisterte sich nun auch Ruth. »Mit euch zusammen kann ich einen Morgen wie diesen genießen. Ich finde nur alles um mich herum nach wie vor ungewohnt. Alleine würde ich diesen Weg noch immer nicht gehen. Ich hätte Angst.«

»Du wirst dir bald mehr zutrauen, davon bin ich überzeugt«, erwiderte Hanna. »Die Natur hilft dir dabei.« Sie zeigte auf den Wald. »Siehst du, wie das Licht ihn von einem großen dunklen Ungetüm in eine grüne Oase verwandelt?«

Ruth sah das durchaus und verkündete einen für sie mutigen Entschluss: »Ich werde mir in den nächsten Tagen einen Ruck geben und im Hellen den Weg alleine wagen.«

»Und im Dunkeln?«, fragte Hanna.

»Das wird noch nicht klappen. Würdest du ...«

»Ja«, unterbrach Hanna sie. »Wann immer es möglich ist, werde ich dich nach wie vor abends begleiten.«

Hermine, die zugehört hatte, zog ihre Stirn nachdenklich in Falten. Mit einem kurzen Klatschen lenkte sie die Aufmerksamkeit auf sich. »Ich habe eine Idee«, rief sie allen zu. »Jede von uns geht diesen Weg mindestens zweimal täglich hin und zurück. Zu unterschiedlichen Uhrzeiten und Stimmungen, bei Wind und Wetter. Wir sollten den Weg als den unseren würdigen und ihm einen Namen geben. Was haltet ihr davon, wenn wir ihn ›Weg der Erkenntnisse‹ nennen?«

Dass die anderen ihren Einfall belächelten, fand Hermine überhaupt nicht lustig. »Das meine ich todernst. Ich habe heute früh bereits eine Erkenntnis gewonnen«, fuhr sie fort. »Die Rhön ist nur auf den ersten Blick eine herbe Landschaft. Ich werde mich von ihren wechselnden Farbkompositionen je nach Jahreszeit inspirieren lassen und Stoffe entwerfen, die schön sind wie der Frühlingsmorgen nach meiner Ankunft und so traumhaft wie der heutige Sommertag. Mit genau den Farben, die wir eben bewundert haben.«

Das verstohlene Gekicher hörte augenblicklich auf, und alle zeigten sich interessiert.

»Schade, dass mein Fotoapparat keine Farben einfangen kann«, sagte Ruth. »Alles, was ich knipse, ist immer nur schwarz-weiß.«

»Ja, das ist wirklich schade«, entgegnete Hermine, »aber die Fotografie bietet andere Möglichkeiten, Stimmungen einzufangen. Du könntest mit Licht und Schatten experimentieren, mit verschiedenen Belichtungszeiten.«

»Woher weißt du das alles?«, fragte Ruth.

»Ich hatte auch mal eine Kamera, aber nur für kurze Zeit. Als meine Eltern dringend Geld brauchten, musste sie verkauft werden. Und dann hatte ich leider keine mehr.«

Hanna spürte, dass Hermine mehr von sich preisgegeben hatte, als ihr lieb war, und wollte ihr mitleidsvolle Kommentare ersparen.

»Wenn wir vor der wöchentlichen Ansprache unserer Chefinnen noch frühstücken wollen, sollten wir jetzt weitergehen«, meinte sie und gab mit Bogdan das Tempo vor. Mit dem allmorgendlichen Vorsatz, das Gelände keines Blickes zu würdigen, lief sie auch heute auf die Baustelle des Steinhauses zu, und ihr Herz stolperte dabei schlimmer denn je. Architekten sind Langschläfer, so früh arbeitet er noch nicht, dachte sie – und hörte im nächsten Moment Willis Stimme: »Wie lange willst du mich noch warten lassen? Du bist mir eine Verabredung schuldig.«

»Pssst! Nicht so laut! Oder sollen alle mithören?«, fuhr Hanna ihn an und drehte sich zu ihren Mitschülerinnen um. »Ich denke gerade über die Rauheit dieser Gegend nach«, rief sie mit kräftiger Stimme. »Diese Rauheit wird uns hoffentlich vor Leichtsinn und Sentimentalität bewahren, da sie jeden Tag aufs Neue unsere volle Konzentration auf das Wesentliche fordert und keine Ablenkung duldet.«

»Was redest du für komisches Zeug?«, flüsterte Hermine ihr zu. »Sag mir lieber, wer das war.«

»Bloß einer der Architekten.«

»Hast du bemerkt, wie sehnsüchtig er dir nachschaut?«

Hanna ignorierte das heftige Pochen ihres Herzens und winkte ab.

»Ihr seid spät dran«, empfing Isolde die ankommende Karawane. Sie stand an der Eingangstür des Holzhauses und gab sich betont entspannt. »Im Gegensatz zu euch habe ich bereits gemütlich gefrühstückt und bin frisch und munter für den Tag.«

Das unnütze Geschwätz der Rheinländerin hatte Hanna gerade noch gefehlt. »›Der Weg der Erkenntnisse‹ bleibt unser Geheimnis. Wehe, eine von euch petzt!«, zischte sie den anderen leise zu und veränderte im selben Atemzug ihre Stimmlage in ein liebliches Flöten. »Wir waren besorgt, weil wir dich auf der Straße nicht getroffen haben. Schön, dass du schon hier bist.«

»Ich war gar nicht weg«, antwortete Isolde und nahm ihre Mitschülerinnen mit hämischer Freude in Augenschein. »Ich bin nicht mehr so dumm und lasse mich in eins der Dörfer abschieben. Da ist man ja schon kaputt, wenn man morgens hier ankommt.«

Ruth war die Einzige, die ihr mit mehrmaligem Nicken zustimmte. Die Rheinländerin sprach sie daraufhin direkt an: »So schwach, wie du bist, solltest du dir an mir ein Beispiel nehmen. Ich wohne seit gestern wieder in der Siedlung, bin rund um die Uhr mitten im Geschehen und verpasse nichts mehr. Das würde dir bestimmt auch gefallen.«

»Darauf würde Ruth sich niemals einlassen, schon aus Solidarität nicht«, rief Hanna schnell dazwischen, bevor die Schwedin auf dumme Ideen kommen konnte. »Nicht wahr?«

»Ja, genau«, antwortete Ruth, wenn auch verhalten. »Die Solidarität gehört für mich persönlich zu den höchsten Tugenden.«

»Du glaubst nicht, was es hier gestern Abend für ein Theater gab«, tuschelte Hilde, die gerade aus dem Haus gekommen war, Hanna zu. »Plötzlich stand sie da mit ihren Koffern und hat so lange lamentiert, bis eine der älteren Schülerinnen sich erbarmte und sie in ihrem Zimmer aufgenommen hat. Mich hatte sie zuvor auch auf eine unangenehme Weise bedrängt. Ich bin aber knallhart geblieben.«

»Würdest du bei mir eine Ausnahme machen und dich erweichen lassen, wenn ich aus irgendeinem Grund mal in der Siedlung übernachten möchte?«

»Du kannst jederzeit bei mir im Zimmer schlafen, das solltest du wissen.« Hilde zog die Augenbrauen hoch. »Warum fragst du das überhaupt? Bist du etwa zu einem Rendezvous im Wald verabredet? Lass mich raten ... der junge Architekt?«

»Fang nicht schon wieder mit dem an. Außerdem ist er gar nicht mehr so jung, wie er aussieht. Er ist schon sechsundzwanzig«, antwortete Hanna fast so schnell, wie ihr die Röte ins Gesicht stieg. Hilde bemerkte es zum Glück nicht, sondern platzte gleich mit einer Neuigkeit heraus. »Eva ist heute Nacht von ihrer Reise zurückgekehrt, aus München. Das wurde ja auch langsam Zeit.«

Hanna riss vor Freude die Augen auf. »Heißt das, ihr übt jetzt wieder regelmäßig für die nächste Tanztournee?«

»Ja, ab morgen. Heute will Eva sich noch ausruhen.«

»Und?« Hanna sah sie erwartungsvoll an. »Weißt du schon, wie die Chefinnen mein Geigenspiel fanden?«

»Nein, ich habe heute früh noch nicht mit ihnen geredet.«

Die wöchentliche Ansprache fand wie immer nach dem Frühstück auf der Veranda statt. Wer auf den Strohballen keinen Platz gefunden hatte, hockte, wie Hanna, auf der Balustrade oder lehnte sich im Speiseraum durch die Fensteröffnungen nach draußen.

Als die Chefinnen endlich erschienen, kam sofort eine heitere Stimmung auf, was nicht unbedingt an ihnen lag, sondern an der jungen Hündin, die sie mitgebracht hatten. Mit tapsigen Schritten wuselte die Kleine auf der Veranda umher. Eben noch hatte sie an den Schuhen geschnuppert, die in der Ecke standen. Nun schleckte sie gerade Hanna die Zehen ab, was so sehr kitzelte, dass sie sich beherrschen musste, um nicht laut zu glucksen.

»Die Kleine stiehlt uns die Aufmerksamkeit«, sagte Langgaard amüsiert und nahm den Welpen auf den Arm. »Sie ist eine Deutsche Dogge. Wir haben sie seit gestern Nachmittag. Ein guter Freund hat sie uns geschenkt.«

»Nun suchen wir nach einem Namen«, fügte Rohden hinzu. »Hat jemand von euch eine Idee?«

»Ja, ich«, rief Isolde sofort und reckte sich auf ihrem Strohballen nach allen Seiten. »Wir haben unseren Dackeln zu Hause immer Namen gegeben, die auf i enden. Waldi, Pfiffi, Trixi, das klingt gut.«

Rohden lächelte höflich. »Zu kleinen Dackeln mögen diese drolligen Namen passen. Zu einer Deutschen Dogge, die sehr groß wird, eher weniger.«

»Ich finde, die Größe eines Hundes macht da keinen Unterschied. Ich würde auch einen Schäferhund Trixi nennen«, widersprach die Rheinländerin. »Aber wenn

Ihnen mein Vorschlag nicht gefällt, bitte schön ... Sollen sich die anderen einen besseren überlegen.«

Isoldes gleichgültige Reaktion kam überraschend schnell. Hanna nutzte die Gelegenheit. »Meiner Meinung nach sollte die Kleine einen unverkennbaren Namen bekommen, der das freundliche, sanfte Wesen einer Dogge und den besonderen Ort, an dem sie aufwachsen wird, vereint.« Sie schaute die junge Hündin, die in Langgaards Armen gerade eingeschlafen war, lange an. »Für mich sieht dieses entzückende Wesen aus wie eine Lola. Eine Lola aus Loheland.«

Rohden klatschte vor Begeisterung in die Hände. »Lola, der Name gefällt mir. Aber nicht ›aus Loheland‹. Ich möchte, dass wir sie ›Lola von Loheland‹ nennen. Vielleicht wird sie eines Tages ja berühmt.«

Rohden wandte sich ihrer Kollegin zu, die dicht neben ihr stand. »Louise, bist du damit einverstanden?«, fragte sie und streichelte der kleinen Dogge über den Kopf. Wie zufällig berührten sich dabei ihre und Langgaards Hände, und ein vertrauliches Lächeln zog über ihre Gesichter.

»Lola von Loheland«, wiederholte Langgaard, »nimm du sie mal.« Während sie Rohden den Hund reichte, rückten die zwei Frauen noch enger zusammen, als wollten sie sich aneinanderschmiegen.

Hanna überlegte, was die beiden Frauen zusammengeführt hatte, was sie miteinander verband – außer ihrer Hingabe für Gymnastik und Tanz. Waren sie nur Geschäftspartnerinnen, die ein gemeinsames Ziel verfolgten und an ihren Erfolg glaubten? Womöglich waren sie seit Kindertagen innige Freundinnen oder empfanden sogar mehr als nur Freundschaft? Vielleicht liebten sie sich ähnlich wie ein glückliches Ehepaar.

Eine Vorstellung, die Hanna keineswegs abwegig fand,

obgleich sie erst wenige Monate zuvor in ihrem Elternhaus wieder einmal gehört hatte, dass es echte Liebe nur zwischen Mann und Frau geben könne. Alles andere sei ein Verfall der Sitten, der die Menschheit zerstöre, hatte ihr Vater ihr an einem Samstagnachmittag erneut eingeschärft. Anlass seines moralisierenden Donnerwetters waren die beiden auffallend elegant gekleideten Männer gewesen, die in das Haus nebenan gezogen waren. Sie hatten gerade in schicken Blazern und leger um den Hals gebundenen Schals draußen im Garten gesessen und die ersten Sonnenstrahlen des anbrechenden Frühlings genossen.

Johann Schröder beließ es nicht dabei, sie durch das Wohnzimmerfenster zu beäugen. Er riss die Terrassentür auf, ging raus und stellte sich an den Zaun zum Nachbargrundstück.

»Jetzt infiziert die Unzucht sogar schon Hamburg Othmarschen. Was Sie tun, ist charakterlos und strafbar. Gehen Sie woanders hin«, rief er ihnen zu.

Hanna hatte sich für die abfällige Bemerkung ihres Vaters geschämt und den Männern heimlich zugewinkt, als wäre kein böses Wort gefallen. Hoffentlich geben sie nicht klein bei und halten durch, hatte sie sich an dem Nachmittag gewünscht.

Ihr Wunsch war nicht erhört worden. Bereits wenige Wochen später hingen nebenan keine Gardinen mehr an den Fenstern. Die beiden waren still und heimlich verschwunden.

Nachdem Rohden den Welpen in einen Weidenkorb gelegt hatte, wo er auf seiner Decke ruhig weiterschlief, kündigte sie eine gute und eine schlechte Nachricht an: »Erst die gute. Der Wünschelrutengänger hat gestern auf dem Gelände zwei Quellen entdeckt und uns Mut gemacht, dass wir das Problem der Wasserversorgung in absehbarer Zeit lösen können. Die schlechte: Das bedeutet nicht, dass wir in den Häusern bald fließendes Wasser haben werden«, erklärte sie. »Für die Verlegung von Rohren fehlen uns zurzeit die finanziellen Mittel.«

»Das ›liebe Geld‹ und die angespannte volkswirtschaftliche Lage sind leidige Themen, die uns ständig begleiten«, ergriff Langgaard nun das Wort. Mit sorgenvoller Miene trat sie näher an die Schülerinnen heran. »Allein die Tatsache, dass Siedeln modern ist, wird uns auf lange Sicht nicht satt machen. Wir müssen an die Zukunft denken und brauchen zusätzliche Einnahmequellen. Deshalb wollen wir expandieren und weitere Werkstätten einrichten, in denen wir moderne kunstgewerbliche Produkte entwerfen und herstellen. Sie sollen durch ihre Einzigartigkeit bestechen und gerne gekauft werden.«

»Aber von wem?«, fragte Hermine. »Wenn wir hier einen Laden eröffnen würden, käme doch kein Mensch. Außer vielleicht einem, der sich beim Pilzesammeln verlaufen, aber leider seine Geldbörse zu Hause gelassen hat.«

Langgaard schmunzelte kurz. »Recht hast du«, sagte sie. »Deshalb stelle ich mir vor, dass wir unser möglichst vielfältiges Sortiment über Messen vertreiben. Zu gegebener Zeit wollen wir auch Läden eröffnen. Nicht in Loheland, sondern in Berlin, Hamburg und München. Wir möchten mit unserem Kunsthandwerk deutschlandweit so erfolgreich werden, wie wir es mit der Tanzerei bereits sind.«

»Ein bisschen größenwahnsinnig ist sie ja. Findest du nicht auch?«, raunte Hanna Hermine ins Ohr, die neben ihr auf der schmalen Balustrade der Veranda saß.

»Wenn man nicht groß denkt, kann nichts Großes herauskommen. So sehe ich das.«

»Klingt auch nicht gerade bescheiden«, stellte Hanna fest. »Ich wette, du denkst gerade an die Stoffe, die du entwerfen willst.«

»Und ob. Ich sehe sie als zeitgenössische Meisterstücke bereits vor mir, in ihrer puren funktionellen Schönheit oder mit anderen Materialien raffiniert zu Kissen, Vorhängen und Kleidern verarbeitet. Ich sehe allerdings auch ein Problem ...«

Als wäre sie unschlüssig, ob sie es ansprechen sollte, wartete Hermine ein wenig, bis sie sich meldete. »Ihre Pläne klingen aufregend, aber auch kostspielig«, räumte sie den Chefinnen gegenüber ein. »Werkstätten müssen errichtet und ausgestattet werden. Wie soll das funktionieren, wenn das Geld knapp ist?«

»Wir müssen improvisieren«, antwortete Langgaard. »Die Wohnhäuser, die im Bau sind, rauben uns schon genug an Atem. Jedes weitere Gebäude, und sei es noch so klein, wäre zur Zeit eine Nummer zu groß. Wir würden daran ersticken, und damit wäre keinem geholfen ...«

»Louise, nun stell unsere Situation nicht dramatischer dar, als sie ist«, unterbrach Rohden sie. »Erzähl endlich von der günstigen Gelegenheit.«

Langgaard ließ sich nicht lange bitten. »Unsere neuen Werkstätten stehen zurzeit noch auf einem Abstellgleis in der Nähe des Frankfurter Bahnhofs«, deutete sie vage an.

Hanna überlegte, worauf sie wohl hinauswollte. »Sie meinen doch nicht etwa Eisenbahnwaggons, oder?«

»Doch, die meine ich.« Langgaard machte plötzlich einen überraschend fröhlichen Eindruck und rückte mit der Neuigkeit heraus: »Stellt euch vor, die Reichsbahn hat etliche ihrer Wagen ausrangiert und verkauft sie zu als wäre dieser Mann, der ihr schnurzegal sein sollte, plötzlich ein Vertrauter. Gefangen in einem Wust von Gedanken, trottete sie weiter und spürte das Pochen ihres Herzens bis zum Hals.

Hermine, die bereits am Eingang der Weberei auf sie wartete, erkannte ihre Gemütslage sofort. »Oh, oh, wenn deine Augen so blinzeln, ist Vorsicht geboten. Wovor hast du dieses Mal Bammel? Vor dem Webstuhl oder vor mir als Lehrerin ja wohl nicht mehr. Bei den Fortschritten, die du machst«, scherzte sie.

Hanna zögerte nicht, sie einzuweihen, und reichte ihr den Brief. »Du bist meine Freundin, ich brauche deinen Rat. Soll ich mich auf die Verabredung einlassen oder nicht?«

Hermine las und überlegte. »Klingt seriös«, antwortete sie kurz darauf. »Du solltest unbedingt herausfinden, was er mit ›wichtig‹ meint. An deiner Stelle würde ich hingehen.« Sie schmunzelte. »Außerdem ist er dir nicht so egal, wie du immer tust, oder?«

Hanna verzog keine Miene. »Was steht für heute an?«, fragte sie.

»Du wirst lernen, mit mehreren Farben und verschiedenen Garnen zu arbeiten.«

Hanna ging stöhnend an ihren Webstuhl. »Was ich heute alles muss, ist zu viel für mich. Für Eva sollte ich schon mein Charisma verändern und meine Beweglichkeit verbessern.«

»Ja, und für mich sollst du einen Brokat weben. Rosa und rote Wolle mit einem Hauch weißer Seide. Das wird gut aussehen.« In Hermines Gesicht machte sich ein Lächeln breit. »Ich möchte Stoffe anfertigen, die in ihrer Farbenpracht alles, was ich am Bauhaus gelernt habe, in den Schatten stellen«, sagte sie. »Diese Stoffe sollen als einem Spottpreis. Ein Angebot, das seinesgleichen sucht. Hedwig und ich, wir waren kürzlich dort und haben uns vier Waggons ausgesucht. Zwei von ihnen dienten im Krieg als Lazarettwagen, die beiden anderen sehen genauso aus, wie wir die vierte Klasse von innen zur Genüge kennen.«

»Ich kenne die vierte Klasse von meinen Reisen zum Glück nur von außen«, widersprach Isolde ihr. »Freiwillig würde ich dort nicht einsteigen. Die Wagen machen immer einen schmuddeligen, stinkenden und alten Eindruck.«

»Ich möchte dir einen Rat geben.« Langgaard kniff leicht die Augen zu und hob die Stimme. »Sei vorsichtiger im Umgang mit Vorurteilen. Was du nicht selbst erfahren hast, solltest du genauer betrachten, bevor du es verurteilst.«

»Man wird ja wohl seine Meinung äußern dürfen«, wehrte Isolde ab. »Im Übrigen finde ich, dass in eine neue Siedlung wie diese nichts Altes passt.«

»Alt und neu sind relative Begriffe. Ihr kennt alle unseren schief zusammengezimmerten Stall …« Langgaard hielt einen Moment inne. »Ein Bauer aus Dirlos hat ihn auf seinem Hof abgerissen, weil er ihm zu alt war. Wir durften uns die verwitterten Holzbretter bei ihm abholen und haben ihn genauso wieder aufgebaut, wie er war. Für uns ist er seitdem wie neu. Genauso werden wir es mit den Waggons auch halten. Wir wollen eine Lederwerkstatt einrichten, in der wir modische Taschen und Gürtel anfertigen, unter anderem aus schwedischem Elchleder. Wir brauchen eine Schneiderei und auf jeden Fall ein Fotoatelier, wo wir mit den neuesten Techniken experimentieren werden.«

»Und in den Wagen, der noch übrig ist, kommt dann hoffentlich die Drechslerei.«

Hanna erkannte den angenehm klingenden Tonfall sofort und drehte sich um. Auf der untersten Stufe der Verandatreppe stand Eva, die Diva – unvergleichlich schön, genau wie an dem Abend in Hamburg.

»Ich wusste, dass wir uns in der Siedlung wiedersehen würden!«, rief sie und warf Hanna zur Begrüßung eine Kusshand zu. »Ich weiß, ich bin mal wieder spät dran und platze hier mitten ins Geschehen«, entschuldigte sie sich bei den Chefinnen und schwärmte zuallererst von ihren Solotanzabenden in den Münchner Kammerspielen. »Alle Vorstellungen waren ausverkauft. Das Publikum hat hinreißend reagiert und die Presse auch. Die Zeitungen haben sogar Fotos von mir veröffentlicht und mich mit Lobeshymnen verwöhnt.«

»Das haben wir bei deinen Auftritten nicht anders erwartet«, stellte Rohden zufrieden fest, und Langgaard stimmte zu. »Und sonst? Erzähl! Wie war es bei deinen Münchner Freunden, den Edelkommunisten?«, fragte sie und betonte das *Edel*, indem sie das Wort weitaus mehr in die Länge zog als die Kommunisten.

»Es war herrlich und chaotisch wie immer. Ihr kennt sie ja und wisst, wie ideologisch inkonsequent sie sein können. Vor allem Leopold, der nach langem Hin und Her jetzt doch die Holzfabrik seines Vaters übernommen hat. Er wollte nie Kapitalist werden, und jetzt ist er einer und findet es gar nicht so schlimm.«

»Leopold, der alte Idealist!«, bemerkte Langgaard. »Wie hat er reagiert, als du ihm von unseren unternehmerischen Plänen berichtet hast?«

Eva winkte entspannt ab. »Er hat sich ein bisschen mokiert und gleichzeitig seine Unterstützung zugesagt. Die meiste Zeit außerhalb des Theaters habe ich in seiner Firma verbracht und einen Schnellkursus an der Drechselbank gemacht. Wir haben zusammen Knöpfe und Gürtelschnallen entworfen. Außerdem hat er sich von seiner spendablen Seite gezeigt und mir drei große Koffer mit Holzresten mitgegeben. Darunter ist viel Feines. Palisander, Rosenholz, Bongossi. Das reicht zunächst mal für die erste Kollektion.«

Marianne, die aus einem der Fenster lehnte, machte sich mit einem Räuspern bemerkbar und sah Eva verwundert an. »Ich vermisse bei Ihrer Aufzählung das Olivenholz. In Portugal zählt es zu den besten Hölzern, weil es hart und widerstandsfähig ist. Haben Sie davon nichts mitgebracht?«

»Leider nein. Mein Freund wartet seit Monaten auf eine Lieferung. Er konnte mir lediglich ein Muster zeigen. Die Maserung dieses Holzes ist einmalig«, antwortete Eva. Dann stellte sie sich vor. »Du kannst mich übrigens duzen wie alle anderen auch. Außer den Chefinnen natürlich. Bis die einem das Du anbieten, das kann dauern. Ich habe darauf über zwei Jahre gewartet«, bemerkte sie keck, stieß einen gekonnten Stoßseufzer aus und klimperte mit ihren langen Wimpern, als stünde sie auf der Bühne.

Langgaard ignorierte ihre schauspielerische Pose und fragte Marianne: »Was wird in Portugal aus Olivenholz angefertigt?«

»Alles Mögliche. Kerzenständer, Schalen, Löffel, Bretter zum Servieren von Brot und Schinken.«

»Ich stelle mir diese Gegenstände rustikal und praktisch vor. Wer benutzt sie?«, wollte sie als Nächstes wissen.

»Früher nur die Leute auf dem Land. Mittlerweile kommt Olivenholz in Mode, und das Interesse in den Städten wird größer. Das weiß ich von meiner Mutter. Sie kennt sich damit aus.«

»Dieses Holz scheint mir unverzichtbar für uns. Wir müssen einen Weg finden, es zu besorgen.« Langgaard strahlte vor Freude. »Ich kann es kaum erwarten, dass wir in den Waggons loslegen können.«

»Wisst ihr inzwischen Näheres über die Möglichkeiten des Transports?«, fragte Eva.

»Von Frankfurt bis Fulda können die Wagen über das Schienennetz gezogen werden ...« Den Rest ihrer Antwort zögerte Langgaard hinaus. »Wie wir sie von Fulda zu uns auf den Herzberg bekommen, wissen wir noch nicht.«

Eva verließ die Veranda nach der morgendlichen Besprechung als eine der Ersten. Hanna lief ihr nach und holte sie auf dem Vorplatz ein. »Warte!« Sie suchte in ihrer roten Samtumhängetasche nach dem Zeitungsartikel, den sie ihr zurückgeben wollte, und überreichte ihn wie ein Geschenk. »Ich habe mein Ziel inzwischen vor Augen und werde hoffentlich bald eine starke Frau sein«, sagte sie.

»Oh, là, là, was höre ich da für selbstsichere Töne.« Ehe Hanna sichs versah, hatte Eva sie freudig umarmt und gleich doppelt auf beide Wangen geküsst. »So viel steht fest: Die Rhön tut dir gut, mach weiter so«, sagte sie und musterte Hanna eindringlich von Kopf bis Fuß, insbesondere ihre weiblichen Kurven und die Beine, die unterhalb des vom Wind flatternden Kleidersaums mal weniger, mal mehr zum Vorschein kamen. »Ähnlich hemmungslos wie ich jetzt dich hast du mich in Hamburg im Theater auch angestiert. Du erinnerst dich sicherlich daran«, meinte sie, ohne die Augen von Hannas Körper abzuwenden. »Wenn du jemals auf einer Bühne stehen willst, musst du dich an Blicke dieser Art gewöhnen.«

»Hm.« Hanna stimmte ihr zwar zu, wurde aber furchtbar verlegen. Sie war froh, dass Eva die Situation überspielte.

»Lass mich dir von meiner Kollegin Maria erzählen, die du ja kennengelernt hast. Leider wird sie nicht mehr mit uns tanzen, und wir wissen noch nicht, wie wir diese Lücke schließen sollen. Maria ist kurz nach unserer letzten Tournee nach Weimar gezogen und hat sich dort mit einem eigenen Gymnastikstudio selbstständig gemacht. Das Neue und Besondere an ihrem Unterricht hat sich schnell herumgesprochen.«

»Was sind das für Frauen, die bei ihr trainieren?«, fragte Hanna.

»Meist jüngere. Aber es sind nicht nur Frauen. Zu ihren Kunden gehören auch Männer. Studenten vom Bauhaus genauso wie einige gut situierte Herren, die begriffen haben, dass eine auf Frauen ausgerichtete Gymnastik ihnen auch nicht schadet.«

Hanna stutzte einen Moment lang. »Mein Vater würde jeden Mann, der in so ein Studio geht, als verweichlichten Schwächling beschimpfen.«

»Ich glaube, über diesen Vorwurf wären Marias Kunden erhaben, weil sie sich von der Masse abheben und mit der Zeit gehen wollen.« Eva griff nach ihrer Jacke, die wie eine Stola über ihren Schultern lag, zog sie an und machte lediglich die beiden unteren Knöpfe zu, was bequem und dennoch schick aussah. »Komm, ich begleite dich zum Rundbau, du hast doch bald Unterricht.« Gemütlich schlenderten die beiden los.

»Maria ist im Übrigen nicht die Einzige, die sich an die Schwächen der männlichen Körper und Köpfe herantraut«, erzählte Eva weiter. »Ist dir der Name Joseph Pilates ein Begriff? Er ist Deutscher.«

»Nein«, erwiderte Hanna. »Den Namen habe ich nie gehört.«

»Wir kannten ihn auch nicht, Maria hat zufällig von ihm erfahren. Dieser Pilates hat längere Zeit in England gelebt und musste die Kriegsjahre in einem britischen Internierungslager verbringen. Um halbwegs in Form zu bleiben, hat er für sich und die anderen Inhaftierten eine Art Sportprogramm entwickelt. Seine Übungen kräftigen und dehnen die Muskeln auf sanfte Weise, und im Einklang mit der Atmung fördern sie eine natürliche, gute Körperhaltung. Ich würde mich nicht wundern, wenn demnächst auch Frauen nach seiner Methode trainieren. Genauso wünsche ich mir, dass in Zukunft mehr Männer Interesse an unserer Loheland-Gymnastik zeigen.«

Hanna dachte unwillkürlich an ihre ersten Unterrichtsstunden und hielt sich die Hand vor den Mund, um nicht loszulachen.

»Was ist so lustig an dem, was ich sage?«, fragte Eva und blieb stehen.

»Entschuldige ...« Hanna bemühte sich nun um Ernsthaftigkeit, was ihr bei den Bildern, die sie im Kopf hatte, schwerfiel. »Ich versuche gerade, mir einen kräftigen Mann mit großen Füßen vorzustellen, der auf Zehenspitzen über eine Wiese schwebt, die er sich nur einbildet.«

»Ein Mann würde über diese Wiese niemals schweben, er würde fliegen wie ein Falke auf der Jagd und im Sturzflug landen.« Eva, ganz Diva, verzog keine Miene und hakte Hanna unter. Arm in Arm gingen sie weiter.

»Ich hörte übrigens, dass du im Gymnastikunterricht schon bei der ersten Improvisation einen guten Eindruck hinterlassen hast und auch ansonsten Fortschritte machst«, sagte sie nebenbei.

»Von wem weißt du das? Von Langgaard?«

»Ja, und das will bei ihr einiges heißen. Sie gehört eher zu denen, die mit anerkennenden Worten geizen.«

Am Rundbau angekommen, machte Eva eine bühnenreife Pause. Erst streckte und dehnte sie sich, dann fasste sie Hanna an den Händen. »Ich soll dir von den Chefinnen ausrichten, dass du ab morgen mit deiner Geige zum Training kommen darfst. Vorerst bist du bei uns nur ›die Musikerin‹, später sehen wir weiter. Mach was draus und häng unser Angebot nicht an die große Glocke. Sonst sind bald so viele Zuschauerinnen da, dass wir keinen Platz mehr zum Tanzen haben.«

Nach dem Gymnastikunterricht ging Hanna zum ersten Mal mit Hermine in die Weberei. Die beiden hatten die Werkstatt gerade betreten, da bahnte sich die Sonne ihren Weg durch den wolkenverhangenen Himmel, und ihre wärmenden Strahlen fielen durchs Fenster auf Hannas Nacken. Sie machten aber auch den Staub um sie herum sichtbar, der wie Schwärme winziger Insekten durch die Luft schwirrte.

»Dieser fiese, feine Staub kommt von der Wolle und macht einem das Atmen schwer«, erklärte Hermine und riss die Fenster auf. »Wenn du hier Stunde um Stunde sitzt, wirst du schnell merken, dass frische Luft das Einzige ist, was hilft.«

»Verstehe«, erwiderte Hanna und schaute sich um. Wie Monumente standen die zwei großen hölzernen Webstühle hintereinander im Raum. Sie waren mit unzähligen, schnurgerade nebeneinander verlaufenden Fäden bespannt.

»Worauf du gerade guckst, das sind die Kettfäden«, sagte Hermine. »Sie sind quasi dein Gerüst. Sie in den Webstuhl zu spannen, ist aufwendig, wie überhaupt die ganze Vorbereitung, bis man endlich loslegen kann. Das alles erspare ich dir, es wäre für den Anfang zu kompliziert. Hier ...«, Hermine zeigte nach unten, »sind die Pedale.« Dann griff sie zu einem schmalen hölzernen Teil, das in seiner Form einem kleinen Boot ähnelte. »Hier in dem Schiffchen befindet sich die Spule mit dem Garn. Du musst es mit gleichmäßiger Geschwindigkeit hin- und hergleiten lassen. Immer bis zum Anschlag, bis es laut klackt.«

Hanna betrachtete das Schiffchen wie eine Wundertüte, über deren Inhalt sie rätselte. »Wie meinst du das, was muss ich damit machen?«

Hermine verdrehte leicht die Augen. »Hast du noch nie jemandem beim Weben zugeschaut?«

»Nein, für mich ist das alles neu. Ich begreife kaum, wovon du sprichst.«

»Du bist anscheinend ein Mensch, der die Theorie eher über die Praxis lernt«, meinte Hermine daraufhin. »Setz dich hin. Wir fangen mit einem einfachen kleinen Teppich an. Such dir eine Farbe aus!«

Hanna entschied sich für dunkelrote Wolle, die bereits aufgespult war. Hermine erklärte ihr kurz, was sie mit den Füßen zu tun hatte, dann drückte sie ihr das Schiffchen in die Hand. »Jetzt probier es, schieb es ein paarmal hin und her. Und denk an die Pedale, die du treten musst.«

Hannas erster Versuch ging gehörig schief.

»So nicht«, unterbrach Hermine sie. »Deine Füße und Hände müssen ihre Bewegungen aufeinander abstimmen. Du musst ein Gespür dafür entwickeln.« Hermine setzte sich neben sie auf die Bank und zeigte ihr den Ablauf noch einmal ganz genau.

»Bei dir sieht das alles so einfach aus«, stöhnte Hanna.

»Ich werde das nie schaffen, meine Füße und Hände mit einem Wollfaden in Einklang zu bringen.«

Freudlos machte sie weiter. Auch der winzige rote Streifen, den sie nach einiger Zeit gewebt hatte, konnte sie nicht begeistern. Er sah schäbig aus, was Hermine bestätigte. »Viel zu locker. Fang noch mal von vorne an!«

Hanna schaute sie verzweifelt an. »So werde ich nie drei Meter am Tag schaffen.«

»Doch, aber du wirst noch viele Wochen brauchen, um auf dein Soll zu kommen, vorausgesetzt, du übst regelmäßig. Weben lernt man nicht von jetzt auf gleich. Weben ist eine Kunst.«

Während Hanna von Neuem begann, stellte sie sich das Ungetüm von Webstuhl als eine Orgel vor, die bei jedem Tritt aufs Pedal scheppernde Töne erzeugte. Die Kettfäden waren die Klaviatur, die, von unsichtbarer Hand gespielt, vor sich hin klapperte und den Rhythmus vorgab.

Erst als das Garn aufgebraucht war, spürte sie die Anstrengung in Armen und Beinen. Auf ihrer Stirn hatten sich kleine Schweißperlen gebildet, die sie mit dem Handrücken wegwischte. Dass Hermine längst an dem Webstuhl hinter ihr saß, hatte sie nicht mitbekommen, obwohl das monotone Geräusch ihrer gleichmäßigen Anschläge eigentlich unüberhörbar war.

Hanna stand auf, sah ihr über die Schulter und bewunderte die verschiedenen Farben, mit denen sie arbeitete. Angefangen mit Zitronengelb über Gold bis hin zu Kaffeebraun, verflochten mit einem zarten Orange. »Der Stoff ist ganz besonders«, stellte Hanna fest. »Er strahlt wirklich wie ein Frühlingsmorgen.«

»Das ist nur ein erster Entwurf.« Hermine zeigte auf den Übergang zweier Gelbtöne. »Hier dazwischen schwebt mir noch ein Faden in einem ganz bestimmten Goldton vor, nicht zu grell, nicht zu blass. Leider habe ich im Lager nichts Passendes gefunden, weder Wolle noch Seide. Ich werde mir das Garn selbst einfärben.«

»Hast du das auch in Weimar am Bauhaus gelernt?«, fragte Hanna.

»Nein, dort habe ich nur mit Materialien gearbeitet, die uns zur Verfügung gestellt wurden. Das Färben hat meine Großmutter mir beigebracht. Spinnen übrigens auch, mit der Wolle ihrer eigenen Schafe.«

Bevor Hermine beim Aufwickeln einer neuen Spule half, beugte sie sich tief über den Stoff, den Hanna ohne ihr Beisein gewebt hatte, und begutachtete ihn. »Die Kante ist unsauber und reißt aus.« Ihre Augen wanderten Zentimeter für Zentimeter weiter. »Da ist ein Knoten, und hier hat sich der Faden verheddert. Das Gewebe kann dadurch leicht kaputtgehen.«

Mit dem Webstuhl Orgel zu spielen, war wohl doch keine gute Idee gewesen. Hanna trat von einem Bein aufs andere. »Nun sag schon! Alles wieder zurück auf Anfang?«

Hermine nickte. »Ja, das wird dir in der ersten Zeit noch öfter passieren.«

13

Obwohl das Tanztraining beendet war, blieb Hilde am Klavier sitzen. »Jetzt bist du dran«, sagte sie zu Hanna. »Eva und ich, wir wollen sehen, was du schon von uns gelernt hast.«

»Nutz den ganzen Raum und denk an die fließenden Abläufe, die ich dir gezeigt habe«, fügte Eva hinzu.

Hanna dachte an alles Mögliche, als die Musik erklang und Hilde den *Sommer* aus den *Vier Jahreszeiten* spielte. Vielleicht hatte sich Vivaldi ja beim Komponieren einen ähnlich heißen Julitag vorgestellt, wie sie ihn gerade erlebten.

Trotz der Hitze versuchte sie, sich auf ihren Körper zu konzentrieren, ihn bis in die Fingerspitzen zu spüren, und meinte, leichtfüßig durch die Übungsbaracke zu gleiten. Dabei ahmte sie die aufregenden Schrittkombinationen und Sprünge nach, die sie sich von den Tänzerinnen abgeguckt hatte, und glaubte, sie geschickt zu beherrschen. Sie achtete auf ihre Körperhaltung, spannte die Muskeln an, streckte den Hals und fühlte sich größer, als sie in Wirklichkeit war.

»Genug!«, hörte sie irgendwann Eva, die sie streng begutachtete. »Ich sehe die Geschichte nicht, die du erzählen willst, weder in deinem Gesicht noch in deinen Bewegungen. Du hattest beim Tanzen keine Bilder im Kopf und warst ohne Überzeugungskraft. Das würde dir kein Publikum verzeihen.«

Hanna stand da und schluckte schwer. Der dicke Kloß, der ihr gerade den Hals zuschnürte, blieb. Von Hilde konnte sie keinen Zuspruch erwarten, sie hatte sich bereits klammheimlich verdrückt.

»Du bist nach wie vor nicht gelenkig genug«, setzte Eva ihre Kritik fort, »und deine Körperspannung lässt noch immer arg zu wünschen übrig. Ich hatte dir spezielle Übungen dafür empfohlen.«

»Die habe ich auch gemacht«, fiel Hanna ihr hitzig ins Wort und lief ungehalten auf und ab. »Es reicht mit deinen Beanstandungen!«

»Nein, es reicht noch lange nicht. Wir brauchen eine neue Tänzerin und müssen bald eine Entscheidung treffen. Von den älteren Schülerinnen kommen höchstens zwei für die Tanzgruppe infrage, von euch Neuen weiß ich das noch nicht so recht.« Eva sah sie herausfordernd an. »An Talent mangelt es dir nicht, leider nutzt du es aber zu wenig. Wenn du in einigen Wochen bei der Aufnahmeprüfung eine Chance haben willst, musst du dich bis dahin sehr verbessern.«

»Du hast leicht reden. Du bist ein Star.«

»Nimm dir ein Beispiel an mir«, sagte Eva ruhig. »Fünf Monate nachdem ich mit dem Tanzen begonnen hatte, stand ich bereits auf einer Bühne. Und weißt du, wie ich das geschafft habe? Ich war ehrgeizig.«

»Meine Tante sagt, dass ich mich vor ungesundem Ehrgeiz in Acht nehmen soll, damit würde ich mir nur Feindinnen einhandeln. Eine hab ich schon, sie steht da draußen.«

Eva drehte sich um. »Meinst du die Frau, die uns vom Fenster aus belauscht? Wer ist sie?«

»Das ist Isolde«, erwiderte Hanna. »Sie will auch Tänzerin werden. Wenn ich gleich rausgehe, wird sie mich wahrscheinlich auslachen wegen deines vernichtenden Urteils.«

»Ich will dich nicht vernichten, ich will dich fördern.«

Das Lächeln, das Eva ihr zum Abschied schenkte, erschien Hanna offen und ehrlich – das, mit dem sie draußen empfangen wurde, war anmaßend. Wie vermutet hatte Isolde auf sie gewartet, sie stand direkt vor der Tür.

»Ich muss dieser Eva beipflichten«, sagte sie. »Was du gezeigt hast, war leider belanglos.«

»Kein Wunder!«, entgegnete Hanna barsch. »Dein Glotzen durchs Fenster hat mir den Rest gegeben.«

»Ach ja?« Isolde schaute sie geradezu mitleidig an. »Lass doch dieses dumme Vortanzen sausen, du wirst nicht gut genug sein.«

»Du möchtest sicherlich gegen mich antreten. Ich informiere dich gerne, sobald ich den Termin weiß.« Mehr sagte Hanna nicht.

»Warum willst du dir diese Schmach antun? Du wirst verlieren. Begreif das doch ...« Isolde schüttelte verächtlich den Kopf und ging.

Du miese Kreatur, dir werde ich's zeigen, und wenn ich Tag und Nacht an den Schwächen meines Körpers arbeiten muss, rief Hanna ihr im Stillen hinterher. Dann verließ sie die Zuversicht, obwohl sie keineswegs daran zweifelte, dass sie einen völlig anderen Charakter hatte als Isolde. Aber würde sich ihre Persönlichkeit tatsächlich eines Tages in der Art und Weise ihrer Bewegungen widerspiegeln? Und wenn ja, wie? Bestenfalls durch Mut und Stärke. Schlimmstenfalls würde alles bleiben, wie es war – ihr Wesen unverändert, ihr Körpergefühl verkümmert und ihre Hoffnung dahin.

Hanna biss die Zähne zusammen und machte sich auf den Weg zur Weberei, wo sie mit Hermine verabredet war. Unterwegs begegnete ihr Rohden mit der Hündin, und Hanna bekam gleich ein bisschen bessere Laune. Es war faszinierend zu sehen, wie Lola von Tag zu Tag größer wurde.

»Sie ist inzwischen so schnell auf den Beinen, dass ich sie anleinen muss, damit sie nicht zu weit in den Wald hineinläuft und sich womöglich verirrt«, sagte Rohden und griff in ihre Tasche, die sie immer trug, wenn sie die Post verteilte. »Gut, dass wir uns treffen. Für dich ist heute Morgen ein Brief gekommen.«

Hanna nahm ihn entgegen und stutzte. »Da ist ja gar keine Briefmarke drauf.«

»Jemand wird ihn dem Postboten mitgegeben haben, das kommt hier auf dem Land öfter vor. Wohin gehst du?«, fragte Rohden noch.

»In die Webwerkstatt.«

»Ich will mit Lola in die Felder.«

Sie verabschiedeten sich, und Hanna ging mit dem Umschlag in der Hand weiter. Sie rätselte, von wem er wohl sein mochte. Die Handschrift war ihr unbekannt, ein Absender fehlte. Kurz vor der Weberei öffnete sie schließlich den Brief und las die wenigen Zeilen.

Hanna, was ich dir seit Langem erzählen möchte, ist wirklich wichtig für dich. Bitte glaub mir das endlich. Ich werde heute Nachmittag um fünf Uhr am Wasserreservoir sein und dort so lange warten, bis du kommst. Willi

Ihr einfach einen Termin vorzuschreiben, war ja wohl das Letzte. Was für ein plumper Annäherungsversuch! Hanna hätte das Blatt Papier am liebsten auf der Stelle zerrissen und ihrem Ärger Luft gemacht. Das gelang ihr aber nicht. Sie fühlte sich wie betäubt von Willis Worten –

Bühnenvorhänge in den großen Theatern hängen, in denen du tanzen wirst. Das ist meine Zukunftsmusik, die ich manchmal leise höre.«

»So, wie es für mich gerade aussieht, werden deine Vorhänge schneller fertig sein als meine Tänze.«

Hermine ignorierte ihre Bemerkung. »So ein Brokat fordert deine volle Konzentration, das ist bei allem, was du später noch vorhast, genau das Richtige.« Sie grinste und machte sich an den Sommertraum, wie sie nach dem Frühlingsmorgen den zweiten Jahreszeitenstoff genannt hatte.

Die beiden Freundinnen hatten etwa zwei Stunden gearbeitet, da kam Ruth schwer bepackt zur Tür herein und japste nach Luft.

»Was hast du denn vor?«, fragte Hanna.

»Langgaard schickt mich. Ich soll euch bei der Arbeit fotografieren. Kann ich mit dir anfangen?«

»Heute?« Hanna sah sie ungehalten an. Dann hörte sie ein leises, dumpfes Geräusch, zuckte zusammen und schaute nach draußen. »Was will die hier?«, fragte sie. »Muss sie sich denn an jeder Fensterscheibe die Nase platt drücken?«

»Isolde hat mir netterweise geholfen, die Fotoausrüstung hierherzuschleppen.« Ruth winkte ihr kurz zu. »Wenn die Zeit reicht, wollen wir nachher noch nach Fulda fahren und einkaufen gehen. Wir haben dic Nase voll davon, jeden Tag mit Blechlöffeln aus angeschlagenen Tonschüsseln zu essen, als wären wir im Urwald. Wir wollen uns schöne Teller besorgen, Silberbesteck und Gläser.«

»Wessen Idee war das? Deine oder ihre?«

»Ihre.«

»Nimm dich vor der Rheinländerin in Acht«, warnte Hanna sie.

»Sie ist viel netter, als du denkst.« Ruth lächelte sie an. »Bleib am Webstuhl sitzen, ich hol nur noch schnell den Rest rein.«

Hanna beobachtete durchs Fenster, wie Isolde ihr das Stativ übergab und danach zum Glück verschwand.

»Bevor wir anfangen, solltest du dir deine Haare schön machen, sie sind zu unordentlich.« Ruth nahm einen Spiegel aus dem Koffer und reichte ihn Hanna. »Schau selbst.«

Hanna betrachtete sich lustlos, ohne jede Eitelkeit. Auf keinen Fall wollte sie der Verabredung mit Willi zu viel Beachtung schenken, als hätte sie sich womöglich eigens für ihn hübsch gemacht. »Meine Haare können bleiben, wie sie sind«, sagte sie. »Ich möchte nicht aussehen, als hätte ich mich gerade frisch frisiert.«

»Aber das merkt doch niemand, wenn er die Fotos sieht«, entgegnete Ruth und warf einen Blick auf ihre Armbanduhr. »Schon gleich vier. Mach schon, flechte dir bitte die Zöpfe neu, sonst ärgerst du dich später. Ich schraub schon mal die Kamera aufs Stativ.«

Hermine beobachtete sie dabei und fragte: »Wozu braucht Langgaard eigentlich die Fotos?«

»Sie meint, die Fotografie sei dafür geschaffen, wahre Geschichten in Bildern zu erzählen. Wenn ich sie richtig verstanden habe, möchte sie das Wachsen der Siedlung mit allen Veränderungen, die es noch geben wird, für immer in Schwarz-Weiß festhalten.«

»Und wenn wir eines Tages alt und vergesslich sind, werden die Fotos uns an die Zeit erinnern, die wir gemeinsam hier verbracht haben«, ergänzte Hermine und wirkte bedrückt. »Von meinem verstorbenen Vater gibt es nur ein einziges kleines Bild, auf dem er mit der Familie zu sehen ist. Ich weiß noch, wie wir damals in unserer Sonntagskleidung losgezogen sind, um es machen zu lassen. Das war für mich als Kind ein großes Ereignis.«

»Fertig!«, rief Hanna etwas später, und Ruth drehte sich zu ihr um.

»Du siehst hinreißend aus. Der Aufwand hat sich gelohnt«, sagte sie begeistert und machte sich an die Arbeit. Mit Stativ und Fotoapparat lief sie ein paar Schritte nach links, nach rechts, vor und zurück. Dabei schaute sie immer wieder durch die Kamera. »Bleib einen Moment so, bitte, ich suche gerade nach dem richtigen Bildausschnitt.«

»Wird das noch lange dauern, bis du ihn findest?«, fragte Hanna.

»Tu mir den Gefallen und werde nicht ungeduldig mit mir. Auch ich muss viel lernen.«

Hanna wartete dennoch mit nervöser Aufgeregtheit, dass die Schwedin endlich auf den Auslöser drückte. Dabei ging es ihr gar nicht so sehr um Ruths unsichere Versuche, den Webstuhl und sie gut aufs Bild zu bannen. Es war eher die bevorstehende Begegnung mit Willi, die sie in Bedrängnis brachte – dieser ständige Wechsel zwischen Unbehagen und Vorfreude. Mal stand der Termin ihr wie eine schwere Last bevor, mal fieberte sie ihm neugierig entgegen.

»Halt den rechten Arm bitte etwas niedriger, er verdeckt sonst dein Gesicht. Und schau auf die Fäden!«, wies Ruth sie an.

Im nächsten Moment korrigierte sie sich: »Entschuldige, das war vorher besser. Aber da fehlt immer noch das gewisse Etwas. Meine Mutter würde mich jetzt als Malerin fragen: ›Wo ist die Tiefe im Bild?‹«, murmelte sie hinter der Kamera vor sich hin. »Ich glaube, du solltest so tun, als ob du webst. Sieh dir mit einem Lächeln im Gesicht den Stoff an, als könntest du kaum erwarten, ihn zu vollenden.«

Hanna befolgte die Anweisung. »Bitte noch ein bisschen freundlicher! Und bleib still sitzen, sonst verwackelt die Aufnahme«, hörte sie Ruths letzte Instruktionen, bevor es endlich klick machte. »War es das?«, fragte sie.

»Nein«, antwortete Ruth. »Als Nächstes möchte ich noch ein Foto von dir im Stehen machen. Du neben dem Webstuhl.«

Hanna zuckte entschuldigend mit den Achseln. »Ich befürchte, dass meine Zeit dafür nicht reichen wird. Ich habe noch etwas anderes vor.«

»Was kann man denn in dieser Siedlung vorhaben?« Ruth sah sie erstaunt an.

»Nichts Besonderes. Es handelt sich lediglich um eine kleine Plauderei, zu der ich verabredet bin.«

»Und wann?«

»Um fünf herum. Auf ein paar Minuten kommt es nicht an.«

»Ein paar Minuten?« Ruth schaute auf ihre Uhr. »Wir haben gleich halb sechs. Du hast das akademische Viertel längst überschritten.«

»Dann sollte ich jetzt los.« Hanna stand auf und wandte sich an Hermine. »Falls es später wird und ich nicht mehr zurückkomme, werde ich mich morgen umso mehr anstrengen.«

Hermine grinste. »Wenn er nett zu dir ist, frag ihn, ob er einen Bruder hat, dann könnten wir mal zu viert ausgehen«, flüsterte sie ihr zu. »Und wenn er dir dumm kommt, haust du auf der Stelle ab!«

Kaum war Hanna außer Sichtweite der Weberei, rannte sie los, am Holzhaus vorbei und über den Vorplatz bis zum Trampelpfad, wo in der Ferne von Bäumen verdeckt das Wasserreservoir lag. Das Beste wäre, umzudrehen, überlegte sie atemlos, hielt einen Moment inne und horchte in sich hinein. Die Entschlossenheit, die sie bis eben noch begleitet hatte, war spurlos verschwunden. Lass dich nicht auf diesen Mann ein!, ermahnte sie sich eindringlich.

Es konnte gar nichts Wichtiges geben, worüber er mit ihr sprechen musste, wie auch, er kannte sie doch kaum. Eher würde sie sich über sein loses Mundwerk ärgern. Und doch trieb die Neugier sie weiter – zunächst leise auf Zehenspitzen, um unbemerkt zu bleiben und jederzeit wieder verschwinden zu können.

Erst hinter einer leichten Wegbiegung erblickte sie schließlich in einiger Entfernung den Hügel oberhalb des Wasserspeichers und sah seinen blonden Haarschopf, der sich wie ein leuchtender Fleck vom dunklen Hintergrund des Waldes abhob. Mit gesenktem Kopf und angewinkelten Beinen saß Willi an einen Baumstamm gelehnt auf dem Waldboden und kritzelte in einem Skizzenblock, der auf seinen Knien lag.

Hanna mochte nicht glauben, dass er sie weder sah noch hörte. Er verharrte in seiner Position, bis sie wenige Meter von ihm entfernt stehen blieb und dezent hüstelte. »Hallo, da bin ich. Entschuldige die Verspätung.«

»So früh habe ich nicht mit dir gerechnet.« Willi schaute zu ihr hoch, er wirkte ungewöhnlich ernst. »Ich hatte allerdings Sorge, dass du mich vergeblich warten lässt«, gab er offen zu und breitete eine Decke neben sich aus. »Bitte setz dich in Ruhe hin.«

Hanna nahm neben ihm Platz. Ihr wurde unbehaglich zumute, sie konnte Willis seltsame Zurückhaltung so gar nicht einschätzen.

»Guck mal. Ich habe bis eben daran gearbeitet. Wie gefällt es dir?«, fragte er und reichte ihr den Block.

Hanna betrachtete das Haus, das er gezeichnet hatte, genau. Es war relativ schmal, zwei Stockwerke hoch mit einem spitzen Dach. Auf der einen Seite hatte es eine Loggia, an deren Mauern Efeu rankte, auf der anderen einen Erker, auf dem drei Vögel saßen, als gäben sie gerade ein Konzert. Vom Garten aus führte eine Treppe auf die Veranda, wo ein Tisch für zwei Personen gedeckt war.

Schlagartig spürte sie ein flaues Gefühl im Magen, das sie kreidebleich werden ließ. Sie kannte dieses Haus, erinnerte sich an jedes Detail. Was sie gerade von einem Architekten gestaltet vor sich sah, hatte sie selbst fünf Jahre zuvor in einer noch kindlichen Art mehr gemalt als gezeichnet – mit den Bleistiften, die ihr seitdem heilig waren.

Eine unerwartete Panik trieb Hanna den Schweiß auf die Stirn, sie erschrak fürchterlich.

Nachdem ihr Bruder damals ins feindliche Gebiet abgefahren war, hatte sie sich noch am selben Tag in ihrem Zimmer an die wichtige Arbeit gemacht, mit der Otto sie lachend beauftragt hatte. Mit Block und Stift hatte sie dagesessen und von einem gemeinsamen Zuhause geträumt, dass sie sich eines Tages, wenn der Krieg vorbei war, mit ihm teilen wollte. Eine Etage für ihn, eine für sie. Hauptsache, zusammen.

Einige Wochen hatte Hanna sich ihre Zeichnung jeden Tag angeschaut, dann hielt sie es nicht länger aus, auf Ottos Rückkehr aus Frankreich zu warten. Auch wenn sie wusste, dass Briefe an die Front manchmal verloren gingen, schickte sie ihm das kostbare Blatt mit der Feldpost in die Champagne.

»Woher kennst du das alles, was ich mir damals ausgedacht habe?«, fragte sie Willi mit weit aufgerissenen Augen.

Er legte ihr behutsam den Arm um die Schulter. »Ich kannte deinen Bruder. Otto war nicht nur mein Kamerad. Er war mein Freund und mächtig stolz auf seine kleine Schwester.«

»Warum erfahre ich das erst jetzt?«, entgegnete Hanna mit schwacher Stimme.

»Weil du mich nie treffen wolltest und mir bis heute nicht einmal deinen Nachnamen verraten hast. Hätte mir Langgaard nach unserer ersten Begegnung nicht zufällig von dir und Otto berichtet, wüsste ich immer noch nicht, wer meine unerschrockene Amazonenkämpferin in Wirklichkeit ist.« Willi lächelte verträumt. »Das war herrlich schön anzuschauen, wie du an dem Tag an mir vorbeigeritten bist. Deine ungestüme Art, die wehenden Haare, deine spontane Freude.«

Willi umarmte sie fester, und Hanna spürte, dass ihr Kopf und seine Schulter den gebührenden Abstand verloren, sich beinahe berührten. Sie ließ es geschehen. »Erzähl mir alles, was du über meinen Bruder weißt und was ihr gemeinsam erlebt habt«, bat sie und schloss die Augen. Sie wollte ihre eigenen Bilder finden für das, was sie zu hören bekam.

»Wir haben uns an der Baugewerbeschule, wo ich auch Architektur studiert habe, kennengelernt«, begann Willi.

»Bei schönem Wetter haben wir manchmal die Vorlesungen geschwänzt und waren stattdessen auf der Alster rudern oder wandern in den Harburger Bergen. Im Sommer sind wir auch zum Baden an die Ostsee gefahren und haben in einer der Strandbuden herrlich kühles Bier getrunken. Ja, und nach unserem Examen wollten wir ein gemeinsames Architekturbüro gründen und in den Elbvororten schicke Häuser bauen. Wir haben uns gut ergänzt und wären bestimmt erfolgreich geworden ...«

Willi redete viel. Hanna merkte jedoch bald, dass sie wenig dabei erfuhr. Was er berichtete, klang in ihren Ohren banal, es war die Schilderung einer schönen, heilen Vergangenheit. Irritiert öffnete sie die Augen und löste sich gerade so viel wie nötig aus seiner Umarmung, um ihn anschauen zu können.

»Du willst mich mit den unangenehmen und traurigen Erinnerungen verschonen, nicht wahr?«, fragte sie und sah ihm offen ins Gesicht.

»Das mag sein«, antwortete Willi zögerlich. »Es ist leichter, Erfreuliches im Gedächtnis zu bewahren.«

»Wenn ihr so eng befreundet wart, warum bist du nie bei uns zu Hause gewesen?«, bohrte Hanna nach.

»Otto wollte mir eine Begegnung mit seinem ›konservativen Herrn Papa‹, wie er ihn nannte, ersparen. Er befürchtete, dass ich mit meiner flinken Zunge Streit angezettelt hätte.«

»Streit worüber?«

»Über alles Mögliche. Dein Vater wollte aus seinem Sohn partout einen Hamburger Pfeffersack machen. Er war dagegen, dass Otto Architektur studierte, und drohte damit, ihm den Geldhahn zuzudrehen.«

»Und was noch?«

»Das ist doch nicht so wichtig«, wich Willi ihr aus.

»Lehn dich lieber wieder ein bisschen an mich, das ist viel angenehmer.«

Hanna tat nichts dergleichen. Sie stand auf. »Ich fühle mich unwohl. Lass uns ein paar Schritte laufen«, schlug sie vor und ging langsam voraus. Sie überquerte den Trampelpfad und bahnte sich zwischen Büschen und Sträuchern, deren Zweige sie vorsichtig zur Seite schob, einen Weg in den Wald. Willi folgte ihr bis zu der großen Lärche, unter der sie stehen geblieben war. Misstrauisch sah sie ihm entgegen: »Du verschweigst mir etwas, das spüre ich.«

Willi starrte auf den Boden. Erst nach längerer Bedenkzeit rückte er mit der Sprache heraus: »Dein Bruder hatte ein Mädchen, mit dem er poussierte. Sie hieß Sigrid und war sein großes Geheimnis, das er anfangs mit keinem teilen wollte. Nur ich wusste davon.«

»Glaubst du, dass er in sie verliebt war?«

»Ganz bestimmt. Und wie! Wenige Tage bevor wir eingezogen wurden, wollte er sie deinen Eltern vorstellen und seine Verlobung bekannt geben. Doch so weit kam es leider nicht.«

»Aber wieso nicht?«, fragte Hanna. »Erzähl weiter!«

»Sigrid stammte aus einfachen Verhältnissen, ihr Vater arbeitete auf dem Bau. Otto störte das überhaupt nicht, deinen Vater umso mehr. Er weigerte sich, das Mädchen in seinem Haus zu empfangen, und wies deinen Bruder an, die Liaison zu beenden. Andernfalls würde er Mittel und Wege finden, ihn entmündigen zu lassen.«

»Dass auch Otto unter der Willkür unseres Vaters gelitten hat, davon hatte ich keine Ahnung«, stammelte Hanna fassungslos und rang die Hände, bis sie vom heftigen Zusammenpressen rot anliefen und Willi sanft ihre Finger festhielt.

»Otto hat mir das alles erst erzählt, als wir im Zug saßen und in den Krieg fuhren«, sagte er leise. »Die Reaktion deines Vaters beschäftigte ihn mehr als die Furcht, in der Schlacht sein Leben lassen zu müssen.«

»Warum hat er mich nichts davon spüren lassen? Bei unserer Verabschiedung in Hamburg am Bahnhof hat er mich noch fröhlich angelächelt.«

»Das habe ich gesehen, ich habe euch vom Zugfenster aus beobachtet. Du standst da in einem blauen Matrosenkleid und warst seine kleine Heldin. Die Zeichnung, die du ihm später geschickt hast, hat er stolz herumgezeigt und in der Innentasche seiner Uniform aufbewahrt, damit sie bloß nicht verloren ging.«

»War er ein tapferer Soldat?« Hanna ahnte, dass sie sich der grausamen Wahrheit über Ottos Tod bald stellen musste. Umso mehr empfand sie Willis warme Hände auf ihren, die inzwischen eiskalt waren und zitterten, wie eine schützende Wohltat.

»Ob er tapfer war, das ist nicht leicht zu beantworten«, sagte Willi ehrlich. »Er hatte wie wir alle keine Wahl. Man steht plötzlich bewaffnet an vorderster Front und muss schneller töten als der Feind, sonst hat man verloren. Wenn wir nach einer Kampfhandlung froh waren, überhaupt noch am Leben zu sein, kam der Kompaniechef daher und redete vom Vaterland, dem wir rund um die Uhr mit Mut und Furchtlosigkeit dienen sollten.« Willi lächelte zynisch. »Egal, was sie zu Hause von uns Soldaten erwarteten, wir hatten Angst, Otto genauso wie ich. Weißt du, wie wir versucht haben, die Angst zu bekämpfen?«

»Habt ihr gebetet?«

»Nein. Beten hat uns nicht mehr geholfen. Wir haben die Angst mit Schnaps und Rotwein betäubt und uns den Frieden herbeigetrunken, abends vor dem Einschlafen.«

Hanna nahm nun allen Mut zusammen. »Wie ist Otto ums Leben gekommen?«, fragte sie.

»Jeder gefallene Soldaten ist sinnlos gestorben. Belassen wir es dabei ...«

»Nein«, fiel Hanna ihm ins Wort. »Ich muss es endlich wissen. Sonst hören meine üblen Träume nie auf!« Sie merkte, wie Willi sich quälte, die Erinnerung in Worte zu fassen.

»Otto hatte an dem Morgen einen Brief von Sigrid bekommen. Er steckte ihn ungeöffnet ein, weil schon zum Abmarsch kommandiert wurde. Später lagen wir im Graben und waren unter Beschuss. In einer Feuerpause zog Otto auf einmal den Brief aus der Tasche und las ihn. Ich dachte, er wäre verrückt geworden. Ich konnte ihn nicht davon abhalten.« Willi verstummte.

»Bitte, sprich weiter«, flehte Hanna ihn an.

»Wie von Sinnen sprang er plötzlich hoch, riss die Arme in die Höhe und stieß einen Freudenschrei aus. Ich hab ihn angebrüllt: ›Komm runter! Komm sofort runter und leg dich hin!‹ In diesem Moment war er aber schon tot und fiel auf mich. Es ging ganz schnell, er hatte einen Kopfschuss. Wir haben ihn später mit den anderen gefallenen Soldaten auf einem provisorischen Friedhof begraben. Ich würde die Stelle jederzeit wiederfinden, selbst wenn sein Holzkreuz weg wäre.« Willi sah Hanna schuldbewusst an. »Du fröstelst ja am ganzen Körper«, bemerkte er, nahm die Decke aus seinem Rucksack und legte sie Hanna fürsorglich um.

»Weißt du, worüber er sich so sehr gefreut haben könnte, dass er dafür leichtsinnig sein Leben riskierte?«, fragte sie ihn.

»Ich weiß es nicht, ich konnte den Brief nicht entziffern, er war voller Blut. Ich habe ihn Otto auf seine letzte Reise mitgegeben, wie deine Zeichnung auch.«

»Musste er wirklich nicht lange leiden?«, wollte Hanna noch wissen, dann begann sie zu schwanken, und ihr wurde schwarz vor Augen. Sie spürte nur noch, dass Willi sie an den Armen festhielt, sie aber trotzdem zusammensackte.

Als Hanna wieder zu sich kam, lag sie ausgestreckt auf der weichen Decke, die sie zuvor noch um die Schultern getragen hatte. Unter ihren Füßen stand Willis Rucksack.

»Du hast mir einen Schrecken eingejagt!«, sagte er und legte ihr seine Hand auf die Stirn. »Immer noch ganz kalt und verschwitzt. Bleib noch ein bisschen liegen und lass die Beine oben, das soll gut für die Blutzirkulation sein.«

»Wie lange war ich besinnungslos?«

»Zwei, drei Minuten.« Willi sah sie besorgt an. »Ich wusste, dass du die Wahrheit nicht verkraften würdest.«

»Da täuschst du dich«, erwiderte Hanna. »Ich habe zwar geschwächelt, aber das war mir die Gewissheit wert. Jetzt weiß ich, wie Otto gestorben ist, von nun an werde ich nicht mehr in Ohnmacht fallen.«

Auch wenn sie vermutlich einen bedauernswerten Eindruck erweckte, so erschöpft, wie sie gerade unter der hohen Lärche auf dem Waldboden lag, hatte die Situation durchaus einen gewissen Reiz, fand Hanna. Willi kümmerte sich rührend um sie. Erst fächerte er ihr mit den Blättern eines Zweigs Luft zu, dann holte er aus der Seitentasche seines Rucksacks eine emaillierte Brotdose hervor und bot ihr die Hälfte eines dicken Knusts an.

»Bemerkst du eine Veränderung an dir?«, fragte er eine Zeit lang später in die Stille hinein.

Hanna sah an sich hinunter und wusste erst nicht, was er meinte. Es dauerte, bis sie die Uhr an ihrem linken Handgelenk entdeckte, die Willi ihr wohl umgebunden hatte, während sie bewusstlos war.

»Sie gehörte deinem Bruder. Bis heute habe ich sie getragen. Jetzt gehört sie dir«, sagte er.

Hanna schaute andächtig auf das braune Lederarmband, das Zifferblatt und die goldenen Zeiger. »Woher hast du sie?«

»Ich habe sie nach Ottos Tod in seinem Marschgepäck gefunden. Als ich Fronturlaub hatte, bin ich zu euch nach Hause gegangen und wollte sie deinem Vater als Erinnerung überreichen und ihm mitteilen, wo sein Sohn begraben ist. Er hat mich überhaupt nicht angehört und an der Haustür abgefertigt wie einen dahergelaufenen Landstreicher.«

»Ich schäme mich für meinen Vater.« Hannas Stimme klang verbittert. »Warum …« Sie überlegte kurz und schaute Willi aufmerksam an. »Warum hast du die Uhr damals nicht Sigrid gegeben? Sie hätte sie bekommen sollen.«

»Das fand ich auch. Aber wie sollte ich in einer Stadt wie Hamburg eine Frau finden, die ich nur ein einziges Mal kurz gesehen hatte und von der ich lediglich den Vornamen wusste?«

Hanna setzte sich aufrecht hin und schlug die Decke über ihre Beine. »Diese Sigrid geht mir nicht aus dem Kopf. Stell dir vor, du bekämst einen Brief von einer Frau, die du gerne magst«, sagte sie unvermittelt. »Bei welcher Mitteilung würdest du jubeln und dich überschwänglich freuen?«

»Du stellst Fragen …«

»Du bist ein Mann, du musst das wissen.«

»Du guckst gerade noch strenger als bei unserer ersten Begegnung, und hartnäckig bist du auch«, erwiderte Willi in spöttischem Ton, dann wurde er wieder ernst. »Ich weiß nur, dass dein Bruder seine Sigrid beim nächsten Heimaturlaub unbedingt heiraten wollte und er sich bereits wie ihr Ehemann fühlte. Sie waren schließlich schon eine ganze Weile ein Paar und schienen, wie er andeutete, recht vertraut miteinander zu sein.«

»Vertraut? Wie meinst du das?«, fragte Hanna nach und ließ ihn nicht aus den Augen. »Taten sie etwa verbotene Dinge?«

»Durchaus möglich.« Willi wand sich wie ein Aal. »Das soll in den besten Familien vorkommen, dass sich zwei Menschen auch vor der Ehe näherkommen …«

»Nein!«, fuhr Hanna dazwischen. »Das hätte Otto nicht zulassen dürfen. Ich dachte, mein Bruder wäre anständiger gewesen.«

»Er war auch nur ein ganz normaler Mann wie ich.« Willi grinste sie unverschämt an. »Manchmal ist es aufregend und schön, Unerlaubtes zu tun. Ich habe eben auch etwas gemacht, was ich nicht hätte tun dürfen.«

Hanna versuchte, sich vorzustellen, was er ohne ihr Wissen angestellt haben könnte. Sein Grinsen war inzwischen einem unwiderstehlichen Lächeln gewichen. Dieses Kribbeln, das sie schon kannte, durchströmte wieder einmal in atemberaubender Geschwindigkeit ihren Körper, machte in ihrem Bauch halt und führte dort einen stürmischen Tanz auf, der kein Ende nehmen wollte.

»Was hast du denn getan?«, fragte sie leise.

»Ich habe dich wach geküsst. Aber nur auf die Stirn. Ich musste das tun, sonst würdest du noch immer bewusstlos vor mir liegen«, sagte er überaus verwegen.

Hanna seufzte insgeheim. Schade, dass sie den ersten

Kuss ihres Lebens verpasst hatte. Aber ... vielleicht war es besser so, tröstete sie sich einen Moment später. Küsse würden ihr Leben nur unnötig kompliziert machen. Ihre Magengegend schien da allerdings ganz anderer Meinung zu sein und setzte sich über alle guten Vorsätze hinweg.

»Könntest du mir zeigen, wie du das mit dem Küssen gemacht hast?«, fragte sie mit unschuldigem Augenaufschlag und lehnte sich ein wenig zurück, um auf die Antwort zu warten.

Willi lächelte sie an und beugte sich zu ihr. Sanft berührten seine Lippen ihre Stirn. Einmal, zweimal – dann hörte Hanna auf zu zählen. Sie genoss seine Küsse über ihren Augen, über ihrer Nase, an den Schläfen. Seine Hand hielt er mal sanft an ihren Kopf, mal streichelte er ihre Wange und liebkoste sie.

Hanna spürte seinen Atem und fühlte seinen Mund, der sich langsam ihrem näherte und ihn wie aus Versehen kurz berührte, bevor er verschwand.

»Entschuldige, ich bin zu weit gegangen«, flüsterte Willi ihr zärtlich ins Ohr und schmiegte sich an sie. Dicht an dicht lagen sie nun schweigend nebeneinander und hielten einander an den Händen. Hanna begriff nicht ganz, was gerade mit ihr geschah. Sie fühlte sich geborgen und erregt zugleich.

Ein lauter werdendes Rascheln ließ sie nach einer Weile aufschrecken. »Da kommt jemand. So darf uns keiner sehen«, flüsterte Hanna und rückte augenblicklich zur Seite. Willi stand blitzschnell auf und tat geschäftig, als würde er irgendetwas Wichtiges in seinem Rucksack suchen.

Hanna hörte neben dem Rascheln nun auch Schritte aus dem dichten Wald, und bald darauf erkannte sie

Hilde. Am liebsten wäre sie im Erdboden versunken, hatte sie Hilde doch in aller Deutlichkeit verboten, Willis Namen jemals wieder zu erwähnen. Hanna hoffte inständig, dass sie sich ein bissiges Lächeln verkneifen und die kompromittierende Situation nicht zu ihren Gunsten ausschlachten würde.

Hilde zwinkerte ihr zu und brachte sie allein deswegen schon in Verlegenheit. »Dieser herrlich laue Sommerabend lädt dazu ein, das Leben in vollen Zügen zu genießen«, sagte sie amüsiert. »Habt ihr auch einen Spaziergang gemacht?«

Hanna nickte. »Ja. Wir ruhen uns gerade ein wenig aus, und danach gehe ich zurück ins Dorf.«

»Das kannst du später auch noch. Und du?« Hilde drehte sich zu Willi um. »Musst du heute noch arbeiten?«

»Nein, ich habe Feierabend.«

»Umso besser. Was haltet ihr davon, wenn ich euch in unserem ›Salon‹ ein kleines Konzert gebe? Ich denke an eine bestimmte Musik, die unter die Haut geht, und könnte mir vorstellen, dass sie zu eurer momentanen Stimmung passen würde.«

Der »Salon«, wie Hilde ihn nannte, befand sich in der Scheune. Hanna wusste das, Willi anscheinend nicht. Er öffnete das Tor und schien ein wenig überrascht zu sein über das, was er dort sah.

»Denk dir einfach den Heuboden weg, den Pflug und die Egge, dann siehst du nur noch das Klavier, denn darauf kommt es an«, sagte Hanna.

»Du hast die Sensen, Rechen, Gartenutensilien und leeren Holzfässer vergessen, aber kein Problem, die sind in meiner Vorstellung auch nicht mehr da. Hauptsache, ich bekomme einen Platz im Parkett.« Willi setzte sich auf einen der gepressten Strohballen, die wie in einem Konzertsaal versetzt in mehreren Reihen vor dem Klavier lagen. Hanna blieb etwas abseits stehen.

»Auf der letzten Tanztournee habe ich bei unseren Gastgebern eine amerikanische Schallplatte gehört«, erzählte Hilde. »Nie zuvor habe ich aus einer Musik so viele Gefühle herausgehört, Freude und Leid, Angst und Zuversicht und eine überschäumende Begeisterung.«

»Redest du von Jazz?«, fragte Willi.

»Ja, woher weißt du das? Die Musik ist relativ neu in Deutschland.«

»Ich habe sie vor nicht langer Zeit im Hamburger Hafen gehört. An Deck eines Frachtschiffs aus Amerika saßen schwarze Matrosen mit Banjo, Trompete und einem selbst gezimmerten Schlagzeug. Ich bin lange am Kai stehen geblieben«, erinnerte Willi sich. »In dieser Musik klang die Sehnsucht nach Menschlichkeit und Freiheit.«

»Genau.« Hilde pflichtete ihm bei. »Diese Sehnsucht fasziniert mich auch. Ich sitze hier manchmal ganz alleine am Klavier und versuche, mich in diese Stimmung hineinzuversetzen und die Formen des Jazz nachzuahmen.«

»Bitte fang an«, bat Hanna, »ich weiß sonst nicht, was ihr meint.« Schnell merkte sie, dass Hilde eine Melodie verfolgte, die in einem Moment dunkel und bedrohlich, im nächsten hell und fröhlich anmutete. Wie ein Wechselspiel zwischen Wirklichkeit und Hoffnung.

Auch wenn sie noch nicht wusste, was sie von dieser fremden Musik halten sollte, wiegte Hanna bald ihren Körper hin und her. Der Rhythmus der Melodiebögen war unwiderstehlich. Nach einiger Zeit meinte sie, in Hildes Tönen Fragen zu hören, auf die sie reagierte. Sie stellte sich das fremde Frachtschiff vor, das aus einem fernen

Land kam, und tanzte an Bord die Reling entlang, bis sie die schwarzen Seeleute fand, die mit ihrer Musik das Leid ihrer Vorfahren beklagten. Dabei störte Hanna nicht, dass Willi sie die ganze Zeit beobachtete.

Bald schnappte er sich eines der leeren Holzfässer, drehte es um und trommelte mit seinen Händen den Rhythmus, den Hilde vorgab. Hanna ging mit, folgte seinem Tempo. Wurde sie waghalsiger, reagierte er stürmischer. Die Musik schien auch seinen Körper zu erfüllen, seine Beine, seine Hüften bewegten sich mit einer Geschmeidigkeit, die Hanna einem Mann nicht zugetraut hätte. Vielleicht wäre er genau der Richtige, um sie eines Tages in ein Tanzlokal zu begleiten. Er lächelte ihr zu, und sie holte ihn in Gedanken mit an Bord.

»Was machst du da?«, hörte sie unerwartet Langgaards Stimme. »Tanzt du um dein Leben?«

»Nein, nicht um meins«, rief sie atemlos und blieb stehen. Erst jetzt sah sie, dass die Chefin in Begleitung war. Neben ihr lehnte Walther, der Chefarchitekt, lässig am Scheunentor. Hanna kannte ihn bislang nur vom Sehen.

Er hatte den Blick auf Hilde gerichtet, himmelte sie geradezu an, bis sie ihr Klavierspiel unterbrach und ihm unverhohlen ins Gesicht sah. Dass sie sich das vor anderen traute, fand Hanna bewundernswert. Sie hingegen schenkte Willi lediglich ein unschuldiges Lächeln, wobei Langgaard sie auch noch störte.

»Wenn Eva dich so wie eben beim Tanzen erlebt hätte, wäre ihr Urteil sicherlich gnädiger ausgefallen«, sagte sie.

»In Loheland spricht sich aber auch alles sofort herum. Anstatt die Sache für sich zu behalten, hat sie Ihnen also gleich erzählt, was sie mir alles an den Kopf geworfen hat?«

»Ja, das hat sie, aus gutem Grund.«

Hanna wollte den Grund lieber nicht erfahren, wahrscheinlich hätte sie sich nur wieder geärgert. Sie sah zu Walther, der nun die Scheune betrat, aber nicht etwa auf Hilde zuging, sondern auf Willi.

»Du musst morgen früh nach Hamburg fahren«, sagte er zu ihm. »Ich habe Probleme mit einer der Baustellen auf der Elbchaussee und brauche dich dort. Du bist mein bester Mann.« Dann warf er Langgaard einen kurzen Blick zu. »Louise und ich haben für die Zeit deiner Abwesenheit das Wichtigste bereits besprochen. Die Arbeiten, die anfallen, werde ich übernehmen.«

Willi nickte bloß und schwieg. Hanna starrte erst ihn und dann seinen Chef an, was Walther nicht entging. »Keine Sorge, junges Fräulein, er kommt wieder. Es kann allerdings ein paar Monate dauern.«

Hanna stand betreten da und konnte ihre Enttäuschung nicht verbergen. »Dann müssen wir unseren nächsten Musikabend wohl auf später verschieben«, sagte sie und seufzte leise.

Langgaard verabschiedete sich und hatte die Scheune bereits verlassen, da rief sie Hanna noch einmal zu sich.

»Du hast einiges vor dir, was du erreichen möchtest. Verlier deine Ziele nicht aus den Augen und nutz die Zeit ohne ihn. Sie wird schneller vergehen, als du denkst.«

Die Chefin hatte gut reden, dabei fing es doch gerade erst an, schön zu werden, dachte Hanna wenig später, als sie gemeinsam mit Willi zur Landstraße aufbrach. Sie liefen nebeneinander her, ihre Arme berührten sich leicht.

»Wirst du manchmal an mich denken, wenn du in Hamburg bist?«, fragte sie.

»Natürlich werde ich das«, versprach Willi ihr. »Ich schicke dir auch Schokolade und Schinken, und sobald im Garten meiner Eltern die Äpfel reif sind, bekommst du auch welche.«

»Das ist nicht nötig.« Hanna wich einem Stein aus, über den sie beinahe gestolpert wäre. »Schokolade habe ich noch, Schinken bekomme ich bei unserem Bauern, und Äpfel kann ich mir selber pflücken. Ich weiß von einem Baum, der niemandem gehört.«

»Mach es mir bitte nicht so schwer. Was kann ich dir sonst schicken, damit du mich nicht vergisst?«

»Deine Gedanken. Bitte schreib mir, sooft du kannst. Ich möchte den besten Freund meines Bruders besser kennenlernen.«

Willi legte ihr den Arm um die Taille, was ziemlich frivol war, sich aber gut anfühlte, fast zu gut. Hanna wechselte eilig das Gesprächsthema. »Dieser Weg zwischen Siedlung und Straße, den wir gerade entlanglaufen, hat übrigens einen Namen. Meine Freundin Hermine hat ihn ›Weg der Erkenntnisse‹ getauft.«

Willi horchte auf. »Und welche ...«

»Nein, ich zuerst«, unterbrach sie ihn. »Welche Erkenntnis gewinnst du gerade?«

»Lass mich überlegen ...« Willi lächelte von einem Ohr zum anderen. »Meine Erkenntnis ist, dass ich auf einem sehr guten Weg bin, von dem mich keiner abbringen kann. Und deine?«

»Das werde ich dir erst nach deiner Rückkehr verraten«, entgegnete Hanna tiefgründig und sah ihm lange in die Augen.

Als sie zur Straße kamen, war es bereits dunkel geworden. Willi entschuldigte sich einen Moment, lief über die angrenzende Weide und kam mit einem Fahrrad zurück. »Das ist meins. Elfriede, die Schäferin, hat mir erlaubt, es tagsüber in ihrem Stall unterzubringen. Euer Weg der Erkenntnisse hat nämlich einen Nachteil, zumindest für Radfahrer. Er ist zu holprig.«

Obwohl Willi in die entgegengesetzte Richtung musste, hielt Hanna ihn nicht davon ab, sie ins Dorf zu fahren. »Setz dich auf den Gepäckträger und halt dich gut an mir fest«, sagte er.

Und wie sie sich festhielt … Sie umklammerte Willi mit beiden Armen, lehnte den Kopf an seinen Rücken und wäre am liebsten die ganze Nacht mit ihm durch die Rhön gefahren. Viel zu schnell erreichten sie Dirlos. Hanna zeigte ihm schweren Herzens, wo sie wohnte, und Willi hielt in einiger Entfernung an, damit sie unbemerkt blieben. »Ich stelle das Fahrrad morgen früh zurück in den Stall und gebe der Schäferin Bescheid. Leih es dir aus, wann immer du willst«, flüsterte er und küsste sie zum Abschied auf beide Wangen.

Hanna sah ihm sehnsüchtig hinterher, bis er in der Dunkelheit verschwunden war. Dann lief sie auf Zehenspitzen leise über den Hof bis hoch in die Kammer. Hermine schlief bereits tief und fest. Eine Weile lauschte Hanna ihrem ruhigen Atem, um den sie die Freundin beneidete. Sie selbst war viel zu aufgewühlt, an Schlafen war überhaupt nicht zu denken.

Hanna setzte sich an den Tisch, zündete die Kerze an und griff zu Papier und Bleistift.

Erst seit heute bin ich wirklich eine erwachsene Frau, lautete die erste Zeile, die sie ihrer Tante schrieb. *Ich habe mich das erste Mal mit einem Mann getroffen, und nicht mit irgendeinem. Er ist Architekt, und stell dir vor, er kannte Otto. Er war dabei, als mein Bruder starb, und weiß, wo er begraben ist. Ich wünsche mir, dass er mich eines Tages dorthin begleitet, damit ich Abschied nehmen kann. Ich kenne diesen Mann noch nicht gut, dennoch war da etwas Vertrautes zwischen ihm und mir, was mein Herz ins Taumeln gebracht hat. Das kann doch nicht nur daran liegen, dass er Ottos Freund war. Oder was meinst du?*

14

Loheland, August 1920

Der Hahn hatte noch nicht gekräht, da riss ein lautes Klopfen an der Kammertür Hanna unsanft aus dem Schlaf.

»Hört ihr mich? Ihr müsst aufwachen! Ich brauche dringend Hilfe«, rief Bauer Hubertus.

»Einen Moment bitte!« Hanna zog schnell die Strickjacke über das Nachthemd, schloss die Tür auf und öffnete sie einen Spalt. »Was ist denn passiert?«, fragte sie verschlafen und schaute in sein von Kummer gezeichnetes Gesicht.

»Der Walburga geht es nicht gut. Ich habe heute Nacht den Arzt geholt. Er meinte, sie muss im Bett bleiben, sonst verliert sie das Kind, so wie beim letzten Mal.«

»Das wird nicht passieren, wenn sie den ärztlichen Rat befolgt und sich von nun an schont«, redete Hanna beruhigend auf ihn ein und wusste gleich, was auf Hermine und sie zukam. Bislang hatten sie lediglich an den Wochenenden den morgendlichen Stalldienst übernommen.

»Ab jetzt müsst ihr jeden Tag ran«, sagte Hubertus und reichte Hanna ein paar Kleidungsstücke durch den Türspalt. »Das sind alte Hosen und Hemden von mir. Zieht die an, damit ihr nicht ständig eure hellen Kleider waschen müsst.«

Da Hubertus kein Mann großer Worte war, hatte er in

seiner kargen Art eigentlich alles Wesentliche gesagt. Umso mehr verwunderte Hanna, dass er noch immer stehen blieb. »Ohne euch wäre ich die nächste Zeit aufgeschmissen. Lasst mich bitte nicht im Stich«, bat er für seine Verhältnisse ungewohnt gefühlsbetont.

»Sie können sich auf uns verlassen«, rief Hermine, die inzwischen auch aufgewacht war, vom Bett aus, und Hanna bekräftigte das Versprechen. »Ja, das können Sie.«

»Verflixt noch mal, wie oft muss ich euch das noch sagen?«, brach es ruppig wie eh und je aus Hubertus heraus. »Hört endlich auf, mich zu siezen! Ihr seid die feinen Leute, nicht ich.«

»Wir feinen Leute werden in seinen abgewetzten Klamotten aussehen wie Vogelscheuchen«, befürchtete Hanna, nachdem er gegangen war, und tat es Hermine gleich. Sie streifte das Hemd über den Kopf und steckte es in die viel zu große Hose, die sie mit einer Kordel um den Bund zuschnüren musste, damit sie nicht herunterrutschte. Die langen Hosenbeine krempelte sie hoch bis zu den Waden und schaute an sich herunter. »Hoffentlich begegnet uns niemand.«

Sie verließen das Haus und rannten wie zwei Diebe auf der Flucht durch die Dämmerung in den Stall, zogen die Holzpantinen an, die am Eingang standen, und legten los. Hermine mit dem Melken, Hanna mit dem Ausmisten – an sich eine langweilige Tätigkeit, wie sie fand. Deshalb hatte sie sich angewöhnt, dabei ihren Körper zu trainieren. So stand sie auch heute Morgen möglichst oft auf einem Bein, um ihr Gleichgewicht zu schulen. Beim Aufladen des Mists versuchte sie, die Forke möglichst lange nur in einer Hand zu halten, und stärkte dadurch ihre

Armmuskulatur. Sie spreizte die Beine, bis sie von der starken Dehnung schmerzten.

»Ich bin noch immer zu unbeweglich!«, klagte sie und schob die Schubkarre ein Stück weiter. »Ich habe solche Angst, morgen zu scheitern. Sobald ich an die Aufnahmeprüfung nur denke, fühle ich mich wie erstarrt und höre bereits Evas vernichtende Beurteilung. Sie schafft es spielend, auf einem Bein zu stehen und das andere bis auf Kopfhöhe zu heben. Und ich komme mit viel Mühe gerade mal bis zu den Schultern.«

»Anfangs kamst du kaum bis zur Brust, schon vergessen? Und hättest du dich nicht an der Forke festgehalten, wärst du umgekippt.« Hermine rückte den Melkschemel zurecht, dann drehte sie den Kopf und sah Hanna von der Seite an. »Seit Wochen trainierst du deinen Körper jeden Tag, in jeder freien Minute. Mehr an Vorbereitung geht nicht. Hör auf, dich ständig mit Eva zu vergleichen, du kannst noch nicht so gut sein wie sie.«

»Das stimmt wohl. Aber ich muss besser sein als die anderen, die morgen vortanzen werden. Nur eine von uns wird genommen. Das ist viel größerer Mist als der Haufen hier.« Hanna hob die volle Schubkarre an und schob sie zum Abladen nach draußen.

Bevor sie zurück in den Stall ging, machte sie noch eine der Übungen, die Eva ihr zur Schulung der Körperspannung aufgetragen hatte. Sie stützte sich mit den Armen auf dem Boden ab, legte die ausgestreckten Beine auf die leere Karre, zählte bis zehn und gab dann erschöpft auf. Nach einer kurzen Pause zwang sie sich erneut in die Haltung und überlegte, wozu diese Quälerei gut sein sollte. Womöglich war das Ziel, das sie sich gesteckt hatte, doch eine Nummer zu groß?

»Wo bleibst du? Beeil dich! Ich bin schon fertig«, hörte

sie Hermines Stimme. Dank der Unterstützung ihrer Freundin schaffte Hanna es gerade noch, dass Bauer Hubertus einen halbwegs sauberen Stall betrat. »Bist wohl wieder die meiste Zeit mit der Mistgabel in der Hand durch die Gegend getanzt und hast die Kühe erschreckt?«, meckerte er sie an und winkte im nächsten Moment ab. »Solange sie Milch geben und die Forke heil bleibt, soll mir dein Gehopse in Gottes Namen egal sein. Aber der Stall muss morgen anständiger aussehen. Hörst du?«

Hubertus brachte die Kannen raus zu seinem Wagen und kam mit zwei Bechern der noch warmen Milch zurück. »Trinkt das, bevor ihr aufbrecht, sonst fallt ihr mir noch vom Fleisch. Und vergesst nicht, euch zu waschen und umzuziehen, bevor ihr losradelt. Was sollen die Leute sonst von euch denken.«

Hermine saß auf dem Gepäckträger, Hanna strampelte. Sie hatte sich das Fahren schnell beigebracht, nutzte Willis Rad inzwischen fast täglich und sparte dadurch kostbare Zeit. Die Strecke vom Hof bis zum Feldweg nach Loheland dauerte auf diese Weise höchstens halb so lange wie zu Fuß – je nachdem, wie kräftig sie in die Pedale trat.

»Heute übertreibst du es aber mit der Geschwindigkeit!«, rief Hermine von hinten und klammerte sich an sie. Hanna spürte ihre Arme an den Hüften und die Hände am Bauch und drehte sich kurz um. »Du berührst mich genauso, wie ich Willi berührt habe an dem Abend, als er mich ins Dorf gebracht hat.«

»Hatte er auch so einen Affenzahn drauf wie du?«

»Nein, er fuhr langsam, während ich mich an ihn schmiegte.«

»Meinst du so?« Hermine lehnte ihren Kopf an Hannas Rücken.

»Ja, genau.«

»Das ist mir zu ungemütlich.« Hermine setzte sich wieder aufrecht hin.

»Ungemütlich? Du hast ja keine Ahnung, wie romantisch das war.« Hanna fuhr nun bedeutend langsamer und dachte an Willis letzten Brief. Er hatte über seine Sehnsucht geschrieben, die ihn von morgens bis abends begleitete, und sich nach der ihren erkundigt.

Wenn du dieses überaus schöne Gefühl meinst, das gleichzeitig furchtbar wehtut, ergeht es mir genauso wie dir, hatte sie ihm geantwortet.

Willi hatte sie in dem Brief auch mit Plänen überhäuft, was er nach seiner Rückkehr alles mit ihr unternehmen wollte, Ausflüge, Wanderungen und vieles mehr. Und ein paar Zeilen tiefer hatte er ihr dann mitgeteilt, dass sich sein Kommen noch verzögern würde, ohne ein Datum zu nennen, auf das sie sich freuen konnte.

»Wenn einem ein Mann nicht mehr aus dem Kopf geht und man sich andauernd wünscht, in seiner Nähe zu sein, ist man doch verliebt. Oder?«, fragte sie Hermine.

»Ja, ich glaube, dann hat es einen voll erwischt. Für mich wäre das der beste Beweis. Außerdem sehe ich es dir an. Sobald du über Willi redest, strahlen deine Augen mit der Sonne um die Wette.«

»Habe ich mich in den letzten Monaten sehr verändert?«, rief Hanna gegen den leichten Fahrtwind an.

»Und ob! Willi wird sich wundern, wenn er zurückkommt.«

»Warum? Weil ich reifer geworden bin?«

»Ja, auch das, und weil du mit deinem inzwischen athletischen Körper noch betörender aussiehst als zuvor. Du bist immer noch grazil und zart, aber dennoch stark und kräftig geworden. Ich gucke die ganze Fahrt über fasziniert auf deine muskulösen Beine.« Hermine lachte. »Meine ähneln dagegen eher zwei unförmigen Stampfern.«

»Du übertreibst maßlos«, widersprach Hanna ihr. »Du hast dich durch den Gymnastikunterricht auch verändert und mehr Muskeln bekommen.«

»Aber leider weniger als du, was mich ein bisschen neidisch werden lässt.«

»Wieso neidisch? Woher willst du wissen, wie Männer uns am schönsten finden? Vielleicht bekommen sie sogar Angst, wenn wir zu stark sind.«

»Es geht nicht nur darum, wie uns die Männer finden«, erwiderte Hermine. »Es geht auch um unsere eigene Vorstellung von Schönheit, wie wir unseren Körper am liebsten sehen würden. Und da hätte ich eben lieber deine Beine als meine dicken.«

»Und ich hätte gerne deinen Busen«, rief Hanna. »Der macht wenigstens etwas her. Du siehst aus wie eine richtige Frau, und so verhältst du dich auch. Im Vergleich mit dir komme ich mir mit meinen kleinen Brüsten wie ein unbedarftes Schulmädchen vor.«

»Dafür sehe ich aus wie ein altmodisches Weib im zu kurzen Kleid.« Hermine lachte auf, und Hanna warf ihr einen Blick über die Schulter zu.

»Ich meinte das ernst, was ich gesagt habe«, betonte sie.

»Ich auch. Und jetzt guck bitte wieder nach vorne und pass auf die Steine und Schlaglöcher auf. Und beeil dich, sonst verspäten wir uns noch mehr.«

Um das Tempo zu beschleunigen, stand Hanna vom Sattel auf und fuhr im Stehen. Sie stemmte ihr gesamtes Gewicht auf die Pedale und wurde immer schneller.

»Halt an!«, rief Hermine ihr bald darauf zu.

Hanna ließ sich zurück auf den Sattel fallen, bremste ab und verzog das Gesicht. »Erst fahr ich dir zu schnell, dann zu langsam. Du weißt heute einfach nicht, was du willst.«

»Doch, ich muss nur mal eben in Ruhe über uns nachdenken.« Hermine stieg vom Gepäckträger, fasste sich mit den Fingern an die Stirn und stand einen Moment lang da wie eine Statue, die gerade feierlich enthüllt worden war. »Du möchtest weniger kindlich aussehen und ich weniger altmodisch. Das ist unsere Ausgangssituation«, fasste sie zusammen. »Wir sollten ein Zeichen setzen, das wäre die Lösung.«

Hanna schwante, worauf Hermine hinauswollte, schwieg aber zunächst. Stattdessen fasste sie ihre langen Zöpfe und kitzelte mit den Enden so lange ihre Nasenspitze, bis sie niesen musste. Sie lachte. Aber für diesen kindlichen Spaß, den sie schon als kleines Mädchen gemocht hatte, war sie nun wirklich zu alt. »Es wird mich Überwindung kosten«, sagte sie, »doch ich bin bereit, meine Haare für unsere neue, moderne Weiblichkeit zu opfern. Aber nur bis zur Schulter.«

»Muss ja nicht sofort sein«, antwortete Hermine. »Vielleicht solltest du Willi erst mal vorsichtig darauf vorbereiten und ihn fragen, was er von kurzen Haaren hält.«

Hanna schüttelte den Kopf. »Nein, das lasse ich besser. Stell dir vor, er wäre dagegen. Dann würde er versuchen, mir diese Entscheidung auszureden. Und das möchte ich nicht.«

»Willst du sie echt nur bis zur Schulter kürzen?«, fragte Hermine nach.

»Ja, das habe ich mir gerade überlegt. Im Unterricht und zum Training kann ich sie dann zu einem kleinen

Pferdeschwanz zusammenbinden, und falls ich mal ausgehen sollte, trage ich die Haare offen. Und du?«

Hermine grinste. »Ich möchte einen richtig frechen Bubikopf.«

»Wollen wir das vor oder nach dem Vortanzen erledigen?«

»Danach ist besser«, meinte Hermine. »Egal, wie es für dich ausgeht, es wird ein Neuanfang sein. Und dazu passt eine neue Frisur.«

Hanna sah auf ihre geflochtenen Zöpfe, die ihr bis zum Bauch reichten, und ließ sie wie zum Abschied durch die Hände gleiten. »Leider wird mein Kopf auch ohne euch beide der alte bleiben, verquer und viel zu verträumt«, sagte sie zu sich selbst.

Es war schon nach sieben, als Hanna das Fahrrad im Schafstall abstellte und Elfriede begegnete. Normalerweise war die Schäferin um diese Uhrzeit längst mit ihrer Herde und den Hütehunden unterwegs, was Hanna lieber gewesen wäre, denn Elfriede war ihr zu neugierig und tratschte viel. Außerdem erkundigte sie sich jedes Mal nach Willi, als wäre er ihr innigster Freund.

»Du hast ein Spektakel verpasst«, begrüßte sie Hanna und berichtete von den beiden Lastkraftwagen, die in aller Frühe im Schritttempo an ihr vorbeigefahren waren. »Sie hatten lange Anhänger, mindestens zehn, zwölf Meter, und kamen bestimmt aus Fulda. Als sie von der Straße abbiegen wollten, mussten sie so weit ausholen, dass sie im großen Bogen über die Kuhweide gefahren sind, bevor sie in den schmalen Weg einschlagen konnten, der nach Loheland führt.«

»Was hatten sie denn geladen? Baumaterial oder was?«, fragte Hanna.

»Du wirst es kaum für möglich halten. Jeder der beiden Lkws transportierte einen Eisenbahnwagen, aber ohne Achse und Räder.«

»Stell dir das vor«, rief Hanna sofort Hermine zu, die an der Abbiegung auf sie wartete. »Die ersten Waggons sind tatsächlich angeliefert worden!«

Elfriede sah Hanna erstaunt an. »Du wusstest davon?«

»Ja, ich hab's nur wieder vergessen, weil es lange her ist, seit die Chefinnen uns davon erzählt haben. Ich konnte mir anfangs schwer vorstellen, dass sie ihre eigensinnige Idee wirklich in die Tat umsetzen würden.«

»Das hätte ich dir sagen können«, tat Elfriede wichtig. »Hier in der Gegend erzählt man sich, dass eure Chefinnen alles, was sie sich in den Kopf setzen, auch gegen die größten Widerstände durchsetzen.«

»Ach, das wird gemunkelt?«

Elfriede nickte. »Bleibt es denn bei den zwei Waggons?«, wollte sie dann wissen.

»Nein, es werden vier. In den Wagen sollen Werkstätten entstehen.«

»Und was wollt ihr da herstellen?«

»Schicke, modische Sachen, um für Loheland Geld zu verdienen. Erzähl ich dir ein anderes Mal genauer. Ich muss jetzt weiter und du sicherlich auch.«

»Jaja.« Elfriede griff zu ihrem Schäferstab und lockte mit ihrer unverkennbaren Stimme die Schafe herbei, um aufzubrechen. Ihr wiederholtes »Kommt her zu mir. Kommt her zu mir« begleitete Hanna noch, als sie bereits durch Löcher und Furchen lief.

Hermine neben ihr blieb plötzlich stehen. »Sieh dir an, wie die tonnenschweren Waggons unseren Weg der Erkenntnisse verschandelt haben.« Sie beugte sich nach unten und betrachtete die breiten Reifenspuren, die sich tief in den Boden gegraben hatten. »Solche markanten Spuren stammen nicht von normalen Lkws, die wären bei der Last sofort stecken geblieben.«

Da das Sonnenlicht sie blendete, hielt Hanna die Hand über die Augen und verfolgte die Reifenspuren, so weit ihr Blick reichte. Nach einer Weile fiel es ihr ein. »Ein Stück weiter hinter der Kurve am Waldrand habe ich neulich Fundamente gesehen und wusste nicht, wozu sie da sind. Bestimmt haben die Lkws dort angehalten. Das möchte ich mir anschauen.«

Zu gerne hätte sie miterlebt, wie die Waggons unter hektischen Zurufen etlicher Helfer mithilfe von dicken Seilen und eines Krans abgeladen wurden. Doch als sie mit Hermine ankam, berichtete Langgaard zwar detailliert davon, aber die helle Aufregung angesichts des großen Ereignisses war bereits verflogen. Die Waggons standen da, als wäre es ein Kinderspiel gewesen, sie auf den Herzberg zu schleppen.

»Die Hälfte ist geschafft. Gleich fahren sie los und holen die anderen beiden.« Langgaard wirkte angespannt. »Diese Aktion hat mich nicht nur Nerven gekostet.« Sie schaute zur Seite, wo die beiden Lkws standen. »Das sind Spezialfahrzeuge, wir mussten sie für teures Geld anmieten. Wenigstens konnte ich Ratenzahlung aushandeln«, sagte sie und hielt kurz inne. »Ich will gar nicht weiter darüber nachdenken, dass wir am Ende für diese Summe auch einfache Baracken hätten bauen können.«

»Die wären aber weniger interessant.« Hanna stand am Eingang eines Waggons. Noch sah er nach Eisenbahn aus. Die Bänke, die Vorhänge an den Fenstern, der Schriftzug auf der Innenseite der Tür: *Nicht öffnen, bevor der Zug hält.*

»Du wirst dich wundern, wie schnell wir die alle umgebaut haben. Jeder wächst mit seinen Aufgaben.« Langgaard schien nun wieder besserer Stimmung zu sein. »Sobald Willi zurückkehrt, muss er sich um eine Überdachung kümmern, damit wir auch bei schlechtem Wetter trockenen Fußes von einem in den anderen Wagen kommen. Hast du eine Ahnung, wann wir mit ihm rechnen können?«

»Nein, ich weiß nichts.« Hanna bemerkte, dass Langgaard längst wieder anderes im Kopf hatte, sie lief um die Wagen und schaute in alle Himmelsrichtungen.

»Bei neunundvierzig Hektar Land den richtigen Platz für unsere Waggonia zu finden, war auch eine Herausforderung. Wie gefällt dir die Stelle?«

»Ist sie nicht ein bisschen weit entfernt von den Häusern und anderen Werkstätten?«, fragte Hanna vorsichtig.

»Das fanden Hedwig und ich gerade gut und haben uns deshalb dafür entschieden. Die Wege, die wir in der Siedlung zurücklegen, sollen der Besinnung dienen und jeder von uns die Gelegenheit bieten, die Gedanken zu sortieren. Mit einem frischen, klaren Kopf wird vieles leichter und die Arbeit effektiver.«

»Hm …« Hanna versuchte, diese Logik nachzuvollziehen. »Wenn ich aus der Weberei komme, soll ich mich also nur so lange über meine Fehler ärgern, bis ich woanders angekommen bin. Richtig?«

»Ja, so ähnlich«, meinte Langgaard. »Das Beste wäre allerdings, wenn du dich gar nicht ärgerst. Wozu denn? Es klappt doch inzwischen gut mit dem Weben. Wie viele Meter hast du gestern geschafft?«

»Vier, aber nur einfarbig.«

»Das ist ein Meter über dem Soll. Was willst du mehr?«

»Am liebsten wären mir fünf, dann könnte ich auch mal einen Tag in der Woche aussetzen.«

Hanna schaute auf die Uhr. So schön es war, sie in Gedenken an ihren Bruder zu tragen – immer wenn sie es eilig hatte, hätte Hanna sie am liebsten verflucht. Ihr widerstrebte die Hektik, in die sie dann verfiel. Auch jetzt riss sie den Arm hoch, tippte mit dem Finger heftig auf das Uhrenglas und signalisierte Hermine mit einem Wink, dass es an der Zeit war, aufzubrechen.

Wer sich bei Rohdens Unterricht verspätete, dem drohte im Beisein aller Mitschülerinnen eine unangenehme Standpauke. Das Risiko wollte Hanna vermeiden und lief mit schnellen Schritten voraus. »Aufs Frühstück müssen wir heute wohl verzichten.«

Belustigt holte Hermine sie ein. »Du hast doch gehört, was Langgaard eben gesagt hat. Entspann dich! Und bereite dich gedanklich auf das vor, was als Nächstes kommt. Denk an den Aufbau deines Körpers!«

Hanna befolgte ihren Rat und dachte zurück an die erste Anatomiestunde. Sie hatte sich unter dem Begriff »Anatomie« wenig vorstellen können. Das klang nach trockener Materie, nach Auswendiglernen und Unbegreiflichem. Rohden hatte in dieser Stunde die Zeichnung eines menschlichen Fußskeletts herumgereicht, das Hanna wie ein Kunstwerk erschien – die vielen unterschiedlich großen Knochen, die perfekt ineinander passten und dank der Unterstützung eifriger Muskeln und starker Sehnen unermüdlich im Einsatz waren. Mit großem Respekt hatte sie daraufhin auf ihre Füße geschaut und vorsichtig die Zehen bewegt.

»Was nehmen wir heute noch mal durch?«, riss Hermine, die neben ihr herlief, sie aus den Gedanken.

»Die Wirbelsäule, ein beeindruckendes Gebilde.« Hanna fasste sich mit beiden Händen an den Rücken und tastete einige ihrer Wirbel ab. »Nachher werde ich bestimmt genauer wissen, wie sie funktionieren, und mir einbilden, jeden einzelnen zu spüren.« Sie lachte. »Das geht mir immer so, wenn Rohden unterrichtet. Sobald sie mit ihren Erklärungen anfängt, sehe ich das Innere meines Körpers vor mir.«

»Da hinten kommt sie übrigens«, bemerkte Hermine. »Überpünktlich wie immer.«

Hanna sah Rohden in der Ferne nun auch. »Sie hat wieder Lola dabei, die ihr keinen Schritt von der Seite weicht. So treu und ergeben können wohl nur Hunde sein. Das ist wahre Liebe.«

»Ja, aber nur zwischen Mensch und Tier«, erwiderte Hermine und hielt ihr die Tür zur Übungsbaracke auf, wo die Staffeleien mit den Schiefertafeln für den Unterricht bereits aufgestellt waren.

»Wir beschäftigen uns heute mit der Körperhaltung und dem Unterschied zwischen einer guten und einer schlechten Haltung«, begann Rohden wenig später die Stunde. Lola legte sich auf allen vieren brav neben sie und spitzte die Ohren, als müsste sie genauso aufmerksam zuhören wie die Schülerinnen.

»Eine schlechte Haltung kann das gesamte Stützgerüst unseres Körpers durcheinanderbringen und schädigen«, fuhr Rohden fort und griff zu einem Stück Kreide. Mit einer Genauigkeit, die beachtlich war, zeichnete sie die Umrisse einer Wirbelsäule an die Tafel. Obwohl sie bei allem, was sie tat, fast immer ein ernstes Gesicht machte und selten lächelte, schätzte Hanna ihr einnehmendes Wesen und ihre angenehm sanfte Stimme. Es sei denn, Rohden ärgerte sich über jemanden, dann konnte sie richtig unangenehm werden.

Heute traf es Isolde, die mit großer Verspätung erschien und sich nicht einmal entschuldigte.

»Ich rede gerade über Haltung«, empfing Rohden sie spitzzüngig. »Die Wissenschaft unterscheidet zwischen einer inneren und einer äußeren Haltung. Ich hoffe, du verstehst, was ich damit meine. Den Rest kannst du dir selbst zusammenreimen.«

»Wie Sie sicher wissen, habe ich morgen einen wichtigen Termin und möchte gut vorbereitet sein«, erwiderte Isolde. »Ich habe in der Frühe schon trainiert und darüber die Zeit vergessen. So etwas kann vorkommen.« Zielgerichtet ging sie durch den Raum und blieb in Hannas Nähe stehen.

Rohden sprach weiter und zeigte auf ihre Zeichnung. »Wenn die natürliche Krümmung der Wirbelsäule verändert ist, kann das angeboren sein oder andere Gründe haben, wie zum Beispiel eine jahrelange falsche Haltung. Oft sieht das dann so aus.«

Wieder griff sie zur Kreide und zeichnete nun eine Wirbelsäule, die ziemlich schlimm verbogen war. »In so einem Fall kann man versuchen, bestimmte Muskeln gezielt zu stärken, damit sie die Wirbelsäule stützen und ihr bei dem, was sie leisten muss, behilflich sind. Auch dazu müsst ihr als Gymnastiklehrerinnen in der Lage sein.« Rohden sah nun jede einzelne Schülerin an. »Um welche Muskeln könnte es sich dabei handeln? Schreibt sie auf und denkt dabei an die Hausaufgabe, die ich euch gestellt habe. Nicht nur die großen Muskeln, auch die scheinbar kleinen spielen eine wichtige Rolle.«

Hermine stöhnte leise auf. »Ich habe nichts von dem gelernt, was wir sollten. Und du?«, fragte sie Hanna leise.

»Ich schon, weil mich Anatomie halt interessiert. Ich lese gerne darüber und finde es spannend.«

Hermine blickte sie verblüfft an. »Wann machst du das bei der wenigen Zeit, die du hast?«

»Abends, wenn du schon schläfst. Lass uns einfach so tun, als hätten wir die Hausaufgaben gemeinsam gemacht«, sagte sie mit gedämpfter Stimme und spähte aus dem Augenwinkel zu Isolde, die offensichtlich versuchte, sie zu belauschen.

»Schreib Folgendes an die Tafel«, flüsterte Hanna jetzt hinter vorgehaltener Hand. »Lange Muskelstränge links und rechts der Wirbelsäule. Tief liegende Muskeln, sie verbinden die Wirbel miteinander. Schulter- und Rumpfmuskulatur. Die am Bauch natürlich auch.« Hanna wartete, bis Hermine fertig geschrieben hatte. »Und jetzt kommt noch der Gluteus Maximus. Ist das nicht ein wunderbarer Name?«

»Und wie schreibt man den?«, tuschelte Hermine.

»Wie du ihn sprichst. *Gluteus Maximus*«, wiederholte sie langsam.

»Noch nie gehört. Welcher Muskel ist das?«

»Einer der Gesäßmuskeln. Der größte«, hauchte Hanna ihr ins Ohr. »Der einzige lateinische Name, den ich mir merken konnte.«

»War es das?«, fragte Hermine.

»Hmm, vielleicht fällt mir noch mehr ein.« Hanna wiegte den Kopf nachdenklich hin und her und beobachtete dabei, wie Isolde angeschlichen kam, neben ihr stehen blieb und neugierig auf die Tafel stierte.

»Wir sind fertig«, rief sie selbstsicher in den Raum und zog damit Rohdens Aufmerksamkeit auf sich. »Ich möchte gerne vortragen, was wir erarbeitet haben.«

Wie kann ein Mensch so unverfroren sein, schoss es Hanna durch den Kopf. Sie wollte vor Entrüstung explodieren, die Rheinländerin entlarven, aber Hermine hielt sie zurück. »Bleib ruhig und lass sie gewähren. Das ist die einzig richtige Reaktion, die sie verblüffen wird.«

Hanna ballte die Hände zu Fäusten und hörte angewidert zu, während Isolde von ihrem Wissen profitierte und die Liste der Muskeln wie Zutaten eines Kuchenrezepts herunterleierte und anschließend lächelte.

»Ich sehe, dass ihr drei eure Hausaufgaben erledigt habt. Hoffentlich versteht auch jede von euch, worum es geht«, bemerkte Rohden trocken. »Wir machen eine Pause, ich muss mich in einer dringlichen Angelegenheit kurz mit Louise besprechen und bin gleich zurück.«

Das hatte Hanna gerade noch gefehlt. Kaum war die Chefin weg, rümpfte Isolde die Nase. »Irgendwie riecht es hier nach Kuhstall.« Sie schnupperte in alle Richtungen, bis sie sich auf eine festlegte. »Kann es sein, dass der unangenehme Geruch von dir kommt?«, fragte sie Hanna leise.

»Gut möglich. Ich war heute früh in einem Kuhstall. Habe ich dir nie erzählt, dass ich Kühe mag? Nur die dummen, die mag ich nicht.«

»Lass mich dir erzählen, wie mein früher Morgen aussah«, überging Isolde ihre Bemerkung. »Als Erstes habe ich Ruth den Tanz gezeigt, den ich morgen aufführen möchte.« Sie schaute sich um. »Ruth, wo bist du?«

»Hier«, rief Ruth verhalten aus der hintersten Ecke der Baracke, als würde sie sich dort versteckt halten.

Isolde winkte sie herbei. »Berichte selbst, wie du mich beim Tanzen wahrgenommen hast.«

»Du ... du warst gut ... sehr gut«, stotterte die Schwedin. »Deine Bewegungen haben mich beeindruckt, aber ...«

»Danke für deine ehrlichen Worte«, unterbrach Isolde sie und wandte sich wieder Hanna zu. »Während du, bestimmt strebsam pünktlich, hier zum Unterricht erschienen bist, habe ich mich auf meine künstlerische Ausstrahlung konzentriert, die morgen bei der Beurteilung auch von Bedeutung sein wird.« Isolde lachte auf. »Dass du dich beim Tanztraining als Musikerin eingeschlichen hast, hat dir keinerlei Vorteile verschafft. Man kann sich das eigene Können nicht von anderen abgucken.«

»Und warum hast du dich so lange bei den Chefinnen beschwert, bis du auch in den letzten Wochen beim Training zuschauen durftest? Und wieso hast du jede kleine Bewegung, die ich zwischendurch eingeübt habe, sofort nachgeahmt?«, fuhr Hanna sie an.

»Ich wollte mehr über deine Schwächen erfahren und sie für meine Stärken nutzen.«

»Neid frisst die Seele auf«, murmelte Hanna vor sich hin und spürte Isoldes Blicke wie Stiche in der Brust. Die anderen Schülerinnen nahm sie kaum wahr, sie standen stumm daneben und rührten sich nicht.

»Was ist los? Eine solche Stille bin ich von euch nicht gewohnt«, fragte Rohden, die wieder zurückkam. »Die Wirbelsäule hat anscheinend nicht gerade für angeregten Gesprächsstoff gesorgt. Oder hattet ihr Streit?«

Ruth meldete sich zögerlich zu Wort. »Nicht direkt Streit, aber hier wird schlechte Stimmung verbreitet, und ich war ungewollt daran beteiligt.«

»Lass gut sein«, sagte Hanna zu ihr. »Das tut jetzt nichts zur Sache.« Viel lieber streichelte sie Lola, die auf sie zugelaufen war und sich verspielt an ihre Beine schmiegte. Ohne Argwohn, ohne Missgunst. Neugierig schnupperte die junge Dogge mit ihrer weichen, nassen Nase an Hannas Knien und lenkte sie mit ihrem treuen Blick von Isoldes Sticheleien ab, die an ihr nagten.

Rohden setzte unterdessen den Unterricht fort. »Wer noch Fragen zu unserem heutigen Thema hat, melde sich bitte.«

Hanna wartete lange, aber keine der Mitschülerinnen hob die Hand. »Ich habe eine Frage. Vielleicht trifft sie nicht ganz das Thema, aber …«, sagte sie schließlich unsicher. »Im Gymnastikunterricht und Tanztraining ist viel die Rede von Körperspannung und wie wir sie trainieren sollen. Ich habe aber noch immer nicht richtig begriffen, was genau damit gemeint ist.«

»Die Körperspannung ist eine Kunst«, erwiderte Rohden. »Sie lässt eine Bewegung spielend leicht aussehen, obwohl sie großer Anstrengung bedarf.« Zur Veranschaulichung stellte sie sich auf die Zehenspitzen und streckte anmutig ein Bein von sich. »Damit ich in diesem Moment mein Gleichgewicht halten kann, muss ich viele verschiedene Muskeln anspannen. Die wissen genau, was sie zu tun haben, und in welchem Maß, sonst würde die Bewegung verkrampft aussehen. Und wenn ich jetzt noch mühelos meine Arme heben möchte …« – was sie tat – »dann brauche ich noch mehr innere Helfer dafür.«

Rohden lächelte ausnahmsweise. »Ich bezeichne die Körperspannung als enge Vertraute. Sie prägt nicht nur meine Koordination, sondern auch mein Empfinden«, endete sie, stellte sich wieder auf beide Beine und schloss die Stunde.

Hanna wollte gerade gehen, da fasste ihr jemand von hinten mit der Hand an den Hals. Sie drehte sich um, sah ihrer Widersacherin direkt in die Augen und zischte leise: »Hör endlich auf, mich zu belästigen!«

»Isolde, du bleibst bitte noch hier«, rief Rohden in diesem Moment. »Ich möchte mit dir reden, unter vier Augen.«

»Ich bin gleich bei Ihnen. Ich will mich nur schnell von meiner Mitschülerin verabschieden«, säuselte die Rheinländerin und rückte noch aufdringlicher an Hanna heran.

»Bis jetzt war alles nur Spielerei, ab morgen wird es ernst. Denk dran!«, flüsterte sie ihr ins Ohr.

Isoldes Worte klangen wie eine gefährliche Drohung, die Hanna den Magen zuschnürte. Kaum war sie draußen, rannte sie los, hinauf bis zum Trampelpfad, weiter zum Wasserspeicher und ohne Atempause wieder zurück. Sie dachte an Tante Wilmas letzten Brief. *Zu jedem Streit gehören mindestens zwei,* hatte sie geschrieben und Hanna vornehme Zurückhaltung empfohlen. *Bewahre deine Würde und lass dich nicht vom Geltungsdrang anderer fesseln.*

Hanna hatte die Sätze oft gelesen, abends vorm Einschlafen. Sie klangen weise und gut, von Mal zu Mal mehr. Dennoch war dieser Ratschlag verdammt schwer in die Tat umzusetzen.

»Ich hätte Isolde gerne ins Gesicht gesagt, dass sie sich mit fremden Federn schmückt. Warum hast du mich davon abgehalten?«, rief sie bei ihrer Rückkehr Hermine zu, die vor der Baracke auf sie wartete.

»Du hättest dir keinen Gefallen damit getan. Isolde will doch nur, dass du dich aufregst, ärgerst oder traurig wirst, damit sie Überlegenheit zur Schau stellen kann und du wie ein Häuflein Elend mit den Augen blinzelst.«

»Ist mir das heute auch wieder passiert mit dem Blinzeln?«, fragte Hanna noch immer atemlos und keuchte.

»Ja, und zwar sehr stark, die ganze Zeit über.«

Hanna zuckte vor Schreck zusammen. »Sie wird so lange auf mir herumhacken, bis sie mich geschafft hat.«

»Das wirst du nicht zulassen, und ich auch nicht!«, sagte Hermine energisch. »Eher haue ich ihr eine runter und jage sie mit ihren roten Haaren zum Teufel.«

»Was sind das für abtrünnige Gedanken!«, bemerkte Rohden, die mit Lola gerade zur Tür herauskam.

Hermine grinste sie an. »Es heißt doch, dass die Gedanken frei sind, oder?«

»Zum Glück sind sie das. Außerdem waren deine nicht für meine Ohren bestimmt«, erwiderte Rohden und drehte sich zu Hanna um. »Manchmal ist Schweigen die bessere Antwort. Auch wenn du ungerecht behandelt worden bist, was mir nicht entgangen ist. Umso mehr hast du dich im Unterricht geschickt verhalten.«

»Aber nur, weil Hermine mich zurückgehalten hat«, gestand Hanna.

»Dazu sind Freundinnen da, damit sie einen unterstützen, beraten und durchaus auch mal kritisieren. Diese Qualitäten schätzen zumindest Louise und ich an unserer Freundschaft.« Rohdens Stimme klang auf einmal weich, fast zärtlich. »Wir haben die Siedlung vom ersten Tag an als einen Ort der Gemeinsamkeit begriffen, an dem Frauen einander wertschätzen und voneinander profitieren können. Das ist die Loheland-Idee, und solange wir hier leben, wird es niemandem gelingen, diese Idee zu zerstören.« Rohden ließ den Blick in Richtung der Häuser und Werkstätten schweifen.

»Ich konnte mit Isolde übrigens nicht klären, was ich klären wollte«, fuhr sie fort. »Sie hat das Gespräch mit mir abgebrochen.«

»Wo ist sie überhaupt?«, wollte Hanna wissen. »Ich habe sie draußen nirgendwo gesehen.«

»Sie ist allein in der Baracke und probt ihren Tanz. Dabei macht sie keinen schlechten Eindruck, aber …« Rohden verstummte, und Hanna überlegte, wie sie den Satz wohl fortgesetzt hätte.

»Wenn eine Schülerin überhaupt nicht hierherpasst und sich anmaßend verhält, würde sie doch irgendwann weggeschickt, oder?«, fragte sie.

»Ich wäre durchaus geneigt, das zu tun«, räumte Rohden ein, »deshalb habe ich mich vorhin kurz mit Louise beraten. Wir sind übereingekommen, dass jeder Mensch selbst spüren sollte, wo und wann er fehl am Platz ist.«

Hanna konnte nicht verhindern, dass ihr die Gesichtszüge entglitten. »Dann muss ich also weiterhin alles schlucken, auch dass sie den ganzen Tag die Baracke für sich in Anspruch nimmt?«

»Wenn du auch rein willst, müsst ihr euch arrangieren. Aber wozu? Du hast dich für morgen genug vorbereitet. Belass es dabei.« Die Chefin nickte ihr aufmunternd zu. »Lenk dich lieber ein bisschen ab und überleg dir schöne Hundenamen.«

Hanna stutzte, mehr als einen Moment lang.

»Wo geht ihr als Nächstes hin?«, wandte Rohden sich an Hermine.

»In die Felder zum Ernten.«

»Ich komme mit und berichte euch unterwegs das Neueste.«

Mit Lola an der Leine marschierten sie los, zunächst an den Beeten vorbei, die in der Nähe der Häuser angelegt waren. »Wenn alles klappt, werden wir bald vier weitere Doggen haben«, erzählte die Chefin, »zwei Rüden und zwei Hündinnen bester Herkunft, genauso prächtig wie Lola.«

Rohden beugte sich nach unten und kraulte Lola am Hals. »Ein bisschen Gesellschaft wird dir guttun«, flüsterte sie der Hündin ins Ohr und richtete sich wieder auf. »Sobald sie ausgewachsen ist, brauche ich mich nicht mehr zu bücken. Mit gestrecktem Hals und gespitzten Ohren wird sie mir fast bis zur Schulter reichen und ein stolzes, edles Tier sein.« Rohden hielt kurz inne. »Aber spätestens in einem Jahr werde ich mich von ihr trennen.«

»Was haben Sie vor?«, fragten Hanna und Hermine, die neben ihr herliefen, wie aus einem Mund.

»Wir wollen Lola nach Amerika verkaufen. Dort sind sie anscheinend ganz wild auf Deutsche Doggen. Eine Freundin, die seit Kurzem in New York lebt, hat mich in einem ihrer Briefe auf diese glänzende Idee gebracht.«

Das Einzige, was an der Idee glänzte, war Lolas Fell, dachte Hanna. Sie behielt ihre Zweifel an den Plänen ihrer Chefin lieber für sich und ging schweigend weiter. Gerade erst waren sie am Waldrand angekommen, und der Weg bis zu den Feldern, die weit außerhalb lagen, war noch lang.

»Die Dogge gilt in Amerika als einer der schönsten und elegantesten Hunde«, berichtete Rohden weiter. »Meine Freundin meinte, dass die Nachfrage steigt und die Kaufinteressenten keine Kosten scheuen würden, wenn die Tiere direkt aus Deutschland kommen.«

Hermine bekam große Augen. »Was bedeutet das in Zahlen? Wie wertvoll wäre ein Hund wie Lola in den Vereinigten Staaten?«

»So wertvoll, dass wir mit dem Verkauf der Hündin ein neues Haus finanzieren könnten«, erläuterte Rohden. »Und da wir noch etliche Häuser in der Siedlung bauen wollen, werden wir mit dem Züchten Deutscher Doggen beginnen. Natürlich ist das eher eine mittel- bis langfristige Investition. Aber als Unternehmerinnen müssen wir vorausschauend denken.«

Ein gestandener Geschäftsmann wie ihr Vater sähe im Handel mit Hunden nach Übersee niemals eine lukrative Perspektive, überlegte Hanna. Er würde das Vorhaben ihrer Chefinnen für absurd halten.

»Leider kann ich kein Englisch«, bedauerte Rohden, »Louise schon. Sie hat als Kind mit ihren Eltern in London gelebt. Mit ihren Sprachkenntnissen kann sie mich beim Aufbau amerikanischer Geschäftsbeziehungen unterstützen.«

»Ich habe auch mal eine Zeit lang Englisch gelernt. Bei den paar Worten, die ich behalten habe, wäre ich allerdings keine große Hilfe«, sagte Hanna. Sie ging vor Lola in die Knie und streichelte ihr mit beiden Händen den Rücken. »Ich mag keine Abschiede. Wenn ich nur dran denke, werde ich traurig ...«

Rohden machte mit der Hündin kehrt, nahm sie von der Leine und ließ sie frei laufen.

»Möhren oder Erbsen? Was wollt ihr heute essen? Wir haben von beidem noch genug«, hörte Hanna nach einem weiteren Fußmarsch Hildes Stimme aus einem der großen Gemüsefelder. Zu sehen war von ihr nicht mehr als der Haarschopf.

»Ich bin für Erbsen«, rief Hermine, »weil ich keinen Küchendienst habe und sie nicht pulen muss.«

»Das habe ich mir gedacht. Kommt her zu mir. Hier ist noch alles voller Schoten. So viele hatten wir im letzten Jahr nicht.«

Hilde winkte, und ihr Kopf ragte kurz aus den hochgeschossenen Pflanzen heraus, bevor er wieder im Grün der Blätter versank.

»Sie sind köstlich. Probiert mal«, empfing sie die beiden mit einer Handvoll knackiger Erbsen.

Genüsslich kauend schaute Hanna auf die Felder, die sie vom Unkrautjäten hinreichend kannte. Bis auf die schmalen Wirtschaftswege sahen sie von oben aus wie große grüne Teppiche, mal höher, mal niedriger, struppig oder glatt, je nachdem, welches Gemüse dort wuchs. »Wisst ihr, was ich in diesem Augenblick das Beste an meinem ersten Loheland-Sommer finde?«, sagte sie plötzlich. »Er entschädigt mich für alle Weißkohleintöpfe, die ich essen musste, ob mit oder ohne Kümmel. Die Natur hat so viel mehr zu bieten.«

»Wir werden die Anbaufläche im nächsten Jahr erweitern müssen«, entgegnete Hilde nüchtern. »Die Chefinnen rechnen damit, dass wir bis dahin an die hundert Frauen sind, und alle wollen satt werden.« Sie stöhnte auf. »Das bedeutet noch mehr Gartenarbeit, noch mehr jäten, rupfen und zupfen.«

Hanna störte diese Prophezeiung gerade gar nicht. Sie kniete sich neben die Erbsenpflanzen und begann mit dem Pflücken. Zum ersten Mal erntete sie, was sie Monate zuvor selbst gesät hatte. In der Siedlung raste die Zeit. Als sie noch zu Hause wohnte, war sie oft elendig langsam dahingekrochen, weil viel zu wenig passierte. Hamburg erschien Hanna gerade mindestens so weit weg wie Indien.

Dein Vater ist seit gestern auf Reise. Hoffentlich kehrt er vor Weihnachten gesund aus Assam zurück, war alles, was sie von ihrer Mutter an Neuigkeiten erfahren hatte. Mit keinem Wort erwähnte sie auf der Postkarte Hannas Schwester Elisabeth und deren Eheprobleme und ging auch nicht auf den Brief ein, in dem ihr Hanna Wochen zuvor über ihr neues Leben in Loheland berichtet hatte.

Was sollte ihre Mutter mit Begriffen wie Veränderung und innerer Kraft auch anfangen? Sie verließ nicht einmal allein das Haus. Sie hat durch Nichtstun ihr Leben verpasst, dachte Hanna und empfand im Gegensatz zu früher keinen Groll mehr, sondern Mitleid, das sie zusätzlich anspornte. Die Arbeit im Erbsenfeld ging ihr flink von der Hand, der Eimer schien sich wie von selbst mit Schoten zu füllen und war binnen kurzer Zeit halb voll.

»Wo bleiben die anderen, die helfen sollten?« Hilde

reckte ihren Hals über die Pflanzen hinweg, um den Wirtschaftsweg einsehen zu können.

Hanna winkte ab. »Da kannst du lange warten. Leni musste in die Töpferei, weil Ruth sie unbedingt heute Vormittag am Brennofen fotografieren will. Du weißt ja, wie lange sie für ein Foto braucht. Bis dahin sind die Erbsen gar. Marianne hilft beim Abbau der Sitzbänke in den Waggons. Und Isolde …« Schon ihren Namen auszusprechen, bereitete Hanna Unbehagen. »Die übt in der Baracke ihren Tanz.«

»Da soll sie gerne bleiben, am besten den ganzen Tag.« Hilde schmiss die Schoten, die sie gerade in der Hand hielt, mit Wucht in den Eimer und sah Hanna streng an. »Du lässt sie da in Ruhe, verstanden?«

»Und falls ich auch noch mal …«

»Nein«, unterbrach Hilde sie. »Es macht gar keinen Sinn, dass du heute noch einmal trainierst. Und morgen schon gar nicht.«

»Das haben Rohden und ich auch gesagt«, stimmte Hermine ihr zu.

»Umso besser«, meinte Hilde. »Dann sind wir drei, die der gleichen Meinung sind. Das Vortanzen wird sowieso anders ablaufen, als du denkst.«

»Wie meinst du das?«, bedrängte Hanna sie neugierig.

Hilde biss die Zähne aufeinander und schwieg eine Weile. »Du erinnerst dich sicherlich an unseren gemeinsamen Abend in der Scheune. Behalte ihn gut im Kopf … Mehr darf ich nicht verraten, das wäre den anderen gegenüber ungerecht.« Sie stopfte sich ein paar Erbsen in den Mund und beobachtete beim Kauen jeden Handgriff, den Hanna beim Pflücken tat.

»Dir fehlt die innere Ausgeglichenheit. Du wirkst zu angestrengt und atmest unruhig«, bemerkte sie besorgt.

»Diese Schwäche kann sich morgen auf deinen Gesamteindruck nachteilig auswirken. Das sollten wir verhindern. So viel Zeit muss sein.«

Wenig später lag Hanna auf einem Wiesenstück neben dem Erbsenfeld, schaute in den Himmel und war gespannt, was Hilde mit ihr vorhatte. »Du brauchst dich nur auf deinen Atem zu konzentrieren. Lenke und steuere ihn, wie du es gelernt hast«, wies sie Hanna an. »Finde den Rhythmus, der dir guttut und dich zur Ruhe bringt. Den Rest mache ich.«

Hanna schloss die Augen und ließ sie gewähren. Hilde klopfte mit den Fingern sanft auf ihren Brustkorb und den Bauch, schüttelte ihr vorsichtig Arme und Beine, bevor sie mit einer Massage begann. Mit leichtem Druck strich sie langsam mit den Händen über Hannas Körper und schien jede Verspannung sofort zu spüren. »Da, wo deine Muskeln verhärtet sind, drücke ich etwas fester, damit ich sie lockern kann«, sagte sie leise.

Bald meinte Hanna tatsächlich, den beruhigenden Luftstrom ihres Atems bis in die Finger- und Zehenspitzen zu spüren. Sie fühlte sich für einige Momente fern von allem, was sie umgab, auch fern von den Sorgen, die sie plagten. Zudem überkam sie eine angenehme Müdigkeit, die sie jedoch nicht schläfrig machte.

»Hier sind magische Hände am Werk«, hauchte sie und landete sanft wieder im Diesseits. »Warum hast du uns dieses beeindruckende Erlebnis in deinen Unterrichtsstunden bislang vorenthalten?«, fragte sie Hilde, die ihr beim Aufstehen unter den Arm griff.

»Das war eine Sonderbehandlung für besonders schwere Fälle.« Hilde schaute ihr eindringlich in die Augen. »Bis morgen Nachmittag sollten wir folgendermaßen vorgehen: Beim Essen werden Hermine und ich in deiner Nähe sein und die Angriffe der Rheinländerin ausbremsen. Morgen Vormittag werde ich dich erneut massieren. Bis dahin empfehle ich dir, dich auszuruhen. Gönn deinem Körper eine kleine Pause.«

Hanna seufzte. »Und was ist, wenn das alles nichts nutzt?«

»Dann werde ich mir morgen Abend Mühe geben, dich wieder aufzumuntern«, rief Hermine dazwischen. »Du weißt doch, was wir nach der Prüfung vorhaben – oder zweifelst du inzwischen an unserer Entscheidung?«

»Nein, auf keinen Fall«, antwortete Hanna. »Komme, was wolle, das gehen wir an.«

Hilde fing an zu kichern. »Eure Geheimniskrämerei kommt mir persönlich sehr bekannt vor. Ich würde darauf wetten, dass ihr euch eine neue Frisur zulegen wollt.«

»Dir kann man aber auch gar nichts vormachen. Du bist uns in allem meilenweit voraus«, mokierte sich Hanna.

Hilde kicherte erneut. »Wenn ihr wollt, übernehme ich die Sache. Eine bessere Haarschneiderin als mich werdet ihr in der Siedlung kaum finden. Ich darf sogar an die Köpfe der Chefinnen ran.«

Die drei jungen Frauen hatten mit den prall gefüllten Eimern bereits den größten Teil der Wegstrecke hinter sich und konnten in der Ferne schon die ersten Siedlungshäuser sehen, da kam ihnen Ruth entgegen. »Entschuldigt bitte die Verspätung, aber ihr könnt euch nicht vorstellen, was ich für eine Belastung am Hals habe«, rief sie in einer etwas anderen Tonlage als sonst. »Ständig fallen Langgaard neue Motive ein, die ich fotografieren soll. Da kann man sich leicht mit der Zeit verkalkulieren.« Ruth wies mit ihrer Hand auf den Eimer, den Hanna trug. »Ich habe einiges bei dir gutzumachen, lass mich ihn wenigstens tragen.« Sie zog so lange an dem Henkel, bis Hanna nachgab.

»Was ist denn mit dir passiert?«, sagte sie erstaunt. »Seit wann schleppst du freiwillig schwere Sachen?«

»Seitdem ich besser in Form bin. Du bist nicht die Einzige, die sich hier weiterentwickelt.« In Ruths Stimme klang Stolz mit. »Du kennst mich von allen am besten«, fuhr sie fort. »Fällt dir auf, was sich an mir am meisten verändert hat?«

Hanna musterte sie von oben bis unten, aber mit rein äußerlicher Betrachtung war sie offenbar auf der falschen Fährte. »Du redest anders, meinst du das?«

Ruth nickte. »Diesen Umstand habe ich ihr zu verdanken.« Sie wandte sich Hilde zu und lächelte. »Du bist die erste Person, die mir hilft, meine Stimme in den Griff zu kriegen.«

»Dabei sind wir noch am Anfang«, meinte Hilde. »Mit gezielten Übungen für die Stimmbänder können wir noch einiges mehr an Resonanz aus dir herausholen.«

Ruth schwang daraufhin vergnügt den Eimer und bemühte sich, ihrer mangelnden Kondition zum Trotz, mit den anderen Schritt zu halten. »Morgen Nachmittag werde ich in Fulda sein«, erzählte sie Hanna.

»Schon wieder? Was machst du da andauernd?«

»Stadtluft schnuppern, Schaufenster gucken und bummeln. Was sonst?«, antwortete sie leichthin. »Ich muss allerdings auch zum Fotografen, Filme abgeben. Er hat sich bereit erklärt, sie zu entwickeln, solange wir hier noch kein eigenes Atelier mit Dunkelkammer haben.«

Hanna wunderte sich über Ruths Wandlung, sie war fast zu schön, um wahr zu sein. »Ich freue mich, dass du deine Ängste überwunden hast und inzwischen ganz alleine unterwegs bist, selbst nach Fulda. Oder begleitet dich jemand?«

»Nur das erste Mal war ich gemeinsam mit Isolde dort. Danach nie wieder.«

»Und wie kommst du hin und zurück?«, fragte Hanna. »Ich kann mir schlecht vorstellen, dass du stundenlang zu Fuß unterwegs bist.«

Ruth, die inzwischen sogar ein paar Schritte vorauslief, drehte sich um und sah sie mit auffällig glänzenden Augen an. »Bislang hatte ich immer Glück und habe eine Mitfahrgelegenheit ergattert. Meistens bei meiner Zimmerwirtin. Sie besucht öfter ihre Mutter, die in Fulda lebt, und nimmt mich mit.«

»Du hast es gut«, platzte Hilde mit ihrer Bemerkung heraus. »Als ich gestern aus Fulda kam, musste ich mal wieder die gesamte Strecke bis zur Siedlung laufen, weil mir kein einziges Fuhrwerk über den Weg gerollt ist.«

»Du gestern, ich morgen. Was für ein Zufall«, amüsierte Ruth sich. »Wir sollten uns in Zukunft absprechen.«

»Darauf werden wir beide auch mal zurückkommen«, sagte Hanna und hakte sich bei Hermine unter. »Wir sind anscheinend die Einzigen, die bislang noch keinen Ausflug in die Weltstadt gemacht haben.«

»Bei mir war es kein Ausflug«, verbesserte Hilde sie. »Ich hatte dort geschäftlich zu tun. Ich gebe in Fulda manchmal privaten Gymnastikunterricht.«

»Ach, wie interessant, das wusste ich gar nicht«, erwiderte Hanna.

»Ich dachte, ich hätte dir davon erzählt.« Hilde verdrehte leicht die Augen, und Hanna traute sich nicht, das Thema weiter zu vertiefen.

»Kannst du mir aus Fulda ein Kopftuch mitbringen?«,

fragte sie dann Ruth. »Ich möchte es als Haarband nutzen.«

»Das ist eine gute Idee. Ich kaufe gleich zwei. Eins für mich mit.«

»Wozu? Willst du dir etwa auch die Zöpfe abschneiden? Morgen Abend ist es so weit. Wenn du willst, komm dazu.«

Hannas Angebot stieß nicht auf Begeisterung. Ruth vermied auf einmal den Blickkontakt zu ihr und starrte in den Eimer Erbsen, den sie trug, als würde sie darin nach passenden Worten suchen. »Das geht mir zu schnell. Ich möchte mich zunächst beraten lassen, ob mir kurze Haare überhaupt stehen«, sagte sie schließlich. »Außerdem werde ich am Abend wohl kaum rechtzeitig zurück sein. So ist das, wenn man von Mitfahrgelegenheiten abhängig ist.«

Nach dem leckeren Mittagessen aus Erbsen, Kartoffeln und gekochten Eiern ruhte Hanna sich in Hildes Zimmer aus. Die ältere Freundin hatte ausdrücklich darauf bestanden – ähnlich wie Hermine, die Hanna davon abgehalten hatte, am Nachmittag in der Weberei zu arbeiten. Sie kam sich fast vor wie eine Kranke, die von der Gemeinschaft ausgeschlossen wurde, wenn auch aus freundschaftlicher Fürsorge. Sie war nicht mehr gewohnt, allein zu sein und den Tag damit zu verbringen, fruchtlosen Träumen und verpassten Gelegenheiten nachzuhängen, was zu Hause ihre Hauptbeschäftigung gewesen war.

Erleichtert atmete sie auf. Dieses Kapitel ihres Lebens hatte sie zum Glück hinter sich. Um wie viel ärmer dran war da ihre Schwester in Kiel. Hanna stellte sich vor, wie Elisabeth von morgens bis abends in der ehelichen Wohnung hockte, froh war, wenn ihr Mann Friedrich wegging, und womöglich Angst bekam, sobald er zurückkehrte. Auch in ihrem Leben musste dringend etwas geschehen, sie war zu jung, um aufzugeben. Vielleicht sollte sie mal ein paar Tage nach Loheland kommen, überlegte Hanna und machte sich daran, ihrer Schwester einen Brief zu schreiben. Mit viel Bedacht formulierte sie die Einladung, um Elisabeth nicht in Schwierigkeiten zu bringen, falls der Brief Friedrich in die Hände fiel.

15

Am nächsten Tag stand Hanna um Punkt sechzehn Uhr vor der Übungsbaracke. Zum ersten Mal trug sie die von den Tänzerinnen selbst entworfene Trainingskleidung, den hellen Rock, der ihr kaum bis zum Knie reichte, und die Baumwollbluse, deren kurze Ärmel die Schultern ganz knapp bedeckten. Oft genug hatte sie Hilde und die anderen in den letzten Wochen um die Leichtigkeit dieser Kleidungsstücke beneidet und war nun stolz, sich selbst darin zeigen zu dürfen. Ohne Hemmungen schaute sie erst auf ihre nackten Beine, dann auf die Arme, die sie wie zur Begrüßung eines lieben Menschen weit ausstreckte.

Ausgerechnet in diesem Moment bemerkte sie Isolde. Gemeinsam mit den beiden anderen Kandidatinnen kam sie in gleicher Bekleidung auf die Baracke zu und zeigte mit dem ausgestreckten Finger auf ihre Konkurrentin.

Hanna konnte über die Geste lächeln. Seit Hildes zweiter Massage fühlte sie sich mit Gleichmut gewappnet.

»Du scheinst dir ja gut zu gefallen in dieser eierschalenfarbenen Einheitsgarderobe. Ich nicht!«, rief Isolde ihr zur Begrüßung zu. »Ich wäre lieber in kräftigem Grün oder knalligem Orange erschienen, um mich von dir abzuheben. Gerade beim Tanzen sollte das äußere Erscheinungsbild Rückschlüsse auf die Persönlichkeit ermöglichen.«

»Sei unbesorgt, du wirst dich innerlich genug von mir abheben.« Hanna lächelte erneut und wandte sich den beiden etwas älteren Schülerinnen zu. »Wie gefallt ihr euch an diesem besonderen Tag?«

»Ich stimme Isolde zu«, antwortete eine der beiden sofort. »Ich möchte auch ungern mit dir in einen Topf geworfen werden.«

»Du heißt Gertrud, nicht wahr? Und bist mit deiner Gymnastikausbildung ein Jahr weiter als ich«, erwiderte Hanna in angriffslustigem Tonfall. »Wir haben bislang kaum mehr als ›Hallo‹ und ›Schönen Tag‹ zueinander gesagt. Was hast du gegen mich?«

»Über dich wird nichts Gutes erzählt. Ich hörte, dass du stets auf deinen eigenen Vorteil bedacht bist.«

Die andere Schülerin nickte beifällig. »Das ist mir auch zu Ohren gekommen.«

Hanna sah sie an. »Dich kenne ich noch weniger als Gertrud. Wie heißt du überhaupt?«

»Olga. Ich habe Isolde in meinem Zimmer aufgenommen«, sagte sie.

»Deshalb wisst ihr also über meinen schlechten Charakter so gut Bescheid.« Hanna warf Isolde einen spöttischen Blick zu. »Bewundernswert, wie du immer wieder neue Verbündete findest. Was hast du ihnen gezahlt?«

Bevor die Rheinländerin reagieren konnte, öffnete sich die Tür der Baracke, und Langgaard trat heraus.

»Ihr seht gut aus«, bemerkte sie beiläufig und kam auf den Ablauf zu sprechen. »Ein neues Mitglied für das Ensemble zu suchen, ist eine bedeutende Angelegenheit. Die Tänzerinnen werden euch mit kritischem Blick beurteilen, ich im Übrigen auch.«

»Und wer entscheidet am Ende?«, fragte Olga.

»Alle zusammen. Und falls wir uns nicht einigen können, habe ich das letzte Wort«, sagte Langgaard. »Keine von euch wird benachteiligt oder bevorteilt. Wir haben vier verschiedene Musiken ausgesucht ...«

»Ich habe meine eigene!«, rief Isolde dazwischen.

»Die ausgewählten Musiken«, fuhr Langgaard unbeirrt fort, »werden in einer festgelegten Reihenfolge gespielt. Daran ändern wir nichts, egal, wer als Erste oder als Letzte ...«

Schon wieder unterbrach Isolde: »Ich möchte gerne als Erste, ich fühle mich gerade optimal.«

»Und ich als Zweite«, schloss Gertrud sich an. »Und Olga will bestimmt nach mir.«

»Dann bist du ja wohl die Letzte, Hanna. Eine von uns musste es treffen«, stellte Isolde fest. Ihr Lächeln erinnerte Hanna einen Moment lang an das einer Schaufensterpuppe.

»Mir ist egal, ob ich warten muss«, sagte sie. »Ich gehe in der Zwischenzeit ein bisschen spazieren oder trinke auf der Veranda in Ruhe einen Becher Tee.«

»Warte besser hier vor der Tür. Sonst müssen wir dich am Ende noch suchen«, meinte Langgaard. »Aber komm nicht auf die Idee, um die Ecke durchs Fenster zu spähen. Das würde deine Mitbewerberinnen unnötig beirren. Diese Anweisung gilt für jede von euch. Haben wir uns verstanden?«

Die vier nickten gehorsam, danach verschwand Langgaard mit Isolde in der Baracke und schloss die Tür hinter sich.

Ein paar Minuten blieb es noch still. Dann drangen die ersten Töne der Musik nach draußen, und Hanna erkannte den heiteren Anfang der Melodie sofort. Dabei blieb es. Hilde schien sich am Klavier auf eine Reise der schrägen Töne und abenteuerlichen Rhythmen zu begeben. Nur hier und da konnte man das beschwingte Anfangsmotiv wiedererkennen, bevor sie sich einem neuen musikalischen Thema widmete.

»Was fällt ihr ein? Sie muss spielen, was wir kennen, und nicht irgendetwas Fremdes, was wir noch nie gehört haben«, rief Gertrud plötzlich aufgebracht. »Ich habe mich tänzerisch doch nicht tagelang auf alle möglichen Stücke vorbereitet, um jetzt völlig bei null anfangen zu müssen.«

Wie Hilde drinnen auf die Tasten haute und dabei Rhythmus und Tempo veränderte, war tatsächlich anders als sonst, geradezu unberechenbar. Hanna schwante, dass genau das beabsichtigt war. Auch sie würde mit den meisten Schrittfolgen und Bewegungsabläufen, die sie sich im Training bei den Profis abgeguckt und mühsam gelernt hatte, dieser Musik, die sie gerade hörte, hinterherhecheln und kläglich scheitern. Sie musste umdenken, und zwar schnell. Das Antrainierte war heute offenbar nicht das entscheidende Kriterium, stattdessen ging es um Improvisation. Eine Darbietung aus dem Stegreif, spontan und dennoch ausdrucksstark, das war die Herausforderung, die auf sie wartete.

»Hör auf die Zwischentöne und streng deine Fantasie an«, hatte Hilde ihr am Vormittag nach der Massage ins Ohr geflüstert, danach die Lippen zusammengepresst und keinen Mucks mehr von sich gegeben. Hanna begriff auf einmal auch ihre Andeutung auf den gemeinsamen Musikabend mit Willi in der Scheune und musste unwillkürlich schmunzeln.

»Es gibt keinen Grund zur Fröhlichkeit«, fuhr Gertrud sie an. »Was die da drinnen machen, ist gemein. Ich geh jetzt doch mal am Fenster gucken.«

Bevor sie auf leisen Sohlen um die Ecke schleichen

konnte, bekam Olga ihre Bluse zu fassen und hielt sie zurück. »Du hast gehört, was die Chefin gesagt hat. Willst du dich schon im Vorhinein unbeliebt machen?«

»Nein, aber ich möchte mich auch nicht blamieren«, antwortete Gertrud und kam widerwillig ein paar Schritte zurück. »Wir drei sollten uns beschweren und darauf bestehen, dass wir die Musik selbst auswählen dürfen. Machst du mit?«, wandte sie sich an Hanna.

»Nein, denn wir müssen alle mit den gleichen Widrigkeiten klarkommen«, antwortete sie kumpelhaft. »Das wäre eurer Freundin Isolde gegenüber sonst ungerecht.«

»Sie muss doch nichts davon erfahren«, entgegnete Gertrud noch, bevor die Tür aufging und Isolde herausstolzierte. Gertrud stürzte sich gleich auf sie. »Ich habe mit dir gebangt. Wie bist du mit der gewöhnungsbedürftigen musikalischen Begleitung klargekommen?«

»Nach einer kurzen Eingewöhnungsphase war sie wie geschaffen für mich.«

»Du hast gewiss einen guten Eindruck hinterlassen«, sagte Gertrud nun.

»Ja, davon bin ich überzeugt. Aber was sie von uns erwarten, ist sehr schwer umzusetzen.« Isolde sah erst ihre Verbündeten, dann Hanna voll Mitgefühl an. »Ich würde mir an eurer Stelle gut überlegen, ob ihr euch darauf einlassen wollt. Lasst es lieber!«

Gertrud blieb keine Zeit, darüber nachzudenken. »Kommst du bitte«, rief Langgaard sie herein.

Isolde schaute ihr so lange hinterher, bis die Tür ins Schloss fiel. Dann machte sie Anstalten, zu gehen. »Keine Sorge, ich komme wieder«, sagte sie zu Hanna. »Dann werde ich ja erfahren, ob du meinen Rat befolgt hast.«

Hanna war froh, als sie Isoldes roten Haarschopf nur noch von hinten sah.

»Was hat sie gegen dich?«, fragte Olga.

»Ich weiß nicht«, schwindelte Hanna. »Ich möchte lieber über etwas anderes reden. Gleich kommst du dran. Bist du aufgeregt?«

»Nein. Ich werde nicht vortanzen, das habe ich soeben beschlossen.«

»Wieso? Du solltest es wenigstens probieren.«

Olga schüttelte heftig den Kopf. »Ich habe mich nur Isolde zuliebe beworben, damit du mehr Konkurrenz hast. Das war ein Fehler. Sie in meinem Zimmer aufzunehmen, war ein noch viel größerer.«

Hanna misstraute dieser unerwartet offen klingenden Einsicht. »Dann musst du zusehen, dass du sie wieder loswirst«, erwiderte sie nur.

»Das ist leichter gesagt als getan«, klagte Olga. »Ich bitte sie seit vielen Wochen darum, wieder auszuziehen. Aber sie bleibt einfach, als wäre es ihre Stube und nicht meine. Ich weiß nicht, wie ich mich gegen ihre Unverfrorenheit wehren soll.«

Olga war gerade gegangen, da kam Gertrud mit hängenden Schultern aus der Baracke und suchte nach ihr.

»Sie hat aufgegeben«, sagte Hanna. »Und du, warum siehst du so geknickt aus? Lief es nicht gut für dich?«

»Ich habe auf voller Linie versagt.« Gertrud sah zu Boden und rieb ihre Füße fahrig aneinander. »Ich hätte von vornherein nicht antreten sollen.«

»Hm ...«, überlegte Hanna laut, »und warum hast du es dennoch getan?«

»Das kannst du dir selber denken«, erwiderte Gertrud mit weinerlicher Stimme und wendete sich ab.

»Wo ist Olga? Hat sie sich versteckt?«, fragte Langgaard erstaunt, als sie kurz darauf zur Tür herausschaute.

»Sie ist weg, sie will nicht mehr«, antwortete Hanna.

»Wir können keine zwingen, also bist du als nächste Kandidatin dran.« Langgaard winkte sie herein.

Hanna zog sich im Vorraum die Schuhe aus und betrat den Raum. Die Chefin und Eva ließen sich auf den beiden Stühlen in der vorderen Reihe nieder, die anderen Tänzerinnen verteilten sich im Halbkreis dahinter. Hilde saß wie immer in der Nähe des Fensters am Klavier. »Du konntest von draußen mithören und weißt inzwischen sicherlich, worauf es ankommt«, begann sie ihre kurze Einführung. »Für dich spiele ich heute eine Polka. Besser gesagt, ein kleines bisschen Polka. Mehr ist von der Melodie nicht übrig geblieben bei meiner wilden Komposition.«

»Zeig uns beim Tanzen deine Gefühle und erzähl uns mit deinen Bewegungen die Geschichte, die du zu hören meinst«, ergänzte Eva und klatschte in die Hände. »Bitte Ruhe, wir fangen an.«

Bei den ersten Tönen der geselligen Polka hatte Hanna gleich ein großes Fest vor Augen, auf dem ausgelassen gefeiert werden sollte. Sie füllte den ganzen Raum mit ihren Bewegungen. Sie sprang und hüpfte graziös zu einer großen Tür, die sie sich vorstellte, und begrüßte zu ihrer großen Freude die ersten Gäste. Sie schwirrte um sie herum und geleitete sie mit lebhaften Bewegungen zu einem Tisch, der in ihrer Fantasie fast so lang war wie die Breite der Baracke. Gestenreich schenkte sie Getränke ein und eilte zurück zur Tür. Dort empfing sie weitere Besucher, aber keine, die sie mochte. Das signalisierte ihr die Musik, die Hilde plötzlich spielte. Es drängten Menschen in ihr Haus, die Böses im Sinn hatten. Hanna nahm sich in ihren Bewegungen zurück, sackte zusammen und baute mit den Armen ein Schutzschild vor ihrem Körper auf. Sie musste mitansehen, wie die niederträchtigen Neuankömmlinge die anderen bedrohten und von ihren Plätzen vertrieben.

Dann warf sie sich mutig dazwischen und verjagte die Provokateure. Statt ihrer erschienen nun wieder gute Freunde, die Hanna warmherzig willkommen hieß, freudig tänzelte sie mit ihnen zum Tisch.

Die Stimmung kippte erneut. Nun waren es bewaffnete Soldaten, die versuchten, durchs Fenster einzudringen. Hanna bäumte sich vor einer der Scheiben auf und verweigerte ihnen mit Kraft und Akrobatik den Zutritt. Doch der Rückzug der Soldaten war von kurzer Dauer. An einem der anderen Fenster planten sie den nächsten Angriff, und Hanna musste erneut um das Wohlergehen ihrer Gäste kämpfen.

Als sie die Feinde gerade in die Flucht schlagen wollte, stieß sie vor Entsetzen einen Schrei aus. Draußen hinter der Scheibe stand Isolde und sah sie mit einem scheußlichen Gesichtsausdruck an. So plötzlich, wie ihre hässliche Fratze aufgetaucht war, verschwand sie auch wieder.

Hanna zweifelte an ihrer Wahrnehmung und war einen Moment lang unkonzentriert. Sie verlor das Gefühl für den Rhythmus, geriet ins Straucheln, stolperte über die eigenen Füße und konnte sich nicht mehr halten. Tief nach vorne gebeugt rannte sie bei vollem Tempo durch den Raum und befürchtete, im nächsten Augenblick zu stürzen. Erst als sie die Wand erreichte, an der sie sich abstützen konnte, fand sie ihr Gleichgewicht wieder. Hilde spielte gerade den heiteren Teil der Polka, und Hanna versuchte, sich nichts anmerken zu lassen. Geschwind lief sie zu der imaginären Tür und umarmte ihre beste Freundin, auf die sie gewartet hatte. Dann verstummte die Musik.

Es folgten unerträgliche Sekunden des Schweigens, in denen sie am liebsten im Fußboden versunken wäre, auf den sie verzweifelt starrte. Sie hatte die einmalige Gelegenheit verpatzt. Ihre Einbildung war ihr zum Verhängnis geworden.

Endlich hörte sie ein Räuspern, kurz darauf die Stimme der Chefin. »Deine Leistung war recht ordentlich, aber nicht perfekt. Du weißt, warum.«

»Ja«, sagte sie leise und schaute die Chefin niedergeschlagen an. »Dieses Missgeschick hätte mir nicht passieren dürfen. Meine Einbildungskraft hat mich völlig aus dem Konzept gebracht. Ich meinte tatsächlich, am Fenster …«

»Nun rede dich nicht um Kopf und Kragen«, unterbrach Langgaard sie wohlgesinnt. »Wir haben Isolde auch gesehen. Sie wird noch einiges von mir zu hören bekommen. Aber nicht jetzt.« Sie stand auf, bot Hanna ihren Stuhl an und trat an die Tänzerinnen heran.

»Ich habe erfreuliche Nachrichten. Heute früh kam ein Telegramm aus Weimar. Die Vorstellung im Bauhaus ist ausverkauft, die beiden Aufführungen im Nationaltheater ebenfalls. Außerdem gibt es interessante Anfragen aus Berlin und Erfurt. Ein Abstecher nach Bremen ins Schauspielhaus ist so gut wie sicher. Bereitet euch auf eine, wenn auch kurze, Tournee vor. Wir werden mehrere Tage unterwegs sein.«

»Herrlich. Endlich wieder Bühnenflair und großes Publikum!«, rief Eva in ihrer divenhaft überspannten Art und applaudierte. Hanna, die neben ihr saß, fand ihre Euphorie unerträglich.

»Nun zu dir«, sagte Langgaard und kam ein paar Schritte auf sie zu. »Du musst deinen Tanz noch um etliches verbessern. Wenn du dich anstrengst, sollte das bis zu unserer Abreise in drei Wochen zu schaffen sein. Hilde und Eva werden dir ein paar Extrastunden geben.«

Hanna riss entgeistert die Augen auf. »Ich bin trotz allem dabei?«

»Was dachtest du denn? Deine Darbietung war mit Abstand die beste. Selbst während deines Beinahesturzes hast du noch eine anmutige Figur gemacht, zumindest halbwegs«, antwortete Langgaard.

Eva war die Erste, die von Hannas Freudentaumel überrumpelt wurde. Überglücklich fiel sie ihr um den Hals. »Danke! Deine gnadenlose Kritik hat mich Tag für Tag angespornt, besser zu werden«, sagte sie.

»Das war meine Absicht.« Eva lachte, und Hanna ließ sie erst wieder los, als Hilde ihr auf die Schulter klopfte. »Ich bin stolz auf dich, Kleine. Mach weiter so.«

Nach und nach kamen auch die anderen Tänzerinnen und hießen sie als Neue im Ensemble willkommen.

Als alle gegangen waren, stand Hanna noch eine Weile nachdenklich im Übungsraum und konnte ihren Blick nicht von dem Fenster lösen, hinter dem Isolde ihren mysteriösen Auftritt gehabt hatte. Auf einmal kam ihr die Scheibe, durch die sie schaute, wie ein schlechtes Omen vor, das ihr die Freude raubte und nichts Gutes ahnen ließ. Wer es schaffte, ihre Sinne zu täuschen, würde noch zu viel mehr in der Lage sein, überlegte sie. Dann riss sie sich los und eilte nach draußen.

»Wir reden gerade über Kostüme. Hast du schon eine Vorstellung, wie deines aussehen soll?«, fragte Eva, die mit Hilde und Langgaard im Vorraum auf Hanna gewartet hatte.

»Ja!«, antwortete sie ohne Zögern. »Ich male mir seit Wochen innerlich ein Kleid aus, in dem ich gerne auftreten würde.«

»Es darf aber nicht bieder aussehen.« Eva schmunzelte. »Du weißt, wir wollen provozieren.«

Hanna beschrieb ihr Traumkleid nun genauer. »Es ist ärmellos und kurz. Sehr kurz. Der Saum reicht gerade mal über den Po. Na ja, vielleicht ein paar Zentimeter tiefer ... Auf jeden Fall ist der Rock ein bisschen ausgestellt, als würden mir an den Hüften kleine Flügel wachsen.«

»Du überraschst mich – nicht zum ersten Mal«, meinte Eva. »Wir nehmen deinen Entwurf als Grundlage und verfeinern ihn noch. Wenn du magst, könnten wir bei dem Stoff mit Quer- und Längsstreifen arbeiten.«

»Klingt interessant.« Hanna überlegte kurz. »Auf dem Kopf würde ich übrigens gerne eine spitze Kappe tragen, die bis über die Ohren geht, meine schulterlangen Haare aber nicht vollständig bedeckt.«

Eva zog überrascht die Augenbrauen hoch. »Denkst du etwa darüber nach, deine langen Zöpfe ...«

»Ja«, unterbrach Hanna sie. »Heute noch.« Sie schaute hinüber zu Hilde, tippte mit dem Finger auf ihre Uhr am Handgelenk und drängte zum Aufbruch. »Ich muss mir nur schnell die Schuhe anziehen«, rief sie ihr zu.

Hanna suchte überall, im Vorraum, im Übungsraum, in der Kammer, wo die Kostüme und Instrumente lagerten – ihre Schuhe blieben verschwunden.

»Ich habe sie da hingestellt, wo eure auch standen«, beteuerte sie mehrmals.

»Denk noch mal genau nach«, bat Eva sie. »Vielleicht bist du vor lauter Aufregung schon barfuß hergekommen?«

»Ich habe gesehen, wie sie die Schuhe ausgezogen hat.« Langgaard wirkte besorgt. »Falls sich meine Vermutung bestätigen sollte, wäre das nicht gut für die Stimmung in der Siedlung«, sagte sie und ging nach draußen.

»Was soll ich denn jetzt machen?«, fragte Hanna die

anderen. »Ich hatte nur dieses eine Paar, das fürs Landleben taugt.«

»Ich habe zwei Paar. Ich könnte dir eins ausleihen.« Eva stellte ihren Fuß neben Hannas und begutachtete den Größenunterschied. »Wenn wir Papier reinstopfen, passt das.«

»So weit wird es nicht kommen«, meinte Hilde. »Wir finden die Schuhe. Sie können nicht spurlos verschwunden sein.«

»Doch«, hielt Hanna dagegen. »Wenn jemand sie im Wald vergraben hat, sind sie für immer weg. Es gibt durchaus eine Person, der ich das zutraue.«

Hilde sah sie entrüstet an. »Das würde sie nicht tun, das wäre zu gemein.«

»Von wem redet ihr?«, fragte Eva dazwischen.

»Wir sollten ihren Namen nicht in den Mund nehmen, solange wir keine Beweise haben«, antwortete Hilde.

»Ihr meint I., nicht wahr? I wie Idi…, den Rest könnt ihr euch selbst zusammenreimen«, rutschte es Eva heraus. »Sie ist die arroganteste Schülerin, die ich je erlebt habe. Außerdem habe ich mich für sie geschämt. Ihre einfallslose Improvisation war unter aller … Schwamm drüber! Lasst uns lieber losgehen, auch wenn wir nach der Nadel im Heuhaufen suchen.«

Eva bot sich an, den Weg bis zur Landstraße abzulaufen. Hilde nahm sich die Strecke zwischen Baracke und Holzhaus vor, Hanna ging barfuß zum Trampelpfad. Sie durchforstete den Waldrand, inspizierte jeden Busch und sah statt Zweigen immer wieder Isoldes schrecklichen Gesichtsausdruck vor sich, den Hass in ihren Augen.

Von Panik erfasst, stellte Hanna sich plötzlich vor, wie es wäre, mausetot im Unterholz zu liegen. Dann hätte sie sowieso für alle Zeiten ausgetanzt. Sie würde Willi nie wiedersehen und Tante Wilma keine Briefe mehr schreiben können. Noch war es früh genug, die Notbremse zu ziehen. Tief betrübt ging sie zum Holzhaus, wo sie mit den anderen verabredet war, und stieß auf Hilde, die unverrichteter Dinge auf der Verandamauer saß.

»Ich habe Angst um mein Leben«, brach es aus ihr heraus. »Wenn ich mit euch komme, wird sie mir etwas Schlimmes antun. Mir bleibt keine andere Wahl …«

»Du willst die Tournee absagen? Das hat gerade noch gefehlt«, fauchte Hilde sie an. »Deine Schuhe verschwinden zu lassen, ist ohne Frage schäbig. Aber deshalb geht sie doch nicht gleich mit einem Messer oder einem Revolver auf dich los!«

»Vielleicht nicht gleich, aber bald. Außerdem bezweifle ich, ob ich die Polka in drei Wochen besser hinkriegen werde als heute.« Hanna wischte sich verzweifelt ein paar Tränen aus den Augen, sie zitterte.

»Beruhige dich und denk nach vorne«, redete Hilde besonnen auf sie ein. »Ob es um I. geht oder um die Polka. Stell dich deinen Herausforderungen.«

»Das sind zu viele für mich. Ich habe nur noch Fragen im Kopf, die wie ein Mückenschwarm auf mich einstechen«, sagte Hanna leise und lehnte sich an Hildes Schulter. Nur mit viel Geduld ließ sie sich überreden, oben im Zimmer auf Eva zu warten. Erschöpft ging sie die Treppe hoch und öffnete die Tür.

Hilde folgte ihr und drängelte sich auf der Schwelle an ihr vorbei. »Moment mal eben.« Sie kniete sich auf den Boden und holte unter ihrer Pritsche einen verschlossenen Karton hervor. »Mach ihn auf«, sagte sie. »Darin ist vielleicht eine Antwort auf deine Fragen.«

Hannas Stimmung hellte sich ein wenig auf, als sie den roten Wintermantel auspackte, den Hilde bei ihrer ersten

Begegnung auf dem Bahnsteig in Hildesheim getragen hatte. Sie war damals fasziniert gewesen von der Farbe und dem auffällig modernen Schnitt. »Ich finde ihn noch immer wunderschön«, bemerkte sie und strich über den dicken weichen Wollstoff. »Warum zeigst du ihn mir ausgerechnet jetzt? Es ist doch noch Sommer.«

Hilde schien ihre Überraschung auszukosten. »Bevor der nächste Winter kommt, könnte er deiner sein. Du musst nur eine Bedingung erfüllen: Du musst in Weimar tanzen.«

»Ich war noch nie in Weimar«, sagte Hanna, ohne auf Hildes Angebot einzugehen. »Der Zügel!«, rief sie plötzlich laut. »Ich könnte schwören, sie hat den Zügel durchgeschnitten.«

»Meinst du den Zwischenfall während eures Umzugs, von dem du erzählt hast?«

»Ja. Als wir die Pferde und den Wagen am nächsten Morgen zurück in die Siedlung gebracht haben, wartete Isolde schon auf uns und stierte immerzu auf den Riemen, den Hubertus ausgewechselt hatte. Und dann hat sie mich hämisch gefragt, ob alles gut verlaufen sei.«

»Übertreib es nicht mit deinen Mutmaßungen.« Hildes Augen wanderten zwischen Hanna und dem Mantel hin und her. »Du bist mir noch eine Antwort schuldig. Willst du ihn haben oder nicht?«

Hanna berührte den flauschigen Stoff erneut und ließ ihn mehrmals durch die Finger gleiten, bis sie sich kaum hörbar zu einem wenig überzeugenden »Ja« hinreißen ließ.

Kurz darauf platzte Eva ins Zimmer und hielt Hannas Schuhe, die vor Nässe trieften, in die Höhe. »Sie lagen auf dem Misthaufen und haben fürchterlich gestunken. Ich habe sie ordentlich abgebürstet und gewaschen. Sie müssen bestimmt ein, zwei Tage trocknen, bis wir sie neu einfetten können.« Eva breitete die Zeitung, die sie mitgebracht hatte, auf dem Boden aus und stellte die pitschnassen Schuhe ab. Dann griff sie in die große Tasche, die über ihrer Schulter hing, holte ein Paar Wanderstiefel heraus und gab sie Hanna. »Trag die so lange. Aber bitte nicht im Stall.«

»Danke«, entgegnete Hanna voller Rührung, die sich einen Moment später mit Wut und Verachtung mischte. »Wie soll das mit dieser boshaften Person bloß weitergehen?«

Eva lehnte sich entspannt an die Wand. »Keine Sorge, die Lage ist unter Kontrolle. I. wurde wegen der Gafferei am Fenster ermahnt. Außerdem musste sie zur Strafe das Zimmer, in dem sie sich eingenistet hatte, verlassen. Louise bringt sie gerade höchstpersönlich in ein Quartier im Dorf, das sie auf die Schnelle organisieren konnte.«

»Etwa nach Dirlos?«

»Nein, entgegengesetzte Richtung. In Zukunft wird sie von euch allen den weitesten Weg haben und die Zeit hoffentlich zur Besinnung nutzen. Besonders, wenn sie am Misthaufen vorbeikommt.«

Mit einem zufriedenen Lächeln griff Eva erneut in die Tasche und überreichte Hanna ein buntes Stoffsäckchen. »Großes wirft seine Schatten voraus«, kündigte sie mit einer theatralischen Geste an. »Ich dachte mir, dass du deine Zöpfe als Erinnerung an vergangene Zeiten vielleicht aufbewahren möchtest.«

»Und was soll ich mit meinen machen?«, kokettierte Hermine und streckte ihren Kopf zur Tür rein. »Sie war nur angelehnt, deshalb habe ich nicht geklopft«, sagte sie und ging als Erstes auf Hanna zu. »Ich habe Langgaard getroffen und weiß Bescheid. Hauptsache, du hast es geschafft. Das Beste daran ist«, Hermine strahlte, »ich darf mit nach Weimar. Ich soll euch bei der Beleuchtung helfen, bei allem, was so anfällt.«

Eva schien die Neuigkeit keineswegs zu überraschen, Hilde auch nicht. »Wir haben dich als Unterstützung vorgeschlagen«, sagte sie nebenbei und klapperte mit den Blättern der Schere. »Wollen wir loslegen?«

»Ja«, antwortete Hanna und erwachte endlich aus ihrer Lethargie. Entschlossen zeigte sie auf eine Stelle am Hals, knapp oberhalb der Schultern. »Genau bis hierhin, bitte. Und keinen Pony. Ich möchte meine Haare in einer Länge tragen, so wie du.« Sie hielt kurz inne. »Oder würde dich das stören, wenn meine Frisur deiner ähnelt?«

»Ganz und gar nicht.« Kaum ausgesprochen, hatte Hilde den ersten Zopf abgeschnitten, genauso schnell den zweiten. Beide landeten in dem Stoffsack, den Hanna aufhielt und anschließend zuschnürte.

»Ab jetzt bist du eine Frau, die weiß, was sie will«, sagte Hilde und reichte ihr den Handspiegel. Hanna schaute sich lange an. »Du könntest hier vorne die beiden Strähnen noch etwas kürzen und eine leichte Rundung nach hinten schneiden«, schlug sie vor und griff sich immer wieder fasziniert in die Haare. Nach Stunden lächelte sie zum ersten Mal wieder.

»Das feiern wir«, beschloss Eva und verschwand. Kaum war sie draußen, fing Hilde an zu tuscheln. »Meinst du, dass Willi deine neue Frisur gefallen wird?«

»Ich hoffe sehr«, seufzte Hanna und griff erneut zum Spiegel. »Soll ich ihn vorwarnen oder überraschen?«

»Überrasch ihn! Er wird vor deiner Anziehungskraft in die Knie gehen und dich auf Händen durch den Wald tragen.« Hilde kniff ihr ein Auge zu. »Ich habe aus zuverlässiger Quelle gehört, dass er bald zurücksein wird.«

»Wann?«, fragte Hanna aufgeregt. »Warum hat er mir kein Wort darüber geschrieben?«

»Vermutlich weiß er von seinem Glück selbst noch nichts. Er kommt, wenn wir in Weimar sind.«

Ungünstiger könnte der Zeitpunkt wohl kaum sein, überlegte Hanna enttäuscht. Sie verzog das Gesicht und wollte sich gerade selbst bemitleiden.

»Du hast es gut!«, kam Hermine ihr zuvor. »Du kannst dich auf so vieles freuen. Deinen ersten Auftritt. Das Wiedersehen mit Willi. Und ich?«

»Du wirst den schicksten Bubikopf haben, der mir je gelungen ist«, meinte Hilde und machte sich ans Werk.

»Mädels, auf diesen außerordentlichen Tag stoßen wir jetzt an!«, rief Eva, die wieder zur Tür hereinkam. Sie hatte nicht nur einen Stoffsack für Hermines Zöpfe dabei, sondern auch eine Flasche Schlehenlikör und schicke Gläser, die sie bis zum Rand füllte.

16

Weimar, September 1920

Wie ruhig sie seit Monaten inmitten von Wäldern und Weiden in der Rhön gelebt hatte, merkte Hanna erst, als sie in der Eisenbahn saß. Das Rattern der Lokomotive, das laute Quietschen der Wagenräder dröhnten wie eine unbekannte Geräuschkulisse in ihren Ohren, die diesen Lärm nicht mehr gewohnt waren. Wenn der Zug haltmachte, kamen ihr das geschäftige Treiben auf den Bahnsteigen und das Gedränge im Waggon übertrieben hektisch vor. Die Menschen, die ausstiegen, eilten davon. Die Reisenden, die einstiegen, stürzten sich rücksichtslos auf die wenigen freien Plätze. Hanna betrachtete sie wie Fremde aus fernen Ländern.

»Ich hatte fast vergessen, dass es außer unserer kleinen abgeschiedenen Welt auf dem Herzberg noch eine andere gibt«, sagte sie.

»Im besten Fall eine mit elektrischem Licht, fließendem Wasser und einem Badebottich«, antwortete Hermine. »Ein bisschen Stadtluft schnuppern wird uns zur Abwechslung guttun. Endlich wieder fesche Jungs angucken! Ich muss mal ausprobieren, ob ich das überhaupt noch kann.« Frei heraus lächelte sie einen jungen Mann an, der ihr schräg gegenübersaß und abweisend den Kopf senkte.

»Pech gehabt«, unkte Hanna, als der Mann ausstieg. »War er überhaupt nach deinem Geschmack?«

»Nein, er war nur der Erstbeste. Ich sehe keinen anderen.«

Nachdem sie mit dem schweren Gepäck in Erfurt umgestiegen waren, war Hanna nicht mehr nach vergnüglichem Mädchengeplauder zumute. Nun dauerte es nicht mehr lange bis Weimar. Allein bei dem Gedanken an die bevorstehende Ankunft überkam sie eine schier unerträgliche Aufregung. Der Schweiß brach ihr aus, und ihre Hände wurden feucht. Hanna rieb sie so lange aneinander, bis sie brannten. Hilde beobachtete sie dabei.

»Ist das normal, was mit mir gerade passiert?«, fragte Hanna sie leise, damit nicht alle mithören konnten.

»Ja, ziemlich. Irgendein Ventil braucht man. Ich kratze mir in solchen Fällen immer den Kopf, was auch keine gute Angewohnheit ist.«

Hanna schaute aus dem Fenster. Statt Wäldern und Äckern sah sie die ersten Häuser von Weimar. Der Zug fuhr merklich langsamer. Langgaard und Eva zogen schon ihre Mäntel an. Imme und Bertha begannen, das Gepäck zu sortieren. Hermine stopfte das Buch, in dem sie gelesen hatte, in den Koffer. Nur Hilde saß noch immer ruhig da.

»Wie schaffst du das, dermaßen gelassen zu bleiben?«, sagte Hanna. »Ich bekomme vor lauter Nervosität gleich Beklemmungen.«

»Glaub mir, spätestens wenn du auf der Bühne stehst, lässt die Aufregung nach.«

»Was?« Hanna riss die Augen auf. »So lange muss ich diesen unerträglichen Zustand aushalten? Ich komme mir vor, als hätte ich die Grippe!«

»Du hast Lampenfieber, nichts weiter. Sei froh, dass es dich erst jetzt erwischt. Ich habe früher manchmal zwei, drei Tage darunter gelitten. Bis ich Walther kennenlernte, danach wurde es besser«, flüsterte Hilde und lächelte vielsagend. »Er kommt übrigens zur Vorstellung, das hat er mir versprochen.«

»Und warum bringt er Willi nicht gleich mit? Es wäre wundervoll, wenn er mich in meinem Kostüm auf der Bühne sehen könnte.« Hanna schaute auf ihre Hände, die sie noch immer aneinanderrieb. »Ich freue mich über alle Maßen darauf, Willi bald wiederzusehen. Aber was ist, wenn ich mir diese Freude nur einbilde, wie ich mir so manches einbilde?«

»Wie meinst du das denn?«, fragte Hilde verwundert.

»Es könnte doch sein, dass er vor mir steht und plötzlich nichts mehr übrig ist von dem, wonach ich mich gesehnt habe.« Hanna dachte an den zärtlichen Begrüßungskuss, den er ihr in seinen Briefen versprochen hatte. »Noch schlimmer wäre es, wenn es ihm so ergehen würde und ich ihm gleichgültig geworden bin.«

»Das wird nicht passieren!« Hilde stand nun auch auf, kämmte sich die Haare und zog den Mantel an.

Pünktlich auf die Minute fuhr der Zug in Weimar ein. Ein Mann in dunklem Anzug und Chauffeurmütze lief suchend den Bahnsteig auf und ab und hielt dabei ein Schild in die Höhe, auf dem in großen Buchstaben *Loheland* stand. Langgaard winkte ihm zu. Er eilte herbei und half beim Ausladen des Gepäcks. Dann lief er voraus auf den Bahnhofsvorplatz und pfiff nach den Wagen, die etwas abseits vom Getümmel für die Tänzerinnen bereitstanden.

Dieser Verkehr!, dachte Hanna bloß und schaute auf die vielen Autos, die mit stinkenden Motoren um den Bahnhof fuhren und die Straßen verstopften. Ein paar Minuten später saß sie mit Hilde und Hermine selbst in einem dieser fortschrittlichen Kraftfahrzeuge und dachte zurück an die Fahrt zum Hamburger Conventgarten, wo sie die Tänzerinnen das erste Mal auf der Bühne erlebt hatte.

»Könnten Sie einen kleinen Umweg fahren?«, fragte Hermine den Chauffeur. »Ich möchte meinen Freundinnen zur Einstimmung auf diese schöne Stadt gerne das Schloss von außen zeigen, und wenn es keine großen Umstände macht, auch das Goethehaus.«

»Meinetwegen, wenn Ihre Zeit reicht«, brummelte er vor sich hin und kutschierte die drei umher. Hanna ließ die kleine Stadtrundfahrt auf sich wirken und vergaß für eine Weile sogar ihr Lampenfieber, selbst dann noch, als sie das stattliche Gebäude des Bauhauses erreichten. Die schlichte Bauweise mit den modernen, großen Fenstern fesselte sie ebenso wie die imposante Eingangshalle, die sie wenig später betrat.

»Der Architekt ist ein Belgier«, erwähnte Hermine nebenbei.

Hanna schaute sich nach allen Seiten um. Die Treppe, die nach oben führte, die langen Gänge, die links und rechts der Halle abgingen. »Wie hast du dich in diesem riesigen Haus jemals zurechtgefunden?«, fragte sie.

»Du weißt doch, ich war fast nur in der Weberei.« Hermine lachte bitter auf. »Treppe hoch. Gang entlang. Vorletzte und letzte Tür rechts. Den Weg dahin kannte ich nach einem Tag in- und auswendig.«

»Erzähl mir mehr über diese staatliche Kunstschule«, bat Hanna sie. »Auf mich strahlt sie bis in die letzte Ecke modernes Leben aus. Warum werden die Schülerinnen hier trotzdem benachteiligt?«

»Weil nur Männer das Sagen haben. Sie nennen sich Meister. Meister der Kunst und des Handwerks. Ich glaube kaum, dass sie eine Meisterin an ihrer Seite dulden würden.«

»Du erwähntest mal, dass es hier, wie bei uns auch, verschiedene Werkstätten gibt«, sagte Hanna und zeigte in einen der Gänge. »Dahinten stehen zwei Stühle. Sie sind mir aufgefallen, weil ihr schmuckloser, schlichter Stil dem in unserer Siedlung ähnelt.«

»Das ist wohl der Geist der heutigen Zeit«, vermutete Hermine.

»Guckt da einer vom anderen ab? Oder wie entsteht so ein neuer sachlicher Stil, der auf alles Überflüssige verzichtet?«

»Du stellst Fragen ...« Hermine strich nachdenklich mit den Händen über ihre kurzen Haare. »Zwischen Loheland und dem Bauhaus gibt es durchaus gewisse Ähnlichkeiten. Aber zum Glück sind unsere Chefinnen weitaus weniger von sich selbst überzeugt als die großen Meister hier.«

Hanna guckte auf die Uhr und wurde zu ihrer eigenen Überraschung keineswegs unruhig. »Wir haben noch eine halbe Stunde. Zeigst du mir die Weberei?«

»Um diese Zeit werden wir dort wohl keine Schülerinnen mehr antreffen, umso besser für uns. Dann können wir in Ruhe auskundschaften, woran die Konkurrenz gerade arbeitet.« Hermine schmunzelte und ging voraus – die Treppe hoch, den Gang entlang bis zur vorletzten Tür, die sie öffnete. Wie vermutet war der große, lichtdurchflutete Raum verwaist. Die beiden teilten sich auf.

»Was für ein Zufall!«, stellte Hermine gleich beim ersten Webstuhl, den sie inspizierte, fest. »Hier arbeitet jemand tatsächlich mit ähnlichen Farben wie ich für unseren ›Sommertraum‹.«

»Und hier tobt sich eine Schülerin beim Experimentieren aus.« Hanna berührte das schillernde Gewebe vorsichtig mit den Fingerspitzen und winkte ihre Freundin herbei. »Das musst du dir ansehen! Was die alles neben Wolle und Seide eingewebt hat, ist abenteuerlich. Goldene Metallfäden, Kordeln aus Bast, Papierschnüre.«

Hermine begutachtete den Stoff und zog kritisch die Stirn kraus. »Die Zusammenstellung der Materialien ist nicht alltagstauglich. Wenn ich eine Tischdecke oder einen Vorhang habe, möchte ich ihn irgendwann auch mal waschen können. Dieses Gewebe würde dabei sofort kaputtgehen.«

Hanna leuchtete der Einwand ein. »Aber wenn dir das auffällt, müssten die hier das doch auch bemerken.«

»Nicht unbedingt. Ich habe erst in Loheland gelernt, praktischer zu denken. Die Bauhäusler denken in erster Linie an die Kunst.«

Erneut warf Hanna einen Blick auf die Uhr. »Jetzt wird es Zeit. Ich muss mich noch aufwärmen und umziehen.«

Die Umkleide war im Erdgeschoss in einem der Unterrichtsräume und bei dem lebhaften Stimmengewirr, das nach außen drang, leicht zu finden.

»Was ist mit deinem Lampenfieber?«, fragte Hilde sofort, als Hanna hereinkam.

»Ich habe keins mehr. Ich bin die Ruhe in Person.«

»Aus dir soll einer schlau werden …« Hilde beäugte sie genau. »Und wie hast du dich auf die Schnelle von dieser Last befreit?«

»Hermine hat mir die Schule gezeigt. Ich habe mich mit aller Kraft auf das, was ich gesehen und erfahren habe, konzentriert. Das hat geholfen.«

»Umso besser. Wir haben in der Zwischenzeit eine wenig schmackhafte Suppe in der Kantine gelöffelt. Dagegen ist unser Essen in Loheland die Krönung der Kochkunst.«

»Wann wollen wir uns umziehen und schminken?«, sagte Hanna.

»Sobald Langgaard und Eva zurückkommen. Die beiden sind gerade beim *Direktor* höchstpersönlich«, meinte Hilde süffisant. »Sie bedanken sich bei Gropius für die Einladung, die keine Selbstverständlichkeit war. Er hat lange gezögert, bis er sie ausgesprochen hat. Vielleicht sind wir ihm zu selbstbewusst ...«

»Tretet ihr hier eigentlich umsonst auf, oder zahlt er dafür?«, fragte Hanna.

»Was heißt denn ihr? Wir! Natürlich zahlt er, wir treten doch nicht ohne Gage auf. Wir brauchen das Geld dringend für die Gemeinschaftskasse. Das Tanzen ist eine lukrative Einnahmequelle.«

»Ich möchte noch einmal den Ablauf mit euch durchgehen. Hört gut zu«, sagte Langgaard, nachdem alle ihre Kostüme angezogen hatten und geschminkt waren. »Eva fängt an mit *Seltsam*. Danach kommen Berta und Imme mit *Strömung*, im Anschluss folgt die *Polka*. Hanna, denk daran, dass du sofort nach deinem Auftritt Hilde auf der Geige begleiten musst. Sie tanzt *Formeln* zusammen mit Eva und *Ballade* alleine. Danach kommt sie zurück ans Klavier, und ihr beide spielt *Tanz ohne Namen* und *Blind*. Anschließend sehen wir weiter, ob die Herren Zugaben erwarten. Viel Glück!«

Langgaard ging von der Umkleide in den Saal, die Tänzerinnen über den Flur hinter die Bühne. Bevor Hanna den Raum verließ, warf sie einen letzten Blick in den Spiegel. Dank Evas Nähkünsten sah ihr Kleid noch aufregender aus als in ihren kühnsten Träumen. Es war nicht nur extrem kurz, sondern auch so unverschämt freizügig, wie sie es gewollt hatte. Hanna schmunzelte über ihr neues Aussehen, die enorme Veränderung, und bewunderte zudem ihre knallrot angemalten Lippen. Dann eilte sie ihren Kolleginnen hinterher und kam sich vor wie in einer Gruppe Außerirdischer, die auf der Erde gelandet waren, um sie auf den Kopf zu stellen.

»Ich kann nicht auftreten, ohne das Publikum vorher gesehen zu haben«, meinte Eva und ging zum Vorhang. Sie zog ihn leicht zur Seite und lugte mit einem Auge in den Saal. »Louise ist die einzige Frau in der ersten Reihe. Sie hat sich neben Gropius gesetzt. Ob ihm das gefällt?« Eva schnalzte laut mit der Zunge.

Um selbst einen Blick zu erhaschen, stellte Hanna sich hinter sie und schaute ihr über die Schulter. »Wer sind die anderen Männer an ihrer Seite? Sind das die Meister?«

»Genau, direkt neben ihr sitzt Lyonel Feininger, ein berühmter Maler. Und der mit dem komischen hochgeknöpften Anzug ist Johannes Itten. Die anderen kenne ich namentlich nicht.«

Hanna sah sich die Herrenriege genau an, dann wanderten ihre Augen nach hinten in den Saal. Langgaard blieb die einzige Frau. Reihe für Reihe saßen da nur Männer im schicken Zwirn, die angeregt miteinander parlierten. Erst ganz hinten auf den billigen Plätzen mit Klappstühlen entdeckte sie einige wenige junge Frauen.

Am Bauhaus hätte sie ganz bestimmt nicht Schülerin sein mögen, überlegte Hanna und wandte sich an Hermine, die erst den vorderen, dann den hinteren Scheinwerfer für Evas ersten Tanz in die richtige Position drehte.

»Ich kann gut verstehen, dass du aus Weimar weggegangen bist«, rief sie ihr zu.

»Das ist kein Thema, mit dem du dich jetzt beschäftigen solltest. Konzentrier dich auf deinen Auftritt«, erwiderte Hermine. »Und sei gnädig mit mir, falls ich deinen schnellen Tempowechseln und ausufernden Posen mit den Lampen nicht immer folgen kann.«

»Ab jetzt bitte Ruhe!«, rief Hilde ihren Kolleginnen in dezenter Lautstärke zu. »In zwei Minuten fangen wir mit der Eröffnungsmusik an.«

Hanna schlich leise in eine der dunklen Ecken, dehnte und streckte ihre Muskeln, schloss die Augen und dachte sich in eine etwas andere Geschichte ihres Tanzes hinein. Sie wollte wieder ein Fest auf der Bühne feiern, das schon. Aber eins, das zum heutigen Anlass passte.

Nach Eva, Berta und Imme, die vom Publikum bejubelt worden waren, war sie an der Reihe. Hanna betrat mit langsamen Schritten die Bühne und fühlte sich noch immer ziemlich ruhig, was sie in diesem Moment verwunderte. Sie lächelte den Herren im Publikum freundlich zu. Bei den ersten heiteren Musiktönen der Polka zeigte sie im Tanz ihre große Vorfreude auf die Feier, zu der sie eingeladen hatte: ein Fest ohne Männer. Die Frauen und Mädchen, die sie empfing, waren Freundinnen und gute Bekannte. Das drückte sie durch feinfühlige Bewegungen aus. Wie eine Gazelle sprang sie mit ihren schlanken Beinen über die Bühne und umsorgte die Besucherinnen.

Die ungebetenen Gäste, die sich einschleichen wollten, waren die Meister aus der ersten Reihe und ihre Kollegen dahinter. Sie versuchten, durch die Tür einzudringen, dann traten sie sogar mit aller Wucht dagegen, um sie gewaltsam zu öffnen. Hanna stemmte sich gegen die Tür, wehrte die Störenfriede ab und verteidigte ihr Refugium – mit atemberaubenden Sprüngen und einer Mimik, die jeden in die Flucht gejagt hätte. Im nächsten Moment war sie wieder die liebreizende Gastgeberin. Ihr fantastisches Fest fing gerade an, richtig schön zu werden, da verstummte die Musik.

Im Saal war es totenstill. Hanna wusste nicht, wohin sie vor Verlegenheit gucken sollte, bis sich Langgaards und ihre Blicke trafen. Die Chefin streckte dezent die Daumen hoch und signalisierte Zufriedenheit. Kurz darauf hörte Hanna den ersten zaghaften Applaus, der sich binnen Sekunden in ein berauschendes Klatschen verwandelte. Sie verbeugte sich mehrmals vor dem Publikum, bevor sie die Bühne verließ.

Eva, die auf ihren zweiten Auftritt wartete, stürmte auf sie zu. »Du warst großartig. Noch besser als in den letzten Proben.«

Hanna lächelte und spürte, wie ihre Wangen hitzig glühten. »Nun seid ihr wieder dran, und ich geh an die Geige«, lenkte sie ab.

»Noch nicht!« Eva machte sie auf die Rufe aus dem Publikum aufmerksam. Anfangs vereinzelt, dann einstimmig im Chor verlangten die Besucher nach einer Zugabe. »Was soll ich denn jetzt machen?«, fragte Hanna. »Ich kann doch nur den einen Tanz.«

»Tanz ihn noch mal. Was sonst?« Eva schob sie sanft Richtung Vorhang. »Und jetzt raus mit dir! Man lässt die Herren in den ersten Reihen nicht warten. Erzähl ihnen niemals, was du bei deiner Polka über sie denkst. Sonst bekommen wir in Weimar kein Engagement mehr.«

Einem Profi wie Eva konnte sie nichts vormachen, dachte Hanna nur und ging zum zweiten Mal in ihrem Leben auf die Bühne.

Im Anschluss an die Vorstellung lud der Direktor zu einem Empfang ins Foyer ein. Zahlreiche Gäste waren gekommen, um den Tänzerinnen bei Schaumwein und Schnittchen zu gratulieren. Anders als damals in Hamburg stand Hanna an diesem Abend nicht wie ein Zaungast abseits, sondern mittendrin. Wildfremde Menschen schüttelten ihr die Hand und prosteten ihr zu. Einer der drei Zeitungsreporter, der zuvor Eva umgarnt hatte, kam auf sie zu.

»Sie sahen bezaubernd aus in Ihrem zugegeben sehr gewagten Kostüm«, sagte er, und Hanna fühlte sich geschmeichelt. »Ich hörte, dass Sie die Jüngste in der Gruppe sind und heute Ihren ersten Auftritt hatten«, fuhr er fort. »Was sagen Ihre Eltern zu diesem außergewöhnlichen Werdegang?«

»Ich hatte bislang noch keine Gelegenheit, mit ihnen darüber zu sprechen.« Hanna musterte den Reporter der Weimarer Tageszeitung mit leicht zusammengekniffenen Augen und schätzte ihn ein paar Jahre jünger als ihren Vater.

»Sie haben sich entschlossen, in eine Frauensiedlung zu ziehen. Wie hat Ihr Herr Papa auf dieses Ansinnen reagiert?«

»Er wollte mich nicht gehen lassen. Er hatte vor, mich zu verheiraten. Bitte schreiben Sie das genau so, wie ich es sage.« Um zu prüfen, ob er ihrem Wunsch nachkam, beugte sie den Kopf, so weit sie konnte, über das Notizheft, in das der Reporter kritzelte – leider unleserlich. »Es ist mir ein großes Anliegen, dass Sie meine Worte veröffentlichen«, insistierte Hanna. »Ich möchte andere junge Frauen ermutigen, ebenfalls ihren eigenen Weg zu finden.«

»Fräulein …«

»Schröder. Hanna Schröder.«

»Fräulein Schröder, ich schreibe für das Kulturressort. Für Gesellschaftspolitik sind andere zuständig.«

Hanna sah ihn verärgert an. »Warum verschwenden

Sie unsere Zeit und fragen mich Dinge, mit denen Sie nichts zu tun haben?«

Der Reporter klappte sein Notizheft zu. »Ich habe eine Tochter in Ihrem Alter«, verriet er nun. »Anita hatte schon einige verrückte Einfälle. Seit Neuestem will sie partout zu Ihnen in die Rhön, und ich tue mich schwer mit ihrem Wunsch.«

»Geben Sie nach!«, forderte Hanna ihn auf. »Sie sehen doch, dass wir Frauen dort nicht vor die Hunde gehen.«

»Ihr Auftritt war übrigens sensationell«, räumte der Reporter ein. »Ich werde meinen Artikel mit einem Foto von Ihnen krönen«, versprach er noch und verabschiedete sich mit einem angedeuteten Handkuss.

Jetzt gönnte sich Hanna auch ein Glas des perlenden Schaumweins und hielt unter den Gästen im Foyer Ausschau nach ihren Kolleginnen, mit denen sie anstoßen wollte. Als Erste entdeckte sie Hilde. Sie hockte abseits der Feiernden auf der untersten Stufe der Treppe und machte einen niedergeschlagenen Eindruck. Hanna ahnte, warum. Sie ging zu ihr, setzte sich neben sie und fragte: »Ist Walther nicht gekommen?«

»Doch, aber er ist schon wieder weg. Er bleibt sonst immer bis zum nächsten Morgen, wenn er mich auf Tournee besucht. Und heute musste er plötzlich noch am Abend nach Fulda fahren, angeblich wegen einer wichtigen Unterredung.«

»Vielleicht konnte er den Termin nicht verschieben? Oder er findet morgen in aller Frühe statt.«

Hilde schüttelte immer wieder den Kopf. »Nein, er verschweigt mir etwas Gravierendes.«

Erst jetzt entdeckte Hanna die Rose, die achtlos eine Stufe höher in der Ecke lag, wo sich lauter Staubflocken angesammelt hatten. »Ist sie von ihm?«

»Ja.«

»Wenigstens hat er daran gedacht. Kannst du dich denn kein bisschen darüber freuen?«

Hilde schlug die Hände über dem Kopf zusammen. »Er schenkt mir nach einem Auftritt immer eine rote Rose. Warum ausgerechnet heute eine gelbe?«

»Rot, gelb, das ist von der Geste her kein großer Unterschied …«

»Doch!«, redete Hilde dazwischen. »Die rote Rose ist ein Zeichen der Liebe. Die gelbe ein Zeichen der Untreue. Das kann man überall nachlesen.«

»Und du glaubst daran?«

»Ja, deshalb fühle ich mich ja so elendig.«

»Komm, nimm erst mal einen Schluck Wein.« Hanna reichte ihr das Glas. Hilde trank es in einem Zug aus und holte tief Luft. »Er ist mir untreu!«

»Natürlich ist er dir untreu. Er ist verheiratet.«

»Das meine ich nicht …« Hilde verharrte einen Moment lang in Gedanken. »Walther war zwar in den letzten Monaten viel häufiger in Loheland als sonst. Er hatte aber nicht mehr Zeit für mich, dafür umso mehr Ausreden. Es gibt eine andere Frau, der er den Hof macht. Das spüre ich. Ich weiß nur noch nicht, ob sie eine von uns ist oder eine Fremde.«

Hanna schwieg. Sie wusste partout nicht, wie sie auf diese Vermutung reagieren sollte. Das sprengte ihre Vorstellungskraft.

»Vielleicht kommt Willi in den nächsten Tagen dahinter, wer sie ist«, sagte Hilde. »Er müsste heute oder morgen zurück sein.«

»Das ist die Erklärung!«, rief Hanna erleichtert. »Die beiden haben viel zu besprechen, und deshalb hatte Walther heute keine Zeit mehr für dich.«

»Ich wünschte, du hättest recht.« Hilde stand auf und ging geradewegs auf die gefüllten Weingläser zu, die auf einem Tisch zur Selbstbedienung bereitstanden. »Komm, wir stoßen jetzt auf deine Premiere an und freuen uns auf die nächsten Auftritte im Nationaltheater.«

Tante Wilma, es ist schon weit nach Mitternacht, und ich bin noch immer hellwach, schrieb Hanna nach dem Premierenabend. *Ich habe den aufregendsten Tag meines Lebens hinter mir. Gleich zweimal habe ich die Polka aufgeführt. Du kannst dir nicht vorstellen, wie die Leute geklatscht haben! Es war fast zu schön, um wahr zu sein.*

Fünf Tage später griff sie erneut zu Papier und Stift, um ihrer Tante zu berichten.

Ich komme mir vor wie auf einer Weltreise. Von Weimar sind wir nach Erfurt gefahren, von da aus nach Berlin. Ich bin tatsächlich in der Hauptstadt der Republik! Wir sind schon über den Kurfürstendamm flaniert und waren in einem Kaffeehaus. Wirklich, dort saßen an den Tischen Frauen ganz allein oder mit ihren Freundinnen. Sie tranken nicht nur Tee, auch Likör und Wein. Heute Abend haben wir den ersten von zwei Auftritten in einem großen Tanzpalast. Danach geht's weiter nach Bremen, unserer letzten Station. Noch immer kann ich kaum begreifen, was mir in diesen Tagen widerfährt. Ich bin da angekommen, wo ich hinwollte, und könnte gut noch länger jeden Abend auf einer anderen Bühne stehen. Wäre da nicht Willi … Ich berichte dir, sobald ich ihn wiedergetroffen habe.

17

Evas Koffer lag die ganze Rückfahrt über oben auf den anderen Gepäckstücken in der Ecke des Eisenbahnwaggons, darauf hatte sie Wert gelegt. Etwa fünfzig Kilometer vor Fulda öffnete sie ihn und holte eine Mappe heraus. »Hier sind alle Zeitungsartikel und wichtigen Informationen drin«, sagte sie zu Hanna und setzte sich neben sie. »Wie fanden uns Presse und Publikum? Wie fanden wir uns selbst? Es wird Zeit für ein Resümee. Das machen wir nach einer Tournee immer so, um sie gedanklich abzuschließen, bevor wir in die Siedlung zurückkehren.«

Sie sortierte die Artikel und Notizzettel nach Datum und forderte mit einem gedehnten Räuspern die Aufmerksamkeit der Kolleginnen ein. »Also, alle sieben Auftritte fanden vor ausverkauften Häusern statt. Besser geht's nicht für eine Kurztournee. Neun Zeitungen haben durchweg positiv über uns berichtet, sechs davon haben Fotos veröffentlicht. Eins von Hilde, drei von Hanna, zwei von mir.« Eva rollte die Augen nach oben und schaute pathetisch an die Decke des Waggons. »Am Himmel ist ein neuer Stern erwacht, der bald heller strahlen wird als meiner«, seufzte sie laut und überreichte Hanna die Artikel mit den Bildern. »Ich muss mich in Zukunft wohl auf die Rolle der alternden Diva vorbereiten.«

»Hör auf mit dem Unsinn.« Hanna war Evas übertriebenes Gehabe unangenehm. »Im Vergleich zu dir bin ich ganz klein. Ohne dich und Hilde hätte ich die Polka nie geschafft, das weißt du genau. Nur weil mir ein Tanz gelungen ist, heißt das außerdem nicht, dass mir ein zweiter auch gelingen wird.«

»Davon möchte ich aber schwer ausgehen«, schaltete Langgaard sich in das Gespräch ein und sah kurz Hanna, dann Eva an. »Es ist kein guter Zeitpunkt für deine dramatisierenden Intermezzi. Wir sollten ernsthaft reden.«

»Jaja, schon gut. Ich stimme dir zu«, lenkte Eva ein. »Wir sehen am Erfolg der Polka, dass wir für unsere nächste große Tournee mehr neue Tänze brauchen.«

»Genau so ist es«, sagte Langgaard. »Wir sind inzwischen zu bekannt. Wenn wir immer das Gleiche aufführen, wird sich das Publikum bald langweilen.«

»Aber ein paar Klassiker sollten wir dennoch beibehalten«, entgegnete Eva.

»Selbstverständlich. Dein *Seltsam* wird immer ein Erfolgsgarant bleiben. Aber du musst dein Repertoire erweitern, wie alle anderen auch.«

Hanna hatte aufmerksam zugehört. »Was erwarten Sie von mir, damit ich dabeibleiben darf?«, fragte sie Langgaard.

»Von dir erwarte ich zwei weitere Tänze und den gleichen Eifer, der dich bislang ausgezeichnet hat.« Langgaard zwinkerte ihr zu. »Das kriegst du hin, trotz allem, was dich in der Siedlung sonst noch beschäftigt.«

Hanna lächelte und schaute aus dem Fenster. Sie stellte sich gerade die verschiedenen Möglichkeiten eines Wiedersehens mit Willi vor – eine zufällige Begegnung auf dem Trampelpfad, er mit seinem Fahrrad wartend vor dem Schafstall oder ein Klopfen an die Tür der Weberei. Im schlimmsten Fall müsste sie die Baustellen nach ihm absuchen. Wo auch immer – sie würde ihn finden.

»Es gibt bald Regen«, sagte sie auf einmal und zeigte auf die dunklen Wolken am Himmel.

»Was sich da zusammenbraut, sieht nach einem schweren Gewitter aus«, meinte Eva nach genauer Betrachtung. »Ungewöhnlich für Oktober.«

»Wir werden uns gleich am Bahnhof statt Pferd und Wagen zwei Autos mit Fahrer leisten«, entschied Langgaard. »Ausnahmsweise, bevor die guten Lederkoffer nass werden.«

Kurz vor der Ankunft in Fulda teilten die Tänzerinnen das Gepäck untereinander auf und gingen, die Chefin vorneweg, zur Tür. Kaum hatte Langgaard sie geöffnet, strömte ein Schwall schwüler Luft in den Waggon. Der Wind, der unerwartet aufkam, riss Langgaard beim Aussteigen die Kappe vom Kopf, die sie auf Reisen immer trug. Sie lief hinterher und konnte sie gerade noch greifen, bevor sie auf der anderen Seite des Bahnsteigs auf den Schienen landete.

Als sie den Bahnhof verließen, war der Himmel bereits pechschwarz. »Hoffentlich erreichen wir die Siedlung noch vor dem Gewitter.« Besorgt winkte Langgaard rasch zwei Autos herbei.

Hanna saß mit Hilde, Eva und ihr in dem Wagen, der vorausfuhr. Langgaard bat den Chauffeur, sich zu beeilen, wovon er keine Notiz nahm. »Jetzt fahren Sie endlich schneller!«, forderte sie ihn nun ungehalten auf. »Sie sehen doch selbst, was am Himmel los ist.«

Unbeirrt fuhr der Fahrer im gleichen Tempo weiter. Vor der Abbiege nach Loheland hielt er dann auf der Landstraße an. »Sie müssen hier aussteigen. Ich darf keine unbefestigten Wege fahren, hat der Chef mir verboten, weil es nicht gut für sein Auto ist.«

»Sie wollen uns ungeschützt hier laufen lassen? Das ist unverantwortlich und gefährlich! Beim letzten Unwetter sind auf der Weide zwei Kühe vom Blitz erschlagen worden. Das kann uns gleich auch passieren«, rief Langgaard erbost und drehte sich um. »Kommt, schnell!«

Während sie mit dem Gepäck den Weg zur Siedlung hochliefen, fing es wolkenbruchartig an zu regnen, es blitzte und donnerte. »Das Gewitter ist sehr nah! Wir müssen uns am Steinhaus unterstellen«, rief Langgaard und hetzte los. Hanna blieb ihr dicht auf den Fersen und meinte, je näher sie der Baustelle kamen, Stimmfetzen zu hören, die in den ohrenbetäubend lauten Donnerschlägen beinahe untergingen. Einen Moment später sah sie Hans, einen der Handwerker, der völlig durchnässt auf sie zugestürmt kam. »Helft mir! Der junge Architekt liegt bewusstlos hinter dem Haus. Er ist vom Blitz getroffen worden.«

»Das kann nicht sein. Das ist nicht wahr!«, schrie Hanna verzweifelt laut. Sie ließ die Koffer fallen und rannte los.

Reglos wie ein Toter lag Willi da. Hanna sank neben ihm auf die Knie. »Wach auf, Willi! Du darfst nicht sterben!«, flehte sie und legte ihre Hand auf seine nasse Stirn. Mit der anderen versuchte sie, seinen Puls zu ertasten. Sie handelte wie eine Pflegerin am Bett eines hoffnungslosen Patienten. Ihre Gedanken rasten – Tante Wilma, der Krankensaal, das Schicksal der Bäuerin, die der Blitz mitten auf dem Feld erwischt hatte.

Hanna sprang auf. »Ich brauche eure Hilfe. Sofort!«, rief sie panisch auf. »Wir müssen seinen Körper kühlen, damit sein Herz nicht versagt. Wir können ihn retten!«

»Was sollen wir tun?«, fragte Langgaard ruhig.

»Buddelt ein Loch in die Erde, in das wir ihn reinlegen können! Dann ziehen wir ihm Hose und Hemd aus und bedecken seine Haut mit Lehm. Macht schnell! Jede Minute zählt.«

Hanna sackte zurück auf den durchnässten Boden und nahm nun Willis Hand. Noch immer zeigte er keine Reaktion.

»Hans, hol Schaufeln«, hörte sie die Anweisung der Chefin. »Eva, Hilde, helft ihm beim Ausgraben der Mulde. Und denkt daran: Willi ist groß.«

Immer wieder schaute Hanna von Willi hoch in Richtung der Landstraße und wartete den nächsten Blitz ab, der die Umgebung trotz der finsteren Wolkendecke für einen Augenblick taghell erscheinen ließ. »Wo bleiben nur die anderen? Sie müssten doch längst hier sein?«

»Sie werden gleich kommen«, beruhigte Langgaard sie.

Willi rührte sich nach wie vor nicht. Hanna beugte sich über sein Gesicht, ganz nah, um seinen Atem zu spüren. »Er lebt noch!«, rief sie den anderen zu und sah endlich das Auto, das langsam auf die Baustelle des Steinhauses zufuhr, wenig später Langgaard, die sich mitten auf den Weg stellte, um es anzuhalten.

»Steigt aus und stellt keine Fragen«, überrumpelte sie die Ankömmlinge. »Oben an der Lichtung ist gerade Erde ausgehoben worden. Sie ist lehmhaltig, deshalb brauchen wir sie. Nehmt die Schubkarren, die vor dem Steinhaus stehen, und macht sie voll. Beeilt euch!«

Dann wandte sie sich an den Fahrer. »Wir haben einen Notfall, Blitzschlag. Bitte, fahren Sie sofort zurück nach Fulda. Bestellen Sie dort am Krankenhaus einen Rettungswagen und begleiten Sie ihn hierher, damit er sich nicht verfährt.«

»Und was wird aus dem Gepäck, das ich noch im Auto habe?«, fragte er.

»Das laden wir aus, wenn Sie zurück sind.«

Bei dem Wort »Rettungswagen« war Hanna zusammengezuckt. Willi schwebte in Lebensgefahr, auch wenn sie es nicht wahrhaben wollte. »Du hast mir in deinen Briefen so viel Schönes versprochen. Versprechen muss man halten«, flüsterte sie ihm zärtlich ins Ohr.

Unvorstellbar, wenn der Anfang das Ende wäre, überlegte sie voller Qual und spürte von hinten eine schützende Hand am Kopf. Sie drehte sich um.

»Willi ist ein zäher Bursche. Er wird um sein Leben kämpfen«, sagte Langgaard und blieb an ihrer Seite.

»Wichtig ist, dass er gleich unter der Erde nicht zu sehr abkühlt. Und später, wenn wir ihn wieder rausholen, müssen seine verkrampften Arm- und Beinmuskeln massiert werden. Das weiß ich von meiner Tante, sie hat mir alles genau erklärt.« Hanna stöhnte auf. »Leider weiß ich von ihr auch, dass seit Generationen eigentlich kein Mensch wirklich beurteilen kann, ob diese Art der Behandlung hilft. Ich will aber fest daran glauben.«

»Ich auch«, entgegnete Langgaard.

Es regnete zwar immer noch in Strömen, doch die Blitze und das Donnerkrachen ließen merklich nach. »Wir sind mit Graben fertig«, rief Eva, die am schnellsten von allen mit ihrer Schaufel die Erde ausgehoben hatte.

Bis auf das Gesicht war von Willi nichts mehr zu sehen. Bedeckt mit einer Schicht feuchtem Lehm, lag er nun schon eine ganze Weile in der durchnässten Mulde, und Hanna wich nicht von seiner Seite. Dass der Regen inzwischen nachgelassen hatte, bekam sie nur am Rande mit, das hektische Treiben um sie herum auch. Hans und ein weiterer Handwerker brachten gerade eine Holzpritsche, Langgaard kam mit einem Stapel Decken. »Bevor ihm zu kalt wird, sollten die Männer ihn jetzt aus dem Erdloch befreien«, sagte sie zu Hanna.

»Ja, das sollten sie«, wiederholte Hanna teilnahmslos und stierte auf Willis geschlossene Augen, seinen verzerrten Mund, die triefenden Haare. Kurz hoffte sie, dass nicht er das war, sondern irgendein Fremder. Dann beobachtete sie jeden Handgriff der Handwerker, die ihn vorsichtig auf die Pritsche hoben und in die Decken hüllten, damit Hilde und Eva mit der Massage beginnen konnten. Mit leichtem Druck strichen sie unentwegt über Willis lehmige Arme und Beine, klopften auf seine Muskeln und bemühten sich, ihn vom Unheil des Stromschlags zu befreien. Erst als der Krankenwagen endlich eintraf, hörten sie mit der Therapie auf. Hanna sah, wie ein bärtiger Mann mittleren Alters aus dem Auto stieg. Er trug eine braune Ledertasche, aus der ein Stethoskop ragte.

»Doktor Küppers, guten Tag. Ich bin Arzt. Was ist passiert?«, fragte er und ging zielstrebig auf die Pritsche zu. Mit Daumen und Zeigefinger öffnete er Willis Augenlider und sah in seine Pupillen. Er horchte ihn ab und kontrollierte den Puls. Währenddessen erklärte ihm Langgaard, was vorgefallen war und was sie bislang unternommen hatten.

»Wer von Ihnen hat die Maßnahmen eingeleitet?«, fragte er die Frauen sachlich kühl.

»Ich«, antwortete Hanna.

»Es kann gut sein, dass Sie ihm damit das Leben gerettet haben. Wir müssen aber zunächst einmal abwarten, wann er aus der Bewusstlosigkeit erwacht. Das wird den weiteren Verlauf bestimmen. Zum Glück hat der Blitz ihn nur gestreift.«

Er winkte die beiden Sanitäter herbei, die ihn begleiteten und Willi auf einer Trage zum Wagen transportierten.

»Wie ich sehe, kommen Sie gerade von einer Reise zurück«, sagte der Arzt beiläufig, warf einen Blick auf das viele Gepäck und ging.

»Hilde, wo ist mein Geigenkoffer?«, fragte Hanna im selben Moment.

»Er steht direkt hinter dir an der Wand.«

Hanna drehte sich um, nahm ihn und lief dem Arzt hinterher. »Herr Doktor, ich möchte den Verletzten begleiten.«

»Sind Sie mit ihm verheiratet, verwandt oder verschwägert?«

Hanna schüttelte den Kopf.

»Dann darf ich Sie nicht mitnehmen.«

»Willi und ich, wir sind aber verlobt. Schon seit Längerem«, log Hanna.

Der Arzt schaute auf ihre Hände. »Und warum tragen Sie keinen Ring?«

»Er ... Er ist gerade in der Änderung. Ich muss ihn weiten lassen.« Hanna merkte, was für eine schlechte Lügnerin sie war. »Stellen Sie bitte keine weiteren Fragen.« Sie sah ihn so flehend an wie eine reuige Sünderin. »Sie werden als Mediziner alles in Ihrer Macht Stehende für Willi tun. Aber auch ich kann ihm auf meine Art helfen«, sagte sie und zeigte auf den Geigenkoffer.

»Was glauben Sie, wer Sie sind? Wenn ich bei jedem eine Ausnahme machen würde ...« Doktor Küppers winkte verärgert ab und sah sie in einer Weise an, als wären sie sich schon einmal begegnet. »Wie ich Sie einschätze, werden Sie sowieso keine Ruhe geben. Also steigen Sie ein.«

Es war schon Abend, als sie das Krankenhaus in Fulda erreichten. »Bringen Sie den Patienten auf Station Josef ins Arztzimmer, damit ich ihn untersuchen kann«, wies Doktor Küppers die Sanitäter an.

Hanna musste im Flur warten und setzte sich auf eine der Bänke. Allein ihre Anwesenheit schien die Nachtschwester nervös zu machen. »Die Untersuchung wird noch lange dauern. Gehen Sie besser nach Hause«, meinte sie und verschwand in einem der Krankensäle.

Kaum hatte sie ihn wieder verlassen, steuerte sie erneut auf Hanna zu. »Besuche sind nur nachmittags gestattet. Was wollen Sie um diese Uhrzeit hier?«

»Ich möchte für jemanden Geige spielen.«

»Sie sind doch nicht ganz bei Sinnen!«, empörte sich die Schwester. »Wie stellen Sie sich das vor?«

»Leise, damit ich die anderen Patienten nicht zu sehr störe.«

»Das werde ich nicht zulassen«, rief die Pflegerin in einer Stimmlage, dass die Tür des Arztzimmers einen Spalt aufging und der Doktor seinen Kopf herausstreckte. »Schwester Josefine, brauchen Sie Hilfe?«

»Allerdings. Schicken Sie das Fräulein weg! Sie beabsichtigt, die ganze Station in Aufruhr zu bringen. Sie will geigen.«

»Das habe ich befürchtet.« Küppers strich nachdenklich über seinen Bart. »Wir klären die Situation, sobald ich die Untersuchung abgeschlossen habe. Und jetzt entschuldigen Sie mich.«

»Aber Herr Doktor!«, rief Josefine ihm hinterher. »Allein der Anstand verbietet, dass so ein junges Ding um diese Uhrzeit auf einer Männerstation sitzt.«

Hanna schwieg. Sie spürte auf einmal, wie nass ihre Kleidung war, und fing an zu frösteln. Unter anderen Umständen hätte sie die Schwester um eine Decke gebeten. Stattdessen lief sie den Gang auf und ab, um sich ein wenig aufzuwärmen.

»Kommen Sie herein«, ertönte bald die Stimme des Arztes. »Ich habe meinen Teil erledigt, jetzt sind Sie dran. Wir lassen ihn heute Nacht hier im Zimmer. Da stören Sie niemanden.«

Das Bett, in dem Willi lag, stand mitten im Raum. Hanna packte ihre Geige aus und stimmte sie. Doktor Küppers setzte sich auf seinen Schreibtischstuhl und beobachtete sie dabei. »Darf ich einen Moment lang zuhören?«, fragte er.

»Ja, seien Sie aber nicht enttäuscht, wenn meine Töne in Ihren Ohren ungewohnt klingen.«

Hanna dachte zurück an den Musikabend mit Willi in der Scheune. Sie ging auf ihn zu und schmiegte ihre Wange an seine. »Du bist der Trommler. Du darfst nicht fehlen. Ohne dich kann ich nie wieder so tanzen wie damals«, flüsterte sie ihm ins Ohr und begann, einfach draufloszuspielen. Versuchte, Sehnsucht und Hoffnung, Angst und Freude auszudrücken. Dabei ging sie um sein Bett herum, damit er die Musik von allen Seiten hören konnte. Schließlich blieb sie vor ihm stehen, in der Hoffnung, er würde sie sehen. Hanna dachte an den Rhythmus, der ihn am meisten fasziniert hatte. Kurz legte sie die Geige zur Seite und trommelte mit ihren Fingerspitzen sanft auf seine Arme. Dann spielte sie leidenschaftlich weiter, auch wenn ihr zum Heulen zumute war. Es hieß doch immer, Musik könne Wunder wirken. Was machte sie bloß falsch?, überlegte sie angestrengt und wurde von Doktor Küppers aus den Gedanken gerissen.

»Seine Augenlider haben gerade eben leicht gezuckt.«

»Wirklich? Oder wollen Sie mich nur trösten?«

»Nein, es stimmt«, versicherte er. »Er nimmt die Musik wahr. Das war meine Hoffnung.«

Hanna setzte sich auf die Bettkante und sah den Doktor verlegen an. »Ich habe Sie angelogen. Ich bin nicht verlobt … Aber verliebt.«

»Davon bin ich ausgegangen. Das bisschen Menschenkenntnis sollte ein Mediziner haben«, sagte Küppers. »Ich habe Sie übrigens neulich im Theater in Weimar gesehen. Es hat etwas gedauert, bis ich Sie ohne Kopfbedeckung wiedererkannt habe. Die Vorführung war exzellent und Ihre Darbietung im hohen Maße speziell.«

»Danke, das freut mich zu hören. Ich hatte in Weimar meine ersten Auftritte.« Dass ein Mann wie Küppers sich für die Tänze der Loheländerinnen interessierte, wunderte Hanna. »Wo haben Sie uns gesehen? Im Bauhaus oder im Theater?«

»Im Theater. Mein Bruder ist dort Intendant und hatte meine Frau und mich eingeladen. Zum Glück hält er mich kulturell auf dem Laufenden, sonst würde ich hier in der Provinz versauern.« Doktor Küppers sortierte einige Arztberichte, die auf seinem Schreibtisch lagen, häufte sie auf einen Stapel, den er zur Seite schob, und stand auf. »Sie können sich gerne hierhersetzen. Ich muss auf die andere Station. Falls Sie mich brauchen, ich bin ein Stockwerk höher.« Dann nahm er seinen braunen Pullover vom Garderobenständer und reichte ihn Hanna. »Er ist nicht schön, aber warm. Die Nacht kann lang werden.« Küppers schaute sie freundlich an. »Spielen Sie weiter und reden Sie mit ihm. Ihre Stimme zu hören, wird ihm guttun.«

Hanna erzählte Willi von der Tournee und allem, was ihm bislang entgangen war. »Du musst unbedingt mein Kostüm sehen. Ich habe sogar Fotos davon und bin gespannt, wie es dir gefällt. Hätte meine Mutter mich darin gesehen, hätte ich ihr wieder das Korsett lockern müssen. Guck mal …« Sie stand von der Bettkante auf und hielt ihre Hand an den Oberschenkel. »Der Saum ging nur bis hier. So stand ich in Weimar das erste Mal auf einer großen Bühne. Aber gegen Evas Kleider war das alles Kinderkram. Sie kennt wirklich keine Scham.«

Hanna griff erneut zu ihrer Geige und legte sie ans Kinn. »Bevor wir anfangen zu tanzen, spielt Hilde als Einstimmung zusammen mit dem Theaterorchester unsere Erkennungsmelodie. Sie klingt sehr geheimnisvoll. In etwa so …«, sagte sie und präsentierte einen kleinen Vorgeschmack.

»In Erfurt hat mir tatsächlich jemand einen Blumenstrauß auf die Bühne geworfen, so gut hat ihm meine Darbietung gefallen. Eva war richtig neidisch. Und ich war dermaßen überwältigt, dass ich anschließend meinen Einsatz auf der Geige um ein paar Sekunden verpasst habe und Hilde beinahe aus dem Konzept gebracht hätte. Sie tanzt zu einer sehr besonderen Musik. Ich habe sie wochenlang geübt. Hör mal!« Hanna stellte sich mit der Geige ans Fußende des Betts. Was sie Willi vorspielte, klang nach schwerer Melancholie. Umso mehr bemühte sie sich, ihrer Stimme einen Hauch von Fröhlichkeit zu verleihen. »Danach waren wir in Berlin, wo ich seit Langem schon hinwollte. Diese Stadt pulsiert. Wir sind durch die Straßen gebummelt und waren in einem Café, wo Langgaard uns Kakao spendiert hat. Es kamen sogar Leute vorbei, die sie begrüßten. Ich habe keine Ahnung, woher sie so viele Menschen kennt. Auch die Familie, bei der Hermine und ich übernachtet haben, waren Freunde von ihr. Auf der Tournee haben wir seit Langem mal wieder auf richtigen Matratzen geschlafen. Aber wenn ich ehrlich bin, mag ich meinen Strohsack inzwischen mindestens genauso gerne. Nur die Badewanne in Berlin, die war Luxus. Hermine und ich haben gelost, wer als Erste reinsteigen durfte. Du musst Hermine unbedingt näher kennenlernen. Sie ist neben Hilde inzwischen meine beste Freundin. Und stell dir vor! Langgaard hat ihr und mir angeboten, ins Steinhaus zu ziehen. Sie meint, es wäre bald bezugsfertig. Wann genau, das weißt du sicherlich am besten. Wir müssten uns allerdings wieder ein Zimmer teilen, weil nur noch eins zu vergeben ist.«

Es war anstrengend, die ganze Nacht vor sich hin zu reden, ohne die kleinste Reaktion. Hanna zog den Schreibtischstuhl ans Bett und ließ sich hineinfallen. Erschöpft senkte sie den Kopf, lehnte ihre Stirn an die Matratze und suchte nach neuen Einfällen, um Willi zu unterhalten. Dabei war sie wohl leicht eingedöst.

Auf einmal meinte sie, seine Stimme zu hören. »Kaum ist man mal weg, sind die Zöpfe ab. Und meine Amazone schreibt kein Wort darüber …«

Erst als sie die Hand spürte, die sanft in ihre kurzen Haare fasste, wagte Hanna einen Blick nach oben. Monatelang hatte sie dieses verwegene Lächeln vermisst.

»Ich wollte dich überraschen. Wie gefällt dir meine neue Frisur?«, sagte sie mit Tränen in den Augen.

»Du siehst fantastisch aus. Komm näher, ich möchte dich begrüßen.« Hanna beugte sich zu ihm, und Willi legte ihr mit großer Mühe die Arme um den Nacken. »Ich habe auch eine Überraschung für dich«, sagte er. Und schlief ein.

»Es wird noch dauern, bis ich ihn entlassen kann. Er muss erst wieder zu Kräften kommen.« Hanna drehte sich um. Sie hatte nicht bemerkt, dass Doktor Küppers hinter ihr stand.

»Das war wohl Eingebung«, meinte er. »Ich bin im richtigen Moment zurückgewesen.«

Hanna atmete erleichtert auf. »Umso besser. Ich habe also wirklich nicht geträumt?«

»Nein, Sie haben Großartiges geleistet und sollten sich ein bisschen Ruhe gönnen. Draußen im Flur ist jemand, der Sie nach Hause bringen möchte.«

Auf derselben Bank, wo sie am Abend zuvor gewartet hatte, saß Bauer Hubertus.

»Holst du mich zum Stallausmisten ab?«, fragte Hanna.

»Ja, das auch ... Was rede ich? Ich war in der Molkerei und habe die Milch abgeliefert. Das Krankenhaus liegt auf dem Weg. Und nachdem ich von Hermine gehört habe ...« Hubertus griff zu seinem Filzhut, der auf seinen Beinen lag, und hielt ihn mit beiden Händen an der Krempe fest. »Wie geht's dem Herrn?«, fragte er unbeholfen.

»Er wird wieder gesund. Und Walburga?«

»Die Hebamme meint, sie würde bald niederkommen. Wird auch Zeit, dass sie wieder mit anpacken kann.«

Hanna sah ihn böse an.

»Brauchst dich gar nicht aufzuregen, feines Fräulein!«, meinte Hubertus schroff. »Ich weiß selbst, dass sie sich nach der Geburt noch schonen muss.«

Hubertus hatte sein Fuhrwerk direkt vor dem Haupteingang des Krankenhauses geparkt. Damit handelte er sich eine heftige Beschwerde des Pförtners ein, der vor seiner Loge stand und ihm ausschweifend erläuterte, dass der Platz ausschließlich für motorisierte Fahrzeuge reserviert sei.

»Ihr Stadtleute kümmert euch zu viel um unnütze Vorschriften, anstatt zu arbeiten«, wetterte Hubertus und gab Hanna ein Zeichen, sich neben die Milchkannen auf den Wagen zu setzen. »Nun mach schon«, sagte er ungeduldig. »Worauf wartest du?«

»Auf dein Versprechen, dass du gesittet fährst«, antwortete Hanna und rührte sich nicht von der Stelle.

»Hör auf mit den alten Geschichten. Ich habe mich gebessert. Können wir jetzt los?«

Hanna hielt seinem reumütigen Blick stand und ließ ihn so lange zappeln, bis er endlich nachgab. »Langsamer Trab, versprochen!«

Dass er sich in Höhe des Fuldaer Doms und zwei weiterer Kirchen, an denen sie vorbeifuhren, bekreuzigte, fiel Hanna mit Befremden auf.

»Ich mache das fürs Kind. Damit es gesund auf die Welt kommt und nicht wie damals …«, sagte Hubertus, ohne sich umzudrehen, und lachte. Es war kein frohes Lachen, sondern eins, das ihm hörbar im Hals stecken blieb. Seine Stimme klang brüchig. »Nie wieder werde ich mich zu früh auf etwas freuen. In der guten Stube war schon Wochen vorher alles hergerichtet für die Feier. Die Gäste hätten jederzeit kommen können … Und dann hat sie es verloren. Es war ein Junge.«

Hanna sah die gespenstisch abgedeckten Möbel vor sich, die ihr am Tag des Einzugs beim Blick durch die Fensterscheibe aufgefallen waren, und begriff jäh, was es damit auf sich hatte. »Wie lange hast du in eurer Stube nichts mehr angerührt?«, fragte sie.

»Fast zwei Jahre war ich nicht mehr drin, bis auf das eine Mal, wo ich euch beobachtet habe. Ich gehe da erst wieder rein, wenn alles gut ist.« Hubertus warf Hanna einen Blick über die Schulter zu. »Ich rede zu viel. Schluss damit«, meinte er und versetzte einem der Pferde einen leichten Hieb. »Erzähl du! Wer ist dieser Mann im Krankenhaus?«

»Du meinst Willi? Hm … ich glaube, das ist der falsche Zeitpunkt, über ihn zu reden«, erwiderte Hanna ausweichend. »Siehst du dahinten am Ortsausgang die Frau mit den weißblonden Zöpfen, die in unsere Richtung winkt? Sie heißt Ruth und ist eine von uns.«

»Wie die herumfuchtelt, kann sie nur eine von euch sein«, entgegnete Hubertus. »Was macht sie hier am frühen Morgen?«

»Das werde ich sie gleich fragen.«

Hubertus drehte sich entrüstet um. »Du erwartest von mir, dass ich anhalte?«

»Was denn sonst? Wir können sie doch nicht einfach stehen lassen.«

»Ich bin Bauer und kein Fuhrunternehmer«, knurrte er und ließ sich dennoch zu einem »Brrr« herab, mit dem er die Pferde bremste. Dann gab er Ruth mit einer achtlosen Handbewegung zu verstehen, sie solle aufsteigen. Kaum hatte sie sich hingesetzt, ließ er die Zügel locker, schnalzte laut mit der Zunge und hatte sein Versprechen anscheinend vergessen.

»Fahr langsamer!«, rief Hanna ihm zu.

»Ich hab's eilig und schon zu viel Zeit vergeudet«, polterte er zurück.

Ruth schien das rasante Tempo nichts auszumachen. »Bin ich froh, zu sitzen«, sagte sie und lachte Hanna verlegen an. »Nicht, dass du denkst, ich hätte in Fulda übernachtet. Ich bin schon in aller Frühe mit Käthe, meiner Zimmerwirtin, dorthin. Ich hatte wieder einige Filme zu entwickeln. Langgaard will die Fotos bestimmt bald sehen.«

»Und deshalb musstest du dich vor Tagesanbruch mit einem Fotografen verabreden?«, fragte Hanna verwundert nach.

»Er ist ein viel beschäftigter Mann. Ich war froh, überhaupt einen Termin bei ihm zu bekommen.«

»Und warum hat dich deine Zimmerwirtin nicht wieder mit zurückgenommen?«

»Was wird das hier? Ein Verhör? Ich will doch auch nicht wissen, wo du um diese Uhrzeit herkommst«, sagte Ruth gereizt. »Aber, damit du Ruhe gibst: Käthe wollte in Fulda noch zum Friseur, also bin ich schon mal los zum Gymnastikunterricht. Du weißt, wir dürfen nicht unentschuldigt fehlen.«

Hanna überlegte noch, ob sie sich für ihre Aufdringlichkeit entschuldigen sollte, da waren sie bereits an der Abbiege zur Siedlung.

»Fräulein, aussteigen!«, rief Hubertus Ruth in scharfem Tonfall zu. »Du bleibst sitzen. Auf dich wartet der Stall«, überrumpelte er genauso unfreundlich Hanna, machte aber keine Anstalten, die Pferde wieder auf Trab zu bringen. »Sie hält dich zum Narren«, sagte er leise, nachdem Ruth außer Hörweite war. »Ich bin gegen halb sieben bei Käthe vorbeigefahren. Da stand ihr Wagen neben dem Haus, und die Vorhänge an den Fenstern waren noch zugezogen.«

»Warum sollte sie mich anlügen? Ich wüsste keinen Grund.«

»Ich aber«, erklärte Hubertus. »Ich habe sie in Fulda schon ein paarmal gesehen, und zwar nicht alleine ...«

»Was soll's«, winkte Hanna ab. Dann fragte sie zögernd: »Muss der Stall wirklich noch ausgemistet werden?«

Bauer Hubertus richtete sich ungelenk auf, drückte sein Kreuz durch, bis er kerzengerade auf dem Bock saß und noch größer erschien, als er ohnehin schon war. »Sehe ich aus wie ein Unmensch? Natürlich ist der Stall längst fertig. Habe ich selbst gemacht, wie die letzten zehn Tage auch«, sagte er. »So blass, wie du aussiehst, solltest du trotzdem mit auf den Hof kommen. Du brauchst Schlaf!«

»Etwas später, ich möchte den anderen erst Bescheid geben, dass Willi über den Berg ist.«

Hanna nahm die Geige und machte sich auf den Weg. Am Steinhaus, wo das Unglück geschehen war, hielt sie an. Kein Mensch arbeitete auf der Baustelle, was ungewöhnlich war. Die Mulde, in der Willi gelegen hatte, sah unverändert aus, die Pritsche stand noch immer da. Hanna setzte sich. So, wie sie um Willi gezittert und gebangt hatte, gab es kein Zurück mehr. Zweifellos war sie bis über beide Ohren in diesen Mann verliebt. Aber wie sollte das mit ihm und ihr bloß weitergehen?

»Ich wusste, dass ich dich hier finden würde«, sagte Hilde wenig später hinter ihr. »Wir sind alle heilfroh, dass er aufgewacht ist.«

»Das wisst ihr schon? So schnell?«

»Der Doktor hat ein Telegramm geschickt, Langgaard hat es eben erhalten. Sie lässt dir übrigens ausrichten, dass du dich heute ausruhen sollst, womit sie recht hat. Also, kein Gymnastikunterricht, keine Weberei! Du kannst ja vor Müdigkeit kaum noch aus den Augen gucken.« Hilde schaute sie mit der Fürsorglichkeit einer großen Schwester an. »Außerdem wirkst du bedrückt, anstatt dich zu freuen. Was liegt dir auf dem Herzen?«

»Meine Zukunft als Frau, in Bezug auf Willi«, antwortete Hanna und rang nach Worten. »Ich möchte eines Tages die Liebe mit all ihren Facetten kennenlernen und dennoch meine Freiheit behalten. Ich befürchte, das wird schwierig, weil zu vieles verboten ist, was ich mir schön vorstelle.« Hanna lächelte beschämt. »Aber deshalb würde ich trotzdem nie ans Heiraten denken, das kommt nicht infrage.«

»Du solltest ans Bett denken, wo du jetzt hingehörst, und zwar alleine«, witzelte Hilde und wurde ernst. »Vor einem halben Jahr hast du über meinen unmoralischen Lebenswandel noch die Nase gerümpft, und jetzt träumst du vom Liebesleben. Weißt du überhaupt, was das bedeutet? Komm, lass uns über dieses delikate Thema unterwegs reden. Ich muss auch zur Landstraße.«

Eine Weile schlenderten sie wortlos nebeneinander her, dann hakte Hilde sie unter. »Als meine Liaison mit Walther begann, stand ich da wie ein Dummerchen und hatte von nichts eine Ahnung. Wenn mir jemand eingeredet hätte, vom Küssen wird man schwanger, hätte ich das durchaus für möglich gehalten.«

»Aber wäre ich denn gleich ein leichtes Mädchen, wenn Willi mich mal richtig küssen würde, ich meine, auf den Mund? Was darf ich zulassen und was nicht?«

»Du darfst zulassen, was dir Freude macht. Das müssen wir Frauen erst mal lernen. Und was du nicht möchtest, was dir zu weit geht, das lehnst du ab. Den Mut musst du aufbringen, auch wenn Männer so etwas nicht gerne hören. Die körperliche Liebe zwischen zwei Menschen sollte behutsam reifen. Wenn Willi das nicht begreift, weil er zu der Sorte Haurucktyp gehört, ist er der Falsche.« Hilde bückte sich, hob einen Stein vom Weg auf und warf ihn im hohen Bogen in den Wald. »Ich bin gleich mit Walther verabredet«, sagte sie dann.

»Hat sich zwischen euch wieder alles eingerenkt?«

»Ich weiß nicht recht.« Hilde zog nachdenklich die Stirn in Falten. »Zumindest ist er ganz wild darauf, mich zu treffen, und wartet in seinem Auto hinter der ersten Kurve auf der Landstraße. In letzter Zeit macht er es besonders spannend, damit mich bloß keiner mit ihm entdeckt.«

Hanna sah sie neugierig an. »Meinst du, es wird zwischen euch heute zum ... wie sagtest du mal, zum Äußersten kommen?«

»Das Wort hast du dir also gemerkt.« Hilde schmunzelte. »Das Äußerste ist für mich die bedingungslose Hingabe. Das kann ein sehr ekstatisches Erlebnis sein, wenn du einen guten Liebhaber hast, der nicht nur an sich denkt, sondern auch an dich. Das Problem ist, dass du dabei wirklich Gefahr läufst, geschwängert zu werden, was du wohl kaum in absehbarer Zeit möchtest.«

»Um Himmels willen, nein!«, entfuhr es Hanna. »Ich bin doch nicht hierhergekommen, um ein uneheliches Kind zu bekommen. Das wäre eine Schande. Was kann ich tun, damit das bloß nicht passiert?«

»Du kannst genauso wenig tun wie ich. Was meinst du, wie oft ich schon gezittert habe, ob's gut gegangen ist. Falls es eines Tages mit Willi so weit sein sollte, muss er aufpassen. Sag ihm das: Aufpassen! Als Mann sollte er wissen, was damit gemeint ist. Und du kannst nur hoffen, dass er sich daran hält.«

»Das klingt mir zu kompliziert und unsicher. Ich werde mich auf das Liebemachen besser doch nicht einlassen«, meinte Hanna.

»Und ich werde dich beizeiten an deine hehren Worte erinnern.« Hilde lachte. »Was der Kopf empfiehlt und der Bauch empfindet, ist oft zweierlei.«

Inzwischen waren sie an der Landstraße angekommen. Hilde lief zur Kurve und Hanna nach Dirlos. Erst als sie den Hof erreicht hatte, fiel ihr ein, dass sie auch Willis Fahrrad hätte nehmen können. Sie ging hoch in die Kammer und stürzte sich mit Heißhunger auf die Brote, die Hubertus ihr auf den Tisch gestellt hatte. Dann schlief sie – den Rest des Tages und die ganze Nacht.

18

Nach dem Gymnastikunterricht schlenderte Hanna zur Weberei. Sie genoss das herrliche Wetter mit allen Sinnen. Die Sonne, die ihr angenehm warm ins Gesicht schien, stand zwar schon herbstlich tief, dafür strahlte sie umso schöner die Bäume an, deren Laub sich während der Tournee zu einer bunten Blätterpracht verfärbt hatte.

»Dieser Tag will uns für alle schrecklichen Blitze und Donnerschläge entschädigen!«, rief sie Hermine zu, die bereits in der Werkstatt war und lüftete. Sie lehnte aus einem der geöffneten Fenster und schien das golden schimmernde Licht gleichermaßen zu genießen. Mit zufriedenem Nicken zeigte sie auf eine der Baumkronen. »Genau diese Farben der Blätter habe ich für unseren Herbststoff gewählt.«

»Wann hast du den denn auf die Schnelle entworfen?«, fragte Hanna erstaunt, als sie den Raum betrat.

»An dem Nachmittag, den du verschlafen hast.«

Hanna setzte sich an den Webstuhl, nahm das Muster der neuen Kollektion als Vorlage und bereitete die Garne vor. Braun- und Ockertöne, ein kräftiges Rot und Bernsteinorange. »Das sind sehr schöne Farben, aber was tust du mir an?« Sie zählte nach. »Du willst also wirklich, dass ich mit sechs verschiedenen Wollfäden arbeite, ohne die Übersicht zu verlieren? Das wird mich Zeit und Nerven kosten.«

Hermine hatte nur ein müdes Lächeln für sie übrig. »Ich habe jeden Farbwechsel genau aufgeschrieben, sieh dir die Liste gut an, bevor du beginnst.«

Dazu kam Hanna nicht. Sie kam nicht einmal zum Aufspulen der Wolle, da Eva unangekündigt zur Tür hereinplatzte. »Ich störe doch nicht, oder?« Geradewegs ging sie auf Hanna zu, umarmte sie überschwänglich und überreichte ihr einen Gürtel. »Den schenk ich dir«, sagte sie. »Er ist aus Elchleder, und die Schnalle ist aus Olivenholz. Ich habe sie gestern in der neuen Werkstatt gedrechselt, sozusagen mein Premierenstück im Eisenbahnwaggon.«

»Etwa mit dem Holz, das Marianne aus Portugal besorgen wollte?«

»Genau. Die Lieferung kam, während wir unterwegs waren.«

Hanna probierte den Gürtel über ihrem Kleid an, was Eva mit einem bewundernden Pfiff kommentierte. »Ich erkenne neidlos an, dass er dir mindestens so gut steht wie mir. Außerdem warst du die Lebensretterin und nicht ich.«

»Deshalb schenkst du ihn mir?«

»Ja, und weil ich dich während unserer Tournee als Kollegin schätzen gelernt habe. Was hältst du davon, wenn wir beide für die nächsten Auftritte einen gemeinsamen Tanz einstudieren?«

»Du mit mir?«, fragte Hanna vorsichtig nach. Erst nach Evas erneuter Umarmung wagte sie, ihrer Freude freien Lauf zu lassen. »Lass uns etwas auf die Bühne bringen, was alles bisher Dagewesene sprengt.«

Eva lachte. »Ein guter Vorsatz und ganz nach meinem

Geschmack. Übrigens, für die nächste Zeit haben sich einige Reporter bei mir angemeldet. Ich möchte, dass du bei den Gesprächen dabei bist.«

Nachdem Eva gegangen war, machte Hanna sich endlich an die Arbeit. »Wenn das so weitergeht, komme ich wirklich zu nichts, schon gar nicht auf meine drei Meter«, stöhnte sie bald darauf, denn draußen am geöffneten Fenster stand Rohden und winkte ihr zu. »Heute ist ein besonderer Tag. Komm mal kurz raus. Lola und ich wollen dir etwas zeigen.« Ihre Stimme klang wohltuend im Vergleich zu dem Lärm der Webgeräusche.

Kaum hatte Hanna die Außentür geöffnet, kam Lola auf sie zugerannt, sprang an ihr hoch und ließ sich vor lauter Wiedersehensfreude kaum beruhigen. »Du bist ja schon wieder größer geworden. Das geht zu schnell«, bemerkte Hanna wehmütig und streichelte die Hündin so lange, bis das Tier genug hatte, von ihr abließ und vor Freude den ganzen Körper schüttelte.

»Was wollten Sie mir zeigen?«, rief Hanna und ging ein paar Schritte auf Rohden zu, die neben dem Fenster an der Hauswand lehnte. »Die Überraschung liegt um die Ecke herum in der Herbstsonne. Guck sie dir an. Sie sind heute früh angekommen, drei Monate alt und entzückend.«

»O ja, das sind sie«, stimmte Hanna ihr zu, als sie die vier jungen Doggen sah, die sich auf einer Decke rekelten und mit den Sonnenstrahlen spielten, die auf ihr Fell schienen. »Sie und Langgaard machen tatsächlich alles wahr, was Sie sich in den Kopf gesetzt haben.«

»Zumindest versuchen wir, unsere Visionen Wirklichkeit werden zu lassen, ohne sie bereits im Vorhinein mit Bedenken zu ersticken«, entgegnete Rohden und beugte sich zu den Hunden. »Ich möchte dir die Kleinen vorstellen. Wir haben sie umgetauft, ihre ursprünglichen Namen passten nicht in unsere Umgebung.« Sie zeigte zunächst auf die beiden goldbraun gestromten Hündinnen. »Sie heißen nun Fionne und Fiola. Die Rüden Fingal und Frieder.«

»Sie haben tatsächlich meine Vorschläge übernommen, die ich Ihnen aufgeschrieben hatte?«

»Ja, sie gefielen mir.« Rohdens ernste Gesichtszüge wichen einem zurückhaltenden Lächeln. »Auch wenn der Erfolg noch lange auf sich warten lassen wird, bezeichne ich den heutigen Tag als Beginn unserer Doggenzucht, für die wir den Namen ›von Loheland‹ gewählt haben.«

Hanna nahm Fingal auf den Arm, den kleinsten der Hunde, dessen Fell im Gegensatz zu den anderen schwarzgrau schimmerte. Lola stieß ein Bellen aus und sprang erneut an ihr hoch. »Sitz!«, rief Hanna nur, und die Hündin gehorchte sofort. Zur Belohnung warf Hanna ihr ein Stöckchen – und Lola jagte hinterher.

Rohden beobachtete zwar die Spielerei, schien jedoch mit ihren Gedanken ganz woanders zu sein. »Ich kann dem Herrgott gar nicht oft genug danken, dass er Willi einen Schutzengel geschickt hat und du in dieser Nacht an seiner Seite warst«, sagte sie auf einmal mit heiserer Stimme. »Mein Vater war Pfarrer, er ist schon lange tot. Aber in den letzten beiden Nächten habe ich ihn im Geiste immer und immer wieder vor mir gesehen. Er schritt in seinem Talar andächtig aus der Kirche, schlug den Weg zum Friedhof ein, und eine Trauergemeinde folgte ihm. Ich bin heilfroh, dass unserer jungen Gemeinschaft eine Tragödie erspart geblieben ist.«

»Ich weiß nicht, ob wir sie verkraftet hätten«, ergänzte Langgaard, die gerade hinzukam. Sie sah Rohden an, die

Hunde, dann Hanna. »Ich hoffe, dass du dich von diesem einschneidenden Erlebnis bald erholst. Hör für heute auf zu arbeiten. Der Tag geht auf meine Kappe. Außerdem habe ich mit dir und Hermine Wichtiges zu besprechen.«

Gemeinsam gingen sie in die Werkstatt. Langgaard schwieg zunächst und schaute Hermine interessiert über die Schulter, wie sie die verschiedenen Garne in dem neuen Herbststoff verwebte. »Du arbeitest ausgesprochen präzise und schnell«, stellte sie nach einigen Minuten fest und sah weiter zu. »Ein gutes Gefühl für Farben hast du auch. Die Idee mit den Vier-Jahreszeiten-Stoffen hat mir von Anfang an gefallen. ›Frühlingsmorgen‹, ›Sommertraum‹, wie willst du den nächsten nennen?«

»Einfach nur ›Oktober‹«, antwortete Hermine und hielt den Webstuhl an. »Gefällt Ihnen das gestreifte Muster?«

»Ja. Es spiegelt sehr schön die Stimmung des Herbstes wieder.« Langgaard schmunzelte. »Jetzt kann ich es dir ja eingestehen, ohne dich unter Druck zu setzen. Wir hatten für den ›Oktober‹, wie du ihn nennst, bereits Vorbestellungen, da war dein ›Sommertraum‹ gerade fertig. Die Auftragslage verbessert sich zunehmend.« Die Chefin lief ein paar Schritte auf und ab und bezog jetzt auch Hanna in das Gespräch mit ein. »Hört gut zu! Im Frühjahr nächsten Jahres findet in Hamburg eine internationale Messe für Kunsthandwerk statt. Um daran teilzunehmen, müssten wir in den Werkstätten die Produktvielfalt noch erweitern. Haltet ihr das auf die Weberei bezogen für realistisch?«

»An wie viele verschiedene Stoffe denken Sie?«, fragte Hermine sofort.

»Etwa zehn sollten es schon sein. Sie müssten spätestens im Februar in gewisser Menge vorrätig sein, damit sie in der Schneiderei weiterverarbeitet werden können. Wäre das machbar?«

Hermine wiegte ihren Kopf nachdenklich hin und her. »Machbar ist vieles, aber nicht unter den jetzigen Bedingungen.«

»Dann lass uns die Bedingungen ändern«, schaltete Hanna sich ein. »Hubertus hat mir mal erzählt, dass die Frauen im Dorf früher viel selbst gewebt haben. Vielleicht finden wir die eine oder andere, die uns hilft?«

»Gegen Bezahlung, das versteht sich von selbst«, warf Langgaard ein und schien Gefallen an dem Vorschlag zu finden. »Wir könnten hier in der Werkstatt gut und gerne noch einen weiteren Webstuhl aufstellen.«

»Werden sich die Bauhäusler an der Messe ebenfalls beteiligen?«, wollte Hermine wissen.

»Soweit ich hörte, haben sie sich bereits angemeldet.«

»Denen möchte ich zu gerne zeigen, was alles in uns steckt.«

Langgaard ging auf sie zu. »Wärst du bereit, die Leitung der Werkstatt zu übernehmen?«, fragte sie geradeheraus, und Hermine bekam auf der Stelle rote Wangen und leuchtende Augen. »Zutrauen würde ich mir das ...«

»Soll das heißen, dass ich in Zukunft zwei Chefinnen haben werde?«, rief Hanna dazwischen.

»Ja, aber auf Augenhöhe«, entgegnete Langgaard. »Und ich möchte, dass wir drei uns ab jetzt duzen. Ihr wisst, wie geizig ich mit Angeboten dieser Art bin. Wenn ihr ablehnt, werdet ihr lange auf eine nächste Gelegenheit warten müssen.«

Ob *Louise,* ein Name, der mehr nach Freundin als nach Chefin klang, ihr so einfach über die Lippen kommen würde, bezweifelte Hanna, obwohl sie sich durchaus geschmeichelt fühlte. »Wäre es auch in Ordnung, wenn ich dich weiterhin Langgaard nenne?«, fragte sie.

Die Chefin nickte beiläufig und schwelgte sofort wieder in Zukunftsplänen. »Wenn wir Loheland auf der Messe präsentieren, wünsche ich mir einen festen Zusammenhalt aller Beteiligten«, sagte sie. »Besonders wichtig ist der gegenseitige Austausch. Leni hat in den letzten Wochen in der Töpferei Verschiedenes ausprobiert. Ich möchte, dass ihr euch das jetzt anschaut.«

Langgaard lief wie immer vorneweg – am Holzhaus vorbei, den leicht abschüssigen Weg hinunter und direkt auf den Schornstein der Töpferwerkstatt zu.

In dem Raum, den sie zuerst betraten, befanden sich große Tische, auf denen Krüge, Becher und Schüsseln in unterschiedlichen Größen standen.

»Was ihr hier seht, dürft ihr nicht anfassen. Das muss erst trocknen und ist noch nicht gebrannt«, erklärte Leni und öffnete die Tür zum Nebenraum. »Hier sind die fertigen Sachen.« Sie ging zu einem der Regale. »Dieses weißgraue Geschirr und die Vasen habe ich nach Langgaards Entwürfen angefertigt. Das andere habe ich mir selbst ausgedacht.«

Hanna stach ein schwarzes Teeservice ins Auge, dessen Schalen auf der Innenseite hellgrün glasiert waren. Daneben stand das Gegenstück in Kobaltblau mit Beige. Vorsichtig ließ sie die Finger über die Ränder der Keramiken gleiten und drehte sich erstaunt zu Leni um. »Ich wusste nicht, dass man so fein und dünn töpfern kann.«

»Ich anfangs auch nicht. Man braucht viel Geduld, um die nötige Fingerfertigkeit zu erlernen.« Leni kicherte. »Was meinst du, wie viele Schalen dabei draufgegangen sind …«

»Schaut mal her. Die wollen wir im Advent auf jedes

Teil kleben, das wir verkaufen.« Langgaard hob einen Stapel kleiner, rund ausgeschnittener Zettel hoch, auf denen *Fröhliche Weihnacht Loheland* stand. »Vielleicht können wir durch diese Werbung bereits vor der Messe die Geschäfte über unseren kleinen Kundenstamm hinaus ankurbeln. Finanziell hätten wir es nötig.« Sie legte die Zettel zurück und suchte eine von ihr entworfene Vase aus. »Die ist für dich. Du weißt, warum«, sagte sie zu Hanna. »Und Willi nehme ich aus der gleichen Kollektion als Geschenk einen Krug mit. Ich will nachher zu ihm ins Krankenhaus fahren. Kommst du mit?«

Hanna war kurz sprachlos. »Wir dürfen bloß nicht zu spät los«, redete sie dann umso schneller. »Die sind streng mit den Besuchszeiten und lassen uns sonst nicht zu ihm.«

»Morgen werde ich entlassen«, empfing Willi die beiden am frühen Nachmittag. Er saß aufrecht im Bett. »Ich habe so lange auf Doktor Küppers eingeredet, bis er nachgegeben hat. Ich kann mich zu Hause viel besser erholen als in einem Krankensaal mit neun anderen Männern.« Er verstummte kurz. »Einer stöhnt oder schnarcht immer«, flüsterte er dann hinter vorgehaltener Hand.

»Ich finde das entschieden zu früh. Du solltest dein Herz noch schonen und erst wieder ordentlich Kräfte sammeln«, meinte Langgaard. »Ein Blitzschlag ist kein Pappenstiel.«

»Jaja, das hat der Doktor auch gesagt.« Willi tat den Einwand mit einer Handbewegung ab. »Ich muss hier raus, und zwar schnell. Mich erinnert das alles zu sehr an ein Feldlazarett«, sagte er und stierte ins Leere. »Schwer begreiflich. Da überlebe ich einen jahrelangen Krieg, und ein Unwetter in der Rhön bringt mich fast um. Ich kann mich an den Blitz erinnern, aber danach an nichts mehr.

Der Arzt hat mir berichtet, wie er mich vorgefunden hat, dass ich stundenlang bewusstlos war und was du alles für mich getan hast, damit ich wieder aufgewacht bin.« Er wandte sein Gesicht Hanna zu und lächelte sie heute zum ersten Mal direkt an. »Deine Hilfe war ein Geschenk, das ich immer in mir tragen werde.«

Langgaard wich einen Schritt zur Seite, damit Hanna sich neben Willi auf die Bettkante setzen konnte. Er nahm ihre Hand und hielt sie fest. »Holst du mich morgen mit meinem Fahrrad ab?«

»Das erlaube ich nur, wenn du sie strampeln lässt«, fuhr die Chefin dazwischen.

»Machen Sie sich keine unnötigen Sorgen!«

»Deine Antwort gefällt mir nicht«, sagte Langgaard in strengem Ton. »Von nun an heißt das: ›Mach dir keine unnötigen Sorgen.‹«

Willi schüttelte den Kopf. »Ich soll Sie duzen? Das geht nicht, Sie sind meine Auftraggeberin.«

»Na und? Die bleibe ich so oder so. Mit deinem Chef duze ich mich schließlich auch.« Langgaard lächelte tiefgründig. »Nach allem, was geschehen ist, habe ich heute einen meiner seltenen sentimentalen Tage. Also, überleg dir mein Angebot gut. Ich würde mich über deine Zustimmung freuen, sie wäre der Grundstein für eine kameradschaftliche Geschäftsbeziehung.« Langgaard schaute sich diskret um. Wer von den Patienten nicht schlief, hielt die Augen längst auf Willis Bett gerichtet.

»Ich warte unten auf dich«, sagte sie zu Hanna, »jetzt lass ich euch noch einen Moment allein. Na ja, wenn man das hier ›allein‹ nennen kann.« Rasch holte sie noch den Krug aus ihrer Tasche und gab ihn Willi. »Der ist aus unserer ersten Kollektion und selbst entworfen. Für kühle Getränke an lauen Sommerabenden.«

»Mir hat sie heute auch das Du angeboten«, tuschelte Hanna, nachdem die Chefin weg war. Sie rückte nahe an Willi heran, was im Nachbarbett mit einem Räuspern kommentiert wurde, sie aber nicht abhielt, ihre Wange sanft an seine zu schmiegen. »Das habe ich in der Nacht auch gemacht. Da hast du keine Reaktion gezeigt.«

»Das wird nicht wieder vorkommen«, flüsterte Willi ihr zärtlich ins Ohr und schielte auf den Mann neben ihm. »Ein Krankensaal ist kein romantischer Ort. Mein Versprechen werde ich erst morgen einlösen.«

Hanna kicherte und reichte ihm zum Abschied ihre ausgestreckte Hand, auf die er übertrieben kitschig einen Kuss hauchte.

Langgaard wollte Hanna wie vereinbart nur schnell am Hof der Schönburgs absetzen und gleich weiterfahren. Aber es kam anders.

»Steigen Sie auch ab! Das müssen Sie sich anschauen!«, rief Hubertus ihr aufgebracht zu und zeigte auf Willis Fahrrad, das neben dem Brunnen auf dem Kopf stand.

»Als ich es aus dem Schafstall geholt habe, waren beide Reifen kaputt. Ich habe es den ganzen Weg hierher geschoben«, jammerte Hermine.

»Kaputt ist wohl der falsche Ausdruck«, korrigierte Hubertus sie. »Die Reifen wurden aufgeschlitzt. Das ist unübersehbar.« Langgaard stand inzwischen neben ihm. »Was ist los in Ihrer Siedlung? Wer macht so eine Gemeinheit, während der arme Mann im Krankenhaus liegt?«, fragte er sie.

»Das wüsste ich gerne, weiß es aber leider nicht«, antwortete sie gereizt.

»Aber ich …« Hanna sah mit unbewegter Miene auf die Reifen. »Sie sind nicht zerschnitten, weil jemand Willi eins auswischen wollte, sondern mir«, erklärte sie Hubertus. »Ähnlich wie damals mit dem Zügel.«

Langgaard wies sie zurecht. »Wie oft muss ich dich noch darum bitten, dass du niemanden vorverurteilen sollst? Dir fehlt es genau wie mir an Beweisen. Du hast nur Vermutungen.«

»Hat die Vermutung zufällig rote Haare und einen komischen Dialekt? So eine war nämlich hier, während ihr auf Reisen wart.« Hubertus beäugte Hanna genau. »Die Frau behauptete, du hättest ihr ein Buch nicht zurückgegeben, das du dir ausgeliehen hast. Stimmt das etwa?«

Hanna schüttelte den Kopf. »Nein, das ist eine glatte Lüge.«

»Ich hätte sie sowieso nicht in euer Zimmer gelassen, obwohl sie unbedingt wollte. Ich hab ihr klar zu verstehen gegeben, dass sie warten muss, bis du wieder hier bist.«

»Das Problem werden wir heute nicht mehr lösen. Aber es wird gelöst«, sagte Langgaard jetzt resolut und begutachtete den Schaden. »Was meinen Sie, Herr Schönburg? Sind Mäntel und Schläuche zu reparieren, oder müssen wir neue kaufen?«

»Ich kann's versuchen, aber für nichts garantieren.«

»Aber ich brauche das Fahrrad morgen«, stammelte Hanna. »Ich möchte Willi damit vom Krankenhaus abholen.«

»Unsinn! Man holt einen geschwächten Patienten nicht mit dem Fahrrad ab. Was denkst du dir? Das erledigen wir mit Pferd und Wagen. Und jetzt lasst mich alle in Ruhe«, schnauzte er die Frauen an, drehte ihnen den Rücken zu und starrte auf die Stubenfenster.

In diesem Moment wusste Hanna, was im Haus gerade

vor sich ging. »Ist die Hebamme schon bei ihr?«, fragte sie vorsichtig.

»Ja, seit Stunden, und der Arzt auch. Ich sag euch Bescheid, so oder so.«

Gegen halb vier in der Nacht nahm die unerträgliche Warterei, die Hanna den Schlaf geraubt hatte, ein Ende. Zunächst hörte sie Geräusche auf dem Hof, dann Schritte auf der Treppe. Kurz darauf ein gedämpftes Klopfen. Mit bangem Gefühl öffnete sie die Zimmertür einen Spalt, hielt die Petroleumlampe hoch und sah Hubertus, dem die Tränen über die Wangen kullerten. Zum Glück lächelte er. »Es ist ein Junge. Er ist gesund. Kommt bitte runter und helft mir.«

Als Hanna ein paar Minuten später mit Hermine zum ersten Mal die gute Stube betrat, brannte bereits das elektrische Licht, und Hubertus stand ratlos im Türrahmen. »Wo soll man anfangen?«

»Am besten oben mit den Spinnweben.« Hermine schaute an die Decke. »Danach nehmen wir die Laken von den Möbeln, wischen den Boden und decken den großen Tisch ein.«

»Vergesst die Likör- und Schnapsgläser nicht. Heute wird gefeiert.«

»Wir könnten dir auch einen Kuchen backen«, schlug Hanna vor.

»Schafft ihr das denn alles, bevor ihr zum Unterricht müsst?«

Sie grinste. »Wenn du das Melken und Ausmisten übernimmst, ja!«

Nachdem sie mit dem Gröbsten so weit fertig waren und der verlockende Duft des Kuchens bereits von der Küche bis in die Stube drang, reichte die Zeit sogar noch, um der jungen Mutter einen kurzen Besuch abzustatten. Hanna klopfte leise an die Tür und öffnete sie. Erschöpft, aber lächelnd lag Walburga im Bett und hielt den Säugling im Arm.

»Wie soll der Kleine heißen?«, fragte Hanna sie.

»Er wird den Namen seines Vaters tragen.«

Hanna hätte schwören können, dass Hubertus senior schon einen Kleinen intus hatte, als er sie, wie verabredet, gegen Mittag an der Abbiegung nach Loheland abholte. Er musterte sie von Kopf bis Fuß. »Wir fahren zum Krankenhaus, nicht ins Theater«, murrte er.

»Na und? Ich möchte heute eben schick aussehen«, hielt Hanna dagegen. Obwohl das Wetter für den dicken Wollstoff noch zu mild war, trug sie den roten Mantel, den Hilde ihr geschenkt hatte, darüber den Gürtel aus Elchleder.

»Und was willst du damit?« Hubertus zeigte auf die herbstlichen Zweige, die sie in der Hand hielt.

»Die werde ich nachher bei dir in die Vasen stellen. Das wird schön aussehen.«

»Komm jetzt hoch!«, drängelte er. »Ich möchte zurück sein, bevor die ersten Gäste kommen.«

Hanna ließ ihn gewähren. Sie schloss vorsichtshalber die Augen, um bloß nicht sehen zu müssen, wie schnell sie unterwegs war. Sie spürte den heftigen Fahrtwind, der ihr die Haare zerzauste, kniff die Augen noch mehr zusammen und öffnete sie erst wieder, als die Pferde anhielten und sie Willi hörte, der bereits vor der Klinik wartete.

»Ich dachte, du wolltest mich mit dem Fahrrad abholen. Was ist passiert?«

»Die Reifen sind kaputt …«

»Waren kaputt«, fiel Hubertus ihr ins Wort, »ich habe sie gestern noch hinbekommen. Aber das tut jetzt nichts zur Sache.« Er gab Willi ein Zeichen, aufzusteigen, und überrumpelte ihn: »Sie kommen jetzt erst mal mit zu mir, und dann stoßen wir auf die Geburt meines Sohnes an. Ein Gläschen können Sie ja wohl vertragen. Das weckt die Lebensgeister.«

»Wenn das so ist, nehme ich gleich zwei.« Willi lächelte überaus kühn, und Hanna überkam gleich wieder dieses flauschige Gefühl im Bauch, während er sich neben sie auf den Wagen setzte.

»Wir beide haben heute auch ein Fest zu feiern«, sagte er leise.

»Ja, ein Fest auf die Liebe«, erwiderte sie. Dann schwiegen sie beide. Statt Worten tauschte Hanna mit Willi nun erwartungsvolle Blicke aus, die die Geschichte ihrer monatelangen Sehnsucht erzählten. Die Fahrt bis zum Hof reichte dafür nicht aus.

»Die ersten Gäste sind gerade gekommen, der Pastor und der Schreinermeister«, empfing Hermine sie an der Buche neben dem Brunnen. »Von dir habe ich schon viel gehört! Endlich lernen wir uns näher kennen«, konnte sie Willi gerade noch freundlich zurufen, bevor Hubertus ihn auf direktem Weg in die Stube bugsierte und den Schnaps holte.

Hanna steckte verträumt die Zweige in die Vasen. Dann stand sie nachdenklich da, während die Männer einen Toast auf den Neugeborenen aussprachen und zu ihren gefüllten Gläsern griffen. »Einen Moment bitte!«, unterbrach sie die Zeremonie. »Für Hermine und mich fehlt der Likör.«

»Wir müssen uns daran gewöhnen, dass die Frauen sich heutzutage auch behaupten wollen«, scherzte Willi mit dem Gastgeber. »Sagen Sie mir, wo die Flasche steht. Ich hole sie.«

Kurz darauf sprach der Pastor ein paar segnende Worte, Hubertus hob sein Glas und prostete erst ihm und dann den anderen zu. Hanna ließ es sich nicht nehmen und stieß etwas abseits auch mit Willi an. »Auf uns!«, sagte sie und schaute ihm wieder tief in seine glitzernden braunen Augen. »Bevor mehr Gäste kommen und ich Hermine helfen muss, könnte ich dir mal eben unser Zimmer zeigen«, flüsterte sie ihm ins Ohr, damit kein anderer sie hören konnte.

»Worauf warten wir?« Willi folgte ihr unauffällig über den Hinterausgang nach draußen. Kurz darauf verschwanden sie hinter der grünen Holztür und schlichen auf Zehenspitzen die knarrende Stiege hoch.

»Zeig mir dein Kostüm!«, sagte Willi beim Betreten der Kammer. »Ich möchte mir besser vorstellen können, wie du auf der Bühne ausgesehen hast. Etwa noch schöner, noch begehrenswerter als die Frau, die mir gerade gegenübersteht? Das ist unmöglich.«

Sein verliebtes Lächeln brachte Hanna in Verlegenheit. Sie merkte, wie sie sich beim Sprechen überschlug.

»Das Kostüm ist nicht hier. Unsere Tanzkleider hängen alle in der Übungsbaracke. Die Fotos von mir liegen dort auch. Ich werde sie nach dem nächsten Training mitbringen. Du wirst staunen. Hast du übrigens schon den Teppich gesehen, der vor meinem Bett liegt? Damit habe ich angefangen, weben zu lernen.« Ich rede zu viel, dachte sie gerade noch und verstummte dann auf eine wundervolle Weise. Willi presste seine Lippen sanft auf ihre und zog ihren Körper so nahe an sich, dass sie meinte, seinen Herzschlag und das Pulsieren seiner Adern zu fühlen.

Endlich löste er sein Versprechen ein. Der Kuss, den er

ihr gab, schmeckte nach mehr und ließ sie ein Verlangen spüren, das sie nicht kannte.

»Wir müssen wieder runtergehen zu den anderen, sonst fallen wir unangenehm auf«, seufzte Willi nach einer Weile, und Hanna löste sich schweren Herzens aus seiner Umarmung. Sie ging zum Waschtisch, goss etwas Wasser in die Schüssel und erfrischte ihr vor Erregung erhitztes Gesicht. »Sieht man mir wirklich nichts an?«, fragte sie.

»Nein, man sieht dir nichts an. Komm! Deine Freundin wird Unterstützung brauchen. Wenn im Dorf gefeiert wird, strömen sie aus allen Ecken herbei.«

Tatsächlich füllte sich die gute Stube schnell. Hermine stand in der Küche und bereitete Platten mit Schmalz- und Schinkenbroten vor. Hanna flitzte hin und her, um die Gäste zu bewirten.

»Wo bleiben deine Chefinnen? Hast du etwa vergessen, sie einzuladen?«, fragte Hubertus gleich zweimal hintereinander.

»Sie werden kommen, ganz bestimmt«, beruhigte sie ihn und lief zurück in die Küche, wo Hermine sie keck von der Seite betrachtete.

»Ja, er hat mich geküsst«, weihte Hanna sie ein.

»Warum erfahre ich das erst jetzt?« Die Freundin grinste und reichte ihr einen Teller mit Kuchenstücken, die Hanna den Frauen anbot, die sich mit kleinen Geschenken im Flur versammelt hatten. Reihum betraten sie das Schlafzimmer, beglückwünschten Walburga, die das Bett hütete, und bestaunten den neuen Erdenbürger. Die anderen, die noch warteten, unterhielten sich leise.

Ganz anders die Männer in der Stube. Bei jedem Schnaps, den Hanna ausschenkte, wurden ihre ohnehin kräftigen Stimmen lauter. Umso auffälliger war, dass die Geräuschkulisse von einem Moment auf den anderen abebbte, keiner mehr lachte und alle nur noch gedämpft sprachen. Rohden und Langgaard waren eingetroffen. Sie standen im Türrahmen und begrüßten zunächst den Gastgeber, dann die Gäste am Tisch. Willi, der mit dem jungen Schreinermeister abseits am Kamin stand, winkten sie zu.

»Darf ich den Damen einen Likör anbieten?«, fragte Hubertus.

»Lieber einen Schnaps.« Langgaard lächelte in die Herrenrunde. »Meine Kollegin und ich, wir möchten den heutigen Tag zum Anlass nehmen und uns bei Ihnen allen bedanken, dass wir auf dem Herzberg eine neue Heimat gefunden haben«, begann sie. »Herr Schönburg hat mir das Grundstück seinerzeit arglos vermittelt und sich in der Dorfgemeinschaft damit nicht gerade beliebt gemacht, wie ich hörte. Trotz anfänglicher Schwierigkeiten auf beiden Seiten würde ich mich freuen, wenn wir auf eine gute Nachbarschaft anstoßen.«

Hubertus war der Erste, der sein Glas hob. Die anderen, allen voran der Pastor, taten es ihm gleich. Nach und nach kamen auch die Frauen in die Stube, und Langgaard musste noch ein paar weitere Schnäpse trinken.

»Beeindruckend, was die Frau verträgt …«, meinte Hanna und folgte Willi in den Flur, wo er sich die Jacke anzog. »Willst du etwa schon gehen?«

Er nickte. »Du weißt, dass ich noch schwach bin und mich schonen soll. Könntest du mich vielleicht mit meinem Fahrrad nach Hause fahren?«, fragte er verschmitzt. »Das wäre eine gute Ausrede …«

Hin- und hergerissen begleitete Hanna ihn nach draußen. »Warte hier«, sagte sie. »Ich hol das Rad aus der Scheune.« Sie ging los und merkte schnell, dass ihr jemand hinterherlief.

»Du bist alt genug, zu wissen, was du tust. Aber ich

trage die Verantwortung!«, hörte sie Langgaards Stimme und drehte sich um.

»Mach dir um mich keine Sorgen«, erwiderte sie. »Ich weiß, was ich tue, und passe auf mich auf.«

»Umso besser. Und denk an Hildes Ratschläge.«

Hanna sah sie pikiert an. »Dass sie mit mir geredet hat, weißt du also auch schon ...«

»Ja, und was ich nicht weiß, reime ich mir an fünf Fingern zusammen. Zum Beispiel, wohin ihr beide jetzt radeln werdet. Verhaltet euch bitte unauffällig, sonst ist die gute Nachbarschaft gleich wieder dahin. Und bleib bloß nicht zu lange weg!«

Kopfschüttelnd ging sie zurück zum Haus. »Ich werde jetzt erst mal der jungen Mutter gratulieren«, hörte Hanna sie noch sagen.

»Gleich, wenn uns keiner mehr sehen kann, musst du dich an mir festhalten, so wie ich mich damals bei dir«, sagte Hanna, bevor sie vom Hof auf die Straße bog und kräftig in die Pedale trat.

»Ich kann nicht wie eine Frau auf dem Gepäckträger sitzen und mich an dir festhalten. Wie würde das aussehen? Lass uns tauschen. Ich bin der Mann. Es ist meine Aufgabe, zu strampeln.«

»Heute nicht!« Hanna kicherte und fuhr immer schneller, obwohl ihr allmählich die Puste ausging. An einer kleinen Abzweigung weit hinter dem Dorf rief Willi von hinten: »Wir sind da!«

Was sie sah, war eine Werkstatt. »Hier wohnst du?«

»Ja, ich wohne in einer ehemaligen Schreinerei. Ich konnte sie günstig mieten und habe, was man braucht. Einen Brunnen, ein Klo, sogar Strom. Und eine alte Hobelbank, die ich als Esstisch nutze.«

Skeptisch betrat Hanna Willis merkwürdiges Zuhause. Sie stand mitten in einem großen Raum, der ihr wie ein Saal vorkam. Es standen nur vereinzelt ein paar Möbelstücke darin, dadurch wirkte alles frei und offen. Lediglich der Schlafbereich war mit Stoffen abgehängt. »Du hast so viel Platz! Hier können wir tanzen ohne Ende.« Sie geriet schnell ins Schwärmen und gab sich augenblicklich einem Rhythmus hin, den sie gerade in ihrer Fantasie erfand.

Willi sah sie begeistert an. »Ich habe ein Grammofon. Was soll ich auflegen?«

»Tango. Aber nur, wenn du mich betörst.«

Gleich bei den ersten Klängen zog er sie mit verwegener Mimik in seinen Bann, und Hanna erwiderte seine Begierde, als würde sie auf der Bühne stehen. Wenn er leidenschaftlich um sie buhlte, wendete sie sich ab. Ging sie auf ihn zu, forderte sie seine bedingungslose Zuneigung und verfiel der traurig-schönen Musik, die sie von der Erfüllung ihrer Wünsche träumen ließ. Sie spürte Willis Hände unter ihrem Mantel, den sie noch immer trug. »Ist dir kalt?«, fragte er. Sie lachte nur und ließ sich in die Kissen auf seinem Bett fallen. »Gib mir einen Kuss. Genauso einen wie heute Nachmittag«, hauchte sie ihm ins Ohr.

Aber Willi küsste nicht nur ihren Mund. Er schob ihr Kleid hoch und küsste ihren Rücken, ihren Bauch, ihre Brüste. Hanna empfand keine Scham. Es war herrlich, eine erwachsene Frau zu sein, dachte sie. »Ich möchte deine Haut auch spüren«, sagte sie und knöpfte sein Hemd auf.

Ihre nackten Oberkörper suchten einander bei jeder Bewegung, als wären sie füreinander geschaffen.

Wie verzaubert schaute Willi sie lange von Kopf bis Fuß an. »Wir fangen gerade erst an, einander zu entdecken. Ich möchte, dass wir uns Zeit lassen und nichts überstürzen.«

»Du bist also ein Guter!«, seufzte Hanna vor Erleichterung. »Hilde hat mich nämlich vor einer bestimmten Sorte Männer gewarnt, die beim Liebemachen gleich aufs Ganze gehen wollen, sozusagen bis zum Äußersten, und dann nicht einmal aufpassen.«

»Was du alles weißt, kann einem fast Angst machen.« Willi schmunzelte, dann küsste er sie mit noch mehr Leidenschaft als zuvor.

Irgendwann schaute Hanna aus dem Fenster und bemerkte mit Schrecken, dass es inzwischen stockfinster geworden war. Die beiden zogen sich schnell an, und Willi begleitete sie nach draußen.

»Ich möchte dir etwas zeigen, bevor du aufbrichst.«

»Fährst du mich nicht zurück?«, fragte Hanna enttäuscht.

»Nein, der Tag war anstrengend genug«, meinte er erschöpft und öffnete die Tür vom Geräteschuppen, der direkt neben dem Haus war. »Das ist für dich!«

Hanna fiel ihm um den Hals. »Du schenkst mir ein Fahrrad?«

»Unter der Bedingung, dass du mich so oft wie möglich besuchen kommst.« Willi schaute zu, wie sie mit dem neuen Rad ein paar Runden um die Werkstatt drehte. »Lass uns immer ehrlich zueinander sein. Versprich mir das!«, rief er ihr zu.

19

Loheland, Winter 1920

Von den neunzehn Küssen, einen für jedes Lebensjahr, die Hanna sich von Willi gewünscht hatte, waren schon am frühen Nachmittag ihres Geburtstags nicht mehr viele übrig. »Den Rest sollten wir uns für später aufheben«, alberte sie auf dem Weg zur Scheune, wo sie mit Hilde im Musiksalon verabredet waren. Trotz ihres verführerischen Augenaufschlags konnte sie Willi nicht einmal ein bescheidenes Lächeln entlocken. In sich versunken trottete er neben ihr her.

»Was ist denn plötzlich los mit dir?«, wollte sie wissen. »Bis eben warst du doch noch fröhlich. Und jetzt guckst du andauernd den grauen Himmel und die kahlen Bäume an anstatt mich.«

»Ich habe ein schlechtes Gewissen, wenn ich Hilde begegne«, rückte Willi zögerlich mit der Sprache heraus. »Eigentlich hätte ich sie informieren müssen, oder zumindest dich. Deine Freundin verrennt sich. Sie sollte ihre Liebschaft mit Walther beenden, bevor sie eine große Enttäuschung erlebt.«

»Stimmt das etwa wirklich, dass er noch eine andere hat? Hilde vermutet das seit Längerem.«

»Ich auch, schon seitdem ihr auf Tournee wart. Inzwischen ist die Sache für mich klar. Walther übertreibt es mit seinen Frauengeschichten, und ihm fehlt der nötige

Anstand. Das darf nicht sein. Ich stelle mir das gerade umgekehrt vor …« Willi fuhr sich mit den Händen durch die Haare. »Allein der Gedanke, dass es neben mir noch einen anderen Mann in deinem Leben geben könnte, bringt mich um den Verstand.«

Hanna ließ seine abwegige Bemerkung unkommentiert. »Weißt du, wer die Frau ist?«, fragte sie.

»Nein, ich habe sie nur zwei-, dreimal von hinten gesehen. Sie hat lange blonde Zöpfe.«

Hanna überkam ein ungutes Gefühl. »Auffällig hellblonde Zöpfe?«

Willi nickte. »Soll ich es Hilde sagen, oder willst du mit ihr reden?«

»Ich glaube, sie weiß es schon.« Hanna blieb stehen und lauschte der wehmütigen Melodie, die aus der Scheune drang. »Sie singt. Das macht sie beim Klavierspielen sonst nie«, bemerkte sie und nahm Willis Hand. »Ihre Stimme klingt, als würde sie an dem Lied gleich ersticken.«

»Am Brunnen vor dem Tore, da steht ein Lindenbaum«, tönte Hildes trauriger Gesang. »Ich träumt in seinem Schatten so manchen süßen Traum. Ich schnitt in seine Rinde so manches liebe Wort. Am Brunnen vor dem Tore …«, begann sie von Neuem.

»Unseren gemeinsamen Musiknachmittag werden wir vergessen können«, meinte Hanna.

Willi sah sie unschlüssig an. »Willst du lieber alleine reingehen, damit ihr Frauen unter euch seid?«

»Das kommt nicht infrage. An meinem Geburtstag musst du bei mir sein. Wir versuchen jetzt gemeinsam, ihre Wunden zu heilen.«

Kaum hatten sie die schummrige Scheune betreten, brach Hilde in Tränen aus. »Es ist die japsende Schwedin«, schniefte sie. »Und ich Dummkopf trainiere seit Monaten ihre piepsige Stimme, damit sie lieblicher flirten kann.« Hilde stützte sich mit den Ellenbogen auf die Klaviertastatur und vergrub das Gesicht in den Händen.

»Und wie soll es jetzt weitergehen?«, fragte Hanna. »Sie ist deine Schülerin. Ihr begegnet euch täglich. Wie willst du ihr in der Siedlung aus dem Weg gehen?«

Hilde spreizte die Finger gerade so weit, dass sie durchblinzeln konnte. »Walther baut für mich ein Haus auf Sylt. Ich würde mich allerdings nicht wundern, wenn er der Weißblonden irgendwann auch eins baut.«

»Damit hat er bereits begonnen.« Willi räusperte sich und reichte ihr ein Taschentuch. »Unter seiner Leitung entstehen auf der Insel zurzeit drei Häuser. Eins für seine Frau, eins für dich und eins für die andere.«

»Und wie weit sind sie voneinander entfernt?«, fragte Hilde.

»In Sichtweite, wie ich hörte.«

»Was denkt er sich dabei? Ein paar gute Sitten sollte er auch als Draufgänger wahren.« Hildes Stimme klang jetzt bitter und trotzig. »Mir soll das egal sein. Ich will sowieso nicht nach Sylt. Vielleicht hat die Blonde ja Lust auf Nordseeluft. Täte ihrer Schnappatmung sicherlich gut.«

»Ich kann gar nicht begreifen, dass er euch beide mag«, merkte Hanna an. »Unterschiedlicher als ihr können zwei Frauen nicht sein. Sie ist ein verschrecktes graues Mäuschen, das mit einem Fotoapparat durch die Gegend huscht und jede Hilfestellung in Anspruch nimmt, die sie von der eigenen Verantwortung entledigt.«

Da Hilde außer einer zustimmenden Geste schwieg, wandte Hanna sich an Willi. »Erklär mir, was in einem

Mann vorgeht, wenn ihn die Gegensätze über alle Maßen reizen und er die Konsequenzen ignoriert.«

»Ich liebe deine direkte, eigenwillige Art ...«, sagte er zunächst ausweichend mit sanfter Ironie und setzte sich auf einen der Strohballen vor dem Klavier. »Männer wollen nicht nur Eroberer sein, sondern gerne auch mal Beschützer. Da kam Walther die Unbeholfenheit der Blonden vielleicht gerade recht.« Er schaute erst Hilde, dann Hanna lange an. »Ihr beide seid sehr eigenständig. Eure unkonventionelle Art ist verlockend und faszinierend, sie kann einen Mann bisweilen aber auch überfordern.«

»War das zwischen dir und mir schon mal der Fall?«, fragte Hanna.

»Ja, als du mir das Foto von deinem Bühnenkostüm gezeigt hast.«

Hanna erinnerte sich ungern an die Situation. Willis mangelnde Begeisterung wurmte sie noch immer. »Außer einem belanglosen ›Soso ...‹ hast du bis heute nichts Nettes über mein aufregendes Kleid gesagt.«

»Es ist mir zu aufregend«, erwiderte er. »Mich plagt die Vorstellung, wie aufreizend die Frau, in die ich verliebt bin, sich fremden Männern gegenüber präsentiert.«

»Das ist doch nur Theater und nicht das wahre Leben.«

»Das ist mir durchaus klar. Dennoch denke ich mit Schrecken daran, wie dein neues Kostüm aussehen wird«, gestand Willi ihr ein.

»Es wird mindestens ebenso freizügig sein.« Hanna horchte mit Beklommenheit in sich hinein. Ihr Geburtstagssonntag nahm keinen guten Verlauf. Statt Feierstimmung herrschte um sie herum gerade eine bleierne Stille, die sich auch bei Langgaards Erscheinen hartnäckig hielt.

»Ich dachte, hier wird ausgelassen musiziert und getanzt«, scherzte sie halbherzig und stellte den Kuchen, den sie mitgebracht hatte, aufs Klavier. Dann überreichte sie Hanna einen Brief. »Er kam gestern und ist von deiner Mutter. Sie hat ihn an mich adressiert.« Langgaard machte ein ernstes Gesicht. »Deiner Schwester ist Schlimmes widerfahren. Lies selbst und am besten laut. Die Zeilen werden eure eigenen Probleme, die ihr offensichtlich gerade habt, in ein anderes Licht rücken.«

»Zwei Wochen musste meine älteste Tochter aufgrund ihrer Verletzungen im Krankenhaus verbringen«, begann sie, und ihr stockte der Atem. »Inzwischen hat sie die Scheidung eingereicht und ist bei mir.«

Hanna sah kurz auf. »Mein Schwager, dieser Schweinehund, er hätte sie beinahe umgebracht. Stellt euch das vor!«, schrie sie verzweifelt. Dann las sie weiter: »Mich als Mutter bedrückt die schwierige Situation in diesen Tagen sehr. Wäre es möglich, dass Elisabeth für ein paar Wochen ihre Schwester besucht?«

Den Tränen nahe, gab Hanna den Brief zurück. »Ich habe Elisabeth schon vor längerer Zeit nach Loheland eingeladen, sie hat nie darauf reagiert. Und meine Mutter? Sie weiß, wie lieb ich meine Schwester habe. Warum hat sie dir geschrieben anstatt mir?«

»Ich vermute, dass sie sich nicht getraut hat, dich direkt zu kontaktieren. Aber das ist unwichtig in dieser Situation. Wir haben inzwischen telegrafiert. Natürlich habe ich ihrem Wunsch entsprochen. Elisabeth kommt übermorgen mit dem Mittagszug und bleibt etwa zwei Wochen. Vor Weihnachten fährt sie zurück.« Langgaard ging zum Klavier, schnitt den Kuchen an und verteilte ihn in kleinen Tonschalen, die sie mitgebracht hatte. Hanna probierte nur ein kleines Stückchen. Ihr war nicht nach Marmorkuchen zumute, obwohl sie ihn eigentlich gerne aß.

»Was soll Elisabeth hier machen?«, fragte sie und zog

ratlos die Schultern hoch. »Sie braucht eine Aufgabe, damit sie nicht ständig an ihr Elend denkt …«

»Du erwähntest mal, dass sie früher als Zeichnerin gearbeitet hat«, mischte Willi sich ein. »Sie könnte den Katalog vorbereiten für die Produkte, die ihr auf der Messe anbieten wollt. Dafür braucht ihr gute Farbzeichnungen.«

»Willi, das ist die Idee!«, pflichtete Langgaard ihm bei. »Das würde ihr und uns helfen.«

Hanna winkte schon von Weitem, was Elisabeth aber nicht bemerkte. Sie stieg gerade an der Landstraße aus dem Motortaxi, mit dem sie vom Bahnhof gekommen war. Der Chauffeur reichte ihr den kleinen Koffer, den sie anhob, als wären dicke Steine darin, und erschöpft wieder abstellte. Sie schlug den Mantelkragen hoch und schaute sich suchend um. Hanna eilte ihr entgegen, doch mit jedem Meter, den sie näher kam, wuchs ihr Entsetzen. Elisabeth war abgemagert und blass. Sie mit einem unverfänglichen »Hallo, wie geht es dir?« zu begrüßen, wäre der blanke Hohn gewesen.

»Du lebst. Das ist das Wichtigste«, sagte sie leise, nahm ihre Schwester tröstend in den Arm und merkte, dass sie vor Kälte zitterte. Hanna löste ihren Schal und legte ihn der Schwester um den Hals, nahm die Mütze vom Kopf und gab sie ihr.

»Deine Haare sehen gut aus«, bemerkte Elisabeth. »Ich werde mir meine auch kürzer schneiden lassen. Die Zeiten, in denen ich eine brave Ehefrau spielen musste, sind vorbei.« Ungeachtet ihrer sorgfältig hochgesteckten Frisur zog sie die Mütze bis über beide Ohren. Hanna hakte sie unter, mit der anderen Hand trug sie den Koffer. Eine Weile gingen sie schweigend nebeneinander her.

»Beim letzten Mal hat er mich schlimm zugerichtet«, sagte Elisabeth dann. »Wie von Sinnen schlug er auf mich ein. Ich habe so laut geschrien, dass die Nachbarn an unsere Tür hämmerten. Ich konnte mit letzter Kraft öffnen. Das war meine Rettung.«

»Warum hast du dein Leid so lange stillschweigend ertragen, warum bist du nicht viel früher weggelaufen?«, fragte Hanna.

»Ich habe die Schuld immer bei mir gesucht. Alles habe ich mir zugeschrieben – dass wir keine Kinder haben, dass er zu viel trinkt, dass er mich schlägt. Sogar seine Geliebten habe ich stillschweigend geduldet. Friedrich hat sich auch keine Mühe gegeben, sie vor mir zu verheimlichen.«

»Und sobald er nach Hause kam, warst du selbstverständlich die respektvolle Ehefrau, die ihm jederzeit zu Diensten stand und ihm jeden Wunsch von den Lippen ablas. Stimmt's?«, entgegnete Hanna mit schroffem Unterton und hakte ihre Schwester noch fester unter.

»Ja, wenn ich Glück hatte, verliefen die Abende ruhig, wenn ich Pech hatte …« Elisabeth senkte den Kopf und ging schleppend weiter. »Meine äußerlichen Wunden sind inzwischen verheilt, die inneren noch lange nicht.« Sie schlug die Hände vors Gesicht und begann zu wimmern. Wenig später blieb sie stehen, ließ sich in die Arme ihrer kleinen Schwester fallen und schluchzte hemmungslos.

Hanna war auf diesen schmerzlichen Gefühlsausbruch nicht vorbereitet. »Sei nicht traurig! Ich will nicht, dass du diesem Ungeheuer auch nur eine einzige Träne nachweinst. Schrei lieber vor Wut, so laut du kannst!«, rief sie, packte ihre Schwester an den Schultern und schüttelte sie. »Du trägst an all dem keine Schuld. Ein Mann seines Schlages hat außer Verachtung nichts verdient.«

Hanna war erleichtert, als Elisabeth sich wieder beruhigte und sie weitergehen konnten. Ihre Schwester schien erst jetzt wahrzunehmen, in welcher Umgebung sie sich befand. Sie schaute auf den Wald, die Wiesen und die Kühe, die auf der Weide waren. »Die Gegend sieht trostlos aus«, sagte sie.

»Du hättest früher kommen sollen, vor dem Winter.« Hanna sah sie vorwurfsvoll an. »Warum hast du nicht auf meinen Brief reagiert?«

»Ich habe keine Post bekommen. Dafür hat Friedrich gesorgt. Das weiß ich inzwischen.«

Endlich erreichten sie das Steinhaus und gingen hinein. »Hier wirst du übernachten. Das ist unser Neubau. Er ist erst vor wenigen Tagen fertig geworden.« Sie korrigierte sich: »So gut wie fertig.« Hanna zeigte auf den behelfsmäßigen Fußboden und die Rahmen, in denen noch die Zimmertüren fehlten. »In Loheland ist der Weg oft schon das Ziel«, spaßte sie. »Solange wir improvisieren müssen, kehrt weder Langeweile noch Routine ein. ›Routine verleitet zu Trägheit und ist der Feind schöpferischer Kraft‹ ist einer der Lieblingssprüche unserer Chefinnen.«

Elisabeth sah sie verwundert an. »Du hast dich sehr verändert. Allein, wie du dich kleidest! Mir scheint, du wärst für ein normales Leben kaum noch geeignet. Wie stellst du dir deine Zukunft vor?«

»Ich möchte über mich selbst bestimmen und die Freiheit, die ich hier erlebe, zu keinem Zeitpunkt wieder aufgeben.« Hanna lächelte. »Alles Weitere wird sich zeigen, wenn ich meine Ausbildung abgeschlossen habe.«

»Und die Pflichten, von denen du sprachst, die du in der Siedlung erfüllen musst. Was haben die mit Freisein zu tun?«, fragte Elisabeth unerwartet forsch.

»Die Freiheit, die ich meine, wird einem nicht geschenkt. Die muss ich mir erarbeiten und selbst gestalten. Beim Kartoffelschälen, Tanzen, Weben, bei allem, was ich tue und fühle.« Auch in der Liebe, dachte Hanna noch und entschied, dieses heikle Thema auszuklammern. Vorbei an der Treppe, die nach oben führte, ging sie auf ein Zimmer zu und öffnete die Tür. »Diese Tür haben wir gestern eigens für dich noch eingehängt. Damit du nicht frierst, habe ich dir schon mal den Ofen angeheizt. Denk dran, später Holz nachzulegen.«

Elisabeth betrat den Raum und sah sich prüfend um. Die Einrichtung schien nicht ganz nach ihrem Geschmack zu sein, was Hanna enttäuschte. Sie hatte mit Willi einen der neuen, dreieckigen Schreibtische samt passenden Stühlen von der Schreinerei herbeigeschleppt und mit Vorhängen an den Fenstern und selbst gewebten Teppichen an den Wänden eine, wie sie fand, einladende Gemütlichkeit geschaffen. »Weißt du, was ich das Allerbeste an diesem Haus finde?«, sagte sie wie nebenbei.

»Hoffentlich nicht, dass es runde Wände hat«, antwortete Elisabeth und ruckelte an dem Schreibtisch, der mit seinen drei Seiten in den Raum ragte. »Euer Stil befremdet mich, was aber nicht verwunderlich ist. So bieder wie Friedrichs Weltanschauung war auch unsere Wohnzimmergarnitur.« Sie lachte verächtlich auf, dann kam sie auf Hannas Frage zurück. »Jetzt lass hören, was du an diesem runden Knusperhäuschen am meisten schätzt.«

»Es ist das erste Haus in der Siedlung mit Strom!« Hanna drückte mit leuchtenden Augen auf den Lichtschalter, obwohl es noch hell war. »Im nächsten Jahr soll sogar eine Telefonleitung verlegt werden. Und ich werde bald hier einziehen. In dieses Zimmer, zusammen mit meiner Freundin.«

Elisabeth öffnete ihren Koffer, holte einen dicken Pullover heraus und zog ihn an. »Trotz des warmen Ofens ist mir kühl«, sagte sie und bat Hanna um einen Gefallen. »Egal, was du in den nächsten Tagen zu tun hast, lass mich dabei sein und dir helfen. Ich sehne mich nach Ablenkung.«

Hanna dachte sofort an Willis Vorschlag und sah sie fragend an. »Zeichnest du noch?«

»Nein, schon seit Jahren nicht mehr. Diese Freude hat Friedrich mir militärisch zackig ausgetrieben. Wer weiß, ob ich jemals wieder einen Stift in die Hand nehme.«

»Das solltest du aber!« Hanna erzählte ihr von der bevorstehenden Messe und dem geplanten Katalog. »Das wäre die Gelegenheit für dich, mit dem Zeichnen wieder zu beginnen. Wir haben so viele farbenprächtige Produkte, die auf Fotos nicht zur Geltung kämen«, erklärte sie ihrer Schwester. »Außerdem wirst du ja wohl bei der erstbesten Gelegenheit wieder im Museum arbeiten. Lass dir da von Vater bloß nicht reinreden.«

»Er wird übrigens vor Weihnachten zurück sein. Mutter lässt fragen, ob sie an den Feiertagen mit dir rechnen kann.«

Hanna schüttelte den Kopf und schaute aus dem Fenster. »Ich bleibe hier in der Abgeschiedenheit. In der Weberei häuft sich die Arbeit, das ist gut zum Geldverdienen. Außerdem bereiten wir die nächste Tanztournee vor und müssen viel proben. Ich komme erst im März zur Messe nach Hamburg.«

»Wie kannst du so hart sein?«, sagte Elisabeth.

»Ich bin nicht hart. Ich fühle mich nur noch nicht stark genug, Vater zu begegnen.«

Bevor Hanna wenig später aufbrechen wollte, steckte Elisabeth ihr einen Umschlag zu. »Der ist von Mutter, nachträglich zum Geburtstag.«

Hanna fühlte, dass er Geld enthielt, und überlegte gleich, wofür sie es ausgeben wollte. »Wir fahren mit meinem Fahrrad nach Fulda und kaufen die besten Zeichenstifte für dich, die wir bekommen können – in allen Farben«, sagte sie und ließ keinen Widerspruch zu. Sie verabschiedete sich und umarmte ihre Schwester. »Ich hol dich morgen früh gegen sieben ab, und wenn du möchtest, kannst du den ganzen Tag mit mir verbringen.«

Elisabeth wich Hanna tatsächlich keinen Schritt von der Seite. Beim Frühstücken saß sie auf demselben Strohballen, bei der anschließenden Gymnastik wollte sie unbedingt zuschauen. Hanna ärgerte fast ein bisschen, dass der Unterricht in der Baracke stattfand und nicht im großen Raum, der ihrer Schwester sicher mehr imponiert hätte. »Wir schulen heute nur unser Gleichgewicht mit Übungen, die ich vom Tanztraining in- und auswendig kenne«, erklärte Hanna ihr auf dem Weg zur Stunde. »Anatomie wäre spannender für dich. Oder unser Atemtraining, da könntest du mitmachen. Das täte dir bestimmt gut. Es entspannt.«

»Ich las kürzlich etwas über die wohltuende Wirkung einer Massage. Die könnte mir auch nicht schaden«, erwiderte Elisabeth. »Kennt ihr diese Technik hier?«

»Ja, ich habe sogar damit begonnen, das Massieren zu lernen. Man muss genaue Handgriffe beherrschen, um die Muskeln zu lockern. Eine Freundin bringt sie mir nach und nach bei.« Hanna schaute auf die Uhr. Obwohl Elisabeth sehr viel langsamer lief als sie, kamen sie gerade noch pünktlich an. Sie zogen im Vorraum Mäntel und Schuhe aus, Hanna außerdem ihre dicken Wollstrümpfe. »Manchmal entkleiden wir uns auch ganz und üben nackt«, sagte sie beiläufig.

»Das könnte ich niemals«, erwiderte Elisabeth.

»Du glaubst nicht, wie schnell man sich daran gewöhnt.« Hanna öffnete die Tür zum Übungsraum, aus dem trotz des nur kleinen Ofens eine wohlig warme Luft herausströmte. Wie vermutet waren ihre Mitschülerinnen schon da. »Das ist meine Schwester«, stellte sie Elisabeth vor und schaute auf den großen Ball, der mitten im Raum lag.

»Wenn du willst, kannst du damit anfangen. Den anderen ist die Übung noch zu wackelig«, rief Langgaard ihr zu.

Obwohl der Ball ihr bis zu den Schenkeln reichte, sprang Hanna mit einem kleinen Anlauf mühelos hinauf und brachte ihn mit ihren Zehenspitzen ins Rollen. Ohne die Balance zu verlieren, bewegte sie sich kreuz und quer durch den Raum. Ab und an stoppte sie kurz, streckte ein Bein in die Höhe und winkte Elisabeth zu, die staunend und mit geöffnetem Mund dastand und sie nicht aus den Augen ließ. Da sich auch später keine der Mitschülerinnen an die knifflige Aufgabe herantraute, übte Hanna in Ruhe weiter, mal lief sie, mal sprang sie in die Höhe – bis die Stunde im Nu vorbei war.

»Du bist besser als die anderen. Das kann böses Blut geben«, warnte Elisabeth sie und deutete unauffällig auf Isolde. »Vor der da musst du dich in Acht nehmen. Ihre Blicke sind feindlich.«

»Ich weiß. Sie ist von Neid erfüllt und macht mir das Leben schwer. Ich habe richtig Angst vor ihr«, gestand Hanna ihrer Schwester und lächelte verkrampft. »Ich möchte dich aber nicht mit meinen Sorgen belasten. Du hast wahrlich genug eigene.«

Dass Elisabeth am frühen Nachmittag wieder mit ihr in die Übungsbaracke gehen würde, hatte Hanna geahnt und mit den Fragen, die sie stellte, gerechnet.

»In dieser Aufmachung tanzt du?« Elisabeth schaute auf ihren kurzen Rock und die fast ärmellose Bluse, die sie übergestreift hatte.

»Das ist nur unsere Trainingskleidung. Auf der Bühne haben wir andere Sachen an«, antwortete Hanna und führte schnell ein paar unverfängliche Schritte der Polka vor, um ihre Schwester abzulenken.

»Was genau trägst du auf der Bühne?«, fragte sie dennoch.

Hanna zögerte. »Ich glaube nicht, dass dir meine Aufmachung gefallen wird. Aber wenn du sie wirklich sehen willst, komm mit!« Sie ging voraus, öffnete die Tür zur Abstellkammer und zeigte auf die Kostüme, die dort an einer langen Holzstange hingen. »Jedes Teil soll auf seine Art ein bisschen provozieren. Das musst du nicht so ernst nehmen.« Sie griff zu ihrem Polkakleid. »So bin ich aufgetreten.«

Elisabeth verstummte und presste die Lippen zusammen. »Dieses Kleid darf Vater niemals sehen!«, sagte sie schließlich, und es klang wie eine Drohung.

Hanna lachte kurz auf. »Das wird sich kaum vermeiden lassen. Einige Reporter haben mich bereits darin abgelichtet, und die Fotos wurden veröffentlicht. Es ist lediglich eine Frage der Zeit, bis Vater davon Wind bekommt und einer der Zeitungsausschnitte auf seinem Schreibtisch landet.«

Elisabeth sah sich die anderen Kostüme an, die sie offensichtlich gleichermaßen verwirrten.

»Was bezweckt ihr damit, euch dermaßen zur Schau zu stellen?«

»Wir stellen uns nicht zur Schau«, beschwichtigte Hanna sie. »Wir suchen in unseren Tänzen nach einem neuen Weg, der uns Frauen in jeder Hinsicht stärkt und aufrichtet.«

»Deine abstruse Utopie ist sehr weit weg von meiner Realität«, sagte Elisabeth. »Ich werde bald wieder unter Vaters Fuchtel stehen und ausbaden müssen, was meine kleine Schwester in der Ferne alles anstellt, um sich selbst zu verwirklichen. Dabei wünsche ich mir doch auch ein bisschen Glück.« Elisabeth guckte sie mit traurig leeren Augen an. »Ich weiß nur noch nicht, wo ich danach suchen soll.«

»Manchmal begegnet einem das Glück zufällig, und im ersten Moment erkennt man es nicht …«

Hanna verspürte auf einmal den unbändigen Wunsch, Willi zu sehen. Wenn auch nur für ein paar Minuten.

»Ich muss kurz weg«, erklärte sie Elisabeth. »Bitte warte hier auf mich. Falls meine Kollegin Eva in der Zwischenzeit kommt, sag ihr, dass ich gleich wieder zurück bin.«

Sie zog sich rasch Strümpfe und Schuhe an, streifte den Mantel über und rannte los, über den Trampelpfad, vorbei an der Waggonia zu der Baustelle, auf der sie Willi vermutete. Sie sah ihn von Weitem, er sie ebenfalls und kam ihr entgegen.

»Ich hatte gerade einen schlimmen Sehnsuchtsanfall. Der tat richtig weh.« Atemlos fiel sie ihm in die Arme.

»Diese Art Anfälle kenne ich, ich habe sie von morgens bis abends«, flüsterte Willi ihr ins Ohr und küsste sie mit einer Lust, die Hanna ins Taumeln brachte. »Aber … ich muss doch wieder los … zum Tanztraining …«

»Lass es ausfallen. Nur das eine Mal. Wir könnten uns bei mir zu Hause eine kleine Pause gönnen.«

Hanna konnte Willis verführerischem Lächeln schwer widerstehen. »Das geht nicht. Meine Schwester wartet auf mich, und Eva auch. Wir müssen unseren Tanz proben«, seufzte sie und lief so schnell, wie sie gekommen war, wieder davon.

»Hoffentlich sehen wir uns morgen«, rief Willi ihr hinterher, und sie blickte kurz über die Schulter zurück.

»Seit wann kommst du zu spät?«, empfing Eva sie wenig später in der Baracke. »Lass mich raten. Du hattest eine wichtige Baubesprechung.«

»So ähnlich. Auf jeden Fall einen dringenden Termin.«

Eva kniff ein Auge zu. »Ich habe deiner Schwester in der Zwischenzeit die Entwürfe unserer neuen Kostüme gezeigt, die wir beide tragen werden.«

Das hätte nicht sein müssen, schoss es Hanna durch den Kopf. »Da werden wir sicherlich noch einiges dran ändern«, sagte sie und machte eine beschwichtigende Geste.

»Was wollt ihr daran noch ändern? Dann bleibt ja überhaupt kein Stoff mehr übrig.« Elisabeth sah sie an, als wartete sie bereits auf die nächste unangenehme Überraschung.

»Leider hat unsere Klavierspielerin schlimmen Liebeskummer und hat abgesagt«, erklärte Hanna ihr. »Deshalb proben wir heute ohne Musik. Die Geschichte, die wir auf der Bühne erzählen wollen, handelt von der Flucht aus der Verdammnis. Aber nicht der ewigen.«

Eva legte mit einer komplizierten Schrittfolge los, bei der Hanna mit einstieg – bis ihnen der erste Patzer passierte und sie wieder von vorne anfingen. Bei voller Konzentration studierten sie einen neuen Bewegungsablauf ein, den sie kurz darauf wieder verwarfen, weil er ihren Ansprüchen nicht genügte. Dann entwickelten sie gemeinsam eine neue Idee, die sie mehr und mehr begeisterte.

»Es reicht für heute«, sagte Eva irgendwann und ließ sich pathetisch auf den Fußboden fallen.

Hanna wischte sich mit einem Handtuch über ihr verschwitztes Gesicht und drehte sich zu ihrer Schwester um, die keine Regung zeigte.

»Ich kann mit eurer Tanzerei nicht viel anfangen«, gab Elisabeth offen zu. »Uns trennen Welten.«

»O nein!« Eva richtete sich augenblicklich wieder auf. »Wir leben in derselben Welt. Die Herausforderung ist nur, in diesem unübersichtlichen Wirrwarr den eigenen Platz zu finden. Zum Wohlfühlen reicht eine kleine Nische.«

»Im Gegensatz zu euch bin ich eine ganz normale Frau. Für mich gibt es keine Nischen.« Elisabeth wandte sich bedrückt ab.

Zwei Tage lang hatte ihre Schwester die neuen Stifte, die sie in Fulda gekauft hatten, nicht einmal aus der Tasche geholt. Nun saß sie am Tisch in der Weberei und konzentrierte sich auf ein Blatt Papier, das ihr die Größe des Katalogs vorgab. Endlich gewinnt sie an Zuversicht, dachte Hanna erleichtert und beobachtete Elisabeth aus den Augenwinkeln. Neben ihr lagen ein Stapel Fotos und die Musterstücke der verschiedenen Stoffe, die sie immer wieder in die Hand nahm und genau betrachtete.

»Die Zeichnungen dürfen nicht zu klein werden, darunter würden das Farbspiel und die Gewebestruktur leiden. Ich muss einen anderen Maßstab wählen«, murmelte sie mehr zu sich selbst, maß die Stoffstücke erneut aus und rechnete. Zögerlich öffnete sie dann den Karton mit den Stiften und stellte ihn zur Seite.

»Wie willst du die Zeichnungen und Fotos miteinander kombinieren?«, fragte Hermine und schaute vom Webstuhl hoch.

»Der Kunde soll beim Blättern zuerst die Produkte der jeweiligen Werkstatt sehen und dann euch Frauen bei der

Arbeit. Das ist die Vorgabe eurer Chefinnen. Die Auswahl überlassen sie mir.« Elisabeth stöberte daraufhin eine Zeit lang in den Bildern. »Die Aufnahmen sind gut geworden«, stellte sie fest und begann, die besten auszusortieren.

Hanna sah ihr dabei zu. »Mach das doch später. Lenk dich nicht länger ab und fang an.« Sie griff zu einem der Stifte und legte ihn Elisabeth in die Hand. »Du kannst das noch genauso gut wie früher. Trau dich!«, sagte sie behutsam, ging zu ihrem Webstuhl zurück und mühte sich weiter mit der vierten Jahreszeit ab, dem »Wintertag«. Ab und an warf sie ihrer Schwester einen Blick zu und war jedes Mal froh, dass sie noch immer an ihrer ersten Zeichnung arbeitete.

»Ich freue mich jetzt schon, dich im März wiederzusehen«, rief sie ihr zu.

Langgaard, die am frühen Nachmittag in der Weberei vorbeikam, zeigte sich angetan von dem, was Elisabeth ihr als kleinen Vorgeschmack präsentierte. »Ihre farbigen Abbildungen werden im Kontrast zu den Schwarz-Weiß-Fotos den Katalog besonders erscheinen lassen. Hoffentlich schlägt sich das auch in den Verkaufszahlen nieder.«

»Daran sollten Sie keinen Zweifel hegen«, sagte Elisabeth. »Sie haben mit der Messe in Hamburg eine ideale Stadt gewählt, um die Vermarktung anzukurbeln. Trotz der schlechten Wirtschaftslage gibt es dort noch ausreichend Menschen mit genügend Kaufkraft.«

»Falls nicht, sind wir bald bankrott.« Langgaard fasste in ihre Manteltasche und zog eine Lupe heraus, durch die sie nun jedes Detail der Zeichnungen genauer betrachtete und mit einem »Perfekt« kommentierte.

»In welche Werkstatt möchten Sie als Nächstes gehen?«, fragte sie Elisabeth.

»Die Reihenfolge ist mir egal. Töpferei?«

»Gut, sobald Sie hier fertig sind, werde ich Sie dorthin begleiten.«

Langgaard war noch nicht lange weg, da steckte Ruth verlegen ihren Kopf zur Tür herein. »Ich muss dringend mit dir reden. Hast du einen Moment Zeit für mich?«, bat sie Hanna, die widerwillig den Webstuhl anhielt und ihr mit wachsender Wut im Bauch nach draußen folgte. Eine andere Frau zu hintergehen, ist niederträchtig. Nur diesen einen Satz wollte sie Hildes skrupelloser Rivalin an den Kopf knallen – zu ihrer eigenen Genugtuung.

Ruth kam ihr zuvor. »Ich kann Hilde nicht mehr ins Gesicht sehen. Sie tut mir aufrichtig leid, aber ich kann nichts dafür«, entschuldigte sie sich mit hochroten Wangen. »Richte ihr bitte aus, dass ich von ihr genauso wenig wusste wie sie von mir. Walther hat uns mit seiner charmanten Art beide hintergangen, bis er irgendwann mit der Sprache rausgerückt ist.«

»Und nun?«, fragte Hanna.

»Ich habe in den letzten Wochen viel zu häufig den Gymnastikunterricht geschwänzt. Mein Semester ist gelaufen. Ich werde von hier weggehen, noch heute.« Als Beweis zeigte sie auf einen Koffer, der abseits der Weberei am Wegesrand stand. »Da sind alle Sachen drin, die ich im Holzhaus deponiert hatte. Mein Silberbesteck, Gläser, Porzellan ...« Ruth winkte ab. »Ich meinte, diesen Luxus zu brauchen. Daran siehst du, dass ich von Anfang an nicht hierher gepasst habe.«

Hanna schüttelte verständnislos den Kopf. »Du gibst sang- und klanglos auf, ohne dich ein einziges Mal mit

Hilde auszusprechen? Hast du dir wenigstens überlegt, was du jetzt machen willst?«

»Ich werde mich für gute Literatur interessieren und Geliebte sein. Walther hat mir eine Unterkunft auf Sylt besorgt. Da werde ich wohnen, bis das Haus fertig ist.« Ruth schaute abwechselnd auf den Koffer und auf Hanna. »Könntest du mir beim Schleppen behilflich sein? Nur bis zum Steinhaus, da holt Walther mich mit meinem restlichen Gepäck ab.«

Ruth bleibt Ruth, dachte Hanna nur und holte den Bollerwagen aus der Scheune. Anschließend zog sie ihn allein, während die Schwedin gemütlich neben ihr herlief. »Wie hast du ihn kennengelernt?«, fragte sie.

»Auf Sylt. Ich war mit meinen Eltern dort, er mit seiner Frau. Später haben wir uns zufällig hier wiedergetroffen, und er schwärmte immerzu von seiner großen Liebe zu Loheland.«

»Meinte er Loheland oder die Loheländerinnen?«, unterbrach Hanna sie.

»Hör auf! Du bist gemein. Er ist ein guter Mensch.«

»Finden deine Eltern ihn auch gut?«

Ruth verzog nachdenklich ihr Gesicht. »Du weißt, wie sie sind. Sie zeigen Verständnis für alles, was ich tue. Das ist wahrscheinlich mein Problem.«

Als sie am Steinhaus ankamen, war von Walther noch nichts zu sehen. Umso besser, dachte Hanna und wollte sich schnell verabschieden und mit der Karre wieder umkehren.

Ruth hielt sie zurück und öffnete den Koffer. »Die möchte ich dir schenken«, sagte sie und überreichte Hanna ihre Kamera. »Es wäre schade, wenn es von der Siedlung keine Fotos mehr gäbe, nur weil ich weg bin. Mach du weiter.«

»Das geht nicht«, wehrte Hanna ab. »Ich kann ein so teures Geschenk unmöglich annehmen. Außerdem fehlt mir die Zeit, ich habe schon genug um die Ohren.«

»Bitte! Es reicht doch, wenn du hin und wieder mit dem Fotoapparat losziehst und besondere Momente einfängst.«

Warum kann ich bloß nicht Nein sagen?, überlegte Hanna auf dem Rückweg. Ähnlich formuliert hatte Willi ihr diese Frage kürzlich auch gestellt und sie mit seinen großen Augen vorwurfsvoll angeschaut. »Wir nehmen uns zu wenig Zeit füreinander. Lass uns das ändern«, war seine eindringliche Bitte gewesen.

20

Hamburg, März 1921

Fast ein Jahr war Hanna nicht in Hamburg gewesen, und doch empfand sie bei der Einfahrt des Zugs gleich die alte Vertrautheit. Sie lehnte sich weit aus dem Fenster und schaute in Richtung Elbe und Hafen, dann zeigte sie in die Ferne. »Irgendwo dahinten ist Othmarschen, da habe ich gewohnt.«

»Meinst du, deine Eltern kommen morgen wirklich zur Eröffnung der Messe?«, fragte Hermine, die neben ihr stand.

»Ich denke schon. Sehen und gesehen werden. Veranstaltungen dieser Art lässt mein Vater sich ungern entgehen.« Wie auch immer, sie würde ihm und ihrer Mutter in den nächsten Tagen begegnen, überlegte Hanna. Das wollte sie auch. Sie wünschte sich, in ihr Elternhaus zurückzukehren, aber als Besucherin, die jederzeit wieder gehen konnte. Insofern war ihr Langgaards Angebot, mit den anderen Frauen in einer bescheidenen Pension zu übernachten, gerade recht gekommen. Vom Bahnhof fuhren sie mit der Straßenbahn dorthin, stellten lediglich die Koffer ab und liefen zum Messegelände, das im Vergleich zu den langen Wegen in Loheland nur einen Katzensprung von ihrer Unterkunft entfernt war.

»Hoffentlich ist die Ware angekommen«, sagte Langgaard und sah sich in der großen Halle suchend um. Es dauerte eine ganze Weile, bis sie die Kisten entdeckte, die sie vorausgeschickt hatte. Erleichtert atmete sie auf. »Worauf warten wir? Wir können mit dem Aufbau beginnen.«

Hanna packte mit Hermine erst die Stoffballen aus, die sie auf einem Tisch drapierten, dann die Vorhänge und Wandteppiche. Neben ihnen arrangierte Eva die Produkte aus der Drechslerei. Sie stellte Kerzenständer und Tischlampen auf, verteilte Knöpfe und Schnallen je nach Holzart auf verschiedene Körbe. Einen Tisch weiter bereitete Marianne die Präsentation der Schneiderei und der Lederwerkstatt vor. Sie legte Taschen, Gürtel und Geldbörsen auf verschiedenfarbigen Decken aus. Die Damenmäntel, Röcke und Kleider hängte sie an Ständer. Leni benötigte den meisten Platz. Sie sortierte die Produkte aus der Töpferei nach den verschiedenen Glasuren und breitete sie in Regalen und auf dem Boden aus.

Als sie mit allem fertig waren, rieb Hermine sich schadenfroh die Hände. »Unser Stand ist viel größer und schöner als der von der Konkurrenz schräg gegenüber. Ganz zu schweigen von unserem Angebot, da kommen die nicht gegen an.« Sie grinste Hanna zu, beäugte aber weiter die Leute auf der anderen Seite, die noch hektisch beim Auspacken waren.

»Weißt du, wer sie sind?«

»Ja klar, die Bauhäusler.«

»Hm.« Hanna überlegte. »Das finde ich nicht gut. Die Halle ist groß genug. Warum müssen ausgerechnet die aus Weimar bei uns in der Nähe stehen und nicht die Italiener mit ihren geflochtenen Sonnenhüten?«

»Vielleicht, weil Konkurrenz das Geschäft belebt?«, meinte Hermine. »Wir brauchen uns vor denen nicht zu verstecken. Guck dir an, wie wenig unterschiedliche Webware die dabeihaben!«

»Das bedeutet noch lange nicht, dass sie deshalb weniger verkaufen werden.« Hanna spürte ihre aufkommende Nervosität. Obwohl kein Fältchen zu sehen war, strich sie immerzu die Vorhänge glatt.

Punkt zehn Uhr wurde die Messe des Kunsthandwerks vom Vorsitzenden der Hamburger Handelskammer mit einer Ansprache eröffnet. Kaum hatte er zu Ende geredet, beobachtete Hanna den ersten Kunden am Stand, einen elegant gekleideten Herrn mit strengem Gesichtsausdruck, der sie bis auf ein angedeutetes Kopfnicken kaum zur Kenntnis nahm. Er stand vor den Mustern, die an einem Holzgestell hingen, fasste jedes Stück Stoff an und ließ es durch die Finger gleiten. »Waschbar?«, fragte er und sah kurz hoch.

»Unsere Stoffe sind alle waschbar«, antwortete Hanna, »und die Farben bleichen dabei nicht aus. Wir färben im Übrigen vieles selbst.«

»Soso.« Der Mann ging ein paar Schritte weiter zu den Stoffballen und begutachtete die Qualität der Gewebe aufs Neue. »Können Sie die Farbechtheit wirklich garantieren?«

»Selbstverständlich, wir haben sie getestet«, erwiderte Hanna voller Überzeugung.

»Und die Zusammensetzung?«

»Wir arbeiten hauptsächlich mit Wolle, Baumwolle und Seide.«

»›Frühlingsmorgen‹, interessanter Name«, murmelte der Mann kurz darauf leise vor sich hin und schaute dabei auf das Preisetikett. »Rollen Sie mir diesen Ballen ein Stück weiter aus. Ich muss die Struktur großflächiger betrachten können.«

Obwohl er sie wahrlich freundlicher hätte bitten können, tat Hanna, was der Mann ihr aufgetragen hatte. »Dieser Stoff gehört zu einer Kollektion, die wir ›Jahreszeiten‹ nennen«, erklärte sie ihm. »Neben dem ›Frühlingsmorgen‹ bieten wir noch ›Sommertraum‹, ›Oktober‹ und ›Wintertag‹ an.«

»Zeigen Sie mir alle.«

Hanna legte die Ballen nebeneinander auf den Tisch und hatte den Eindruck, dass der Mann sie mit seinen durchdringenden Blicken in sämtliche Einzelfäden zerlegte – vom Frühling bis zum Winter und wieder zurück.

»Wer hat die Stoffe entworfen?«, fragte er nach längerem Schweigen.

Hanna zeigte auf Hermine, die mit einem anderen Kunden im Gespräch war.

»Exzellente Arbeit«, meinte er und gab sich als Einkäufer des größten Warenhauses in Berlin zu erkennen. »Kommen wir zur Bestellung. Von den Jahreszeiten jeweils fünfzig Meter, vom blauen und roten Brokat vierzig. Fürs Erste. Damit sich unsere Kundinnen schon mal ein Bild machen können, brauche ich von jedem Artikel einen Meter zum Mitnehmen. Ich komme gleich wieder und hole die Ware ab, bitte gut verpackt. Bereiten Sie mir in der Zwischenzeit die Rechnung vor.« Er hinterließ Langgaard, die geschäftsmäßig an einem Sekretär saß und den Auftrag notiert hatte, seine Visitenkarte. »Ihre Firma werde ich mir merken«, versprach er und ging weiter.

»Wenn wir erst mal eine Firma hätten …«, sagte Langgaard leise und beugte sich vertraulich zu Hanna. »Hedwig und mir fehlt das Geld, eine zu gründen.«

»Hoffentlich könnt ihr das Problem bald lösen«, bemerkte Hanna, griff zur Schere und schnitt von den großen Stoffballen die Stücke für den Berliner Einkäufer ab.

Dabei hörte sie Hermines Verkaufsgespräch zu und nahm im Hintergrund noch eine andere, leise Stimme wahr, die ihr vertraut war.

»Warum hat mir das keiner vorher gesagt? Die schönen langen Haare sind weg, einfach weg.«

Wenn Mutter hier ist, kann Vater nicht weit sein, dachte Hanna, wappnete sich für das Wiedersehen und drehte sich lächelnd um. »Meine Haare sind nicht weg, sie sind nur nicht mehr auf meinem Kopf. Ich bewahre sie schon seit Längerem in einem Stoffsack auf«, rief sie ihren Eltern zu und begrüßte sie wie früher mit einem angedeuteten respektvollen Knicks.

»Du wolltest deine Frisur doch auch ändern«, erinnerte sie ihre Schwester, die hinzukam.

»Mir fehlte bislang die passende Gelegenheit. Ich warte noch auf den richtigen Moment«, erwiderte Elisabeth.

Hanna fand die Stille, die plötzlich eintrat, unerträglich. »Entschuldigt mich einen Moment«, sagte sie. »Ich muss Ware für einen Kunden vorbereiten, dann bin ich für euch da.«

Als sie zurückkam, unterhielt Langgaard sich bereits mit ihrem Vater. »Die Produkte, die Sie an unserem Stand sehen, sind alle in Loheland selbst hergestellt«, erläuterte sie gerade und schlug den Katalog auf, der vor ihr lag. »Hier sind Fotos aus unseren Werkstätten. Wenn Sie mal schauen wollen ...«

»Von mir ist auch eins dabei aus der Weberei«, schaltete Hanna sich ein, »und weiter hinten kannst du mich bei der Gartenarbeit sehen.«

Tatsächlich begann ihr Vater, zu blättern. Seite für Seite schaute er sich die Bilder und Elisabeths Zeichnungen an.

»Elisabeth hat in den zwei Wochen, die sie bei uns war, Großartiges geleistet«, sagte Langgaard. »Es wäre ein

Jammer, wenn sie nicht wieder in ihrem Beruf arbeiten würde.«

»Das weiß ich sehr wohl«, erwiderte Johann knapp und schlug den Katalog zu.

»Leider haben wir nur den einen, sonst würde ich Ihnen gerne ein Exemplar überlassen.« Langgaard lächelte ihn hintergründig an, was er mit einem unbewegten Gesichtsausdruck quittierte.

»Wie ich sehe, verkauft ihr auch Milchkrüge«, sagte er zu Hanna. »Unserer ist kaputtgegangen. Such einen aus und bring ihn später mit, wenn du zum Essen kommst.«

Mit dem neuen Krug im Arm betrat Hanna am Abend ihr Elternhaus. Im Flur roch es nach frisch gebratenen Heringen, ansonsten war alles beim Alten. Die schweren Ledersessel im Wohnzimmer, die dunklen Vorhänge an den Fenstern, die gestickten Deckchen auf den Fensterbänken.

»Deck bitte den Tisch«, sagte ihre Mutter, und Hanna öffnete den Geschirrschrank, dessen Türen noch genauso knarrten, wie sie es in Erinnerung hatte.

Ottilie war die Einzige, die sie mit offenen Armen empfing. »Deine Eltern haben sich zwar wenig verändert, aber doch verbessert. Das wirst du merken«, ließ sie in der Küche durchblicken und servierte bald darauf die Heringe mit Bratkartoffeln.

»Deine Chefin macht einen patenten Eindruck«, begann Johann die Unterhaltung bei Tisch. »Sie erzählte mir, dass sie auch aus einer Kaufmannsfamilie stammt.«

»Ja. Sie ist ganz stolz auf ihren Vater und dankbar, weil er ihr so viel ermöglicht hat«, entgegnete Hanna. »Bevor sie Gymnastiklehrerin wurde, war sie an einer Kunstschule und hat dort Zeichnen gelernt. Wusstest du das eigentlich?«, fragte sie ihre Schwester.

»Nein.« Elisabeth schüttelte mit einer gleichgültigen Geste den Kopf, was Hanna misstrauisch werden ließ. »Wie sieht es mit deinem Zeichnen aus? Du hast doch wohl weitergemacht, oder?«

»Ja, ich habe aber keine Lust mehr, aus Langeweile irgendetwas abzumalen. Ich brauche endlich eine sinnvolle Aufgabe.«

»Bitte, nicht schon wieder dieses leidige Thema«, schnitt Margarete ihr das Wort ab. »Du hast es nicht nötig, arbeiten zu gehen.«

»Lass gut sein, Frau!«, reagierte Johann unwirsch. »Ich bin heute Nachmittag im Museum vorstellig geworden. Nächsten Monat wird eine Stelle als Zeichnerin frei.« Elisabeths leises »Danke« ignorierte er. »Mit dir«, er sah jetzt Hanna an, »habe ich gleich noch ein ernstes Wort zu reden.«

Hanna zwinkerte Elisabeth zu, bevor sie ihrem Vater nach dem Essen in sein Arbeitszimmer folgte, wo er aus einer Glaskaraffe Weinbrand einschenkte und auch ihr ein Glas anbot. Das hatte er noch nie getan.

»Setz dich«, sagte er höflich, aber reserviert, und prostete ihr zu. Hanna nahm ihr Glas, trank ein Schlückchen und stellte es wieder ab. Dabei stach ihr ein Foto ins Auge, das mitten auf dem ansonsten picobello aufgeräumten Schreibtisch lag, als ob es auffallen sollte. Typisch Vater!

»Ich habe den Reporter, der dich auf der Bühne geknipst hat, gebeten, mir einen Abzug zu schicken.«

Hanna sah zu ihm hoch. »Du hättest auch mich bitten können«, meinte sie und wartete auf das Donnerwetter, das sich jeden Moment entladen würde.

»Ich könnte dich nach diesem Skandal zwingen, von nun an hierzubleiben«, stellte Johann klar. »Aber was würde mir das bringen außer viel Ärger?« Er nahm einen großen Schluck aus seinem Glas und strich sich durch die Haare. Sie waren schütterer und grauer geworden, bemerkte Hanna.

»Du kommst aus gutem Hause«, fuhr er fort. »Tu mir wenigstens den Gefallen und hör auf mit dieser Weberei. Ich will nicht, dass du wie eine Hilfsarbeiterin den ganzen Tag malochst.«

»Mich stört das nicht«, antwortete Hanna. »Hauptsache, ich kann das Schulgeld und die Unterkunft bezahlen.«

Johann lehnte sich in seinem Stuhl zurück und lächelte jovial. »Wir machen schwierige Zeiten durch, dennoch wäre ich bereit, fortan deine Kosten zu übernehmen.«

»Dein Angebot in Ehren, aber ich werde von dir kein Geld annehmen«, sagte Hanna ruhig und nippte an ihrem Weinbrand. »Das wäre weder für dich noch für mich gut.«

Anscheinend hatte ihr Vater mit der Abfuhr gerechnet. Er schenkte nach und wechselte das Thema. »Wie verlief der erste Messetag?«, fragte er.

»Gut. Die Stimmung ist dennoch getrübt. Meinen Chefinnen fehlt das Kapital für die GmbH, die sie gründen wollen.«

»Als Unternehmerinnen müssten sie die längst haben, die Produkte wären einfacher zu vermarkten, und das wirtschaftliche Risiko würde sich minimieren.« Johann schwieg einen Moment. Dann nahm er sein Adressbuch aus der Schreibtischschublade, blätterte darin und machte sich ein paar Notizen. »Entschuldige mich jetzt«, sagte er. »Ich habe noch zu arbeiten. Wir sehen uns morgen.«

Am späten Vormittag erschien Johann mit vier Herren im Schlepptau in der Messehalle. Mit wichtiger Miene liefen sie auf den Loheland-Stand zu, schauten sich interessiert das Warenangebot an und redeten dabei so leise, dass Hanna kein Wort verstehen konnte. Nach einer Weile verabschiedeten sie sich wieder, und ihr Vater sagte nur: »Bis später.«

Am Nachmittag kam er in Begleitung von Elisabeth und Margarete zurück. »Such mit deiner Mutter bitte einen Stoff aus«, bat er Hanna. »Sie meint, wir bräuchten hellere Vorhänge im Wohnzimmer. Und deine Schwester möchte einen roten Mantel, so ähnlich wie du ihn trägst. Berate sie bei der Auswahl. Ich werde in der Zwischenzeit mit deiner Chefin sprechen.«

Hanna konnte sich die Frage nicht verkneifen: »Worüber willst du mit ihr reden?«

»Meine Partner und ich halten das Unternehmen Loheland für durchaus zukunftsträchtig«, sagte Johann sachlich kühl. »Wir wären bereit, das Startkapital für die GmbH vorzustrecken, wenn unsere Modalitäten akzeptiert werden. Wir haben kein Geld zu verschenken ...« Er ging auf Langgaard zu und wechselte ein paar Worte mit ihr. Dann verließen sie gemeinsam die Halle.

»Seit Elisabeths Rückkehr stelle ich bei ihm eine Veränderung fest«, meinte Margarete daraufhin. »Er ist umgänglicher geworden.«

»Und du?«, fragte Hanna.

»Ich sticke kaum noch und lese stattdessen selbst die Zeitung. Das soll bekanntlich den Horizont erweitern.«

Hanna nutzte die Gelegenheit, dass sie mit ihrer Mutter allein war, und bedankte sich für das Geburtstagsgeschenk. »Ich gehe mit dem Geld sehr sparsam um. Bislang habe ich nur die Stifte für Elisabeth davon gekauft«, versicherte sie ihr.

Margarete sah sie von Kopf bis Fuß an. »Gib das Geld

lieber aus, bevor es nichts mehr wert ist. Du könntest dringend ein neues Kleid gebrauchen, und vor allem neue Schuhe.«

Zu Hannas Erleichterung klang ihre Stimme weniger vorwurfsvoll als früher, eher demütig. Ihre Unschlüssigkeit war aber geblieben. Kaum hatte ihre Mutter einen Stoff in die engere Auswahl gezogen, liebäugelte sie mit einem anderen. So ging es die ganze Zeit. »Ich habe es noch immer nicht geschafft, einen eigenen Geschmack zu entwickeln«, sagte sie zu ihrer Tochter. »Entscheide du!«

»Nimm den hellen rötlichen Brokat, Mama! Du wirst ihn als Vorhang mögen.«

21

Loheland, April 1921

Eva bewohnte eines der oberen Zimmer im Steinhaus. Noch im Nachthemd stand sie am geöffneten Fenster und bestaunte die Krokusse, die im Garten zaghaft sprießten. »Herrlich! Endlich haben wir den Winter hinter uns. Von nun an wird das Leben wieder leichter«, rief sie Hanna zu, die sich draußen gerade ihren Rucksack umschnallte. »Was hast du vor?«

»Ich warte auf Willi. Wir wollen zur Quelle wandern und picknicken.«

»Dafür hast du dir einen denkbar schlechten Zeitpunkt ausgesucht.«

»Wieso?« Hanna guckte verblüfft zu Eva hoch. »Das Wetter scheint schön zu werden. Außerdem ist heute mein letzter freier Tag, bevor wir auf Tournee gehen.«

»Gutes Stichwort! In weniger als zwei Stunden wird der Reporter hier sein, der extra aus München angereist ist, um einen Vorbericht über die Tournee zu schreiben.«

Hanna dämmerte es. »Meinst du den, der uns in den neuen Kostümen fotografieren will?«

»Genau den meine ich. Schön, dass du dich doch noch erinnerst …«, sagte Eva von oben herab. »Er schreibt überregional. Eine bessere Werbung gibt es nicht.«

»Und wie soll ich das gleich Willi erklären? Der Ausflug war seine Idee.«

Eva wiegelte mit beiden Händen ab. »Das ist deine Angelegenheit. Ich weiß nur, dass Männer empfindliche Wesen sind. Bring es ihm schonend bei. Dahinten kommt er übrigens.« Sie winkte ihm freundlich zu und schloss das Fenster.

Dass sie nicht die richtigen einfühlsamen Worte gefunden hatte, merkte Hanna sofort. Willi ließ beleidigt die Mundwinkel hängen. »Wird es in deinem Leben noch einen einzigen Tag geben, der sich nicht ums Tanzen dreht?«

»Du übertreibst«, entgegnete sie.

»Das stimmt. Wenn du nicht tanzt, bist du im Gymnastikunterricht, und wenn der vorbei ist, arbeitest du. Als wäre das nicht genug, ziehst du neuerdings auch noch mit einer Kamera durch die Siedlung, damit die Nachwelt eines Tages erfährt, was ihr Frauen alles auf die Beine gestellt habt.« Er holte nur kurz Luft. »Ach ja, und sonntags mistest du aus alter Verbundenheit Hubertus' Kuhstall aus, obwohl du gar nicht mehr bei ihm wohnst.«

»Du solltest auch erwähnen, dass ich anschließend auf das Kind aufpasse, damit er mit seiner Frau in die Kirche gehen kann.« Hanna lächelte tapfer. »Ich muss doch nur eine Wanderung absagen, mehr nicht. Wir könnten später ein Picknick vor deinem Haus machen, mit kleinem Lagerfeuer und dicken Decken«, versuchte sie, die Stimmung zu glätten. »Sobald der Reporter weg ist, komme ich zu dir.«

»Guck an, das Fräulein Schröder hat mal wieder über meinen Kopf hinweg eine Entscheidung getroffen«, spottete Willi.

»Was ist denn in dich gefahren?«, fragte Hanna.

Bitterernst sah er sie an. »Du denkst nur an dich, und

mir soll immer alles recht sein, was du tust. Das muss sich ändern. Ich habe keine Lust mehr, andauernd nach deiner Pfeife zu tanzen. Als überkandidelte Tänzerin solltest du wissen, was ich damit meine …«, sagte er und machte auf dem Absatz kehrt.

»Wo willst du hin?«, rief Hanna ihm hinterher.

»Ich gehe wandern, alleine!« Willi drehte sich noch kurz zu ihr um. »Du weißt, wo der Schlüssel liegt. Und kannst gerne bei mir zu Hause auf mich warten. Dann bekommst du eine Ahnung davon, wie sich das anfühlt.«

Sein enttäuschter Gesichtsausdruck verfolgte Hanna bis ins Haus. Kaum hatte sie von innen die Tür geschlossen, kam Eva die Treppe herunter. »Ihr wart recht laut. Ich konnte nicht vermeiden, mitzuhören«, entschuldigte sie sich und nahm die letzten zwei Stufen auf einmal. Dann hob sie warnend den Zeigefinger. »Ich befürchte, dass mehr an ihm nagt, als er zugibt. Bevor ihr euch gegenseitig allzu wehtut, musst du die wahren Gründe herausfinden.«

»Ich glaube, es gibt nur einen Grund. Die …« Hanna zögerte. »Die Tanzerei treibt einen Keil zwischen uns. Willi begreift nicht, dass die Bühne, auf der ich stehe, bloß eine Bühne ist.«

»Das klingt nicht gut. Klär das schnell, am besten noch heute.« Eva überlegte. »Wir sollten die Fotos vorziehen, und danach gehst du. Ein bisschen von der Siedlung kann ich dem Reporter auch alleine zeigen.«

»Nein!«, sagte Hanna trotzig. »Wir erledigen das wie geplant gemeinsam. Jetzt erst recht.« Wie unbehaglich ihr bei der Entscheidung zumute war, verschwieg sie.

»Sie leben hier wie … wie auf einem Eiland, das Sie erobert haben«, schwärmte Gerlach, der Reporter, und konnte sich beim Rundgang durch Loheland nicht sattsehen. Immer wieder blieb er stehen – vor einem der Häuser, bei den Eisenbahnwaggons und den Baustellen, am Feldrain, beim Windrad. Sogar die Klärgrube und die Wasserpumpe weckten sein Interesse. »Wer finanziert das alles?«, wollte er wissen. »Haben Sie Gönner?«

Eva sah ihn entrüstet an. »Nein, wir hatten und haben keine Gönner, wir haben Mut zum Risiko und kämpfen uns hartnäckig durch alle Tiefen.«

»Jetzt habe ich sie!«, rief Gerlach plötzlich. »Ich habe die Überschrift für meinen Artikel: ›Loheland, der Amazonenstaat in der Rhön‹. Klingt spannend, nicht wahr?«

»Wir sind aber keine sagenhaften Kriegerinnen«, erwiderte Eva trocken. »Wir wollen nichts weiter als unsere Eigenständigkeit und die Gleichbehandlung von Mann und Frau.«

»Es wäre ein gesellschaftlicher Meilenstein, wenn Ihre feministische Fantasie eines Tages Wirklichkeit würde.« Gerlach lächelte überheblich. »Aber wann wird dieser Tag kommen?« Er wandte sich an Hanna. Ihr missfiel sein anbiederndes Verhalten.

»Ich bin keine Prophetin«, antwortete sie. »Ihre Frage sollten Sie einem Mann stellen, nicht mir. Und das mit den Amazonen vergessen Sie mal lieber. Dieser Vergleich ist überhaupt nichts Neues, den hat es längst vor Ihnen gegeben.«

Gerlach sah sie verdattert von der Seite an und machte sich ein paar Notizen.

Hanna schaute auf die Uhr. »Wäre es Ihnen recht, wenn wir jetzt die Fotos machen? Ich habe noch einen Termin«, tat sie geschäftig.

»Wie ich ihn einschätze, gehört er zu der Sorte Mann, der gleich die Augen übergehen werden«, scherzte Eva, während sie sich in der Kammer ihr silbriges Kostüm anzog. Das Oberteil war bauchfrei und schillernd im Stil einer eng anliegenden, ärmellosen Weste, bei der sie, wie Hanna auch, die obersten Knöpfe offen ließ. Der Rock glitzernd wie Sterne, die um ihre Schenkel schwirrten. Die beiden betrachteten sich gegenseitig.

»Wenn ich genauso gut aussehe wie du, kann ich zufrieden mit mir sein«, meinte Eva.

»Das sehe ich genauso.« Hanna ging voraus und öffnete die Tür zum Übungsraum zunächst nur einen Spalt und lugte hinein. Den Rücken zu ihnen gekehrt, war Gerlach noch damit beschäftigt, die Kamera aufs Stativ zu schrauben. »Komm«, flüsterte sie, »wir überraschen ihn jetzt. Eins, zwei ...« Bei drei schubste sie die Tür weit auf, betrat den Raum und rief: »Wir sind so weit. Wo sollen wir uns hinstellen?«

Gerlach drehte sich um, riss die Augen weit auf und starrte die beiden aufdringlich und ungehörig lange an.

»Die Wandlungsfähigkeit gehört auch zu unseren Begabungen«, ließ Eva ihn süffisant auflaufen und schritt majestätisch an ihm vorbei. »Sie erkennen uns doch wieder, oder?«

»Ja ... ja«, stammelte er. »Stellen Sie sich am besten ans Fenster.«

»Sie wollen uns im Gegenlicht fotografieren? Das kann schiefgehen.« Hanna rückte mit einer aufreizenden Pose ihre metallisch glänzende Kappe zurecht und empfahl ihm eine andere Kameraposition.

Allmählich schien Gerlach sich wieder zu fassen, machte jedoch einen überforderten Eindruck. Bevor er endlich abdrückte, wich er mitsamt seiner Ausrüstung mehrmals ein paar Schritte zurück. »Beispiellos ...«, murmelte er dabei.

Eva sah ihn angriffslustig an. »Muten wir Ihnen mit unserer Kostümierung zu viel zu?«

»Nein, wo denken Sie hin?«, antwortete er überstürzt und wischte mit dem Handrücken über die Nase, auf der sich kleine Schweißperlen gebildet hatten. »Ich sehe bei Ihrem Anblick einzig und allein den künstlerischen Anspruch und freue mich, Sie nächste Woche in München im Theater begrüßen zu können.«

»Wir haben noch mehr neue Kostüme«, sagte Hanna bedeutungsvoll. »Die können wir Ihnen gerne auch vorführen.«

»Vielen Dank. Ich möchte nicht länger Ihre kostbare Zeit stehlen. Für den Artikel habe ich genug.« Eilig begann Gerlach, seine Utensilien einzupacken, und verabschiedete sich. Sein Händedruck war noch schlaffer als bei der Begrüßung, bemerkte Hanna und beobachtete ihn durchs Fenster, wie er mit großen Schritten das Weite suchte. Sein Anblick erinnerte sie unwillkürlich an die Abbildung des Gestiefelten Katers in einem ihrer Kinderbücher. Sie lachte kurz auf.

»Jetzt ist Schluss mit lustig«, unterbrach Eva sie. »Du hast noch eine ernste Angelegenheit zu regeln. Geh auf Willis Befindlichkeiten ein, aber verbiege dich nicht für ihn.«

Hanna zog sich um und radelte ohne Hast los. Willi kam bestimmt nicht so bald zurück, er würde sie mit Genugtuung warten lassen. Davon war sie fest überzeugt und hockte sich auf die raue Bretterbank, die vor seinem Haus stand. Den Schlüssel, mit dem sie die Tür hätte öffnen können, hielt sie fest in der Hand. Wenn eine Frau einen Mann lieb hat, möchte sie ihm möglichst viele Wünsche erfüllen, überlegte sie. Und wenn sie ihm einen einzigen nicht erfüllen kann, hat sie ihn dann weniger lieb?

Nach fast zwei Stunden hörte sie endlich seine Schritte. Langsam kam er um die Ecke und schob sein Fahrrad zum Schuppen. Er war blass und machte ein böses Gesicht.

»Es sind diese Blicke, die ich nicht ertrage. Und du spielst auch noch mit«, sagte er und äffte Bewegungen nach, als trüge er ein kurzes Kleid und würde an den Trägern, dem Dekolleté und Saum herumzupfen und sich verführerisch in Pose stellen.

Hanna brauchte einen Moment, um zu begreifen. »Du hättest nicht heimlich durchs Fenster gucken müssen, du hättest reinkommen können. Vor dir habe ich nichts zu verbergen.«

Willi schüttelte nur den Kopf, setzte sich neben sie auf die Bank und ließ resigniert die Arme hängen. »Wir sind uns zu schnell zu nahe gekommen. Ohne zu wissen, ob wir wirklich zueinander passen.«

»Ich zweifle nicht daran, dass wir zusammengehören«, sagte Hanna mit überzeugter Stimme. »Aber meine Träume, die gebe ich nicht her. Die darf mir keiner wegnehmen, auch du nicht.«

»Ich habe nur diese eine Bitte. Warum kannst du die nicht respektieren?«, fragte Willi.

»Du verlangst zu viel von mir. Ich werde wegen dir die Tanztournee nicht absagen. Damit musst du dich abfinden.«

»Das habe ich bereits, da deine Antwort zu erwarten war.« Willi sah sie traurig an. »Die letzten Tage vor deiner Abfahrt möchte ich nicht hier sein. Das halte ich nicht aus. Ich werde morgen für eine Woche zu meinen Eltern reisen.« Er rückte etwas näher an sie heran und legte zögerlich den Arm um ihre Schulter.

Hanna lehnte sich an ihn. »Versprichst du mir, dass du hier bist, wenn ich zurückkomme?«

»Wo sollte ich sonst sein, um auf dich zu warten?« Behutsam küsste Willi sie auf die Stirn – wie damals im Wald. »Wollen wir uns drinnen verabschieden?«, fragte er dann, und Hanna entdeckte ein leichtes Lächeln um seine Mundwinkel.

Er war zärtlich zu mir, aber anders als sonst, weiter weg, als stünde zwischen uns eine unsichtbare Wand, erinnerte Hanna sich in dem Brief, den sie am nächsten Tag ihrer Tante schrieb. *Ich mache mir Sorgen, wie es zwischen ihm und mir weitergehen soll. Bin ich zu egoistisch? Oder ist er es? Wahrscheinlich ist es besser, dass wir uns erst nach der Tournee wiedersehen. Wir werden drei Wochen unterwegs sein. Bis wir abfahren, muss noch allerhand vorbereitet werden.*

In der Nacht vor der Abreise fand Hanna keine Ruhe. Stundenlang war sie in der Baracke gewesen und hatte mit Hilde, Eva und Langgaard gepackt. Nun überlegte sie andauernd, ob sie bloß nichts vergessen hatten. Außerdem war ihr kalt. Obwohl sie sich schon eine zweite Decke genommen hatte, fröstelte sie noch immer. Dabei war Frühling! Aber weder der scharfe Wind, der durch die Fensterritzen pfiff, noch ihr erregtes Gemüt passten zu dieser schönen Jahreszeit.

»Bist du auch wach?«, flüsterte Hermine plötzlich.

»Ja.« Hanna seufzte. »Ich kann vor Aufregung nicht einschlafen. Wahrscheinlich komme ich erst zur Ruhe, wenn wir im Zug sitzen.«

»Hast du eben diese merkwürdigen Rufe aus der Ferne gehört?«, fragte Hermine.

»Was für Rufe?«

»Pssst! ... Da waren sie schon wieder.«

Dieses Mal hörte Hanna sie auch. »Sie klingen nach Gefahr. Da braucht jemand Hilfe ...« Genau wie Hermine sprang sie blitzschnell aus dem Bett, zog notdürftig ihr Kleid über das Nachthemd und darüber noch einen Pullover und stürzte in den Flur, wo sie auf Eva und die Chefinnen traf.

»Die Baracke brennt«, sagte Langgaard mit versteinertem Gesichtsausdruck. »Ich habe die Flammen von meinem Fenster aus gesehen. Ich weiß nicht, wer so schnell die Feuerwehr informiert hat, auf jeden Fall ist sie schon angerückt. Wir müssen jetzt tapfer sein und abwarten.«

»Abwarten?«, fuhr Hanna sie an. »Wir müssen das Gepäck retten! Die Kostüme! Das Klavier! Meine Geige!« Sie schubste Langgaard zur Seite, riss die Haustür auf und rannte durch die vom Feuerschein erschreckend heller werdende Nacht den Rufen entgegen, die immer lauter tönten: »Hilfe, Hilfe. Feuer!«

Als sie ankam, brannte die Hälfte der Baracke bereits lichterloh.

»Dagegen kommen wir mit Wassereimern nicht mehr an. Wir können nur Schlimmeres verhindern«, rief einer der Feuerwehrmänner aus dem Dorf seinen Kollegen zu. »Wir müssen die Wand einschlagen, hinter der der Koks und das Brennholz für die Öfen lagern. Das Zeug muss weg, bevor es sich entzündet.«

»Helfen Sie uns erst, die Koffer rauszuholen. Sie sind wichtig«, schrie Hanna aus Leibeskräften. »Gleich rechts neben dem Eingang ist eine Kammer. Da stehen sie. Ich zeig sie Ihnen.«

Warum nahm bloß keiner Notiz von ihr?, überlegte sie einen Augenblick lang und lief wie von Sinnen los, ohne auf jemanden zu warten. Kurz vor der Tür wurde sie von einer kräftigen Hand am Oberarm gepackt und zurückgehalten. Sie fuhr herum.

»Keinen Schritt weiter! Niemand darf mehr rein«, sagte der Mann. »Ich bin der Löschmeister. Ich weiß, was passieren würde, wenn Sie die Tür öffnen. Die Flammen schlügen Ihnen ins Gesicht.«

»Aber wir brauchen die Sachen, die in der Kammer stehen. Dringend!« Hanna versuchte, sich loszureißen.

»Nichts kann dringender sein als das eigene Leben«, erwiderte er und zog sie energisch zurück. »Die Feuersbrunst wird das Dach jeden Moment zum Einsturz bringen.«

Regungslos beobachtete Hanna minutenlang das gruselige Schauspiel, wie die Baracke nach und nach in sich zusammenfiel.

Irgendwann spürte sie eine Hand, die ihre umfasste. »Kindchen, von der Tanzerei ist nichts mehr zu retten«, sagte Langgaard. »Wir können nur noch beten, dass kein Waldbrand entsteht und die anderen Häuser verschont bleiben.«

»Wie lange werden wir die Tournee verschieben müssen?«, fragte Hanna und stierte weiterhin fassungslos in die Flammen.

Langgaard zögerte. »Lass uns darüber etwas später reden.«

»Nein, jetzt. Ich will von dir sofort wissen, wann es weitergeht.«

»Also gut, du wirst es gleich von mir erfahren. Ich möchte mich vorher aber noch einmal mit Hedwig besprechen.« Mit schweren Schritten ging sie zu ihrer Kollegin, die etwas abseits stand.

Hanna beobachtete im Licht des Feuers, wie die Chefinnen miteinander redeten und sich am Ende zunickten. Danach kam Langgaard zu ihr zurück und sagte mit bitterernster Miene: »Wir werden die Tournee nicht verschieben, das haben Hedwig und ich entschieden. Es wird keine Tanzauftritte mehr geben.«

»Doch!«, schrie Hanna sie an. »Wir nähen die Kostüme neu, ersetzen die Instrumente und fangen da wieder an, wo wir aufgehört haben.«

»Nein.« Die Stimme der Chefin klang entschlossen. »Wir betrachten das, was uns gerade widerfährt, als schicksalhaftes Ereignis, als einen Hinweis.«

»Einen Hinweis worauf? Dass mein Traum wie eine Luftblase platzt? Dass eine erfolgreiche Tanzära, die für mich gerade erst begonnen hat, auf einen Schlag passé ist?« Hanna warf ihren Kopf wütend nach hinten und kniff für einen Moment die Augen zu, um dem Anblick des Feuers zu entkommen.

»Wir meinen einen Hinweis, der Veränderung bedeutet«, schaltete sich Rohden ein, die hinzugekommen war. »Lass uns gemeinsam den Blick nach vorne richten und nicht zurück. Das Leben geht weiter.«

Hanna wandte sich abrupt ab und schluchzte hemmungslos.

Sie war nicht die Einzige, die in dieser Nacht bittere Tränen weinte. Bald stand Hilde mit rot unterlaufenen Augen neben ihr. Selbst Eva, die immer so gelassen tat, war nur noch ein Häufchen Elend. »Alles aus und vorbei? Das darf nicht wahr sein ...« Sie schlug die Hände über dem Kopf zusammen.

»Du hast den größten Einfluss auf die Chefinnen. Du musst etwas unternehmen!« Hanna sah sie flehend an.

»Was meinst du, wie ich lauthals protestiert habe ... Aussichtslos!«

»Das dürfen sie uns aber nicht antun«, insistierte Hanna. »Wir müssen noch mal mit ihnen reden! Vielleicht ändern sie ihre Meinung.«

Eva schüttelte nur den Kopf. »Niemals! Wenn die beiden einen Entschluss gefasst haben, rücken sie davon nicht mehr ab. Sie trauern keinen alten Zeiten hinterher.«

Hilde stimmte ihr zu und hakte Eva auf der einen und Hanna auf der anderen Seite unter. Erschüttert sahen die drei Frauen den Rest der Nacht mit an, wie die zerstörerische Kraft des Feuers ihre geliebte Baracke in einen Haufen Schutt und Asche verwandelte.

Noch halb in Trance, holte Hanna am Morgen die Kamera aus ihrem Zimmer und fotografierte die Brandstelle von allen Seiten. Außer den Heizöfen und dem abgebrochenen Kamin erkannte sie nichts wieder. Dennoch stocherte sie mit einem Feuerhaken unermüdlich in den verkohlten Überresten, drehte und wendete sie in der vergeblichen Hoffnung, ein Erinnerungsstück zu finden.

Zuschauerinnen hatte sie dabei reichlich. Ihre Mitschülerinnen kamen und gingen. Wann immer Hanna den Kopf hochhob, schaute sie in ein anderes bestürztes Gesicht. Selbst Mariannes dunkle Augen funkelten an diesem Morgen weniger als sonst. »Ich habe von der Schäferin gehört, dass es Brandstiftung gewesen sein soll«, berichtete sie. »Kannst du dir das vorstellen?«

Hanna winkte ab. »Elfriede erzählt viel, wenn der Tag lang ist«, sagte sie und entdeckte aus den Augenwinkeln Isolde, die mal wieder die Ohren spitzte.

»Auch im Dorf redet man darüber, dass das Feuer mutwillig entfacht wurde«, mischte sie sich in das Gespräch ein und kam ein paar Schritte näher.

Hanna ließ sie abblitzen. »Unsinn. Das sind bloße Gerüchte, die sich in Windeseile verbreiten.«

»Wenn du meinst …« Isolde guckte sie hämisch von der Seite an. »Soweit ich erfahren habe, ist ein Mann in der Nähe der Baracke beobachtet worden. Mitten in der Nacht, kurz bevor das Feuer ausbrach.«

Hanna schüttelte bloß den Kopf. »Wer sollte ein Interesse daran haben, die Baracke abzufackeln? Mir würde keiner einfallen.«

»Du Arme! Mir tut die ganze Angelegenheit aufrichtig leid für dich.«

»Wie meint sie das?«, fragte Marianne, als die Rheinländerin weg war.

»Schwer zu sagen. Auf jeden Fall meint sie es nicht gut mit mir. Belassen wir es dabei …« Hanna ächzte. »Dahinten kommen die Chefinnen. Nach denen ist mir gerade gar nicht zumute.«

»Der Unterricht fällt heute aus«, rief Langgaard Marianne und Hanna zu.

»Schön. Dann kann ich ja den ganzen Tag in meiner Vergangenheit herumstochern«, entgegnete Hanna mürrisch und hielt den Feuerhaken hoch.

»Ich hätte eine bessere Idee.« Rohden kam mit Lola an der Leine auf sie zu. »Geh mit der Hündin spazieren. Damit würdest du mir einen Gefallen tun und dir womöglich auch. Die Natur schafft Ablenkung.«

»Wenn Sie meinen … Mir ist seit gestern Nacht alles egal«, maulte sie und warf den Feuerhaken zur Seite. »Ich könnte mit Lola zur Quelle gehen. Da war ich noch nie.«

Der hügelige Trampelpfad entlang des Bachs führte sie durch den Wald und an Wiesenhängen vorbei. Manchmal hörte er plötzlich auf, dann marschierte sie ein Stück querfeldein durch hohes Gras, das an ihren Beinen kitzelte, und schlug einen Bogen, bis sie einen neuen Weg fand. Endlich erreichte sie mit Lola ihr Ziel, die im Wald verborgene Quelle.

Hanna erfrischte ihr Gesicht mit dem kristallklaren Wasser und schaute sich um. An diesem lauschigen Ort hätte sie also die große Decke für ein gemütliches Picknick mit Willi ausbreiten können. Für nichts und wieder nichts hatte sie die Wanderung abgesagt und einen überflüssigen Streit angezettelt. Wehmütig setzte Hanna sich auf den weichen Waldboden und streichelte Lola, die den Kopf auf ihre Beine gelegt hatte.

Doch die aufwühlenden Ereignisse ließen sie nicht zur Ruhe kommen. Nach einer kurzen Rast brach sie wieder auf und erreichte die Siedlung am späten Nachmittag.

»Gut, dass du zurück bist. Ich habe schon Ausschau nach dir gehalten«, empfing Eva sie am Waldrand. »Ein neues Gerücht macht sich breit. Hast du davon gehört?«

»Meinst du das mit dem ominösen Mann, der angeblich gesehen wurde?«

»Hinter vorgehaltener Hand hat der Mann inzwischen ein Gesicht und einen Namen.« Evas Stimme klang angespannt. »Er wird der ›junge Architekt‹ genannt.«

Hanna stutzte. Einen Moment später lachte sie auf und schüttelte ungläubig den Kopf. »Willi? Ein Brandstifter? Das ist absurd. Er ist in Hamburg und kommt erst morgen wieder. Er weiß noch gar nicht, was passiert ist.«

»Du kannst dir also nicht vorstellen, dass in diesem Gerücht ein Funke Wahrheit stecken könnte?«

»Und du?«, konterte Hanna ungehalten. »Kannst du dir das vorstellen?«

»Nein. Aber du wirst einiges aushalten müssen. Isolde macht mächtig Stimmung gegen dich.«

Wieder lachte Hanna auf, diesmal jedoch mit einem bissigen Unterton. »Wundert dich das? Ein Gerücht, das ihr zu Ohren kommt und mir schadet, schlachtet sie natürlich aus.«

Dieses Biest, diese miese Kreatur! Hannas Gedanken überschlugen sich. »Ich muss auf der Stelle weg!«, schrie sie und drückte der verblüfften Eva die Hundeleine in die Hand.

Sie fuhr nicht, sie raste. Vor der alten Schreinerei ließ sie ihr Rad achtlos zu Boden fallen, lief ums Haus und rüttelte mit Wucht an der Tür. Sie war verschlossen. Erleichtert hob Hanna den Blumentopf an, unter dem der Schlüssel lag, und ging hinein.

Auf dem Tisch lag kein einziger Brotkrümel, kein benutztes Besteck, nichts. Das Bett war ordentlich gemacht, und der große Rucksack, der immer an einem Garderobenhaken gehangen hatte, fehlte. Er ist verreist, und alles andere ist Lüge, sagte sie sich wieder und wieder.

Ich warte sehnsüchtig auf deine Rückkehr. Bitte melde dich sofort bei mir, schrieb sie auf einen großen Zettel und legte ihn auf den Tisch.

Willi meldete sich nicht.

Tag um Tag fuhr Hanna zu seinem Haus, klopfte verzweifelt und immer lauter an der Tür, bis ihr die Finger wehtaten, und hoffte, er würde öffnen und alles erklären. Manchmal nahm sie den Schlüssel in die Hand und legte ihn schnell wieder zurück. Was sollte sie da drinnen allein? Nach schönen Erinnerungen war ihr nicht zumute, wenn sie durchs Fenster starrte und den Zettel sah, der unverändert an derselben Stelle lag.

Während sie nach Loheland zurückradelte, dachte sie an die hämischen Blicke, die sie erwarteten, allen voran Isoldes verächtliches Grinsen. »Wie fühlt man sich als Braut eines Feuerteufels?«, hatte sie Hanna nach der letzten Unterrichtsstunde vor allen Mitschülerinnen gefragt.

»Halt dein Schandmaul!«, hätte sie ihr gerne zugerufen. Aber Hanna wusste nicht, ob sie Willi noch länger in Schutz nehmen konnte. Kein Mensch verreiste grundlos ohne Abschied und ohne wiederzukommen, dachte sie und empfand nur noch einen schrecklich großen Schmerz.

Etwa zwei Wochen nach Willis Verschwinden passte Hilde sie am Steinhaus ab. »Was hast du vor?«, fragte sie Hanna, die zur Tür herauskam.

»Ich will gleich mit dem Hund los. Das ist die beste Beschäftigung, mit der ich mir die endlose Zeit, die ich auf einmal habe, vertreiben kann. Ohne ständig über all das zu grübeln, was ich verloren habe.«

»Ich weiß mit meiner Zeit auch nichts anzufangen. Ich denke andauernd, wo wir hätten sein sollen. Gestern wäre unser Auftritt in Frankfurt gewesen, heute der in Hannover.« Hilde sah sie an und seufzte. »Darf ich dich begleiten?«

Hanna nickte. Sie holten Lola aus dem Hundegehege, das in einem kleinen Waldstück lag, und liefen in die Felder. »Ich kann diesen Anblick nicht mehr ertragen«, sagte Hanna, als sie an der Brandstelle entlanggingen. »Wann wird der verkohlte Schutt endlich weggeräumt?«

»Das wird wohl noch ein bisschen dauern. Langgaard

will die Brandursache klären lassen.« Hilde verzog das Gesicht. »Auf die Idee hätte sie viel früher kommen müssen. Das sieht Walther genauso.«

»Konntest du über ihn etwas Neues erfahren? Er ist Willis Chef, er muss doch herausfinden können, wo er steckt.« Hanna sah ihre Freundin hilflos an. »Glaubt denn Walther noch an seine Unschuld?«

»Ich habe ihn gestern getroffen. Es war schön wie in alten Zeiten, aber darum geht es nicht«, entgegnete Hilde ernst. »Walther hat inzwischen mit Willis Eltern gesprochen. Er war in der besagten Woche zwar bei ihnen, ist aber früher als geplant wieder abgereist. Das solltest du wissen.«

»Er hat mich also aufs Schäbigste hintergangen«, bemerkte Hanna leise.

Hilde überging ihre Bemerkung. »Du musst damit aufhören, ständig zu seinem Haus zu fahren. Das bringt nichts«, meinte sie und warf im hohen Bogen ein Stück Holz, dem Lola hinterherjagte. Sie sprang hoch und schnappte es in der Luft. »Übrigens, ich soll dir von den Chefinnen ausrichten, dass sie dich heute noch im Büro sprechen wollen«, sagte sie und behielt Lola dabei im Auge. »Was für eine stolze Hündin ...« Hilde nahm das Holz und warf es erneut.

Zum ersten Mal betrat Hanna das Büro, das die Chefinnen erst ein paar Tage zuvor eingerichtet hatten. »So geht es nicht weiter. Wir machen uns Sorgen um dein Gemüt«, begrüßte Langgaard sie.

»Bis die Wogen sich geglättet haben, solltest du für einige Zeit verreisen. Das täte dir gut«, meinte Rohden.

Hanna beäugte die beiden misstrauisch und setzte sich zu ihnen an den Tisch. »Wollt ihr mich etwa zur Erholung zu meinen Eltern schicken, damit ich ihnen mein Herz ausschütte? Das kommt nicht infrage!«, sagte sie. »Nicht einmal meine Schwester weiß von Willi, und dabei soll es bleiben.«

»Dass du in deiner jetzigen Verfassung nicht nach Hamburg willst, ist verständlich.« Rohden schaute sie lange an und begann zu lächeln. »Wie wäre es mit einer Reise nach Amerika?«

»*Amerika?«,* wiederholte Hanna ungläubig. »Was soll ich in Amerika?«

»Lola begleiten. Stell dir vor, wir haben sie an den Bürgermeister von New York verkauft. Ich möchte, dass du so lange bei ihr bleibst, bis sie sich in der Neuen Welt eingelebt hat.«

»Wie bitte?« Passendere Worte fielen Hanna in diesem Moment nicht ein.

»Es ist alles organisiert. Du musst nur noch zustimmen«, schaltete sich nun Langgaard wieder ein. »Dein Vater könnte sich gleich morgen um dein Visum kümmern und dich in Hamburg auch zum Anleger begleiten. Das nächste Schiff fährt übrigens in fünf Tagen. Selbstverständlich wirst du mit Lola eine eigene Kabine haben.«

»Die Papiere für den Hund werden von den Amerikanern bei der Einreise sehr genau kontrolliert«, ergänzte Rohden. »Falls du Schwierigkeiten bekommen solltest, wird dir der Bürgermeister behilflich sein.«

»Bitte, hört auf mit eurem Gerede!«, platzte Hanna plötzlich heraus und raufte sich die Haare. »Was ihr da mal eben so beschlossen habt, ist wahnsinnig, schier unmöglich. Ich kann nicht wochenlang den Gymnastikunterricht verpassen.«

»Doch, das kannst du«, erwiderte Langgaard ruhig. »Du bist allen anderen weit voraus. Bis zu den Sommerferien geben wir dir frei. Und wenn das neue Semester beginnt, bist du sicherlich wieder hier.« Langgaard stand auf, holte einen Karton aus dem Schrank und überreichte ihn Hanna mit einem Schmunzeln. »Hier drin sind deine Schuhe vom ersten Tag. Die wirst du gut gebrauchen können. New York ist nicht Loheland.«

22

New York, Mai 1921

Warum konnte das Meer ihre traurigen Erinnerungen nicht einfach wegspülen?, hatte Hanna sich Tag für Tag gefragt, wenn sie an Deck des Schiffs mit der Hündin ihre Runden drehte und darüber nachdachte, was sie verloren hatte. Sie sah sich tanzend auf der Bühne und meinte, den Applaus des Publikums zu hören – in Wirklichkeit waren es nur die Wellen. Sie lauschte den Zeitungsreportern, die ihr als Tänzerin eine große Zukunft prophezeit hatten, und sah um sich herum nur Mitreisende, die kaum von ihr Notiz nahmen.

Von der Liebe war ihr lediglich noch die zu einem Hund geblieben, der allerdings auch bald aus ihrem Leben scheiden würde – aber wenigstens nicht spurlos.

Die lange Überfahrt hatte ihrer Stimmung nicht gutgetan. Oft kam sie sich mutterseelenallein vor.

Heute war das anders. Hanna stellte sich zu den anderen Passagieren, die nach draußen gekommen waren. Sie lehnte an der Reling, schaute aufs Wasser und wartete gespannt auf den großen Moment. Der Steward hatte es bereits mehrmals zuvor angekündigt: Statt immer nur Ozean und Himmel würde in der Ferne bald die Neue Welt erscheinen.

»Ich bin schrecklich aufgeregt. Ich werde dort ganz von vorne anfangen. Mit allem«, sagte die junge Frau neben ihr und sah sie freundlich an. »Hoffen Sie auch, in einer neuen Heimat Ihr Glück zu finden?«

»Nein, ich wandere nicht aus. Ich werde in einigen Wochen wieder zurückreisen«, antwortete Hanna. Warum eigentlich?, überlegte sie dann. Vielleicht wäre es auch für sie das Beste, einfach zu verschwinden. Kein Mensch würde sie groß vermissen. Hilde und Hermine würden sicherlich schnell eine neue Freundin finden, die Chefinnen hatten sowieso genug anderes um die Ohren, und ihre Eltern hätten endlich ihre Ruhe. Nur Tante Wilma käme nicht umhin, weiter ihre langen Briefe lesen zu müssen. Und Willi, der war ja sowieso weg.

Hanna konzentrierte sich auf den grauen Horizont. »Wenn ich da lange genug hingucke, bilde ich mir ein, die Silhouette von New York zu sehen. Geht Ihnen das auch so?«, fragte sie die Frau.

»Ja, ich habe gerade die Freiheitsstatue vor Augen und …« Der Rest ihrer Antwort ging im lauten Dröhnen des Schiffshorns unter.

»Land in Sicht! Land in Sicht!«, schrie der Steward gegen den tosenden Lärm an und reichte Erfrischungsgetränke.

Hanna blieb so lange an Deck, bis das Schiff sich dem Hafen merklich genähert hatte. Dann ging sie zurück in die Kabine. »Mal sehen, was mich in Amerika erwartet«, sagte sie vor sich hin und kämmte die vom Wind zerzausten Haare. Sie zog das schicke blaue Kleid an, das die Chefinnen ihr für die Reise geschenkt hatten, und dazu die Riemchenschuhe. In aller Ruhe packte sie ihre Sachen in den Koffer. Dann nahm sie Lola an die Leine und reihte sich mit ihr und dem Gepäck in die lange Schlange der Passagiere ein, die am Ausgang bereits ungeduldig darauf warteten, von Bord zu gehen.

»Bitte drängeln Sie nicht, der Hund wird sonst unruhig«, bat sie die Reisenden, die ihr dicht folgten, und lief vorsichtig mit der Hündin die Gangway hinunter. Kaum hatte sie amerikanischen Boden betreten, hielt sie angespannt Ausschau nach der Person, die sie wie versprochen abholen sollte.

Über den Köpfen der vielen Ankömmlinge entdeckte sie bald ein handgeschriebenes Schild, aber es dauerte, bis sie die Schrift entziffern konnte: *Great Dane of Loheland*. Bevor Hanna sich ihren Weg durch die Menschenmenge bahnen konnte, stand der junge Mann, der den Stock mit dem Schild trug, schon fast vor ihr.

»My Name ist Hanna Schröder, and this is Lola«, rief sie ihm zu. »We come from Loheland.«

»Das habe ich mir gedacht«, erwiderte der Mann in perfektem Deutsch. Mike Johnson, wie er sich vorstellte, musterte fasziniert die Hündin, die an seinen Hosenbeinen schnüffelte. Er beugte sich zu ihr und legte die Arme um sie. »Sie ist die schönste Dogge, die ich je gesehen habe«, rief er begeistert. Als ob sie sein Kompliment verstanden hätte, sprang Lola an ihm hoch und reckte den Hals.

Dann wandte Mike Johnson sich Hanna zu und sah sie neugierig an. »Ich hoffe, Sie hatten eine sturmfreie und komfortable Reise. Wie lange werden Sie in New York bleiben?«

»Bis Lola sich in ihrer neuen Umgebung eingelebt hat.«

»Das Tier ist übrigens für mich. Mein Vater schenkt es mir zum Abschluss meines Studiums.«

»Was haben Sie studiert?«, fragte Hanna höflichkeitshalber.

»Architektur. Mit Auszeichnung.«

Hanna seufzte heimlich. Warum musste der erste

Mensch, der ihr in der Fremde begegnete, ausgerechnet ein junger Architekt sein, der zudem gut aussah? Seine braunen Augen erinnerten sie sofort an die von Willi.

Zuvorkommend war er auch. Mike nahm ihr den Koffer ab und schleuste sie an den Wartenden vorbei. »Einen Bürgermeister als Vater zu haben, bringt gewisse Vorteile mit sich. Wir können uns einige lästige Formalitäten ersparen, aber durch den Zoll müssen wir dennoch. Sie haben ja wohl keine Schmuggelware dabei«, scherzte er. »Bei uns herrscht striktes Alkoholverbot.«

Mike hatte ein eigenes Auto. Während der Fahrt erzählte er pausenlos – von seiner deutschstämmigen Mutter, und dass er zweisprachig aufgewachsen war. Er erklärte die Sehenswürdigkeiten, an denen sie blitzschnell vorbeifuhren, und fasste in wenigen Sätzen die gesamte Geschichte der Vereinigten Staaten zusammen. Stolz zeigte er zwischendurch auf das höchste Haus der Welt, das scheinbar bis in die Wolken ragte.

Hanna, die mit Lola zu ihren Füßen auf der Rückbank saß, gab keinen Mucks von sich. Ihr schwirrte der Kopf bei all dem Neuen, das sie hörte und sah. Die vielen Autos um sie herum, die unterschiedlichen Menschen, die auf den Bürgersteigen unterwegs waren. Chinesen mit Handkarren, fein gekleidete Herren mit Strohhüten, dunkelhäutige Frauen, die schwere Körbe schleppten oder scheu durch die Gegend huschten.

»Wir wohnen in der sogenannten Upper East Side«, sagte Mike und drehte sich kurz um. »Sie werden bei uns im Haus in einer der Gästewohnungen unterkommen.«

Haus? Als Hanna ausstieg, stand sie vor einer hochherrschaftlichen, dreigeschossigen Villa. Neben dem pompösen Eingang mit Säulen führten ein paar Stufen ins

Souterrain. Mike ging voraus, schloss die Tür auf und bat sie herein. »Das ist Ihr kleines Reich. Ich hoffe, es gefällt Ihnen.«

»So viel Platz bräuchte ich gar nicht für mich allein«, stellte Hanna fest, während sie durch das Wohnzimmer lief, einen Blick ins Schlafzimmer warf und in die Küche ging.

»Auf dem Tisch liegt Fleisch für den Hund. Ich habe es heute frisch gekauft«, sagte Mike, der ihr folgte. Hanna schaute ihn vorwurfsvoll an. »Lola bekommt kein pures Fleisch. Sie ist Mischkost gewohnt.« Sofort holte sie aus ihrem Koffer einen Leinensack, den sie öffnete und ihm vors Gesicht hielt. »Solche Körner müssen Sie in Zukunft kaufen und kochen. Wenn Sie mir einen Topf geben, zeige ich Ihnen, wie es geht.«

Mike tat zwar interessiert, war aber nicht wirklich bei der Sache, was Hanna schnell mitbekam. Statt auf den köchelnden Brei schaute er mehr darauf, wie sie ihn rührte.

»Ich ziehe mir jetzt andere Schuhe an, und dann müssen wir mit Lola raus«, sagte sie forsch. »Die lange Zeit der Enge an Bord des Schiffs hat ihr zugesetzt. Sie braucht dringend richtigen Auslauf.«

»Wir können mit ihr in den Park gehen. Er ist ganz in der Nähe«, erwiderte Mike und schmunzelte über die Wanderstiefel, die Hanna nun trug. »Sie planen anscheinend einen längeren Spaziergang ...«

»Ja, das Tier ist gewohnt, kilometerweit durch Wälder und Felder zu streifen.«

»Dann sind wir im Central Park genau richtig. Er ist New Yorks grüne Oase.«

Das fand Hanna auch, als sie mit dem Hund an der Leine am Ufer eines kleinen Sees entlangrannte. »Ist das schön hier!«, rief sie. Dabei schaute sie auf einen Hügel. »Was ist das da oben?«

»Unser Castle. Von dort haben Sie einen guten Blick über die gesamte Grünfläche.«

»Der Park ist wirklich riesig«, rief sie Mike ein paar Minuten später von dem burgähnlichen Schloss aus zu. »Wollen Sie nicht hochkommen?«

»Doch, ich habe aber aufgegeben, Ihnen hinterherzuhecheln«, sagte er und lächelte. »Sie bewegen sich auffallend graziös und sportlich, so, als wollten Sie durch die Welt tanzen.«

»Das liegt wohl daran, dass ich Gymnastik studiere«, meinte Hanna nur und wechselte schnell das Thema.

»Jetzt übernehmen Sie die Leine«, wies sie Mike an. »Halten Sie sie kurz und immer auf der linken Seite. Sie dürfen Lola in der ersten Zeit auf keinen Fall frei herumlaufen lassen. Sie muss den Park und Sie erst kennenlernen.«

Mike nickte immerzu wie ein gelehriger Schüler und schaute sie dabei schelmisch an, was Hanna verunsicherte.

»Machen Sie sich etwa lustig über mich?«, fragte sie ihn. »Ist das nicht der erste Hund, den Sie haben?«

»Nein, ich bin mit Hunden aufgewachsen.«

»Warum sagen Sie das nicht gleich? Dann hätte ich mir einige Erklärungen sparen können.«

»Ich höre Ihnen gerne zu. Sie haben eine schöne Stimme«, erwiderte er und erinnerte sie an die Einladung zum Dinner mit seinen Eltern. »Wir sollten bald umkehren. Sicherlich wollen Sie sich vor dem Abendessen noch ein bisschen von der Reise ausruhen.«

Hanna schüttelte den Kopf. »Nein. Wenn ich an Bord etwas im Überfluss hatte, war es Ruhe, immerzu Ruhe.

Sie können sich nicht vorstellen, was einem da alles im Kopf herumspukt. Ich möchte lieber noch ein bisschen spazieren gehen. Kommen Sie!« Sie lief in einem Tempo voraus, als wollte sie Langgaard und deren rasantem Schritt Konkurrenz machen. »In Loheland nutzen wir die Wege, die wir zurücklegen, um unsere Gedanken zu sortieren«, rief sie Mike über die Schulter zu. »Ich muss gerade sehr viel Ordnung schaffen.«

Als Hanna am Abend mit Mike und dem Hund die Wohnung seiner Eltern betrat, begrüßte sie Mikes Mutter, die Gattin des Bürgermeisters, in lockerer Manier. »Ich bin Mary«, stellte sie sich vor und umarmte Hanna spontan.

»Ihr wart lange im Park«, sagte sie zu ihrem Sohn. »Endlich bekomme ich das schöne Tier auch zu sehen. Gewöhnt es sich schon ein bisschen an dich?«

»Nein, das wird wohl noch länger dauern«, entgegnete er und wirkte verträumt.

Mary hakte Hanna unter und führte sie ins Speisezimmer, das einem kleinen Saal glich. Die lange Tafel war mit feinem Geschirr und Kristallgläsern gedeckt. Neben dem Fenster gab es eine gemütliche Sitzecke mit einer Chaiselongue und Sesseln. Für den Hund lag eine Decke auf dem Boden.

»Nehmen Sie gerne Platz. Ach nein, bleiben Sie bitte noch einen Moment stehen.« Mary betrachtete Hanna von allen Seiten. »Sie sehen entzückend aus in diesem blauen Kleid. Ein raffinierter Schnitt. Den muss ich mir merken.«

»Das Kleid wurde in unserer Schneiderei in Loheland genäht. Den Stoff hat meine Freundin gewebt«, sagte Hanna und überreichte Mary wenig später ein Paket.

»Das soll ich Ihnen von meinen Chefinnen geben, mit einem schönen Gruß aus der Töpferei.«

Vorsichtig packte Mary erst die Teekanne, dann die Becher aus. »Beeindruckend. Die Feinheit der Keramik. Die Glasur. Nichts dergleichen habe ich jemals in New York gesehen. Und ich gehe viel einkaufen ...« Mary lachte. »George, Darling, look at this ...«, rief sie ihren Mann herbei. »Guck dir an, was diese Frauen in Loheland alles machen. Sie haben nicht nur schöne Doggen.«

Der Bürgermeister kam freundlich lächelnd auf Hanna zu. »Herzlich willkommen«, sagte er mit breitem amerikanischem Akzent, bestaunte die Hündin und wandte sich dann wieder Hanna zu. »Sie haben vielleicht schon vom American Dream gehört. Ein kleiner Traum ist heute für mich in Erfüllung gegangen. Leider fehlt mir die Zeit, mich selbst um die Dogge zu kümmern.« Er griff zu der Flasche Champagner, die auf einem Tablett bereitstand, öffnete sie und goss die Gläser voll. Hanna schaute verdutzt zu Mike.

»In den eigenen vier Wänden gönnen sich auch Politiker mal eine Ausnahme vom Alkoholverbot«, meinte er und zwinkerte seinem Vater zu.

»Nennen Sie mich George«, ging der Bürgermeister unbeirrt über den Kommentar seines Sohnes hinweg und prostete Hanna zu. »Wie ist Ihr erster Eindruck von New York?«

»Mir imponiert die Verschiedenartigkeit der Menschen, die hier leben.«

»Wir waren schon immer ein Einwanderungsland«, sagte George. »Angefangen mit der Ankunft der ersten Siedler.«

Hanna erinnerte sich an ihre kurze Begegnung an Deck. »Auf dem Schiff habe ich eine Frau getroffen, die voller

Hoffnung war, hier in den Vereinigten Staaten ein neues, schöneres Leben zu beginnen. Ich habe ihren Mut bewundert. Ich hätte wahrscheinlich Angst vor einer Enttäuschung.«

Der Bürgermeister sah sie prüfend an. »Wie ich Sie einschätze, kommen Sie aus einem gut situierten Elternhaus. Sie müssen genauso wenig wie mein Sohn zwischen Mut und Angst abwägen«, erwiderte er. Dann schaute er besorgt zu seiner Frau. »Geht das schon wieder los?«

»Ja. Ich habe wohl eine falsche Bewegung gemacht.« Mary fasste sich mit beiden Händen an die Schultern und lächelte mühsam.

»Haben Sie Rückenschmerzen?«, fragte Hanna.

»Sie kommen und gehen, schon seit Tagen.«

»Wenn Sie wollen, massiere ich Sie. Ich habe das gelernt.« Hanna zeigte auf die Chaiselongue. »Sie brauchen sich nur auf den Bauch zu legen. Versuchen Sie, ruhig zu atmen, alles andere können Sie mir überlassen.«

Wenn auch zögerlich, stimmte Mary zu.

»Dann gehen wir beide so lange in die Küche und gucken dem Truthahn beim Garen zu«, meinte George zu seinem Sohn. Die angebrochene Flasche Champagner nahm er mit.

Hanna konzentrierte sich einen Moment und dachte an die verschiedenen Handgriffe, die Hilde ihr beigebracht hatte. Erst dann begann sie mit der Massage. Einzig der köstliche Duft, der ins Speisezimmer drang, lenkte sie ab. Zum Glück wusste in New York niemand, dass sie eigentlich kein Fleisch mehr aß.

»Sie haben wahre Zauberhände. Meine Schmerzen haben schon nachgelassen«, bedankte Mary sich nach der Behandlung und servierte bald darauf den Truthahn. »Möchten Sie Brust oder Keule?«

Hanna lächelte. »Am liebsten von beidem etwas.«

»Ich werde Ihnen in den nächsten Tagen noch viel mehr von der Stadt zeigen«, sagte Mike während des Essens. »Wenn Sie Lust haben, können wir abends auch mal tanzen gehen.«

»Auf keinen Fall! Tanzen, das mache ich nicht mehr«, protestierte Hanna.

»Interessieren Sie sich denn für Musik?«, erkundigte er sich als Nächstes.

»Früher schon. Ich habe mal Geige gespielt. Warum fragen Sie?«

»Ich würde Sie nach dem Essen gerne in einen Club einladen. Die Band spielt dort nur für einen Tag, sie kommt aus New Orleans und ist sozusagen ein Geheimtipp. Sie werden eine Musik erleben, die Sie vermutlich noch nie gehört haben.«

Hanna stöhnte leise. Es gehörte wohl zum Erwachsensein dazu, dass einen die Vergangenheit überall einholte. »Sie meinen Jazz, nicht wahr?«, sagte sie.

»Woher kennen Sie Jazz?« Mike schien überrascht. »Sie kommen aus einem kleinen Dorf irgendwo in Deutschland.«

»Ja, ich komme aus einem ›kleinen Dorf‹, wie Sie es nennen. Ich lebe aber nicht hinter dem Mond«, meinte sie und ließ sich überreden.

Die Kellner, die sie im Club begrüßten, trugen Smoking und weiße Servietten über dem Arm. Mike führte Hanna zu einem Tisch in der Nähe der Bühne, auf der die Musiker bereits an ihren Instrumenten saßen. »Wundern Sie sich nicht«, sagte er. »Außer den Bandmitgliedern werden Sie hier keine Schwarzen antreffen. Ihnen ist der Zutritt zum Club untersagt.«

»Dabei ist es doch eigentlich ihre Musik. Das ist ungerecht.« Hanna lächelte den Musikern zu, als wollte sie sich bei ihnen entschuldigen.

Schon bei den ersten Klängen erlag sie wie im Rausch der Melodie, die sie hörte. Sanft wippte sie auf dem Stuhl hin und her. Der Pianospieler begeisterte sie am meisten. »Bravo. Very good!«, rief sie ihm nach seinem ersten Solo zu und verstummte. Auch wenn ihr Jazzabend damals in der Scheune im Vergleich zu dem, was sie gerade hörte, eher Kinderkram war, sah Hanna für einen Moment Hilde am Klavier und Willi, der auf dem Holzfass trommelte. Schnell nahm sie einen großen Schluck von ihrem Orangensaft und kam wieder zu sich.

Auf der Bühne lieferten sich der Drummer und der Saxofonist gerade einen musikalischen Schlagabtausch, den die Gäste mit viel Applaus honorierten. Hannas Augen wanderten hin und her. Vom Schlagzeug auf der einen zum Piano auf der anderen Seite. Irgendwann entdeckte sie den Geigenkasten, der in einer Ecke stand. Ihr Blick blieb magisch an ihm haften.

»Die Musik spielt vor Ihnen. Wo sehen Sie denn andauernd hin?«, erkundigte sich Mike.

»Dahinten steht eine Geige. Ich habe nur an meine eigene gedacht, nichts weiter.«

Natürlich bekam sie mit, wie Mike nach dem Konzert zu den Musikern ging und ein paar Worte mit ihnen wechselte. Dass der Klavierspieler sie gleich darauf zu sich winkte, überraschte sie dennoch. »If you want to, play it«, meinte er, zeigte auf die Geige und nickte ihr aufmunternd zu.

»Bitte, nehmen Sie das Angebot mir zuliebe an«, drängte Mike sie. »Ich möchte Sie zu gerne spielen hören.«

»Meine Musik passt nicht hierher. Sie passt nirgendwo

mehr hin«, entgegnete Hanna, ging aber trotzdem langsam auf die Bühne und überlegte.

»Ich habe mich für eine Melodie entschieden, die ich heute zum ersten und letzten Mal auf einer Geige spielen werde«, sagte sie schließlich und begann mit der Polka, zu der sie einst getanzt hatte. Dass Mike ihr voller Faszination dabei zuschaute, bemerkte sie genauso wie die neugierigen Blicke der Bandmitglieder und der Gäste, die noch vereinzelt an den Tischen saßen.

»Du hast ein sehr einnehmendes Auftreten. Stehst du öfter auf der Bühne und spielst vor Publikum?«, fragte Mike, nachdem Hanna die Geige zurückgegeben hatte. Er duzte sie plötzlich. Diese aufkommende Vertrautheit tat ihr gut.

»Die Zeiten, in denen ich Zuschauer und Zuhörer hatte, sind vorbei«, sagte sie und erzählte ihm die ganze Geschichte, vom Tanzen, dem Brand, von Willi. Zwischendurch erschrak sie vor sich selbst, mit welcher Offenheit sie einem fast fremden Mann ihre Herzensangelegenheiten offenbarte.

»Denkst du oft an ihn?«, wollte Mike wissen.

»Ja, mit großem Schmerz. Nur weil er weg ist, verschwindet er noch lange nicht aus meinen Gedanken.« Hanna beobachtete, wie Mike bei ihrer Antwort zusammenzuckte.

»Ich brauche jetzt ein Bier«, sagte er.

»Und wo willst du das herbekommen bei eurem Alkoholverbot?«

»Was meinst du, warum die meisten Gäste gleich nach dem Konzert verschwunden sind? Komm mit ...«

Er stand auf und ging auf den langen, dicken Vorhang zu, der im Eingangsbereich des Klubs scheinbar dekorativ an der Wand hing, und zog ihn auf. Zum Vorschein kam eine schmale Treppe, die sie hinunterstiegen. Trotz des schummrigen Lichts im Keller öffnete Mike zielstrebig eine Tür, und Hanna blieb bass erstaunt stehen. Der große Raum, in den sie blickte, war voller Menschen. Sie standen an der Bar oder saßen an einfachen Holztischen, unterhielten sich und tranken.

»Hier bekommen wir alles«, meinte Mike. »Bier, Wein, Cocktails. Wonach ist dir?«

»Bier und Wein kenne ich. Einen Cocktail habe ich noch nie getrunken«, antwortete Hanna schüchtern.

»Dann wird es Zeit. Wo du gerade in New York bist, empfehle ich dir einen Manhattan. Der wird mit süßem Wermut und Whisky angerührt.«

Und hatte es in sich, wie Hanna später auf dem Nachhauseweg merkte. Der Alkohol war ihr zu Kopf gestiegen, und Mike hatte sie untergehakt. »Ich bin beschwipst«, kicherte sie wie ein kleines Mädchen, als sie die Bürgermeistervilla erreichten.

»Gut, dass ich dich davon abhalten konnte, noch einen dritten Drink zu bestellen. Schlaf gut«, sagte er.

»Du auch.« Hanna schloss die Tür zur Souterrainwohnung auf und wusste genau, dass Mike warten würde, bis sie sie von innen verriegelt hatte.

Noch lange lag sie auf dem kuscheligen Gästebett und ließ den Abend in Gedanken an sich vorüberziehen.

New York gefiel ihr von Tag zu Tag besser. Mike lud sie ins Kino ein und ins Theater. Er zeigte ihr Chinatown und Harlem. In einem italienischen Restaurant aß sie zum ersten Mal Spaghetti.

Leider gewöhnte sich Lola viel zu schnell an ihr neues Zuhause, und Hanna erwischte sich bei dem Gedanken, sie könnte noch etwas länger bleiben als unbedingt nötig.

Mikes charmante Art, wie er sie hofierte, schmeichelte ihr und lenkte sie wunderbar ab. Er brauchte nur zu lächeln, und sie schob den Kummer, der sie plagte, beiseite. Sie war gerne in seiner Nähe, lief Arm in Arm mit ihm durch die Straßen. Alles, was sie mit diesem Mann erlebte, war aufregend und schön. Zu schön, dachte sie manchmal nachts, wenn die Erinnerungen an Willi ihr den Schlaf raubten und sie ihn in einem Moment verjagte und im nächsten vermisste.

Hannas dritte Woche in New York fing mit strahlendem Sonnenschein an. Sie zog die Vorhänge in der Souterrainwohnung auf und erfreute sich an dem Licht, das die Zimmer in einem sommerlich frischen Glanz erscheinen ließ. Noch bevor sie Kaffee gekocht hatte, klopfte Mike an diesem Morgen an die Tür. »Für dich ist ein Telegramm gekommen«, sagte er und reichte es ihr. Hanna öffnete den Umschlag und starrte unbewegt auf die Zeilen, während sie las.

Lauf nicht davon. Du musst das Alte erst klären und bewältigen, bevor du Neues beginnen kannst.

»Schreibt er dir?«, fragte Mike verhalten.

»Nein, es ist von meiner Tante«, antwortete sie, ohne ihn anzusehen. Wie hatte Tante Wilma Tausende Kilometer entfernt erraten, was ihr Tag und Nacht in New York im Kopf herumschwirrte?

»Lass uns mit Lola spazieren gehen«, schlug sie vor und übergab Mike die Hundeleine.

In Gedanken versunken lief sie neben ihm her und überlegte angestrengt – bis sie im Park den kleinen See erreichten, der ihr vom ersten Tag an gefallen hatte. Dort blieb sie stehen und wandte sich Mike zu.

»Mike, ich habe gerade eine Entscheidung getroffen«,

sagte sie und schaute ihm in die Augen. »Ich werde mit dem nächsten Schiff zurückfahren.«

»Das kannst du mir nicht antun!«, platzte es aus ihm heraus. »Ich habe mich in dich verliebt.«

»Ich weiß.« Hanna lächelte ihn an. »Glaub nicht, dass mir das entgangen ist.«

»Und du? Was empfindest du für mich?«

»Sehr viel, aber …«

»Die Zeit wird deine Wunden heilen«, unterbrach Mike sie. »Bitte bleib!« Er sah sie fordernd an. »Was hat deine Tante dir geschrieben?«

»Ich verstehe ihre Zeilen so, dass ich nichts überstürzen sollte, und möchte ihren Rat befolgen. Ich darf die Bodenhaftung nicht verlieren. Es geht nicht nur um Willi. Es geht auch um meine Ausbildung. Ich möchte unbedingt mein Examen als Gymnastiklehrerin machen.«

»Eine ähnliche Ausbildung könnten wir hier bestimmt auch für dich finden …«

»Nein«, fiel Hanna ihm ins Wort. »So etwas wie in Loheland gibt es nirgendwo.«

Mike kam auf sie zu und umarmte sie so fest, dass sie seinen Körper spürte. »Ich wünsche mir nichts sehnlicher als deine Rückkehr«, sagte er leise. »Wirst du wiederkommen?«

»Das weiß ich noch nicht«, antwortete Hanna ehrlich und erwiderte den Kuss, den er ihr gab. Es fühlte sich an wie ein Abschied für immer.

23

Während der langen Schiffspassage hatte Hanna genug Zeit, um ihren Gedanken nachzuhängen und sich vorzustellen, was sie in Loheland in Zukunft erwarten würde – ohne die Tanzerei. Sie brauchte dringend neue Träume, so viel stand fest. Träume, an denen sie sich bis zum Examen festhalten konnte, und am besten sogar darüber hinaus.

Noch war das Studio für Gymnastik und Massage, über das sie immer wieder nachdachte, nur eine vage Idee, die ihr allerdings ein um den anderen Tag auf hoher See besser gefiel. So ein Studio könnte sie überall auf der Welt eröffnen, auch in New York. Diese wunderbare Stadt wieder zu verlassen war die richtige Entscheidung zum richtigen Zeitpunkt gewesen, daran zweifelte Hanna nicht. Wenn sie jedoch an der Reling stand und in Richtung Amerika zurückblickte, wünschte sie sich dennoch, Mike bald wiederzusehen.

Ganz besonders stark wurde dieser Wunsch bei der Ankunft in Hamburg, als sie von Bord ging und ihr erst richtig klar wurde, dass von nun an ein riesiger Ozean zwischen ihnen lag.

Kurz vor der Ankunft in Fulda fasste Hanna einen Entschluss. Ab jetzt wollte sie kein Wort mehr über Willi verlieren, ihn am besten aus ihrem Gedächtnis streichen und einen großen Bogen um sein Haus machen. Der Augenblick dieser Entscheidung fühlte sich gut an, sie sah zufrieden aus dem Fenster. Die hügelige Landschaft der Rhön, die an ihr vorbeizog, tat ihr Übriges. Hanna erfreute sich an den sattgrünen Wiesen, Weiden und Wäldern. All das hatte sie in New York vermisst.

Genau wie ihre Chefinnen, die am Bahnhof mit den Pferden und dem Wagen warteten und sie wie eine gute alte Freundin drückten.

»Du siehst hervorragend aus, noch erwachsener als vor deiner Abreise. Amerika scheint dir wohlgetan zu haben«, meinte Langgaard und lachte.

Hanna stieg auf den Wagen, und Rohden setzte sich zu ihr. »Sind es gute Leute, bei denen Lola jetzt ist? Haben sie wirklich Ahnung von Hunden?«, erkundigte sie sich während der Fahrt.

»Sei unbesorgt, die Dogge ist in den besten Händen. Der Bürgermeister hat sie seinem Sohn geschenkt, er kümmert sich rührend und ist überhaupt ein sehr netter, reizender Mensch. Ich habe viel mit ihm unternommen.«

»Wie alt ist er denn, der Bürgermeistersohn?«, fragte Langgaard von vorne und zog die Zügel straffer.

»Er ist fünfundzwanzig.«

»Oje.«

»Hat er dir etwa den Kopf verdreht?«, sagte Rohden in ihrer ernsten Art.

Hanna nickte. »Aber nur ein bisschen.«

Langgaard warf ihrer Kollegin einen Blick über die Schulter zu. »Da kann ja noch einiges auf uns zukommen …« Sie seufzte und fuhr in ungewöhnlich ruhigem Trab weiter.

»Ich habe übrigens heute beschlossen, Willi ein für alle Mal zu vergessen«, verkündete Hanna stolz.

»So etwas kann man nicht einfach so beschließen«, gab Langgaard ihr zu verstehen. »Warte mal in Ruhe ab, was mit dir passiert, und hör in dich hinein.«

»Nein! Er ist mir von jetzt an egal. Ich will gar nicht mehr wissen, wo er ist.«

»Du klingst zu hart und kategorisch, das kenne ich nicht von dir«, entgegnete Langgaard.

Hanna überging die Bemerkung und erzählte begeistert von ihren Erlebnissen und den vielen neuen Eindrücken, die sie in New York gewonnen hatte.

»Hier gibt es auch Neuigkeiten«, meinte Langgaard bei der Ankunft in Loheland. »Stell deinen Koffer ab und lass uns einen Spaziergang durch die Siedlung machen, damit du dich wieder eingewöhnst.«

Hanna zog vor dem Steinhaus schnell die Wanderschuhe an und folgte ihrer Chefin zu der Stelle, wo es gebrannt hatte. Dort stand inzwischen eine neue Baracke. »Die sieht ja genauso aus wie die alte! Das tut weh.« Hanna drehte sich weg. »Ich habe sofort wieder den Schutthaufen vor Augen …«

»Der Haufen sah wirklich schrecklich aus«, sagte Langgaard. »Erinnerst du dich an den abgebrochenen Kamin, der obendrauf lag?«

»Ja, er sah aus wie eine heruntergefallene Kirchturmspitze.«

»Ich habe ihn mit einem Experten genauer überprüft. Wir haben im Inneren ein ausgebranntes Mardernest entdeckt. Weißt du, was das heißt?« Langgaard sah sie bedeutungsvoll an. »Es war keine Brandstiftung!«

»Ach ja?« Hanna wagte einen zweiten Blick auf die

neue Baracke und sah in Gedanken die alte immer noch lichterloh brennen. »Aber ... wie ist das Feuer denn ausgebrochen?«

»Erinnerst du dich, wie kalt uns beim Packen war und dass wir den Ofen angemacht haben? Dadurch hat das Nest am Kamin wohl irgendwann in der Nacht Feuer gefangen.«

»Diese Nacht werde ich mein Lebtag nicht vergessen«, antwortete Hanna verstört und zornig zugleich.

Langgaard hakte sie unter. »Lass uns weitergehen, es gibt noch mehr zu berichten.«

Eine Weile liefen sie wortlos nebeneinander her, und Hanna genoss die frische Luft, die sie in New York, selbst im Park, entbehrt hatte.

»Isolde ist übrigens nicht mehr bei uns. Sie hat vor etwa drei Wochen ihre Koffer gepackt«, sagte Langgaard.

»Sie wird mich also nie mehr quälen!« Hanna freute sich einen Moment lang, dann blieb sie abrupt stehen. »Ist sie einfach so gegangen? Das passt überhaupt nicht zu ihr ...«

»Wir konnten nachweisen, dass sie es war, die das Gerücht von der Brandstiftung in die Welt gesetzt hatte. Daraufhin ist sie freiwillig abgereist.«

Hanna überlegte und ging währenddessen langsam weiter. »Wie seid ihr darauf gekommen? Jetzt sag nicht: die Schäferin, dieses Plappermaul ...«

»Doch, mit ihr hat Isolde gleich am frühen Morgen über die Brandursache gelästert, und Elfriede hat dann allen, die bei ihr am Stall vorbeikamen, von der ›bösen Tat‹ berichtet.«

»Heißt das, Willi war in der Nacht gar nicht an der Baracke?«, fragte Hanna vorsichtig.

Langgaard zuckte mit den Schultern. »Die Schäferin meint, ihn gesehen zu haben. Sie war im Stall, weil eins der Schafe lammte, und hat wohl beobachtet, wie er mit dem Fahrrad sehr eilig von der Siedlung zur Landstraße fuhr. Das hat sie Isolde brühwarm weitererzählt. Welche Geschichte die Kölnerin daraus gemacht hat, weißt du selbst.«

»Sie hat mich ›Braut eines Feuerteufels‹ genannt!« Hanna verspürte noch immer Wut, wenn sie daran dachte.

»Ich weiß«, entgegnete Langgaard ruhig. Wo der Weg zum Steinhaus abbog, verabschiedete sie sich. »Leider habe ich noch zu tun. Aber deine Freundinnen werden schon auf dich warten.«

Hilde und Hermine saßen im Garten in der Abendsonne. Hanna hatte die beiden gerade mit herzlichen Umarmungen begrüßt, da kam auch Eva aus ihrem Zimmer. »Wir wollen deine Rückkehr feiern«, rief sie und stellte eine Flasche ihres selbst gemachten Schlehenlikörs auf den Tisch. »Ist zwar kein amerikanischer Whisky, aber auch lecker«, scherzte sie, goss die Gläser ein und prostete Hanna zu. »Und jetzt erzähl uns! Wir kommen sonst um vor Neugier. Wie war es?«

Während Hanna berichtete, löcherte vor allem Eva sie immer wieder mit Fragen und wirkte dabei merkwürdig aufgekratzt. Am Likör konnte es nicht liegen, sie hatte sich erst den zweiten eingeschenkt.

»Schade, dass ich noch nie in New York war und nicht annähernd so Spannendes zu berichten habe wie du«, seufzte sie irgendwann übertrieben laut. »Aber auch in meinem Leben tut sich Neues. Ich werde mir hier in der Siedlung ein eigenes Haus bauen lassen.«

»Und woher hast du das Geld dafür?«, wollte Hanna wissen.

»Meine Eltern haben sich sehr generös gezeigt und mir sogar gestattet, das Haus nach meinem Geschmack zu gestalten. Es wird zwei Stockwerke haben und ein spitzes Dach mit Erker.«

»Etwa auch eine Veranda mit einer Treppe zum Garten?«, fragte Hanna nach.

Eva schmunzelte. »Ja, so ist es.«

Erschrocken stand Hanna auf und nahm den Koffer, der noch immer draußen stand. »Ich bring ihn mal eben rein«, sagte sie, ging ins Haus und betrat das Zimmer. Als sie auf ihr Bett schaute, rief sie sofort: »Hermine, bitte komm zu mir!« Mit unbewegtem Blick blieb sie wie erstarrt stehen, bis die Freundin herbeigeeilt war.

»Was ist das für eine Geige, die da liegt?«, fragte Hanna.

»Die hat jemand für dich abgegeben. Du kannst doch eine neue gebrauchen, oder?«

Hanna sah sie verwirrt an. »Wo ist er?«

»Du weißt selbst, wo du ihn finden kannst. Wenn du denn willst …«

Hanna atmete mehrmals tief durch und ging los. Dabei versuchte sie, nicht darüber nachzudenken, was sie tat. Langsam, fast schwerfällig erreichte sie über den Trampelpfad das Wasserreservoir, wo außer ihr niemand war. Aber damit hatte sie gerechnet. Sie setzte sich an den Stamm der Birke, die sie nur zu gut kannte, und schaute hoch in die Zweige, die der Wind, ähnlich wie am Tag ihrer Ankunft, sanft hin und her schaukeln ließ. Es dauerte lange, bis sie das Rascheln hinter sich hörte, kurz darauf Schritte, die sich näherten.

Hanna sprang auf, drehte sich um und sah Willi direkt ins Gesicht. »Wo bist du gewesen?«, schrie sie ihn an. Dass er aussah, als hätte er nächtelang kein Auge zugetan, bemerkte sie erst auf den zweiten Blick.

Mit bedrückter Miene kam Willi noch etwas näher und blieb dann stehen.

»Ich hatte mich ein paar Wochen bei Hubertus in deiner ehemaligen Kammer versteckt. Es war eine verdammt trostlose Zeit«, sagte er. »Aber du hättest mir meine Geschichte doch nie geglaubt, deshalb bin ich abgetaucht.«

»Warst du in der Nacht an der Baracke oder nicht?«, fragte Hanna in strengem Ton.

»Ja, ich war dort«, antwortete er kleinlaut. »Ich wollte dir dein skandalöses Tanzkostüm wegnehmen. Ob ich es wirklich getan hätte, weiß ich nicht. Als ich die Tür aufgemacht habe, brannte es schon. Ich bin sofort mit dem Fahrrad ins Dorf gerast und hab die Feuerwehr alarmiert.«

Willi stand inzwischen dicht vor ihr, und Hanna sah ihn vorwurfsvoll an. »Mach so eine Dummheit nie wieder! Ein moderner Mann verhält sich anders.«

»Das hat deine Tante auch zu mir gesagt, als ich sie in Hildesheim besucht habe. Sie hat mir ordentlich den Kopf gewaschen.«

»Richtig so! Hast du irgendwann mal darüber nachgedacht, wie es mir in dieser Zeit ergangen ist?«

»Pausenlos. Das war ja für mich das Schlimmste.«

Hanna schüttelte nur den Kopf. »Ich muss jetzt unbedingt ein paar Schritte laufen und mich sammeln.«

»Ich auch«, sagte Willi. »Ich habe den Weg der Erkenntnisse bitter nötig.«

Zum ersten Mal schaute Hanna ihm tief in die Augen. Sie konnte ihm kaum noch böse sein.

Schweigend gingen sie nebeneinanderher. Erst auf den letzten Metern, kurz vorm Steinhaus, legte er ihr zaghaft den Arm um die Schulter.

Mit einem Lächeln, dem Hanna nicht widerstehen konnte, fragte Willi sie: »Versuchst du es noch einmal mit mir?«

Danke …

Loheland gab es wirklich und gibt es noch immer – seit über einem Jahrhundert.

Die einzigartige Geschichte der Frauensiedlung und ihrer Gründerinnen fasziniert mich seit Langem. Ich habe einen Dokumentarfilm dort gedreht, später einen Artikel beim *Spiegel* veröffentlicht. Dass ich dann auch noch die Möglichkeit bekam, einen Roman zu schreiben, verdanke ich Anne Scharf und Hannes Ulbrich vom Piper Verlag.

Die Geschichte, die ich erzähle, basiert teils auf realen Begebenheiten, die ich mit künstlerischer Freiheit verändert und ausgeschmückt habe. Dies gilt auch für die Protagonistinnen. Teilweise angelehnt an konkrete Personen, sind sie dennoch Figuren meiner Fantasie. Sie bewegen sich in einem Umfeld der damaligen Zeit, ich habe versucht, die Stimmung und das Miteinander in der gerade erst gegründeten Siedlung möglichst authentisch wiederzugeben.

Für die historische Einordnung danke ich Elisabeth Mollenhauer-Klüber. Sie hat unzählige Schätze im Loheland-Archiv ausgegraben und mir Informationen über die Gründerzeit der Siedlung und Dokumente von damals zukommen lassen – Anekdoten über die Chefinnen inbegriffen.

Weitere anregende Quellen waren *Drei Frauen – drei Geschichten*, ein Buch, in dem Erinnerungen und Briefe dreier Zeitzeuginnen der ersten Stunde veröffentlicht wurden. Herausgegeben von der Loheland-Stiftung, 2012.

Inspiriert hat mich ebenfalls *Der liebe Unhold. Autobiographisches Zeitportrait von 1900 bis 1939* von René Halkett, Edition Memoria, 2011, sowie *Revolution! Revolution? Hamburg 1918/19*, eine Publikation zur gleichnamigen Ausstellung im Museum für Hamburgische Geschichte. Erschienen im Wachholtz Verlag, 2018.

Ich bedanke mich auch sehr bei Uta Rupprecht, die das Manuskript lektoriert hat, für ihre tatkräftige Unterstützung und Geduld.

Meinem Mann danke ich auch. Ohne ihn hätte ich das kleine Dorf in der Rhön vermutlich nie kennengelernt. Er ist in Loheland zur Schule gegangen, und ich habe ihn auf einer Reise in seine Vergangenheit dorthin begleitet.

Zurück nach Belmonte

*Cover- und Preisänderungen vorbehalten

Antonia Riepp
Santo Fiore
Eine deutsch-italienische Familiensaga

Piper, 496 Seiten
€ 16,00 [D], € 16,50 [A]*
ISBN 978-3-492-06203-9

Da ihre Gärtnerei im Allgäu kaum Gewinn abwirft, wagt Simona den Neuanfang in den italienischen Marken. Im malerischen Belmonte will sie einen verwilderten Klostergarten neu gestalten, muss sich aber zunächst ihren Gefühlen für Gutsbesitzer Adriano stellen. Da erfährt sie von der jungen Carla, die sich bei ihm eingemietet hat und sich unbedingt mit Simona anfreunden will. Die Gerüchteküche im Dorf brodelt: Was führt Carla, die Tochter eines Mörders, zurück nach Belmonte?

Leseproben, E-Books und mehr unter **www.piper.de**